이광수 단편선
소년의 비애

책임 편집 · 김영민
연세대학교 국어국문학과 및 같은 과 대학원 졸업.
현재 연세대학교 국어국문학과 교수.
저서로 『한국근대소설사』 『한국문학비평논쟁사』 『한국현대문학비평사』 『한국근대소설의 형성 과정』 등이 있음.

한국문학전집 24

소년의 비애

이광수 단편선

초판 1쇄 발행 2006년 3월 31일
초판 6쇄 발행 2021년 11월 30일

지은이   이광수
책임 편집   김영민
펴낸이   이광호
펴낸곳   ㈜문학과지성사
등록번호   제1993-000098호

주　　소   04034 서울 마포구 잔다리로7길 18(서교동 377-20)
전　　화   02)338-7224
팩　　스   02)323-4180(편집) 02)338-7221(영업)
전자우편   moonji@moonji.com
홈페이지   www.moonji.com

ⓒ ㈜문학과지성사, 2008. Printed in Seoul, Korea

ISBN 978-89-320-1686-0 04810
ISBN 978-89-320-1552-1(세트)

이 책의 판권은 저작권자와 ㈜문학과지성사에 있습니다.
서면 동의 없는 무단 전재 및 복제를 금합니다.

이광수 단편선
소년의 비애

김영민 책임 편집

문학과지성사 한국문학전집 24

| 차례 |

일러두기 • 6

무정 • 7
소년의 비애 • 18
어린 벗에게 • 37
방황 • 98
가실 • 110
거룩한 죽음 • 138
무명 • 166
꿈 • 231

주 • 362
작품 해설
이광수의 문학 세계 / 김영민 • 368
작가 연보 • 390
주요 작품 목록 • 395
참고 문헌 • 406
기획의 말 • 410

| 일러두기 |

1. 이 책에 수록된 작품은 이광수가 1910년부터 1950년까지 발표한 작품 중에서 선정한 8편의 중·단편소설이다. 모든 저본은 초간본을 그 대상으로 삼았으며, 작품의 정확한 출처는 주에 명기되어 있다.
2. 이 책의 맞춤법은 1988년 1월 19일 문교부 교시 '한글 맞춤법'에 따르는 것을 원칙으로 하였다. 단 작품의 분위기에 영향을 준다고 판단되는 방언이나 구어체 표현, 의성어·의태어 등은 그대로 두었다.
　　　예) 쑥이며 <u>으악</u>이 갓길로 자란 풀을 헤치고,
　　　예) 임자, <u>결내지 말으시</u>.
3. 원본의 한자는 가급적 한글로 바꾸었으며, 작품 이해에 도움이 될 만한 한자는 그대로 두고 괄호 안에 넣었다. 반복하여 등장하는 한자어는 최초에만 괄호 안에 한자를 병기하고 후에는 한글로만 표기하였다.
4. 대화를 표시하는『　』혹은「　」은 모두 "　"로 바꾸었고, 대화가 아닌 혼잣말이나 강조의 경우에는 '　'로 바꾸었다. 또한 말줄임표는 모두 '……'로 통일하였다.
5. 과도하게 사용된 생략 부호나 이음 부호는 읽기에 편하도록 조절하였다.
6. 어휘의 풀이는 국립국어연구원의『표준국어대사전』과 연세대학교 언어정보개발연구원 편『연세한국어사전』, 한승옥 편저『이광수 문학사전』을 주로 참조하였다.

무정

 유월 중순, 찌는 듯하는 태양이 넘어가고, 안개 같은 수증기가 만물을 잠가. 산이며, 천이며 가옥이며, 모든 물건이 모두 반이나 녹는 듯. 어두운 장막이 차차차차 내림에 끓는 듯하던 공기도 얼마큼 식어가고, 서늘하고 부드러운 바람이, 빽빽한 밤나무 잎을 가만가만히 흔들어서, 정적한 밤에 바삭바삭하는 소리가 난다.
 처소는 박천 송림(博川松林). 몽롱한 월색이 꿈같이 이 촌락에 비치었는데 기와집에 사곽문(舍廓門) 열어놓은 생원님들은, 몽몽(濛濛)한 쑥내로 문군(蚊群)'을 방비하며, 어두운 마루에서 긴 대, 털며 쓸데없는 수작으로 시간을 보내나, 피땀을 죽죽 흘리면서, 전답에 김매던 가난한 농부와 행랑 사람이며, 풀 뜯기와 잠자리 사냥에 피곤한 아동배(兒童輩)는 벌써 세상을 모르고 혼수(昏睡)하는데, 이 촌중 중앙에 있는, 사오 채 와옥(瓦屋) 뒷문이 방싯하고 열리더니, 그리로, 한 이십 세나 되었을 만한 젊은 부인이 왼편 손에 자그마한 사기병을 들고 나온다. 늙은 밤나무 잎 사이로 흐르는 월광이 그 몸을 수놓더라. 몸에는 새로 지은 듯한 생저(生苧)² 적삼과, 가는 베 치마를 입었고, 흰 그 얼굴에는 심통한 비애가 나타났더라. 부인을 따라 나오는 검은 강아지를 "쉬! 쉬!" 하여 들여 쫓고, 다시금 몽롱한 집을 들여다보더니, 소리 아니 나게 문을 닫고, 돌아선다. 그 두 눈으로는 멈춤 없이 눈물이 흐르더라. 부인은 쑥이며 으악이 갓길로 자란 풀을 헤치고, 캄캄한 솔밭을 향하여 올라가면서, 때때로 머리를 둘러 자기의 집을 돌아본다. 밤이 이미 깊었으매, 바람 한 점 없고, 푸른 하늘에 물먹은 무수한 성진(星辰)만 반듯반듯 하계를 감하(瞰下)한다. 부인은 거의 이성을 잃은 듯, 들편들편 하면서 발을 옮겨놓는데 목적은 자못 캄캄한 데로 가는 것이라. 지금 이 부인의 마음에는 희망도 없고, 공포도 없고, 심지어 비애조차 없게 되었도다. 처음에는 집을 떠날 때는 무슨 목적도 있었겠고, 계획도 있었겠다마는, 일보일보(一步一步)로 점점 소거(消去)하고, 제일 어두운 수풀 속에 이르렀을 때에는 전혀 아무 감상도 아니 나게 되었더라.

 아름이나 넘는 소나무가 빽빽이 들어서고 총생(叢生)한 가지며 잎이 하늘을 가리어 별도 잘 아니 보이고, 습한 지면에서는 눅눅한 취기(臭氣)가 나며 빽빽한 소나무 잎 사이로 흐르는 월광은 무수한 금침이 지면에 산(散)한 듯하더라. 부인은 미친 듯 오륙 보나 뛰더니 구부러진 소나무에 맞질려 깜짝 놀라서 우뚝 서면서 머리를 들어 우러러보더니, 경련(痙攣)적으로 해쭉 웃고, 앞으로 거꾸러지는 듯 그 나무를 안고 얼굴을 나무에 비빈다. 부인은 이러하고 한참 있더니, 무엇에 놀란 듯 프륵 떨면서 물러서서 손에 든 병을 보고 퍼석 주저앉는다. 한참이나 머리를 숙이고 앉으니 이성이 얼마큼 생긴다. 혼잣말로,

"아아, 그럴 때가 왜 있을꼬? 그럴 때가 왜 있을꼬? 아이고, 분해라! 아이고 절통(切痛)해라! 그럴 때가 왜 있을꼬?" 부인은 병(甁) 든 손으로 땅을 덮고, 몸을 왼편으로 기울이고, 바른손으로 가슴을 누르면서 머리를 흔든다.

"내가 이 집에 시집오기만 잘못이야, 이럴 줄 알았으면, 일생 시집이라고는 아니 가고, 어머님과 함께 있을걸, 홍, 홍." 이마를 치마로 가리고 앞으로 꺼꾸러진다.

"무엇이니, 무엇이니 하여, 다—— 쓸데 있나…… 쓸데없어. 실컷 서방질이나…… 그래 쓸데없어, 쓸데없지!"

"계집아이 하나 믿고 살까? 죽었으면 편안하지. 이놈, 어디, 얼마나, 잘 사나 보자!" 하고 부인은 머리를 들고 어깨춤을 추면서 곁에 누가 서 있기나 한 것같이, 피 선 눈으로 견주어 보더니,

"네, 이놈, 얼마나 잘 사나 보자!" 하고 병에 넣은 약을 꿀꺽꿀꺽 마시고 입을 접접 다시면서 병을 내던진다. 길게 한숨짓고 누우면서,

"그럴 때가 왜 있을꼬? 그럴 때가 왜 있을꼬? 이놈 어디 얼마나 잘 사나 보자, 내가 죽어서 귀신만 되었단 보아라, 그제, 칼을 가지고 와서, 그년, 그놈을 이렇게……." 팔로 지르는 형용을 하면서,

"아이고, 어머니, 난 죽노라!" 하고 뱉는 듯이 운다. 두 홉이나

먹은 것을 기우이 동맥, 모세관을 좇아, 각 기관과, 세포에 퍼지니, 심장의 기능도 점점 둔하게 되고, 호흡도 곤란하여지며 전신에 허한(虛汗)[3]만 솟는다. 정신도 차차 몽롱하게 되어 작용이 점점 단순하여지면서 원망과 육신의 고통밖에 감응치 아니하더라. 처음에는 "이제 죽겠다" 하고, 눈을 감고 가만히 누웠더니, 바라고 바라는 죽음은 아니 오고, 오는 것은 고통뿐이라. 고통이란 놈은 우리의 일생을 안고 돌다가 그것도 오히려 부족한지 죽을 때 일순시(一瞬時)에 남은 고통 전체가 우리의 육체와 정신을 싸는 것이라. 가련한 이 부인은 지금, 잔혹, 무정, 침통한 고통에 싸워 "아이고 배야, 이놈!" 하는 소리로 이것을 벗어나려 하지도 못하고 부엉이의 입에 물린 토끼와 같이 '고통'의 하라는 대로만 하고 목숨 끊어지기만 기다리도다. "아이고 배야, 아이고 아이고 어머니, 이놈" 하면서, 꼬불락, 닐락 팔과 다리를 들었다, 놓았다 하더니 약 한 시간이나 지나니, 끙끙대는 소리와, 이따금 흑흑 느끼는 것밖에 없게 되더라. 나무는 의연(依然)하셨고, 밤은 의연히 어두우며, 우주는 의연히 묵묵(默默)하도다. 자연(천지만물, 단 인류는 제〔除〕하고)은 무정하고 냉혹하여, 우리야 싫어하든, 즐거워하든 잠잠히 있고, 또 그뿐 아니라 그 법칙은 극히 엄준(嚴峻)하여[4] 우리로 하여금 결코 일보도 그 외에 나서게 하지 아니하나니, 즉 우리가 슬퍼한대야 위로하는 법 없고, 우리가 일분일초의 생명을 더 얻으려 하여도 허락지 아니하지 않는가. 그런데, 사람이란 동물은 고독을 싫어하는 고로 항상 그 '동무'를 구하며, 구하여 얻으면 기뻐하고 행복되며, 얻지 못하면 슬퍼하며 불행되느니라. 자연히 그 '동무'에는 조건이 있으니 즉 '정다운 자(者)' '사랑스러운 자'라. 만일 이 조건에 불합(不合)하는 자면 비록 백만의 '동무'가 있어도, 오히려 무인광야에 홀로 선 것같이 기쁨과 행복이 없으되 만일 일인(一人)이라도 이 조건에 합하는 자 있으면 기쁨과 행복이 마음에 충만하여 전 우주 간에 만물이 하나도 미(美) 아님이 없고, 하나도 애(愛) 아님이 없나니 전자는 인류에 가장 불행하며 가련한 자요, 후자는 가장 복되며 운 좋은 자이니라. 제왕, 부귀 그 무엇인고?

　전자에 속하는 가련한 저 부인은 고독의 비애가 그 극점에 달하여, 애를 실(失)할 시에 그 행복과, 기쁨을 잃고, 심지어 그 생명까지 버리려 하는도다. 이 부인으로 하여금——용자(容姿),[5] 숙덕(淑德)[6]을 무비(無備)한 이 부인으로 하여금 이 지경에 이르게 한 자, 그 누구? 한 사람의 생명을 파멸한 자가 누구? "아이고 배야, 이놈!" 하던 소리는 공기에 파동을 작(作)하여 어디까지나 퍼졌는지 지지(只至)는 아무 소리도 없고 움직임도 없는 생명 없는 일 물체(一物體)로다.

　촌가에서 닭의 소리 한두 마디 나더니, 젊은 여름밤이 벌써 지나가고 동편 하늘이 희어지며, 별이 조는 듯 차차 없어지는데 촌중이 북적 뛰 놓더니 등불이 여기저기 왔다 갔다 하더라.

*

　이상, 부인이라 하여온 사람은 송림 한좌수(韓座首)의 자부(子

婦)라. 본시 동군 모제장(同郡某齊長)의 독녀로서 일찍 부친을 여의고 모친과 노조모 하에 그 아우 하나로 더불어 길러낸 사람이라. 가세도 유여(有餘)하여 여비남복(女婢男僕)⁷에 물 길어본 적 없으며, 또 그 모(母)는 오십 넘은 상처(喪妻) 끝에 시집와 이십오에 과부가 되어 다문 두 자식을 바라보고 백발이 되도록 살아왔느니, 별로 교육 있는 이도 아니요, 자못 '무던한 사람'이러라. 그러므로 이 부인도 그 모의 감화를 입어 그저 '무던한 사람'이라. 학교에서 선생의 강의를 들은 바도 없고, 서적에서 물리며, 인정을 연구한 바도 없고, 외계(外界) 즉 사회의 영향이라고는 그 가정과 친척의 상태(狀態), 언어, 행동 등의 지나지 못하는 단순한 부인이라. 즉 한국 모형적 부인이라. 별로 특질도 없고, 능력도 없으나 간단히 그 성질을 설명하건대 입이 무겁고, 행실이 단정하고, 아무 일이고 삼가고 삼가며 절대적 부모와 지아비의 명령에 복종함이라.

저가 한명준의 아내가 된 것은 거금(去今) 팔 년 전, 즉 저가 십육, 명준이가 십이 적이라. 부인의 모친은 이 개년이나, 그 딸을 위하여 인근 촌리를 미행하면서 사위 될 재목을 고르던 결과로 한명준을 얻은 것이라. 저가 사위를 고를 때에 무엇을 표준(標準)으로 하였는고, 말하기를 일에 문벌, 이에 재산, 삼에 가족, 사에 당자며, 또 자기의 가정이 외롭다 하여 세력 있는 한좌수와 사돈되는 것이 한 끗 의지가 된다 함이라. 부인은 그 모만 믿고 어린 마음에 신랑의 얼굴 보기만 고대하고, 남모르게 기뻐하며, 아무도 없을 때에는 '한명준 한명준' 하고 즐겨 하며, 또 신랑의 화상(畵像)을 여러 가지로 마음에 그려보고, 그 가운데 제일 풍채 좋고 천재 있는, 정 있는 청년을 선택하여 '한명준'이라는 이름을 짓고는 즐겨 하며, 철없는 아우가 "야—, 한명준이 색시" 하면서 어깨를 짚을 때에도 가장 시끄러운 듯 몸은 흔드나 기쁜 웃음이 목젖까지 말려 나오고, 귓결에 신랑의 결점이 들리면, 한끝으로는 노하고, 한끝으로는 무섭기도 하여, 아무쪼록 부인하려 하더니 어언간(於焉間) 십일월 십칠일이 왔더라. 부인은 밤들기를 고대하여 기쁨과 부끄러움과 의심을 섞어가지고 위황(煒煌)[8]한 촉광(燭光)에 비치어 신랑의 방에 들어가, 장옷 속으로 병풍에 의지하여 서 있는 신랑을 보니 키는 십 세나 난 아해(兒孩) 같고 검은 갓 아래로 겨우 보이는 조그만 얼굴에는 핏빛 하나 없고 멀뚱멀뚱 하는 그 두 눈, 조말조말한 그 태도. 얼굴에는 조금도 사랑스럽거나 정다운 표정이 없더라. 부인의 가슴에 있던 아름다운 마음은 다 스러지고, 비애와 절망만 문들문들 솟아 나와 울고까지 싶도다.

　곤하여서 곁에서 색색, 자는 신랑의 숨소리를 들으매, 지금껏 꽃밭에서 노니다가, 여우한테 홀리어서 여우의 굴에 들어온 것 같기도 하고, 재미있는 꿈을 꾸다가 깨친 것 같기도 하고.

　'아아, 이것이 내 일생에 같이 살아갈 지아빈가' 생각하면 가슴이 막히어. 어찌하여 어머니가 이런 사람을 골랐던고? 시집가는 데는 어미도 믿지 못할 것이로다. 아아, 이것이 나의 지아비인가? 난생처음 한심이요, 난생처음 슬픔이며, 난생처음 탄식이라.

이후 일 년허(許)나 본가에 있다가 시집이라고 가보니, 모두 낯 모르는 사람이요, 자못, 하나, 아는 사람은 지아비나 남보다 더 냉담하고. 구고(舅姑)⁹는 첫 며느리라 하여 심히 종애(鍾愛)하나, 정작 사랑할 지아비는 "옷 내라" "버선 기워라" 하는 소리밖에 아니 하니 부모의 사랑이나 받으려면 본가에 있는 편이 낫지 아니할까.

남모르게 눈물로 지내는 중 흐르는 세월이 일 년이나 지나가는데 명준이는 점점 소원하여져서 부모의 말도 아니 듣고 사랑에서 독거(獨居)하게 되니 부인의 비애와 적막은 날로 깊어가는지라. 그 화기 있고 아름답던 얼굴은 점점 여위어가고, 활발하던 정신은 점점 침울하게 되어 듣지도 못하고 보지도 못하던 인생 문제까지 생긴다. 한좌수는 항상 밖에 있는 고로 자세히 가내 사정을 몰라, 안에 있고 이런 방면에 주의하는 모친은 대단히 걱정하여, 이따금 그 아들을 불러서 훈계하나 아들은 마이동풍으로 듣지 않고, 정이 점점 더 소원히 되어 그 처를 보기만 하여도 미운 생각이 나는 고로 조그만 일에도 팔깍팔깍 노하더라. 명준이도 차차 힘이 들어오매 이따금 그 처를 어여삐 여기는 정이 생기나 이는 잠시라, 자기도 왜 미워하는지 그 이유는 모르나 그저 미운 것이라, 뉘라서 능히 이 정을 없이하리오, 자못 발현치 않게 제어할 따름이지.

부인은 처음에는 애정과 육욕의 기갈(飢渴)¹⁰에 비탄하더니 연령이 이십이 넘음에 자손 걱정까지 생겨서 비탄에 비탄을 더하더라. 설상가상은 이를 이름인지? 그 모친의 일찍 늙은 이유를 비로소 깨닫더라.

 명준이도 열일곱이 넘자 역시 고독의 비애를 깨달아 그 처에 대한 애정을 회복하려 힘쓰더니 힘쓰면 힘쓸수록 더욱 소원하여가는지라. 마침내 외박이 빈번하며 성중 출입이 잦고, 얼마 아니 하여 이웃에게 '외입쟁이'라는 칭호를 얻고, 주상(酒商), 창기의 채인(債人)이 한좌수의 문에 자주 출입하며, 전답 문권이 날마다 날아나게 되니 부인의 유일 동정자 되는 시어머니도 점점 냉담하게 되어가더라.

 이렁저렁 이 년이 되는 후 하루는 한좌수가 명준을 불러, "너, 이놈, 왜 그런 못된 짓을 하여서 네 집안을 망하게 한단 말이냐" 하고 그 죄를 꾸짖으매

 "그러면 첩을 하나 얻게 해주시오." 명준이는 외입에 단련이 되어, 조금도 부끄러움 없이 대답하거늘 좌수도 여러 말로 꾸짖어도 보고, 얼려도 보다가 할 수 없이

 "그러면, 네 처에게 물어봐라" 하고 입을 쩍쩍 다시면서 담뱃대를 떠니, "정말이십니까?" 명준은 희색이 만안(滿顔)이라.[11]

*

 칠 년 만에 부부 동침이라!

 부인은 무슨 일인지를 모르고 꿈같이 생각하나 조금도 기쁜 정은 없더라. 부인의 열렬하던 정은 육칠 년간 애수 비탄에 다 식어 냉회(冷灰)[12]가 되었도다.

무슨 일인데 명준이가 그날은 가장 친절하며 지금껏 소원하던 죄를 성심으로 하는 것같이 사(謝)하며 각색 행동이 명준이는 아닌 듯하더라. 어디 알았으리오. 이리가 양의 가죽을 쓰고 양의 무리에 섞이는 것은 양을 해하려 함일 줄을.

"여보게, 나 원할 게 하나 있는데."

부인은 들은 듯 못 들은 듯 잠잠하고 있다.

"여보게, 나, 원할 게 하나 있어."

"아니. 원할 게라니. 내게 무슨 원할 게 있겠소?"

부인이 온순한 음성으로 대하면서 '무슨 소리를 하려는고?' 하고 생각한다.

"아니 그렇게 말할 게 아니야."

"……"

"들어주겠나? 이건, 꼭, 자네가 들어주어야 할 게야."

"무엇인지 말씀하시구려."

"아니, 이건 참 들어주겠다야 하겠는데……."

"말씀을 하시구려."

"임자, 결내지 말으시. 나 첩 하나 얻으라나?"

부인도 이 말을 듣고는 분(憤)이 버쩍 나서 '에, 이, 개 같은 자식 같으니……' 하고 욕하고 싶은 마음이 무럭무럭 생기며, 욕이 목젖까지 밀어오나 '무던한 사람'이라, 그도 못 하고, "나돌아 다니면서 부모님 걱정 아니 시키겠으면 얻구려." 이것은 참 억지로 억지로 나오는 말이라. 이 말 속에 얼마나 비애와 원통이 숨었으리오.

"그래도 나를 버리지는 않지요." 부인은 오래오래 생각하다가, 필사의 용(勇)을 다하여 이 말을 하였다.

"그럴 수가 있나 버리다니……."

첩을 데려온 후에는 또 전과 같이 소원하여지더라. 부인은 그 속음을 알고 더욱 분하며, 더욱 절통하며, 더욱 비애하여, 이전에는 자못 명준이만 원망하였더니, 좀 지나서는 전 남자를 원망하게 되며, 심지어는 전 인류를 원망하게 되고, 마침내 자기의 존재를 원망하게 되더라.

부인은 잉태한지라. 이런 줄을 안 후로는, 자연 좀 기쁨이 생기며 이것이 아들인가 딸인가 하는 문제로 날마다 궁구하면서 팔구 년 전 명준의 화상 그리던 법을 재용(再用)하며 전혀 스러졌던 공상이 점점 생겨, 다시 즐거운 시대를 만날 것 같은 희망도 생겨 그 아이 나기만 고대하더니 생부의 제일(祭日)에 본가에 갔다가 어떠한 무녀에게 문점(問占)한즉 여자라 하는지라. 공중에 지었던 누각이 다 무너지고 실망낙담하여 시가에 돌아와 본즉 자기 있던 방에는 자기의 기구는 하나도 없고 어떤 눈썹 짙고, 분 바르고, 권연(卷煙) 피우는 계집이 있더라. 이것은 유월 십칠일이러라.

(작자 왈) 이 편(篇)은 사실을 부연(敷衍)한 것이니 마땅히 장편이 될 재료로되 학보에 게재키 위하여 경개(梗槪)만 서(書)한 것이니 독자 제씨는 양찰(諒察)하시오.

소년의 비애

1

 난수(蘭秀)는 사랑스럽고 얌전하고 재주 있는 처녀라. 그 종형 되는 문호(文浩)는 여러 종매들을 다 사랑하는 중에도 특별히 난수를 사랑한다. 문호는 이제 십팔 세 되는 시골 어느 중등 정도 학생인 청년이나 그는 아직 청년이라고 부르기를 싫어하고 소년이라고 자칭한다. 그는 감정적이요 다혈질인 재주 있는 소년으로 학교 성적도 매양 일이 호를 다투었다. 그는 아직 여자라는 것을 모르고 그가 교제하는 여자는 오직 종매들과 기타 사오 인 되는 족매들이라. 그는 천성이 여자를 사랑하는 마음이 있는지 부친보다도 모친께 숙부보다도 숙모께 형제보다도 자매께 특별한 애정을 가진다. 그는 자기가 자유로 교제할 수 있는 모든 자매들을 다 사랑한다. 그중에도 연치(年齒)¹가 상적(相適)하거나 혹 자기보다 이하 되는 매(妹)들을 더욱 사랑하고 그중에도 그 종매 중에 하나인 난수를 더욱 사랑한다. 문호는 뉘 집에 가서 오래 앉아 있지 못하는 성급한 버릇이 있건마는 자매들과 같이 있으면 세월 가는 줄을 모른다. 그는 자매들에게 학교에서 들은 바 또는 서적에서 읽은 바 재미있는 이야기를 하여 자매들을 웃기기를 좋아하고 자매들도 또한 문호를 왜 그런지 모르게 사랑한다. 그러므로 문호가 집에 온 줄을 알면 동중(洞中)의 자매들이 다 회집(會集)하고 혹은 문호가 간 집 자매가 일동을 청(請)하기도 한다. 토요일 오후나 일요일 오전에는 의례히 문호가 본촌(本村)에 돌아오고 본촌에 돌아오면 의례히 동중 자매들이 쓸어 모인다. 혹 문호가 좀 오는 것이 늦으면 자매들은 모여 앉아서 합험을 하여가며 문호의 오기를 기다리고 혹 그중에 어린 누이들——가령 난수 같은 것은 앞 고개에 나가서 망을 보다가 저편 버드나무 그늘로 검은 주의(周衣)[2]에 학생모(學生帽)를 젖혀 쓰고 활활 활개를 치며 오는 문호를 보면 너무 기뻐서 돌에 발부리를 차며 뛰어 내려와 일동에게 문호가 저 고개 너머에 오더라는 소식을 전한다. 그러면 회집한 일동은 갑자기 희색이 나고 몸이 들먹거려 혹

"어디까지나 왔더냐?" 하는 자도 있고 혹

"저 고개턱까지 왔더냐?" 하는 자도 있고 혹 난수의 말을 신용치 아니하여,

"저것이 또 거짓말을 하는 게지" 하고 눈을 흘겨 난수를 보는 자도 있다. 학교에 특별한 일이 있거나 시험 때가 되어 문호가 혹 아니 올 때에는 난수가 고개에서 망을 보다가 거짓 보도를 한 적

도 한두 번 있은 까닭이다.

　이러할 때에 자매들은 대문 밖에 나섰다가 웃으며 마주 오는 문호를 반갑게 맞는다. 어린 누이들은 혹 손도 잡고 매달리고 혹 어깨에 올려 업히기도 하고 혹 가슴에 와 안기기도 하며 좀 낫살 먹은 누이들은 얼른 문호의 손을 만지고 물러서기도 하고 조금 문호의 옷을 당기어보기도 하고 혹 마주 보고 빙긋이 웃기만 하기도 한다. 난수도 작년까지는 문호의 손에 매달리더니 금년부터 조금 손을 잡아보고 얼굴이 빨개지며 물러서게 되고 작년까지 문호의 가슴에 안기던 연수(蓮秀)라는 난수의 동생이 손을 잡고 매달리게 된다. 그러고는 문호의 집에 몰려 들어가 문호의 자친(慈親)[3]께 매달리며 어리광을 부린다. 문호는 중앙에 웃으며 앉고 일동은 문호의 주위에 돌라앉는다. 그러나 그네와 문호와의 자리의 거리는 연령에 정비례한다. 제일 나이 많은 누이가 제일 멀리 앉고 제일 나이 어린 누이가 제일 가까이 앉거나 혹은 문호의 무릎에 기대기도 하고 문호의 어깨에 걸어 엎드리기도 한다. 문호는 이런 줄을 안다. 그리고 슬퍼한다. 이전에는 서로 안고 손을 잡고 하던 누이들이 차차차차 앉기를 그치고 피차의 사이에 점점 다소의 거리가 생기는 것을 보고 문호는 슬퍼하였다. 무슨 까닭인지 모르나 자연히 비감한 생각이 남을 금하지 못하였다.

　사십이 넘은 문호의 어머니는 그 어린 매녀(妹女)들을 잘 사랑하였다. 그는 문중에도 현숙하기로 유명하거니와 문호에게는 모범적 부인과 같이 보인다. 문호는 자기가 아는 부인들 중에 그 모친과 숙모(난수의 모친)를 가장 애경(愛敬)한다. 그래서 사오 세

적에는 꼭 숙모의 곁에 자려 하였다. 한번은 그 모친이,

"문호는 나보다도 동서를 더 따러!" 하고 시기 비슷하게 탄식한 적도 있었다. 그러나 지금 문호는 모친과 숙모를 거의 평등하게 애경한다. 그러나 친누이 되는 지수(芝秀)보다도 종매 되는 난수를 더 사랑하였다.

문호의 종제 문해(文海)도 문호와 막형막제한 쾌활한 소년이라. 종제라 하건만 문해는 문호보다 이십여 일을 떨어져 낳았을 뿐이라, 용모나 거동이 별로 다름은 없었다. 그러나 문해는 그 모친의 성격을 받아 문호보다 좀 냉정하고 이지적이라. 문호는 문해를 사랑하건만 문해는 문호의 감정적인 것을 싫어하였다. 그러므로 문호가 자매들 속에 섞여 노는 것을 항상 조소하고 자매들이 문호에게 취하는 것을 말은 못 하면서도 항상 불만히 여겼다. 그러므로 문해는 자매계(姉妹界)에 일종의 존경을 받으나 친애는 받지 못하였다. 문해는 자매들이 자기를 외경(畏敬)함으로 자기의 '점잖다'는 자랑을 삼고 문호에 비하여 인격이 일층 위인 것으로 자처하였다. 문호도 문해의 자기에게 대한 감정을 아주 모름은 아니나 이는 문해가 아직 자기를 이해하기에 너무 유치한 것이라 하여 그리 괘념치도 아니하였다. 이렇게 종형제 간에 연치의 점장(漸長)함을 따라 성격의 차이가 생기면서도 양인(兩人) 간에는 여전히 따뜻한 애정이 있었다. 물론 문호가 항상 문해를 더 사랑하고 문해는 문호에게 대하여 가끔 반감도 일으키건마는.

2

　문호가 집에 돌아오면 문호의 모친은 혹 떡도 하고 닭도 잡아 문호를 먹인다. 그러할 때에는 반드시 문해와 문호를 따르는 여러 자매들도 함께 먹인다. 모친은 아랫목에 앉고 문호와 문해는 윗목에서 겸상하고 자매들은 모친을 중심으로 하고 좌우에 갈라앉아서 즐겁게 이야기도 하고 혹 먹을 것을 서로 빼앗고 감추기도 하면서 방 안이 떠들썩하도록 떠들며 먹는다. 문호의 부친이 문밖에서

　"왜 이리 떠드냐?" 하면 일동이 갑자기 말소리를 그치고 어깨를 움츠리다가 부친이 문을 열어보고 "장꾼 모이듯 했구나" 하고 빙긋이 웃고 나가면 여전히 떠들기를 시작한다. 이것을 보고 문호는 더할 수 없이 기뻐하건마는 문해는 양미간을 찌푸린다. 그러할 때에는 난수도 웃고 지껄이기를 그치고 걱정스러운 듯이 또는 원망스러운 듯이 문해의 눈을 본다. 그러다가도 문호의 웃는 얼굴을 보면 또 웃는다. 이러다가 식후가 되면 문호와 문해는 윗간에 올라가서 무슨 토론을 한다. 그네의 토론하는 화제는 흔히 지나와 서양의 위인에 관한 것이라. 여기도 두 사람의 성격의 차이가 드러난다. 문호는 이백 왕창령 같은 지나 시인이나 톨스토이 사옹(沙翁), 괴테 같은 서양 시인을 칭찬하되 문해는 그러한 시인은 대개 인생에 무익한 나타자(懶惰子)라고 매도하고 공맹 주자라든가 서양이면 소크라테스, 워싱턴 같은 사람을 찬송한다.

양인이 다 어떤 의미로 보아 문학에 뜻이 있는 것은 공통이었다. 그러나 문호가 미(美)적, 정(情)적 문학을 애(愛)함에 반하여 문해는 지(知)적, 선(善)적 문학을 애한다. 즉 문해는 문학을 사회를 교화하는 일 방편으로 여기되 문호는 꽤 분명하게 예술지상주의를 이해한다. 그러므로 문호는 문해를 유치하다 하고 문해는 문호를 방탕하다 한다. 이러한 토론을 할 때에는 자매들은 자기네끼리 무슨 이야기를 한다. 실로 차동(此洞) 중에 양인의 담화를 알아듣는 사람은 양인 외에 없다. 부로(父老)들도 이제는 양인의 지식이 자기네보다 승(勝)한 줄을 속으로는 인정한다. 더구나 자매들은 오직 언문(諺文)소설을 읽은 뿐이라. 원래 문호의 당내(堂內)는 적이 부요(富饒)하고 또 대대로 문한가(文翰家)라. 석일(昔日)에는 여자들도 대개는 사서와 『소학』 『열녀전』 『내칙』 같은 것을 읽더니 삼사십 년래(來)로 점차 학풍이 부(㚆)[4]하여 근래에는 언문조차 불능해(不能解)하는 여자가 있게 되었다. 그러나 문호와 문해는 천생 문학을 좋아하여 그 자매들에게 언문을 가르치고 또 언문소설을 읽기를 권장하였다. 삼사 년 전에 문호가 그 자매들을 위하여 소설 일 편을 작(作)하고 익년(翌年)에 문해가 또 소설 일 편을 작하였다. 그러나 자매들 간에는 문호의 소설이 더욱 환영되었고 문해도 자기의 소설보다 문호의 소설을 추장(推獎)[5]하여 자기의 손으로 좋은 종이에다가 문호의 소설을 베끼고 그 표지에 '김문호 저, 종제 문해 서'라 하고 뚜렷하게 썼다. 문호의 부친도 이것을 보고 양인의 정의(情誼)의 친밀함을 찬탄(讚歎)[6]하고 또 그 아들의 손으로 된 소설을 일독하였다. 그리고 "이런 것을 쓰면 사람을 버리느니라"하고 책망은 하면서도 십오 세 된 문호의 재주를 속으로 기뻐하기는 하였다. 그리고 과거 제도가 폐하지 아니하였던들 문호와 문해는 반드시 대과에 장원 급제를 할 것인데 하고 아깝게 여겼다.

3

 문호는 난수를 시인의 자질이 있다고 믿는다. 재미있는 노래나 시를 읽어주면 난수는 손으로 무릎을 치며 좋아하고 또 즉시 그것을 암송하며 유치하나마 비평도 한다. 문호는 이것을 기뻐하여 집에 돌아올 때마다 반드시 새로운 노래나 시나 단편소설을 지어 가지고 온다. 난수도 문호가 돌아올 때마다 이것을 기다린다. 그러나 문호의 친누이는 난수와 동갑이요 재주도 있건마는 문호가 보기에 난수만큼 미를 감애(感愛)하는 힘이 예민치 못하다. 그러므로 문호가 "애 지수야 너는 고운 것을 볼 줄을 모르는구나"하고 경멸하는 듯이 말하면 지수는 얼굴이 빨개지며 "내야 아나 난수나 알지"하고 눈물 고인 눈으로 문호의 얼굴을 힐끗 본다. 이렇게 되면 문호도 지수의 우는 것이 불쌍하여 머리를 쓸며 "아니, 너도 남보다야 낫지. 그러나 난수가 너보다 더 낫단 말이지" 한다.

 과연 지수도 재주가 있다. 그러나 지수는 문호보다 문해와 동형(同型)이라. 말이 적고 지혜롭고 침착하고⋯⋯ 그러므로 지수는

문호보다도 문해를 사랑한다. 한번은 문호가 난수와 지수 있는 곳에서 문해에게,

"얘 문해야. 참 이상하구나. 난수는 나를 닮고 지수는 너를 닮았구나. 흥, 좋지. 한집안에 시인 둘하고 도덕가 둘이 나면 그 아니 영광이냐" 하였다. 문해도 지수의 머리를 쓸며,

"지수야 너와 나와는 도덕가가 되자. 형님과 난수는 시인이 되어 술주정이나 하고" 하고 일동이 웃었다. 더욱이 평생에 불만한 마음을 품던 지수는 이에 비로소 문호에게 대하여 나도 평등이거니 하는 위로를 얻었다. 그리고 문해에게 대한 사랑이 더욱 많아졌다.

다른 누이들 중에도 난수의 형 혜수(惠秀)가 매우 재주가 있다. 그는 차동 중 청년 여자계에 문학으로 최선각자라. 언문소설을 유행케 한──말하자면 이 문중에 신문단(新文壇)을 건설한 자는 문호의 고모라. 그는 오래 외가에서 길러나는 동안에 내종제자(內從諸姊)의 영향을 받아 언문소설을 애독하게 되고 십사 세에 외가에 올 때에, 『숙향전』『사씨남정기』『월봉기』 같은 언문소설을 가지고 와서 동중 여러 처녀들에게 일변(一邊) 언문을 가르치며 일변 소설을 권장하였다. 마침 문중에 존경을 받는 문호의 조모가 노년에 소설을 편기(偏嗜)하므로 문호의 부친 형제의 다소한 반대도 효력이 없고 언문 문학의 효력은 점점 문호의 당내 여자계에 침윤(浸潤)하였다. 그러므로 문호와 문해의 부인네도 처음에는 언문도 잘 모르더니 지금은 열렬한 문학 애호자가 되었다. 그러나 그네는 며느리 된 몸이라 딸 된 자와 같이 자유롭지

못하므로 겨우 명절 때를 타서 독서할 뿐이요 그 밖에는 누이들의 틈에 끼어서 조금씩 볼 뿐이었다.

이 모양으로 김문(金門) 여자계에 문학을 수립한 자는 문호의 고모로되 그 고모는 출가한 지 삼 년이 못하여 천절(夭折)하고 문학계의 주권은 혜수의 손에 돌아왔더니 재작년 혜수가 출가한 이래로 문학계는 군웅할거의 상태라. 그중에 문호의 재종매 되는 자가 가장 유력하나 그는 가세가 빈한하여 독서할 틈이 없고 그 나마는 대개 재질(才質)이 둔하여 장족의 진보가 없고 현재에는 지수와 난수가 문학계의 쌍태성(雙台星)이라. 그러나 난수는 훨씬 지수보다 감애성(感愛性)이 예민하다.

그래서 문호는 한사코 난수를 공부를 시키려 하건마는 문호의 계부(季父)는,

"계집애가 공부는 해서 무엇 하게!" 하고 언하(言下)에 거절한다. 문해도 난수를 공부시킬 마음이 없지 아니하건마는 워낙 냉정하여 열정이 없는 데다가 또 부모의 냉담에 절대로 복종하는 미질(美質)이 있고 난수 당자(當子)는 아직 공부가 무엇인지 모르므로 부모에게 간구(干求)도 아니하여 문호 혼자서 애를 쓸 뿐이라. 그러므로 "내가 중학교를 마치고서 서울에 갈 때에는 반드시 지수를 데리고 가리라 될 수만 있으면 난수도 데리고 가리라" 하고 어서 명춘(明春)이 돌아오기만 기다린다.

4

 그해 가을에 십육 세 되는 난수는 모 부가(富家)의 십오 세 되는 자제와 결혼이 되었다. 문호가 이 말을 듣고 백방으로 부친과 계부에게 간(諫)하였으나 들리지 아니하였다. 그래서 문호는 난수에게,
 "얘 시집가기 싫다고 그래라. 명춘에 내 서울 데려다 줄 것이니" 하고 여러 말로 충동하였다. 그러나 난수는,
 "내가 어떻게 그러겠소. 오빠가 말씀하시구려" 한다. 난수는 미상불 남자를 대하고 싶은 생각이 없지 아니하였다. 어서 혼인날이 와서 그 신랑 되는 자의 얼굴도 보고 안겨도 보았으면 하는 생각조차 없지 아니하였다. 난수는 지금껏 가장 정답게 사랑하던 문호보다도 아직 만나보지 아니한 어떤 남자가 그립다 하게 되었다. 문호는 난수의 이 말에,
 "엑, 못생긴 것!" 하고 눈물이 흐를 뻔하였다. 그리고 아까운 시인이 그만 썩어지고 마는 것을 한탄도 하였다. 또 자기가 가장 사랑하던 누이를 어떤 사람에게 빼앗기는 것이 아깝기도 하고 분하기도 하였다. 마치 영국 시인 워즈워스가 그 누이와 일생을 같이 보낸 모양으로 자기도 난수와 일생을 같이 보냈으면 하였다.
 얼마 있다가 신랑 되는 자가 천치라는 말이 들어온다. 온 집안이 모두 걱정하였다. 그러나 그중에 제일 슬퍼한 자는 문호라. 문호의 부친이 이 소문의 허실을 사실할 양으로 오륙십 리 정(程)

되는 신랑가를 방문하여 신랑을 보았다. 그리고 돌아와서,

"좀 미련한 듯하더라마는 그래야 복이 있느니라" 하고 혼인은 아주 확정되었다. 그러나 전하는 말을 듣건대 신랑은 『논어』 일 행을 삼 일에도 못 외운다는 둥, 코와 침을 흘리고 어른께도 "너, 나" 한다는 둥, 지랄을 부린다는 둥, 눈에 흰자울뿐이요 검은자울 이 없다는 둥, 심지어 그는 고자라는 소문까지 들려서 문호의 조모와 숙모는 날마다 눈물을 흘리고 혼인한 것을 후회한다. 난수도 이런 말을 듣고는 안색에 드러내지는 아니하여도 조그마한 가슴이 편할 날이 없어서 혹 후원에 돌아가 돌을 던져서 이 소문이 참인가 아닌가 점도 하여보고 문호가 시키는 대로 "나는 시집가기 싫소" 하고 떼를 쓰지 아니한 것을 후회도 하였다.

문호는 이 말을 듣고 울면서 계부께 간하였다. 그러나 계부는

"못 한다. 양반의 집에서 한번 허락한 일을 다시 어찌한단 말이냐. 다 제 팔자지."

"그러나 양반의 체면은 잠시 일이지요. 난수의 일은 일생에 관한 것이 아니오리까. 일시의 체면을 위하여 한 사람의 일생을 희생한다는 것이 말이 됩니까?" 하였으나 계부는 성을 내며,

"인력으로 못 하느니라" 하고는 다시 문호의 말을 듣지도 아니한다. 문호는 그 '양반의 체면'이란 것이 미웠다. 그리고 혼자 울었다. 그날 난수를 만나니 난수도 문호의 손을 잡고 운다. 문호는 난수를 얼마 위로하다가 "다 네가 약한 죄로다. 왜 내가 시키는 대로 하지 아니하였느냐?" 하고 왈칵 난수의 손을 뿌리치고 뛰어나왔다. 그러나 문해는 울지 아니한다. 물론 문해도 난수의 일을

슬퍼하지 아님은 아니나 문해는 그러한 일에 울 만한 열정이 없고 그 부친과 같이 단념할 줄을 안다. 그러나 문호는 이것은 그 계부가 난수라는 여자에게 대하여 행하는 대죄악이라 하여 그 계부의 무지 무정함을 원망하였다. 이 혼인 때문에 화락하던 문호의 집에는 밤낮 슬픈 구름이 가리었다.

5

혼인날이 왔다. 소를 잡고 떡을 치고 사람들이 다 술에 취하여 즐겁게 웃고 이야기한다. 동내(洞內) 부인들은 새 옷을 갈아입고 난수의 집 부엌과 마당에서 분주히 왔다 갔다 한다. 문호의 부친과 계부도 내외로 다니면서 내빈을 접대한다. 그러나 그 양미간에는 속일 수 없는 근심이 보인다. 문해도 그날은 감투에 갓을 받쳐 쓰고 분주하다. 그러나 문호는 두루마기도 아니 입고 집에 가만히 앉았다. 혼인날이라고 고모들과 시집간 누이들이 모여들어 문호의 집 안방에는 노소 여자가 가득히 차서 오래간만에 만난 반가운 정회를 토로한다. 늙은 고모들은 혹 눕기도 하고 젊은 누이들은 공연히 자리를 잡지 못하고 들어왔다 나갔다 한다. 마치 오랫동안 시집에 있어서 펴지 못하던 기운을 일시에 다 펴려는 것 같다. 가는 말소리 굵은 말소리가 들리다가는 이따금 즐거운 웃음소리가 합창 모양으로 들린다. 그러나 문호는 별로 이야기 참례도 아니 하고 한편 구석에 가만히 앉았다. 시집간 누이들과 집에 있는 누이들이 여러 번 몰려와서 문호를 웃기려 하였으나 마침내 실패에 종(終)하였다. 문호의 어머니가 음식을 감독하다가 문호가 아니 보임을 보고 문호를 찾아와서,

"애, 왜 여기 앉았느냐. 나가서 손님 접대나 하지그려. 어디 몸이 편치 아니하냐?" 하여도 문호는 성난 듯이 가만히 앉았다. 여기저기서 취한 사람들의 웃고 지껄이는 소리가 들릴 때마다 문호는 분노하는 듯이 주먹을 부르쥐었다. 난수는 형들 틈에 앉았다가 시끄러운 듯이 뛰어나와 문호의 곁에 들어와 앉는다. 형들은 난수를 대하여 "좋겠구나" "기쁘겠구나" "부자라더라……" 이러한 농담을 하였다. 그러나 난수는 이러한 농담을 들을 때마다 가슴을 찌르는 듯하였다.

난수는 문호의 어깨에 기대며 문호의 눈을 본다. 문호는 난수의 눈을 보았다. 그 눈에는 절망과 단념의 빛이 있는 듯하다. 그러나 난수는 다만 신랑의 천치라는 말에 근심이 되고 절생(絶生)이 될 뿐이요 이 사건에 대하여 어떠한 태도를 취할 줄을 모르고 다만 나는 불가불 천치와 일생을 보내게 되거니 할 뿐이라. 문호는 눈물을 난수에게 아니 보일 양으로 고개를 돌리며 '아깝다. 그 얼굴에 그 재주에 천치의 아내 되기는 참 아깝고 절통하다' 하고 어느 준수한 총각이 있으면 그와 난수와 부부를 삼아 어디로나 도망을 시키리라 한다. 차라리 부모의 억제로 마음 없는 곳에 시집가기보다는 자기의 마음 드는 남자와 도망하는 것이 마땅하다고 문호는 생각한다. 그리고 다시 난수를 보매 사랑스러운 마음과 불쌍한 마음과 아까운 마음과 천치 신랑이 미운 생각이 한데 섞여 나

온다. 문호는 난수의 손을 힘껏 쥐었다. 난수도 문호의 손을 힘껏 쥔다. 그리고 이빨로 가만히 문호의 팔을 물고 바르르 떤다. 문호는 무슨 결심을 하였다.

신랑이 왔다. 신랑을 맞는 일동은 모두 다 낙심하고 고개를 돌렸다. 비록 소문이 그러하더라도 설마 저렇기야 하랴 하였더니 실제로 보건대 소문보다 더하다. 머리는 함부로 크고 시뻘건 얼굴이 두 뼘이나 길고 커다란 눈은 마치 쇠눈깔과 같고 커다란 입은 헤벌려서 걸쭉한 침이 턱에서 떨어진다. 문호의 숙모는 이 꼴을 보고 문호 집 안방에 뛰어 들어와 이불을 쓰고 눕고 지금껏 웃고 떠들던 고모들과 누이들도 서로 마주 보기만 하고 아무 말도 없다. 다만 문호의 부친 형제와 문해가 웃을 때에는 웃기도 하면서 여전히 내빈을 접(接)하고 동내 부인네와 남자들이 분주할 뿐이요 양가 가족들은 모두 다 낙심하여 앉았다. 문호는 한참이나 신랑을 보다가 집에 뛰어 들어와 난수를 보고 눈물을 흘렸다. 난수는 문호의 등에 얼굴을 대고 운다. 문호는 저고리 등이 눈물에 젖어 따뜻함을 깨달았다. 이때에 혜수가 와서 난수를 안아 일으키며, "얘, 난수야 오라비 두루마기 젖는다. 울기는 왜 우느냐, 이 기쁜 날" 하고 난수를 달랜다. 난수는 속으로 '흥 제 서방은 얼굴도 똑똑하고 사람도 얌전하니깐' 하였다. 과연 혜수의 남편은 얼굴이 어여쁘고 얌전도 하였다. 아까 그가 신랑을 맞아들여 갈 때에 중인(衆人)은 양인을 비교하고 혜수와 난수의 행불행을 생각지 아니한 자가 없었다. 난수가 처음에 기다리던 신랑은 혜수의 신랑과 같은 자 또는 문호나 문해와 같은 자였다.

밤이 왔다. 문호는 어디서 돈 오 원을 구하여가지고 가만히 난수에게,

"얘 이제 나하고 서울로 가자. 이 밤차로 도망하자. 가서 내가 공부하도록 하여주마" 하였다. 그러나 난수는 문호의 말에 다만 놀랄 뿐이요 응할 생각은 없었다. '서울로 도망!' 이는 못 할 일이라 하였다. 그래서 고개를 흔들었다. 문호는,

"얘, 이 못생긴 것아. 일생을 그 천치의 아내로 지낼 터이냐?" 하며 팔을 끌었다. 그러나 난수는 도망할 생각이 없다. 문호는 울어 쓰러지는 난수를 발길로 차며

"죽어라, 죽어!" 하고 꾸짖었다. 그리고 외딴 방에 가서 혼자 누웠다.

혜수의 신랑이 들어와,

"자 나하고 자세" 하고 문호의 곁에 눕는다. 문호는 또 난수의 신랑과 혜수의 신랑을 비교하고 난수를 불쌍히 여기는 정이 격렬하여진다. 그리고 혜수의 신랑의 아름다운 얼굴과 자기의 얼굴의 아름다움을 자랑하는 듯한 웃음을 보고 문호도 빙긋이 웃는다. 혜수의 신랑은,

"여보게. 그 신랑이란 자가" 하고 웃음이 나와서 말을 이루지 못하면서 겨우 "내가 떡을 권하였더니 먹기 싫다고 밥상을 발길로 차데그려, 그래 방바닥에 국이 쏟아지고" 하면서 자기의 젖은 바지를 보이며 웃는다. 문호도 그 쇠눈깔 같은 눈을 희번덕거리며 발길로 차던 모양을 상상하고 웃음을 금치 못하였다. 혜수의 신랑도 혜수에 비기면 열등하였다. 그는 지금 십칠 세나 아직 사

숙(私塾)에서 『맹자』를 읽을 뿐이라 도저히 혜수의 발달한 상상력과 취미에 기급(企及)지 못할뿐더러 혜수의 정신력이 자기보다 우월한 줄도 이해하지 못하는 아직 유취소아(乳臭小兒)[8]였다. 그러므로 혜수도 부(夫)에게 대하여 일종 모멸하는 감정을 가진다. 그러나 문호나 혜수나 다 같이 그의 용모의 미려함과 성질의 온순 영리함을 사랑한다.

 이튿날 아침에 문호는 계부의 집에 갔다. 아랫방 아랫목에 난수가 비단옷을 입고 머리를 쪽 찌고 앉은 모양을 문호는 말없이 물끄러미 보았다. 난수는 얼른 문호의 얼굴을 보고 고개를 돌린다. 문호는 그 비단옷과 머리의 변한 것을 볼 때에 형언치 못할 비애와 혐오를 깨달았다. 난수가 작야(昨夜)에 천치와 한자리에 잤는가, 혹은 저 천치에게 처녀를 깨트렸는가 생각하매 비분한 눈물이 흐르려 한다. 난수의 주위에 둘러앉았던 고모들과 누이들은 문호의 불평하여 하는 안색을 보고 웃기와 말하기를 그친다. 지수는 문호의 팔을 떠밀치며,

 "오빠는 나가시오" 한다. 난수도 문호의 심정을 대강은 짐작한다. 그러나 문호는 입술로 "쩝쩝" 하는 소리를 내며 난수의 돌아앉은 꼴을 본다. 그리고 속으로 '아아 만사휴의(萬事休矣)로구나.' 왜 저렇게 어여쁘고 얌전하고 재주 있는 처녀를 천치의 발 앞에 던져 지르밟히게 하는가 생각하매 마당과 방 안에 왔다 갔다 하는 인물들이 모두 다 난수 하나를 못되게 만들고 장난감을 삼는 마귀의 무리들같이 보인다. 힘이 있으면 그 악한 무리들을 온통 때려 부수고 그 무리들의 손에서 죽는 난수를 구원하여내고

싶다. 문호의 눈에 난수는 죽은 사람이로다 이런 생각을 할 때에 지수는 또 한 번,

"어서, 오빠는 나가셔요!" 하고 떠밀친다. 그제야 비로소 난수를 보던 눈으로 지수를 보았다. 지수의 눈에는 사랑과 자랑의 빛이 보인다. 문호는 지수나 잘되도록 하리라 하고 나온다.

나와서 바로 집으로 오려다가 혜수의 신랑한테 끌려 신랑 방으로 들어간다. 혜수의 신랑은 신랑의 우스운 꼴을 구경하려고 문호를 끌고 들어가는 것이라. 신랑 방에는 소년들이 많이 모였다. 혜수의 신랑이 신랑의 곁에 앉으며,

"조반 자셨나?" 하고 인사를 한다. 신랑은 침을 질질 흘리며 혜하고 웃는다. 그래도 어저께 자기를 맞던 사람을 기억하는구나 하고 문호는 코웃음을 하였다. 곁에서 누가 문호를 신랑에게 소개한다.

"이이가 신랑의 처종형일세."

그러나 신랑은 여전히 침을 흘리며 다만 "처종형?" 하고 문호의 얼굴을 본다. 그 눈이 마치 죽은 소 눈깔같이 보여 문호는 구역이 나서 고개를 돌렸다. 그리고 속으로 '아아 저것이 내 난수의 배필!' 하였다.

6

익년 봄에 문호는 동경으로 유학을 갔다가 이태 되는 여름에 집

에 돌아왔다. 그러나 앞 고개에는 이미 난수의 나와 맞음이 없고 대문 밖에는 웃고 맞아주던 자매들이 보인다. 문호가 동경 갈 때에 십여 세 되던 자매들이 지금은 십이삼 세의 커다란 처녀가 되어 역시 반갑게 문호를 맞는다. 그러나 그 처녀들은 결코 문호의 친구가 아니리라. 문호는 방에 들어가 이전 앉던 자리에 앉았다. 그리고 처녀들도 이전 모양으로 문호를 중심으로 하고 둘러앉는다. 그 어머니는 여전히 닭을 잡고 떡을 만들어 문호와 문해와 둘러앉은 처녀들을 먹인다. 그러나 삼 년 전에 있던 즐거움은 영원히 스러지고 말았다. 문호는 울고 싶었다. 그러나 삼 년 전과 같이 눈물이 흐르지 아니한다. 문호는 마주 앉은 문해의 까맣게 난 수염을 본다. 그리고 손으로 자기의 턱을 쓸며,

"문해야, 우리 턱에도 수염이 났구나" 하며 턱 아래 한 치나 자란 외대 수염을 툭툭 잡아채며 웃는다. 문해도 금석(今昔)의 감(感)을 금치 못하면서 코 아래 까맣게 난 수염을 만진다. 처녀들도 양인이 수염을 만지는 것을 보고 웃는다. 그러나 그네는 양인의 뜻을 모른다. 모친은 어린아이 둘을 안아다가 문호의 앞에 놓는다. 물끄러미 검은 양복 입은 문호를 보더니 토실토실한 팔을 내두르고 으아 하고 울면서 모친의 무릎으로 기어간다. 모친은 두 아이를 안으면서,

"이 애들이 벌써 세 살이 되었구나" 한다. 문호는 하나가 자기의 아들이요 하나가 문해의 아들인 줄을 아나 어느 것이 자기의 아들인 줄을 몰라 우두커니 우는 아이들을 보고 앉았다가 자탄하는 모양으로

"흥, 우리도 벌써 아버질세그려. 소년의 천국은 영원히 지나갔네그려" 하고 웃으면서도 눈에는 눈물이 고인다. 가만히 문호를 보고 앉은 모친의 얼굴에도 전보다 주름이 많게 되었다. 문호는 정신없는 듯이 모친만 보고 앉았다. 집 앞 버드나무에서는 "꾀꼬리오" 하는 소리가 들린다.

어린 벗에게

제1신(信)

사랑하는 벗이여—

전번에 평안하다는 편지를 부친 후 사흘 만에 병이 들었다가 오늘에야 겨우 출입하게 되었나이다. 사람의 일이란 참 믿지 못할 것이로소이다. 평안하다고 편지 쓸 때에야 누구라서 삼 일 후에 중병이 들 줄을 알았사오리까? 건강도 믿을 수 없고 부귀도 믿을 수 없고 인생 만사에 믿을 것이 하나도 없나이다. 생명인들 어찌 믿사오리까, 이 편지를 쓴 지 삼 일 후에 내가 죽을는지 어찌 아오리까. 고인이 인생을 조로(朝露)[1]에 비긴 것이 참 마땅한가 하나이다. 이러한 중에 오직 하나 믿을 것이 정신적으로 동포 민족에게 선(善) 영향을 끼침이니 그리하면 내 몸은 죽어도 내 정신은 여러 동포의 정신 속에 살아 그 생활을 관섭(管攝)[2]하고 또 그네의 자손에게 전하여 영원히 생명을 보전할 수가 있는 것이로소이다. 공자가 이리하여 영생하고 야소(耶蘇)[3]와 석가(釋迦)가 이리하여 영생하고 여러 위인(偉人)과 국사(國士)와 학자(學者)가 이리하여 영생하고 시인(詩人)과 도사(道士)가 이리하여 영생하는가 하나이다.

나도 지금 병석에서 일어나 사랑하는 그대에게 이 편지를 쓰려 할 제 더욱 이 감상이 깊어지나이다. 어린 그대는 아직 이 뜻을 잘 이해하지 못하려니와 총명한 그대는 근사하게 상상할 수는 있는가 하나이다.

내 병은 중한 한감(寒感)이라 하더이다. 원래 상해(上海)란 수토[4]가 건강에 부적(不適)하여 이곳 온 지 일주일이 못하여 소화불량증을 얻었사오며 이번 병도 소화불량에 원인한가 하나이다. 첨이삼일은 신체가 권태하고 정신이 침울하더니 하루 저녁에는 오한하고 두통이 나며 자고 나니 이번은 전신에 모닥불을 퍼붓는 듯하고 가슴은 바짝바짝 들이타고 조갈증이 나고 뇌는 부글부글 끓는 듯하여 가끔 정신을 잃고 군소리를 하게 되었나이다.

이때에 나는 더욱 간절히 그대를 생각하였나이다. 그때에 내가 병으로 있을 제 그대가 밤낮 내 머리맡에 앉아서 혹 손으로 머리도 짚어주고 다정한 말로 위로도 하여주고—그중에도 언제 내 병이 몹시 중하던 날 나는 이삼 시간 동안이나 정신을 잃었다가 겨우 깨어날 제 그대가 무릎 위에 내 머리를 놓고 눈물을 흘리던 생각이 더 간절하게 나나이다. 그때에 내가 겨우 눈을 떠서 그대의 얼굴을 보며 내 여위고 찬 손으로 그대의 따뜻한 손을 잡을 제 내 감사하는 생각이야 얼마나 하였으리까. 지금 나는 이역 역려(異域逆旅)에 외로이 병들어 누운 몸이라 간절히 그대를 생각함이 또한 당연할 것이로소이다. 나는 하도 아쉬운 마음에 억지로 그대가 지금 내 곁에 앉았거니 내 머리를 짚고 내 손을 잡아주거니 하고 상상하려 하나이다. 몽매간(夢寐間)에 그대가 내 곁에 있는 듯하여 반겨 깨어 본즉 차디찬 전등만 무심히 천장에 달려 있고 유리창 틈으로 찬 바람이 휙휙 들이쏠 뿐이로소이다. 세상에 여러 가지 괴로움이 아무리 많다 한들 이역 역려에 외로이 병든 것보다 더한 괴로움이야 어디 있사오리까. 몸에 열은 여전하고 두통과 조갈(燥渴)은 점점 심하여가되 주인은 잠들고 냉수 한잔 주는 이 없나이다. 그대가 냉수 먹는 것이 해롭다 하여 밤에 커다란 무를 얻어다가 깎아주던 생각이 나나이다. 조갈한 중에 시원한 무—사랑하는 그대의 손으로 깎은 무 먹는 맛은 선도(仙桃)—만일 있다 하면—먹는 맛이라 하였나이다.

이러한 때에는 여러 가지 공상과 잡념이 많이 생기는 것이라 지금 내 머리에는 과거 일 미래 일 있던 일 없던 일 기쁘던 일 섧던 일이 연락도 없고 질서도 없이 짤그막짤그막 조각조각 쓸어 나오나이다. 한참이나 이 잡념과 공상을 겪고 나서 뻔히 눈을 뜨면 마치 그동안에 수십 년이나 지나간 듯하나이다. 혹 '죽음'이라는 생각도 나나이다. 내 병이 점점 중하여져서 명일(明日)이나 재명일(再明日)이나 또는 이 밤이 새기 전에라도 이 목숨이 스러지지 아니할런가 이렇게 여러 가지 생각을 하고 있다가 비몽사몽간에 이 세상을 버리지나 아니할런가 혹 지금 내가 죽어서 이런 생각을 하는 것이 아닌가 하여 제 손으로 제 몸을 만져보기도 하였나이다. '죽음!' 생명은 무엇이며 죽음은 무엇이뇨. 생명과 죽음은 한데 매어놓은 빛 다른 노끈과 같으니 붉은 노끈과 검은 노끈은 원래 다른 것이 아니라 같은 노끈의 한끝을 붉게 들이고 한끝을 검게 들였을 뿐이니 이 빛과 저 빛의 거리는 영(零)이로소이다. 우리는 광대 모양으로 두 팔을 벌리고 붉은 끝에서 시작하여 시시각각으로 검은 끝을 향하여 가되 어디까지가 붉은 끝이며 어디서부터 검은 끝인지를 알지 못하나니 다만 가고 가고 가는 동안에 언제 온지 모르게 검은 끝에 발을 들여놓는 것이로다. 나는 지금 어디쯤에나 왔는가, 나선 곳과 검은 끝과의 길이가 얼마나 되는가? 나는 지금 병이란 것으로 전속력으로 검은 끝을 향하여 달아나지 않는가, 할 때에 알 수 없는 공포가 전신을 둘러싸는 듯하더이다. 오늘날까지 공부한 것은 무엇이며 근고(勤苦)[6]하고 일한 것은 무엇이뇨, 사랑과 미움과 국가와 재산과 명성은 무엇이뇨, 희망은 어디 있으며 선은 무엇 악은 무엇이뇨, 사람이란 일생에 얻은 모든 소득과 경험과 기억과 역사를 아끼고 아끼며 지녀오다가 무덤에 들어가는 날 무덤 해관(海關)[7]에서 말끔 빼앗기고 세상에 나올 때에 발가벗고 온 모양으로 세상을 떠날 때에도 발가벗기어 쫓겨나는 것이로소이다. 다만 변한 것은 고와서 온 것이 미워져서 가고 기운차게 온 것이 가엽게 가고 축복받아 온 것이 저주받아 감이로소이다. 그러므로 나는 생각하나이다. 이제 죽으면 어떻고 내일 죽으면 어떠며 어제 죽었으면 어떠랴—아주 나지 않았던들 어떠랴. 아무 때 한 번 죽어도 죽기는 죽을 인생이요, 죽은 뒤면 왕공이나 거지나 사람이나 도야지나 내지 귀뚜라미나 다 같이 스러지기는 마치 일반이니 두려울 것이 무엇이며 아까울 것이 무엇이랴 함이 나의 사생관이로소이다.

그러나 인생이 생(生)을 아끼고 사(死)를 두려워함은 생이 있음으로 얻을 무엇을 잃어버리기를 아껴 함이니 혹 금전을 좋아하는 이가 금전의 쾌락을 아낀다든가, 사랑하는 부모나 처자를 둔 이가 이들과 작별하기를 아낀다든가 혹 힘써 얻은 명예와 지위를 아낀다든가 혹 사랑하는 사람과 떠나기를 아낀다든가 혹 우주만물의 미(美)를 아낀다든가 함인가 하나이다. 이러한 생각이야말로 인생으로 하여금 생의 욕망과 집착을 생하게 하는 것이니 이 생각에서 인세(人世)의 만사가 발생하는 것인가 하나이다. 내가 지금 사를 생각하고 공포(恐怖)함은 무엇을 아낌이오리까. 나는 부귀도 없나이다. 명예도 없나이다. 내게 무슨 아까울 것이 있사오리까,―오직 '사랑'을 아낌이로소이다. 내가 남을 사랑하는 데서 오는 쾌락과 남이 나를 사랑하여주는 데서 오는 쾌락을 아낌이로소이다. 나는 그대의 손을 잡기 위하여, 그대의 다정한 말을 듣기 위하여, 그대의 향기로운 입김을 맡기 위하여, 차디차고 쓰디쓴 인세의 광야에 내 몸은 오직 그대를 안고 그대에게 안겼거니 하는 의식의 짜르르하는 묘미를 맛보기 위하여 살고자 함이로소이다. 그대가 만일 평생 내 머리를 짚어주고 내 손을 잡아준다면 나는 즐겨 일생을 병으로 지내리다. 창공을 바라보매 모두 차디차디한 별인 중에 오직 따뜻한 것은 태양인 것같이 인사(人事)의 만반 현상(萬般現象)을 돌아보매 모두 차디차디한 중에 오직 따뜻한 것이 인류 상호의 애정의 현상뿐이로소이다.

 그러나 나는 저 형식적 종교가 도덕가가 입버릇으로 말하는 그러한 애정을 일컬음이 아니라, 생명 있는 애정——펄펄 끓는 애정, 빳빳 마르고 슴슴한 애정 말고 자릿자릿하고 달디달디한 애정을 일컬음이니 가령 모자(母子)의 애정, 어린 형제자매의 애정, 순결한 청년 남녀의 상사(相思)하는 애정, 또는 그대와 나와 같은 상사적(相思的) 우정을 일컬음이로소이다. 건조 냉담(乾燥冷淡)한 세상에 천년을 살지 말고 이러한 애정 속에 일일(一日)을 살기를 원하나이다. 그러므로 내가 잡을 직업은 아비, 교사, 사랑하는 사람, 병인 간호하는 사람이 될 것이로소이다.

 그러나 나는 지금 사랑할 이도 없고 사랑하여줄 이도 없는 외로운 병석에 누웠나이다.

 이리하기를 삼사일 하였나이다. 상해 안에는 친구도 없지 아니하오매 내가 앓는 줄을 알면 찾아오기도 하고 위로도 하고 혹 의원도 데려오고 밤에 간호도 하여줄 것이로소이다. 그러나 나는 내가 앓는다는 말을 아무에게도 전하지 아니하였나이다. 그 뜻은 사랑하지 않는 이의 간호도 받기 싫거니와 내가 저편에 청하여 저편으로 하여금 체면상 나를 위문하게 하고 체면상 나를 위하여 밤을 새우게 하기가 싫은 까닭이로소이다. 나도 지내보니 제가 사랑하는 사람을 위하여서는 연일 밤을 새워도 곤한 줄도 모르고 설혹 병인이 토하거나 똥을 누어 내 손으로 그것을 치워야 할 경우를 당하더라도 싫기는커녕 오히려 내가 사랑하는 이를 위하여 복무하게 된 것을 큰 쾌락으로 알거니와 제가 사랑하지 않는 사람을 위하여서는 한 시간만 안 자도 졸리고 허리가 아프고 그 병인의 살이 내게 닿기만 하여도 싫은 병이 생겨 혹 억지로 체면으로 그를 안아주고 위로하여주더라도 이는 한 외식(外飾)에 지나지 못하며 심지어 저것이 죽었으면 사람 죽는 구경이나 하련마는 하는 수도 있더이다. 그러므로 나는 나를 사랑하지 않는 이의 외식하는 간호를 받으려 하지 아니함이로소이다. 그때에도 여러 사람이 곁에 둘러앉아서 여러 가지로 나를 위로하고 구원하는 것보다 그대가 혼자 곤하여서 앉은 대로 벽에 기대어 조는 것이 오히려 내게 큰 효력이 되고 위안이 되었나이다. 그러므로 나를 사랑하지 않는 여러 사람의 간호를 받기보다 상상으로 실컷 사랑하는 그대의 간호를 받는 것이 천층만층 나으리라 하여 아무에게도 알리지 아니한 것이로소이다.

제오일 밤에 가장 심하게 고통(苦痛)하고 언제 잠이 들었는지 모르나 정신을 못 차리고 혼수하였나이다. 하다가 곁에서 사람의 말소리가 들리기로 겨우 눈을 떠 본즉 어떤 청복(淸服) 입은 젊은 부인과 남자 학도 하나가 풍로(風爐)에 조그마한 냄비를 걸어놓고 무엇을 끓이더이다. 희미한 정신으로나마 깜짝 놀랐나이다. 꿈이나 아닌가 하였나이다. 나는 청인 여자(淸人女子)에 아는 이가 없거늘 이 어떤 사람이 나를 위하여—외롭게 병든 나를 위하여 무엇을 끓이는고. 나는 다시 눈을 감고 가만히 동정을 보았나이다.

얼마 있다가 그 소년 학생이 내 침대 곁에 와서 가만히 내 어깨를 흔들더이다. 나는 깨었나이다. 그 소년은 핏기 있고 쾌활하고

상긋상긋 웃는 얼굴로 나의 힘없이 뜬 눈을 들여다보더니, 청어 (淸語)로

"어떠시오? 좀 나아요?"

나는 무인 광야에서 동무를 만난 듯하여 꽉 그 소년을 쓸어안고 싶었나이다. 나는 힘없는 목소리로

"네, 관계치 않습니다."

이때에 한 손에 부젓가락 든 부인의 시선이 내 시선과 마주치더이다. 나는 얼른 보고 그네가 오누인 줄을 알았나이다. 그 부인이 내가 잠깬 것을 보고 침대 가까이 와서 영어로

"약을 달였으니 우선 잡수시고 조반을 좀 잡수시오."

이때에 내가 무슨 대답을 하오리까. 다만 "감사하올시다. 하나님이시여 당신네에게 복을 내리시옵소서" 할 따름이로소이다. 나는 억지로 몸을 일으켰나이다. 그 소년은 외투를 불에 쪼여 입혀 주고 부인은 냄비에 덮인 약을 유리잔에 옮겨 담더이다. 나는 일어앉아 내 이불 위에 보지 못하던 상등(上等) 담요가 덮인 것을 발견하였나이다. 나는 참말 꿈인가 하고 고개를 흔들어보았나이다. 나는 차마 이 은인을 더 고생시키지 못하여 억지로 일어나 내 손으로 약도 먹으려 하였나이다. 그러나 이 두 은인은 억지로 나를 붙들어 앉히고 약 그릇을 손수 들어 먹이나이다. 나는 그 약을 먹음보다 그네의 애정과 정성을 먹는 줄 알고 단모금에 쭉 들이켰나이다. 곁에 섰던 소년은 더운물을 들고 섰다가 곧 양치하기를 권하더이다. 부인은 "이제 조반을 만들겠으니 바람 쏘이시지 말고 누워 계십시오" 하고 물을 길으러 가는지 아래층으로 내려

가더이다. 나는 그제야 소년을 향하여 "누구시오?" 하였다. 소년은 한참 주저주저하더니,

"나는 이 이웃에 사는 사람이올시다" 하고는 내 책상 위에 놓은 그림을 보더이다. 나는 다시 물을 용기가 없었나이다.

부인은 바켓트에 물을 길어 들고 올라오더니 소년을 한 번 구석에 불러 무슨 귓속말을 하여 내보내고 자기는 약 달이던 냄비를 부시어 우유와 쌀을 두고 죽을 쑤더이다. 나는 어떤 사람인지 물어보고 싶은 맘이 간절하기는 하나 미안하기도 하고 어떻게 물을 지도 알지 못하여 가만히 베개에 기대어 하는 양만 보고 있었나이다. 그때의 나의 심중은 어떻게 형언할 수가 없었나이다. 부인은 그리 찬란하지 아니한 비단옷에 머리는 유행하는 양식(洋式) 머리, 분도 바른 듯 만 듯, 자연한 장밋빛 같은 두 보조개가 아침 광선을 받아 더할 수 없이 아름답더이다. 그뿐 아니라 매우 정신이 순결하고 교육을 잘 받은 줄은 그 얼굴과 거지(擧止)와 언어를 보아 얼른 알았나이다. 나는 그가 아마 어느 문명한 예수교인의 가정에서 가장 행복하게 자라난 처자인 줄을 얼른 알았나이다. 그리고 그의 부모의 덕을 사모하는 동시에 인류 중에 이러한 정결한 처자가 있음을 자랑으로 알며 그를 보게 된 내 눈과 그의 간호를 받게 된 내 몸을 무상한 행복으로 알았나이다. 나는 병고도 좀 덜린 듯하고 설혹 덜리지는 아니하였더라도 청정(淸淨)한 희한한 기쁨이 병고를 잊게 함이라 하였나이다. 하도 괴롭고 하도 외로워 내 손으로 내 목숨을 끊어버리려고까지 하였나이다. 만일 이런 일이 없었더라면 오늘 아침에 깨어서도 또 그러한 흉하고

슬픈 생각만 하였을 것이로소이다. 그러나 나는 다시 맘에 기쁨을 얻고 생명의 쾌락과 집착력을 얻었나이다. 나는 죽지 말고 살려 하나이다. 울지 말고 웃으려 하나이다. 이러한 미가 있고 이러한 애정이 있는 세상은 버리기에는 너무 아깝다 하나이다. 하나님은 지옥에 들려는 어린 양에게 두 천사를 보내사 다시 당신의 슬하로 부른 것이로소이다. 나는 풍로에 불을 불고 숟가락으로 죽을 젓는 부인의 등을 향하여 은근히 고개를 숙이며 속으로 천사시여 하였나이다. 부인은 우연히 뒤를 돌아보더이다. 나는 부끄러워 고개를 푹 숙였나이다.

이윽고 층층대를 올라오는 소리가 나더니 그 소년이 밀감과 능금 담은 광주리와 우유통을 들고 들어와 그 부인께 주더이다. 부인은 또 무어라고 소곤소곤하더니 그 소년이 알아들은 듯이 고개를 끄덕끄덕하고 나더러

"칼 있습니까?"

"네 저 책상 왼편 서랍에 있습니다."

"열어도 관계치 않습니까?" "네" 하는 내 대답을 듣고 소년은 발소리도 없이 책상 서랍을 열고 칼을 내어다가 능금을 깎아 백지 위에 쪼개어 내 침상 머리에 놓으며 "잡수세요, 목마르신데" 하고 초췌한 내 얼굴을 걱정스러운 듯이 보더이다. 나는 감사하고 기쁜 맘에 "참 감사하올시다" 하고 얼른 두어 쪽 집어 먹었나이다. 그 맛이여! 빼빼 마르던 가슴이 뚫리는 듯하더이다. 그때에 그대의 손에 무쪽을 받아먹던 맛이로소이다.

알지 못하는 처녀가 알지 못하는 이국 병인(異國病人)을 위하

여 정성 들여 끓인 죽을 먹고 알지 못하는 소년이 손수 벗겨주는 밀감을 먹고 나니 몸이 좀 부드러워지는 듯하더이다. 그제야 나는 부인에게,

"참 감사드릴 말씀이 없습니다. 대체 아씨는 누구신데 외국 병인에게 이처럼 은혜를 끼치십니까?" 하고 나는 부지불각(不知不覺)에 눈물을 흘렸나이다. 부인은 소년의 어깨를 만지며,

"저는 이 이웃의 사람이올시다. 선생은 저를 모르시려니와 저는 여러 번 선생을 뵈었나이다. 여러 날 출입이 없으시기로 주인에게 물은즉 병으로 계시다기에 객지에 얼마나 외로우시랴 하고 제 동생(소년의 어깨를 한 번 더 만지며)을 데리고 약이나 한 첩 달여드릴까 하고 왔습니다."

나는 너무 감사하여 한참이나 말을 못 하고 눈물만 흘리다가,

"미안하올시다마는 좀 앉으시지요" 하여 부인이 의자에 앉은 뒤에 나는

"참 이런 큰 은혜가 없습니다. 평생 잊지 못할 큰 은혜올시다."

부인은 고개를 숙이고 얼굴을 잠깐 붉히며,

"천만의 말씀이올시다" 할 뿐.

이 말을 듣고 나는 갑자기 정신이 아득하여지며 방 안이 노랗게 되는 것만 보고는 어찌 된지 몰랐나이다. 아마 쇠약한 몸이 과극한 정신적 동요를 견디지 못하여 기절한 것이로다. 이윽고 멀리서 나는 사람의 소리를 들으며 깨어 본즉 곁에는 그 부인과 소년이 있고 그 외에 어떤 양복 입은 남자가 팔목을 잡고 섰더이다. 일동의 눈치와 얼굴에는 놀란 빛이 보이더이다. 나는 이 여러 은

인을 걱정시킨 것이 더욱 미안하여 애써 웃으며,

"잠시 혼미하였었습니다. 이제는 평안하올시다." 그제야 부인과 소년이 웃고 내 손목을 잡은 사람도 부인을 향하여 "이삼일 내에 낫지요" 하고 아래로 내려가더이다. 부인은 "후——" 하고 한숨을 쉬며,

"아까 잡수신 조반이 체하였는가요. 어떻게 놀랐는지—— 두 시간이나 되었습니다."

그 후 아무리 사양하여도 삼 일을 연하여 주야로 약과 음식을 여투어주어 부드러운 말로 위로도 하더이다. 그러나 앓는 몸이요 또 물을 용기도 없어 성명이 무엇인지 다만 이웃이라 하나 통호수가 얼만지도 몰랐나이다. 너무 오래 그네를 수고시키는 것이 좋지 아니하리라 하여 부득이 부인의 대필로 몇몇 친구에게 편지를 띄우고 이제부터 내 친구가 올 터이니 너무 수고 마소서 크나큰 은혜는 각골난망하겠나이다 하여 겨우 돌려보내었나이다. 그동안 이 두 은인에게 받은 은혜는 참 헤아릴 수도 없고 형언할 수도 없나이다. 더욱이 그 추운 밤에 병상에 지켜 앉아 연해 젖은 수건으로 머리를 식혀주며 자리를 덮어주고 심지어 물을 데워 아침마다 수건으로 얼굴을 씻어주고 소년은 책상을 정돈하여주며 심부름을 하여주고——마침 십이월 이십사오일경이라 학교는 휴업이나——하루 세 번 약을 달이고 먹을 것을 만들어주는 등 친동생과 조금도 다름이 없었나이다. 나는 이 두 은인을 무엇이라 부르리까. 아우와 누이——우리 언어 중에 여기서 더 친절한 말이 없으니 이 말에 '가장 사랑하고 가장 공경하는'이라는 형용사를

달아 '가장 사랑하는 누이' '가장 사랑하는 아우'라 하려 하나이다. 사랑하는 그대여 나는 살려 하나이다. 살아서 일하려 하나이다——. 그대와 저와 저와 세 사람을 위하여 그 세 사람을 가진 복 있는 인생을 위하여 잘 살면서 잘 일하려 하나이다.

오늘은 십이월 이십칠일. 부대 심신이 평안하여 게으르지 말고 정의의 용사 될 공부 하소서.

——사랑하시는 벗.

제2신

전서(前書)는 지금 발해(渤海)를 건너갈 듯하여이다. 그러나 다시 사뢸 말씀 있어 또 끼적이나이다.

오늘 아침에 처음 밖에 나와 우선 은인의 집을 찾아보았나이다. 그러나 성명도 모르고 통호도 모르매 아무리 하여도 찾을 수는 없이 공연히 사린(四隣)[8]을 휘휘 싸매다가 마침내 찾지 못하고 말았나이다. 찾다가 찾지 못하니 더욱 마음이 초조하여 뒤에 인적만 있어도 행여 그 사람인가 하여 반드시 돌아보고 돌아보면 반드시 모를 사람이더이다. 행여 길에서나 만날까 하고 아무리 주목하여 보아도 그런 사람은 없더이다. 나는 무엇을 잃은 듯이 망연히 돌아왔나이다. 돌아와서 그 보지 못하던 담요를 만지고 삼사일 전에 있던 광경을 그려 없는 곳에 그를 볼 양으로 철없는 애를 썼나이다. 나는 그가 섰던 자리에 서도 보고 그가 만지던 바를 만져도 보고 그가 걸어 다니던 길을 회상하여 그 방향으로 걷기도 하였나이다. 그가 우두커니 섰던 자리에 서서 깊이 숨을 들이쉬었나이다. 만일 공기에 대류 작용이 없었던들 그의 깨끗한 폐에서 나온 입김이 그냥 그 자리에 있어 온통으로 내가 들이마실 수 있었을 것이로소이다. 나는 그동안 문 열어놓은 것을 한(恨)하나이다. 문만 아니 열어놓았던들 그의 입김과 살내가 아직 남았을 것이로소이다. 그러나 나는 조금 남은 김이나 들이마실 양으로 한 번 더 심호흡을 하였나이다. 나는 다시 생각하였나이다. 그러한 향기로운 입김과 깨끗한 살내는 내 방에만 있을 것이 아니라 전 우주에 퍼져서 전 만물로 하여금 조물주의 대걸작의 순미(醇美)를 맛보게 할 것이라 하였나이다. 나는 다시 한 번 담요를 만지고 만지다가 담요 위에 이마를 대고 엎어졌나이다. 내 가슴은 자주 뛰나이다. 머리가 훗훗 다나이다. 숨이 차지나이다. 나는 정녕 무슨 변화를 받는가 하였나이다. '아아 이것이 사랑이로구나!' 하였나이다. 그는 나의 맘에 감사를 주는 동시에 일종 불가사의한 불길을 던졌나이다. 그 불길이 지금 내 속에서 저항치 못할 세력으로 펄펄 타나이다.

  나는 조선인이로소이다. 사랑이란 말은 듣고 맛은 못 본 조선인이로소이다. 조선에 어찌 남녀가 없사오리까마는 조선 남녀는 아직 사랑으로 만나본 일이 없나이다. 조선인의 흉중에 어찌 애정이 없사오리까마는 조선인의 애정은 두 잎도 피기 전에 사회의 습관과 도덕이라는 바위에 눌리어 그만 말라 죽고 말았나이다. 조선인은 과연 사랑이라는 것을 모르는 국민이로소이다. 그네가 부부가 될 때에 얼굴도 못 보고 이름도 못 듣던 남남끼리 다만 계약이라는 형식으로 혼인을 맺어 일생을 이 형식에만 속박되어 지내는 것이로소이다. 대체 이따위 계약 혼인은 짐승의 자웅을 사람의 맘대로 마주 붙임과 다름이 없을 것이로소이다. 옷을 지어 입을 때에는 제 맘에 드는 바탕과 빛깔에 제 맘에 드는 모양으로 지어 입거늘——담뱃대 하나를 사도 여럿 중에서 고르고 골라 제 맘에 드는 것을 사거늘 하물며 일생의 반려를 정하는 때를 당하여 어찌 다만 부모의 계약이라는 형식 하나로 하오리까. 이러한 혼인은 오직 두 가지 의의가 있다 하나이다. 하나는 부모가 그 아들과 며느리를 노리갯감으로 앞에 놓고 구경하는 것과 하나는 도야지 장사가 하는 모양으로 새끼를 받으려 함이로소이다. 이에 우리 조선 남녀는 그 부모의 완구(玩具)[10]와 생식(生殖)하는 기계가 되고 마는 것이로소이다. 이러므로 지아비가 그 지어미를 생각할 때에는 곧 육욕의 만족과 자녀의 생산만 연상하고 남녀가 여자를 대할 때에도 곧 열등한 수욕(獸慾)[11]의 만족만 생각하게 되는 것이로소이다. 남녀 관계의 구경(究竟)[12]은 물론 육적 교접(肉的交接)과 생식이로소이다. 그러나 오직 이뿐이오리까. 다른 짐승과 조금도 다름없이 오직 이뿐이오리까. 육적 교접과 생식 이외에——또는 이상에는 아무것도 없을 것이리까. 어찌 그러리오. 인생은 금수와 달라 정신이라는 것이 있나이다. 인생은 육체를 중히 여기는 동시에 정신을 중히 여기는 의무가 있으며 육체의 만족을 구하는 동시에 정신의 만족을 구하려는 본능이 있나이다. 그러므로 육체적 행위만 이 인생 행위의 전체가 아니요 정신적 행위가 또한 인생 행위의 일반을 성(成)하나이다. 그뿐더러 인류가 문명할수록 개인의 수양이 많을수록 정신 행위를 육체 행위보다 더 중히 여기고 따라서 정신적 만족을 육체적 만족보다 더 귀히 여기는 것이로소이다. 호의호식이나 만족하기는 범속의 하는 바로되 천지의 미와 선행의 쾌감은 오직 군자라야 능히 하는 바로소이다. 아름다운 여자를 사랑한다 하면 곧 야합을 상상하고 아름다운 소년을 사랑한다 하면 곧 추행을 상상하는 이는 정신생활이 무엇인지를 모르는 비천(卑賤)한 인격자라 할 것이로소이다. 외나 호박꽃만 사랑할 줄 알고 국화나 장미를 사랑할 줄 모른다면 그 얼마나 천(賤)하오리까. 그러므로 남녀의 관계는 다만 육교(肉交)에만 있는 것이 아니요 정신적 애착과 융합에 있다 하나이다——더구나 문명한 민족에 대하여 그러한가 하나이다. 남녀가 서로 육체미와 정신미에 홀리어 서로 전심력(全心力)을 경주(傾注)하여 사랑함이 인류에 특유한 남녀 관계니 이는 무슨 방편으로 즉 혼인이라는 형식을 이른다든가 생식이라는 목적을 행한다든가 육욕의 만족을 구하려는 목적의 방편으로 함이 아니요 '사랑' 그 물건이 인생의 목적이니 마치 나고 자라고 죽음이 사람의 변치 못할 천명임과 같이 남녀의 사랑도 변치 못할 또는 독립한 천명인가 하나이다. 혼인의 형식 같은 것은 사회의 편리상 제정한 한 규모에 지나지 못한 것——즉 인위적이어니와 사랑은 조물(造物)이 품부(稟賦)[13]한 천성이라 인위는 거스를지언정 천의야 어찌 금위(禁衛)[14]하오리이까. 물론 사랑 없는 혼인은 불가하거니와 사랑이 혼인의 방편은 아닌 것이로소이다. 오인(吾人)의 충효의 염(念)과 형우제공(兄友弟恭)¹⁵의 염이 천성이라 거룩한 것이라 하면 남녀 간의 사랑도 물론 그와 같이 천성이라 거룩할 것이로소이다. 그러므로 오인은 결코 이 본능——사랑의 본능을 억제하지 아니할뿐더러 이를 자연한(卽正當한) 방면으로 계발시켜 인성의 완전한 발견을 기(期)할 것이로소이다. 충효의 염 없는 이가 비인(非人)이라 하면 사랑의 염 없는 이도 또한 비인일지며 사실상 인류치고 만물이 다 가진 사랑의 염을 아니 가진 이가 있을 리 없을지나 혹 나는 없노라 장담하는 이가 있다 하면 그는 사회의 습관에 잡혀 자기의 본성을 억제하거나 또는 사회에 아첨하기 위하여 본성을 기망(欺罔)¹⁶하는 것이라 하나이다. 그러므로 인생이란 남녀를 물론하고 일생 일차는 사랑의 맛을 보게 된 것이니 남자 십칠팔 세 여자 십오륙 세의 육체의 미와 심중의 고민은 즉 사랑을 요구하는 절기를 표하는 것이로소이다. 이때를 당하여 그네가 정당한 사랑을 구득(求得)하면 그 이년 삼년의 사랑기에 심신의 발달이 완전히 되고 남녀 양성이 서로 이해하며 인정의 오묘한 이치를 깨닫나니 공자께서 '학시호(學詩乎)'라 하심같이 나는 '학애호(學愛乎)'라 하려 하나이다. 이렇게 실리를 초절(超絶)하고 육체를 초절한 순애(醇愛)에 취하였다가 만일 경우가 허(許)하거든 세상의 습관과 법률을 따라 혼인함도 가하고 아니 하더라도 상관없을 것이로소이다. 진실로 사랑은 인생의 일생 행사에 매우 중요한 하나이니 남녀 간 일생에 사랑을 지내보지 못함은 그 부당함이 마치 사람으로 세상에 나서 의식의 쾌락을 못 보고 죽음과 같을 것이로소이다.

너무 말이 길어지나이다마는 하던 걸음이라 사랑의 실제적 이익에 관하여 한마디 더 하려 하나이다. 사랑의 실제적 이익에 세 가지 있으니 일(一), 정조니 남녀가 각각 일개 이성을 전심으로 사랑하는 동안 결코 다른 이성에 눈을 거는 법이 없나니 남녀 간 정조 없음은 다 한 사람에 대한 사랑이 없는 까닭이로소이다. 대저 한 사람을 열애하는 동안에는 주야로 생각하는 것이 그 사람뿐이요 말을 하여도 그 사람을 위하여 일을 하여도 그 사람을 위하여 하게 되며 내 몸이 그 사람의 일부분이요 그 사람이 내 몸의 일부분이라 내 몸과 그 사람과 합하여 일체가 되거니 하여 그 사람 없이는 내 생명이 없다고 생각할 때에 내 전심 전신을 그 사람에게 바쳤거니 어느 겨를에 남을 생각하오리까. 고래(古來)로 정부(貞婦)[17]를 보건대 다 그 지아비에게 전심 전신을 바친 자라. 그렇지 아니하고는 일생의 정조를 지키기 불능한 것이로소이다. 또 조선인에 왜 음풍(淫風)[18]이 많으뇨. 더구나 남녀치고 이삼 인 여자와 추(醜)관계 없는 이가 없음이 전혀 이 사랑 없는 까닭인가 하나이다.

이(二), 품성의 도야(陶冶)[19]와 사위심(社爲心)의 분발(奮發)이니 나의 사랑하는 사람의 내 언행을 감시하는 위권(威權)[20]은 왕보다도 부사(父師)보다도 더한 것이라. 왕이나 부사의 앞에서는 할 좋지 못한 일도 사랑하는 이 앞에서는 감히 못 하며 왕이나 부사의 앞에서는 능치 못할 어려운 일도 사랑하는 이의 앞에서는 능히 하나니 이는 첫째 사랑하는 이에게 나의 의기(義氣)와 미질(美質)을 보여 그의 사랑을 끌기 위하여, 둘째 사랑하는 자의 기망(期望)²¹을 만족시키기 위하여 이러함이니 이리하는 동안 자연히 품성이 고결하여지고 여러 가지 미질을 기르는 것이로소이다. 고래로 영웅 열사가 그 애인에게 장려되어 품성을 닦고 대사업을 성취한 이가 수다(數多)하나니 애인에게 만족을 주기 위하여 만난(萬難)을 배(排)하고 소지(所志)를 관철하려는 용기는 실로 막대한 것이로소이다. 그대도 애인이 있었던들 시험에 우등 수석을 하려고 애도 썼겠고 운동회 원거리 경주에 일등상을 타려고 경주 연습도 많이 하였을 것이로소이다.

삼(三), 여러 가지 미질을 배움이니 첫째 사람을 사랑하는 사랑 맛을 배우고 사랑하는 자를 위하여 헌신하는 헌신 맛을 배우고 역지사지(易地思之)²²한 동정(同情) 맛을 배우고 정신적 요구를 위한 생명과 명예와 재산까지라도 희생하는 희생 맛을 배우고 정신적 쾌락이라는 고상한 쾌락 맛을 배우고…… 이 밖에도 많이 있거니와 상술한 모든 미질은 수신 교과서로도 불능하고 교단의 설교로도 불능하고 오직 사랑으로만 체득할 고귀한 미질이로소이다. 인류 사회에 모든 미덕이 거의 상술한 제질(諸質)에서 아니 나온 것이 없나니 이 의미로 보아 사랑과 민족의 융체(隆替)²³가 지대한 관계가 있는가 하나이다.

우리 반도에는 사랑이 갇혔었나이다. 사랑이 갇히매 거기 부수(附隨)한 모든 귀물(貴物)이 같이 갇혔었나이다. 우리는 대성질호(大聲疾呼)하여 갇혔던 사랑을 해방하사이다. 눌리고 속박되었던 우리 정신을 봄풀과 같이 늘리고 봄꽃과 같이 피우게 하사이다.

어찌하여 우리는 아름다운 사람(남자나 여자나)을 보고 사랑하여 못쓰나이까. 우리는 아름다운 경치를 대할 때 그것을 사랑하지 아니하며 아름다운 꽃을 대할 때 그것을 감상하고 읊조리고 찬미하고 입 맞추지 아니하나이까. 초목은 사랑할지라도 사람을 사랑하지 말아라——그런 배리(背理)가 어디 있사오리까. 물론 육적으로 사람을 사랑함은 사회의 질서를 문란하게 하는 것이매 마땅히 배척하려니와 정신적으로 사랑하기야 왜 못 하리까. 다만 그의 양자를 흉중에 그리고 그의 얼굴을 대하고 말소리를 듣고 손을 잡기를 어찌 금하오리까. 제 형제와 제 자매인들 이 모양으로 사랑함이 무엇이 악하오리까. 이러한 사랑에 육욕이 짝하는 경우도 없다고 못 할지나 인심(人心)에는 자기가 정신상으로 사랑하는 이에게 대하여 육적 만족을 얻으려 함이 죄송(罪悚)한 줄 아는 관념이 있으므로 결코 위험이 많으리라고 생각하지 아니하나이다.

대체 사회의 건조무미하기 우리나라 같은 데가 다시 어디 있사오리까. 그리고 품성이 비열(卑劣)하고 정(情)의 추악(醜惡)함이 우리보다 더한 이가 어디 있사오리까. 그리고 이 원인은 교육의 불량 사회 제도의 불완전——여러 가지 있을지나 그중에 가장 중요한 원인은 남녀의 절연(絶緣)인가 하나이다. 생각하소서 일 가정 내에서도 남녀의 친밀한 교제를 불허하며 심지어 부부간에도 육교할 때 외에 접근치 못하는 수가 많으니 자연히 남녀란 육교하기 위하여서만 접근하는 줄로 더럽게 생각하는 것이로다. 이렇게 인생 화락(和樂)의 근원인 남녀의 교제가 없으매 사회는 삭풍

(朔風) 불어 지나간 광야같이 되어 쾌락이라든가 망아(忘我)의 웃음을 볼 수 없고 그저 욱적욱적 소소한 실리만 다투게 되니 사회는 항상 서리 친 추경(秋景)이라. 이 중에 사는 인생의 정경이 참 가련도 하거니와 이 중에서 쌓은 성격이 그 얼마나 조악 무미(粗惡無味)하리까. 일가족은 물론이거니와 친히 성격을 알아 신용할 만한 남녀가 정당하게 교제함은 인생을 춘풍 화향의 쾌락 속에 둘뿐더러 오인의 정신에 생기와 강한 탄력을 줄 줄을 믿나이다.

이 의미로 보아 내가 그대를 사랑하는 것이나 또는 지금 내 새 은인을 사랑하는 것이 조금도 비난할 여지가 없을뿐더러 나는 인생이 되어 인생 노릇을 함인가 하나이다.

나는 한참이나 담요에 엎드렸다가 하염없이 다시 고개를 들고 책상을 대하여 보다 놓았던 소설을 읽으려 하였나이다. 그러나 눈이 책장에 붙지 아니하여 아무리 읽으려 하여도 문자만 하나씩 둘씩 보일 뿐이요 다만 한 줄도 연결한 뜻을 알지 못하겠나이다. 부질없이 두어 페이지를 벌떡벌떡 뒤다가 휙 집어 내던지고 의자에서 일어나 뒤숭숭한 머리를 숙이고 왔다 갔다 하였나이다. 아무리 하여도 가슴에 무엇이 걸린 듯하여 견딜 수 없어 그대에게 이 편지를 쓸 양으로 다시 책상을 대하였나이다. 서간 용전(書柬用箋)[24]을 내려고 책상 서랍을 열어본즉 어떤 서책 한 봉(封)이 눈에 띄었나이다. 서양 봉투에 다만 '임보형씨(林輔衡氏)'라 썼을 뿐이요 주소도 없고 발신인도 없나이다. 나는 깜짝 놀랐나이다. 이 어떤 서간일까, 뉘 것일까? 그 은인——그 은인도 나와 같은 생각으로(즉 나를 사랑하는 생각으로) 써둔 것——이라 하는 생각이 일종 형언할 수 없는 기쁨과 부끄러움 섞인 감정과 함께 일어나나이다. 나는 이 생각이 참일 것을 믿으려 하였나이다. 나는 그 글 속에 '사랑하는 내 보형이여 나는 그대의 병을 간호하다가 그대를 사랑하게 되었나이다——사랑하여주소서' 하는 뜻이 있기를 바라고 또 있다고 믿으려 하였나이다. 마치 그 말이 엑스 광선 모양으로 봉투를 꿰뚫고 내 뜨거운 머리에 직사(直射)하는 듯하더이다. 내 가슴은 자주 치고 내 숨은 차더이다. 나는 그 서간을 두 손으로 들고 망연히 앉았었나이다. 그러나 나는 얼른 뜯기를 주저하였나이다. 대개 지금 내가 상상하는 바와 다를까 보아 두려워함이로소이다. 만일 이것이 내 상상한 바와 같이 그의 서간이 아니면——혹 그의 서간이라도 나를 사랑한다는 뜻이 아니면 그때 실망이 얼마나 할까 그때 부끄러움이 얼마나 할까 차라리 이 서간을 뜯지 말고 그냥 두고 내 상상한 바를 참으로 믿고 지낼까 하였나이다. 그러나 마침내 아니 뜯지 못하였나이다. 뜯은 결과는 어떠하였사오리까. 내가 기뻐 뛰었사오리까, 낙망(落望)하여 울었사오리까. 아니로소이다, 이도 저도 아니요 나는 또 한 번 깜짝 놀랐나이다.

　무엇이 나오려는가 하는 희망도 많거니와 불안도 많은 맘으로 피봉(皮封)을 떼니 아름다운 철필 글씨로 하였으되,

"나는 김일련이로소이다. 못 뵈온 지 육 년에 아마 나를 잊었으리이다. 나는 그대가 이곳 계신 줄을 알고 또 그대가 병든 줄을 알고 잠시 그대를 방문하였나이다. 내가 청인인 듯이 그대를 속

인 것을 용서하소서. 그대가 열로 혼수하는 동안에 김일련은 배(拜)"라 하였나이다. 나는 이 서간을 펴든 대로 한참이나 멍멍하니 앉았었나이다. 김일련! 김일련! 옳다 듣고 보니 그 얼굴이 과연 김일련이로다. 그 좁으레한 얼굴 눈초리가 잠깐 처진 맑고 다정스러운 눈, 좀 쑥 난 듯한 머리와 말할 때에 살짝 얼굴 붉히는 양하며 그중에도 귀밑에 있는 조그마한 허물──과연 김일련이러이다. 만일 그가 상해에 있는 줄만 알았더라도 내가 보고 모르지는 아니하였으리다. 아아 그가 김일련이런가?

내가 그대에게 대하여서는 아무런 비밀도 없었나이다. 내 흉저(胸底)[25] 속속 깊이 있는 비밀까지도 그대에게는 말하면서도 김일련에 관한 일만은 그대에게 알리지 아니하였나이다. 그러나 이제 와서는 말 아니 하고 참을 수 없사오며 또 대면하여 말하기는 수줍기도 하지만은 이렇게 멀리 떠나서는 말하기도 얼마큼 편하여이다.

내가 일찍 동경서 조도전(早稻田)대학[26]에 있을 제 같은 학교에 다니는 친구 하나가 있었나이다. 그는 나인 나보다 이 년 장(長)이로되 학급도 삼 년이나 떨어지고 맘과 행동과 용모가 오히려 나보다 이삼 년쯤 떨어진 듯. 그러나 그와 나와는 첨 만날 때부터 서로 애정이 깊었나이다. 나는 그에게 영어도 가르치고 시나 소설도 읽어주고 산보할 때에도 반드시 손을 꼭 잡고 이삼일을 작별하게 되더라도 서로 떠나기를 아껴 서양식으로 꽉 쓸어안고 입을 맞추고 하였나이다. 그와 나와 별로 주의(主義)의 공통이라든가 특별히 친하여질 각별한 기회도 없었건마는 다만 피차에 까닭도 모르게 서로 형제같이 애인같이 사귀게 된 것이로소이다.
　하루는 그와 함께 어디 놀러 갔던 길에 어느 여학교 문 앞에 다다랐나이다. 나는 전부터 그 학교에 김일홍군의 매씨(妹氏)가 유학하는 줄을 알았던 고로 그가 매씨를 방문하기 위하여 나는 먼저 돌아오기를 청하였나이다. 그러나 그는 "그대도 내 누이를 알아둠이 좋을지라" 하여 소개하려는 뜻으로 나를 데리고 그 기숙사 응접실에 들어가더이다. 거기서 잠깐 기다린즉 문이 방싯 열리며 단순한 흑색 양복에 칠(漆) 같은 머리를 한편 옆을 갈라 뒤로 치렁치렁 땋아 늘인 처녀가 방금 목욕을 하였는지 홍훈(紅暈)[27]이 도는 빛나는 얼굴로 들어오더이다. 일홍군은 일어나 나를 가리키며 "이는 조도전 정치과 삼년급에 있는 임보형인데 나와는 형제와 같은 사이니 혹 이후에도 잊지 말고……" 하고 나를 소개하더이다. 나도 일어나 은근히 절하고 그도 답례하더이다. 그러고는 한 오 분간 말없이 마주 앉았다가 함께 숙소에 돌아왔나이다. 그 후 일홍군이 감기로 수일 신고(辛苦)할 때에 그 매씨에게서 서적을 몇 가지 사 보내라는 기별이 왔더이다. 학기 초이라 시간이 급한 모양인 고로 일홍군의 청대로 내가 대신 가기로 하였나이다. 나는 이때에 아직 일련 아씨에게 대하여 별로 상사의 정도 없었나이다. 다만 아름다운 깨끗한 처자요 친구의 누이라 하여 정답게 여겼을 뿐이로소이다. 그러나 나는 이러한 처자를 위하여 힘쓰기를 매우 기뻐하기는 하였나이다. 그래 곧 신보정(神保町) 책사에 가서 소청한 서적을 사가지고 곧 그를 기숙사에 찾아가 전과 같이 응접실에서 그 책을 전하고 일홍군의 감기로 신고하는 말과 그래서 내가 대신 왔노라는 뜻을 고하였나이다. 그때에 나는 자연히 가슴이 설레고 말이 눌(訥)함을 깨달았나이다. 저의 얼굴이 빨갛게 됨을 슬쩍 볼 때에 나의 얼굴도 저러하려니 하여 차마 얼굴을 들지 못하였나이다. 그는 겨우 가느나마 쾌활한 목소리로,

"분주하신데 수고하셨습니다" 할 뿐이러이다. 나는 어찌할 줄을 모르고 우두커니 서 있었나이다. 그도 할 말도 없고 수줍기만 하여 고개를 숙이고 책싸개만 응시하더이다. 그제야 나는 어서 가야 될 사람인 줄을 알고 "저는 가겠습니다. 안녕히 계십시오" 하고 문밖에 나섰나이다. 그도 문을 열고 "감사하올시다. 분주하신데" 하더이다. 나는 속보로 사오 보(步)를 대문을 향하여 나가다가 불의에 뒤를 휙 돌아보았나이다. 환각인지는 모르나 유리창으로 그의 얼굴이 번듯 보이는 듯하더이다. 나는 다시 부끄러운 맘이 생겨 더한 속보로 대문을 나서서 냉정한 모양으로 또 사오 보를 나왔나이다. 그러나 자연히 몸이 뒤로 끌리는 듯하여 차마 발을 옮기지 못하고 사오 차(次)나 머뭇머뭇하였나이다. 광란 노도(狂亂怒濤)가 서드는 듯한 가슴을 가지고 전차를 탔나이다. 숙사에 돌아와 일홍군에게 전후시말을 이야기할 때도 아직 맘이 가라앉지 못하여 일홍군이 유심(有心)히 나를 보는 듯하여 얼른 고개를 돌렸나이다. 그리고 그날 하루는 아무 생각도 없이 맘만 산란하여 지내고 그 이삼일이 지나도록 이 풍랑이 자지 아니하더이다. 그 후부터는 하루에 몇 번씩 그를 생각지 아니한 적이 없었나이다.

하루는 일홍군이 어디 가고 나 혼자 숙소에 있을 때 여전히 그 생각으로 심사가 정(定)치 못하여 하다가 행여나 그의 글씨나 볼 양으로 일홍군의 책상 서랍을 열었나이다. 그 속에는 그에게서 온 서간이 있는 줄을 알았으므로 엽서와 봉서를 몇 장 뒤적뒤적 하다가 다른 서랍을 열었나이다. 거기서 나는 그와 다른 두 사람이 박힌 중판 사진 한 장을 얻었나이다. 나는 가슴이 뜨끔하면서 그 사진을 두 손으로 들었나이다. 그 사진에 박힌 모양은 꼭 일전 책 가지고 갔을 때 모양과 같더이다. 한편을 갈라 넘긴 머리하며 방그레 웃는 태도하며. 한 손을 그 동무의 어깨에 얹고 고개를 잠깐 기울여 그 동무의 걸터앉은 의자에 힘없는 듯 기대고 서 있는 양이 참 미묘한 예술품이러이다. 나는 그때 기숙사 응접실에서 그를 대하던 것과 같은 감정으로 한참이나 그 사진을 보았나이다. 그 방그레 웃는 눈이 마치 나물나물 더 웃으려는 듯하며 살짝 마주 붙인 입술이 금시에 살짝 열려 하얀 이빨이 드러나며 낭랑한 웃음소리가 나올 듯. 두 귀밑으로 늘어진 몇 줄기 머리카락이 그 부드럽고 향기로운 콧김에 하느작하느작 날리는 듯하더이다. 아아 이 가슴 속에는 지금 무슨 생각을 품었는고. 내가 그를 보니 그도 나를 물끄러미 보는 듯, 그의 그림은 지금 나를 향하여 방그레 웃도다. 그의 가슴 속에는 일광이 차고 춘풍이 차고 시(詩)가 차고 미와 사랑과 온정이 찼도다. 이에 외롭고 싸늘하게 식은 청년은 그 흘러넘치는 기쁨과 미와 사랑과 온정의 일적(一滴)을 얻어 마시려고 무릎을 꿇고 두 손을 들고 눈물을 흘리며 그 앞에 엎어졌도다. 그가 한 방울 피를 흘린다사 무슨 자리가 아니 날 모양으로 그가 가슴에 가득 찬 사랑의 일적을 흘린다사 무슨 자리가 나랴. 뜨거운 사막 길에 먼지 먹고 목마른 사람이 서늘한 샘을 보고 일국수(一掬水)²⁸를 구할 때 그 우물을 지키는 이가 이를 거절한다 하면 너무 참혹한 일이 아니오리까. 그러나 내가 아무리 이 사진을 향하여 간청하더라도 그는 들은 체 만 체 여전히 방그레 웃고 나를 내려다볼 뿐이로소이다. 그가 마치 "내게 사랑이 있기는 있으나 내가 주고 싶어 줄 것이 아니라 주지 아니치 못하여 주는 것이니 네가 나로 하여금 네게 주지 아니치 못하게 할 능력이 있고사 이 단 샘을 마시리라" 하는 듯하더이다. 나는 이윽고 사진에 내 얼굴을 대고 그 입에 열렬하게 입을 맞추고 그 동무의 어깨 위에 놓은 손에 내 손을 힘껏 대었나이다. 나는 광인같이 그 사진을 품에 품기도 하고 뺨에 대기도 하고 물끄러미 쳐다보기도 하고 뺨에 대고 키스도 하였나이다. 내 얼굴은 수증기가 피어나도록 열(熱)하고 숨소리는 마치 전속력으로 달음질한 사람 같더이다. 나는 한 시간이나 이러다가 대문 열리는 소리에 놀라 그 사진을 처음 있던 곳에 집어넣고 얼른 일어나 그날 신문을 보는 체하였나이다.

그 후 얼마 동안을 고민 중으로 지내다가 나는 마침내 내 심정을 서간으로 그에게 알리려 하였나이다. 어떤 날 밤 남들이 다 잠든 열두 시에 일어나 불 일듯 하는 생각으로 이러한 서간을 썼나이다.

"사랑하는 누이여 내가 이 말씀 드림을 용서하소서. 나는 외로운 사람이로소이다. 부모도 없고 동생도 없고 넓은 천하에 오직

한 몸이로소이다. 나는 지금토록 일찍 누구를 사랑하여본 적도 없고 누구에게 사랑함을 받은 적도 없나이다. 사랑이라는 따뜻한 춘풍 속에 자라날 나의 영(靈)은 지금껏 삭풍 한설(寒雪) 속에 얼어 지내었나이다. 나는 나의 영이 그러한 오랜 겨울에 아주 말라 죽지 아니한 것을 이상히 여기나이다. 그러나 이후도 춘풍을 만나지 못하면 가련한 이 영은 아주 말라 죽고야 말 것이로소이다. 그동안 봄이 몇 번이나 지났으리까마는 꽃과 사랑을 실은 동군의 수레는 늘 나를 찾지 아니하고 말았나이다. 아아 이 어린 영이 한 방울 사랑의 샘물을 얻지 못하여 아주 말라 죽는다 하면 그도 불쌍한 일이 아니오리까. 나는 외람히 그대에게서 춘풍을 구함이 아니나 그대의 흉중에 사무친 사랑의 일적 감천(甘泉)이 능히 말라 죽어가는 나의 영을 살필 것이로소이다. 그대여, 그대는 내가 그대에게 요구하는 바를 호해하지 마소서, 내가 장난으로 또 흉악한 맘으로 이러한 말을 한다고 마소서. 내가 그대에게 요구하는 바는 오직 하나—아주 쉬운 하나이니 즉 '보형아 내 너를 사랑하노라, 누이가 오라비에게 하는 그대로' 한마디면 그만이로소이다. 만일 그대가 이 한마디만 주시면 나는 그를 나의 호신부(護身符)로 삼아 일생을 그를 의지하고 살며 활동할 것이로소이다. 그 한마디가 나의 재산도 되고 정력(精力)도 되고 용기도 되고 —아니, 나의 생명이 될 것이로소이다. 나는 결코 그대를 만나보기를 요구 아니 하리이다. 오히려 만나보지 아니하기를 요구하리다. 대개 세월이 흘러가는 동안에 그대는 늙기도 하오리이다. 심신에 여러 가지 변화도 생기리다. 결코 그런 일이 있을 리도 없거니와 혹 그대는 악인이 되고 병신이 되고 죄인이 된다 하더라도 내 기억에 남아 있는 그대는 영원히 열일곱 살 되는 아름답고 청정한 처녀일 것이로소이다. 후일 내가 노쇠한 노인이 되고 그대가 증조모 소리를 듣게 되더라도 또는 그대가 이미 죽어 그 아름답던 얼굴과 몸이 다 썩어진 뒤에라도 내 기억에 남아 있는 그대는 영원히 그 처녀일 것이로소이다. 그리하고 그대의 '내 너를 사랑한다' 한마디는 영원히 희망과 환락과 열정을 나에게 줄 것이로소이다. 이러므로 나는 결코 그대를 다시 대하기를 원하지 아니하고 다만 그대의 그 '한마디'만 바라나이다. 만일 그대가 그대의 흉중에 찬 사랑의 일적을 이 배마른 목에 떨어뜨려 죽어가는 이 영을 살려만 주시면 그 영이 자라서 장차 무엇이 될는지 어찌 아오리까. 지금은 야반(夜半)이로소이다. 동지 한풍이 만물을 흔들어 초목과 가옥이 괴로워하는 소리를 발하나이다. 이러한 중에 발가벗은 어린 영은 한 줄기 따뜻한 바람을 바라고 구름 위에 앉으신 천사에게 엎드려 간구하는 바로소이다."

　이 편지를 써놓고 나는 재삼(再三) 생각하였나이다. 이것이 죄가 아닐까. 나는 벌써 혼인한 몸이라 다른 여자를 사랑함이 죄가 아닐까. 내 심중에서는 혹은 죄라 하고 혹은 죄가 아니라 자연이라 하나이다. 내가 혼인한 것은 내가 함이 아니요 나는 남녀가 무엇이며 혼인이 무엇인지를 알기도 전에 부모가 임의로 계약을 맺고 사회가 그를 승인하였을 뿐이니 이 결혼 행위에는 내 자유의사는 일 분도 들지 아니한 것이오. 다만 나의 유약함을 이용하여 제삼자가 강제로 행하게 한 것이니 법률상으로 보든지 논리상으로 보든지 내가 이 행위에 대하여 아무 책임이 없을 것이라. 그러므로 내가 그 계약적 행위가 내 의사에 적합한 줄로 여기는 시에는 그 행위를 시인함도 임의여니와 그것이 나에게 불이익한 줄을 깨달을진댄 그 계약을 부인함도 자유라 하였나이다. 나와 내 아내는 조금도 우리의 부부 계약의 구속을 받을 리가 없을 것이라, 다만 부모의 의사를 존중하고 사회의 질서를 근심하는 호의로 그 계약―내 인격을 유린하고 모욕한 그 계약을 눈물로써 묵인할 따름이거니와 내가 정신적으로 다른 이성을 사랑하여 유린된 권리의 일부를 주장하고 약탈된 향락의 일부를 회복함은 당당한 오인의 권리인가 하나이다. 이 이유로 나는 그를 사랑함이요―더구나 누이와 같이 사랑함이요―또 그에게서 그와 같은 사랑을 받으려 함이 결코 불의가 아니라고 단정하였나이다.

이튿날 학교에 가는 길에 그 서간을 투함(投函)[29]하려 하였으나 무엇인지 모를 생각에 제어되어 하지 못하고 그날에 십여 차, 그 후 삼 일간에 수십여 차를 넣으려다가 말고 넣으려다가 말고 하여 그 피봉이 내 포켓 속에서 닳아지게 되었다가, 한 번 모든 명예와 염치를 단번에 도(賭)하는 생각으로 마침내 어느 우편통에 그것을 넣고 한참이나 그 우편통을 보고 서 있었나이다. 마치 무슨 절대한 소득을 바라고 큰 모험을 할 때와 같은 웃음이 내 얼굴에 떴더이다.

기다리고 기다리던 삼 일 만에 학교에서 돌아오니 안두(案頭)[30]에 일봉서(一封書)[31]가 놓였더이다. 내 가슴에는 곧 풍랑이 일었나이다. 나는 그 글씨를 보았나이다―과연 그의 글씨로소이다.

나는 그 편지를 집어 포켓에 넣고 선 자리로 발을 돌려 대구보(大久保) 벌판에 나섰나이다. 집에서 뜯어 보기는 남이 볼 염려도 있고 또 이러한 글을 방 안에서 보기는 부적당한 듯하여——깨끗하고 넓은 자연 속, 맑은 하늘과 빛나는 태양 아래서 보는 것이 적당하리라 하여 그러함이로소이다. 나는 내 발이 땅에 닿는지 마는지도 모르면서 대구보 벌판에 나섰나이다. 겨울날이 뉘엿뉘엿 넘어가고 연습 갔던 기병들이 피곤한 듯이 돌아오더이다. 그러나 나는 혼자 맘속에 수천 가지 수만 가지 상상을 그리면서 방향 없이 마른 풀판으로 향하였나이다. 이 편지 속에 무슨 말이 있을까. 나는 '사랑하나이다, 오라비여' 하였기를 바라고 또 그렇기를 믿으려 하였나이다. 나는 그 편지를 내어 피봉을 보았나이다. 그리하고 그가 내 편지를 받았을 때의 그의 모양을 상상하였나이다. 우선 보지 못하던 글씨에 놀라 한참을 읽어보다가 마침내 가슴이 설레고 얼굴이 훗훗했으려니, 그 글을 두번 세번 곱 읽었으려니, 이 세상에 여자로 태어난 후 첫 경험을 하였으려니, 그리고 심서(心緒)[32]가 산란하여 그 편지를 구겨 쥐고 한참이나 멍멍하니 앉아 섰으려니, 그러다가 일변 기쁘기도 부끄럽기도 하여 곧 내 모양을 상상하며 내가 자기를 그리워하는 모양으로 자기도 나를 그리워하였으려니, 그리고 곧 이 회답을 썼으렷다. 써가지고 넣을까 말까 주저하다가 오늘에야 부쳤으렷다. 그리고 지금도 나를 생각하며 내가 이 편지 읽는 광경을 상상하고 있으렷다. 어제까지 어린아이같이 평온하던 맘이 오늘부터는 이상하게 설레려든. 아무튼 나는 배마르던 목을 축이게 되었다. 나는 사랑의 단맛을 보고 생명의 쾌락을 보게 되었다. 말라가던 나의 영은 감천에 젖어 잎 피고 꽃 피게 되었다 하면서 풀판에 펄썩 주저앉아 그 피봉을 떼고도 얼른 그 속을 끄집어내지 못하고 한참이나 주저하며 상상하다가 마침내 속을 뽑았나이다. 아아 그 속에서 무엇이 나왔사오리까.

나는 격노하였나이다. '흑' 하고 소리를 치고 벌떡 일어나며 그 편지를 조각조각 가루가 되도록 찢어버렸나이다. 그러고도 부족하여 그것에 침을 뱉고 그것을 발로 짓밟았나이다. 그리고 방향 없이 벌판으로 방황하며 그 모욕받은 수치와 이에 대한 분노를 참지 못하여 혼자 주먹을 부르쥐고 이를 갈고 발을 구르며 '흑' '흑' 소리를 연발하였나이다. 당장 그를 칼로 푹 찔러 죽이고도 싶고 내 목숨을 끊어버리고도 싶고…… 이 모양으로 거의 한 시간이나 돌아다니다가 어스름에야 얼마큼 맘을 진정하고 돌아왔나이다. 돌아와 본즉 일홍군은 벌써 저녁을 먹고 불을 쪼이며 담배를 피우다가 내가 들어오는 것을 보고 유심히 내 얼굴을 쳐다보더이다. 그에게 대한 분노와 수치는 일홍군에게까지 옮더이다.

이튿날 나는 감기라는 핑계로 학교를 쉬었나이다. 어제는 다만 일시적으로 격노만 하였거니와 오늘은 수치와 비애의 염만 가슴에 가득하여 그 안타까움이 비길 데 없더이다. 나는 베개 위에 머리를 갈며 이불을 차 던지고 입술을 물어뜯었나이다. 이제 무슨 면목으로 세상을 보며 무슨 희망으로 세상에 살랴. 일홍군이 만일 이 일을 알면 그 좁은 속에 그 어린 속에 얼마나 나를 조롱하랴. 아아 나는 마침내 사랑의 맛을 못 볼 사람인가, 언제까지 고독하고 적막한 생활을 할 사람인가. 나는 어찌하여 따뜻한 손을 못 쥐어보고 사랑의 말을 못 들어보고 열렬하고 찌릿찌릿한 포옹을 못 하여보는고. 사람이 원망되고 세상이 원망되고 내 생명이 원망되어 내 손으로 내 머리털을 몇 번이나 쥐어뜯었사오리까. 그러다가 오냐 내가 남자가 아니다 일개 아녀자로 말미암아 이것이 무슨 꼴인고 하고 주먹으로 땅을 치며 결심하려 하나 그것은 제가 저를 속임이러이다. 그의 모양은 여전히 나의 가슴을 밟고 서서 방그레하는 모양으로 나를 지배하더이다. 나는 하염없이 천장을 바라보고 누웠었나이다.

나는 일봉서를 받았나이다. 그 글에 하였으되, "사랑하는 이여 어제 지은 죄는 용서하시옵소서. 그대가 그처럼 나를 사랑하시니 나도 이 몸과 맘을 그대에게 바치나이다. 잠깐 여쭐 말씀 있사오니 오후 네 시쯤 하여 일비곡 공원 분수지(噴水池) 가에 오시기를 바라나이다."

이 글을 받은 나는 미친 듯하였나이다. 곧 일비곡으로 달려갔나이다. 이제야 살았구나, 십구 년 겨울 세계에 봄이 왔구나 하면서.

석양이 학분수(鶴噴水)를 비치어 오색이 영롱한 무지개를 세울 때 나는 등책(藤柵)[33] 아래 걸상에 걸터앉아 자연생(紫煙生) 하는 분수를 보면서 여러 가지 미래의 공상을 그렸나이다. 이제는 혼자가 아니로다, 슬픈 사람이 아니요 부당한 사람이 아니로다. 우주의 미와 향락은 내 일신에 집중하였도다. 지금 내 신체를 조직한 모든 세포는 기쁨과 만족에 뛰며 소리하고 열한 혈액은 율려

(律呂)³⁴ 맞추어 순환하도다. 내 얼굴이 석양에 빛남이여 천국의 낙을 맛봄이요 내 영이 춤을 추고 노래함이여 사막 길에 오아시스를 얻음이로다. 만물이 이제야 생명을 얻었고 인세가 이제야 웃음을 보이도다. 하였나이다. 과연 아까까지도 만물이 모두 죽었더니 저 천사의 구령 한마디에 일제히 소생하여 뛰고 즐기도소이다. 이따금 전차와 자동차 지나가는 소리가 멀리서 들릴 뿐이요 공원 내는 지극히 고요하여이다. 수림(樹林) 속 와사등³⁵은 어느새 반짝반짝 희미한 빛을 발하나이다. 이때에 분수지 저편가로 쑥 나서는 이가 누구리까. 그로소이다. 아아 그로소이다. 그는 지금 내 곁에 섰나이다. 내 눈과 그 눈은 같이 저 분수를 보나이다. 우리는 서로 얼굴을 붉히며 절하였나이다. 그의 빨간 얼굴에는 석양이 반사하여 마치 타는 듯하더이다. 내 가슴이 자주 뛰는 소리는 내 귀에도 들리는 듯, 나는 무슨 말을 할 것인지, 어떤 행동을 할 것인지 전혀 모르고 우두커니 분수만 보고 섰었나이다. 하다가 겨우 정신을 차려,

"제가 그따위 편지 드린 것을 얼마나 괘씸히 보셨습니까. 버릇없는 일인 줄 알면서도……."

그도 한참이나 머뭇머뭇하더니 겨우 눈을 들어 잠깐 나를 보며,

"저는 그 편지를 받자 한껏 기쁘면서도 한껏 무서운 생각이 나서 어찌할 줄을 모르다가…… 이것이 죄인가 보다 하는 생각으로 도로 보내었습니다. 그러나 도로 보내고 다시 생각한즉 어찌해 도로 보낸 것이 죄도 같고 또 알 수 없는 힘이 제 등을 밀어……" 하고는 말이 아니 나오더이다. 얼마 침묵하였다가 "제가 선생의

착하심을 믿음으로 설마 악에 끌어넣지는 아니하시려니 하고요."

나는 다시 내 뜻을 말하였나이다. 나는 그에게 다만 '오라비여 사랑하노라' 한마디면 만족한다는 뜻과 결코 그를 다시 면대하고자 아니 하는 뜻을 말하였나이다. 아직 어린 그는 물론 그 의미를 십분 해득할 수는 없을지나 그 맘속에 신기한 변동──아직 경험하여보지 못한 사랑의 의식이 생긴 것도 물론이로소이다. 그러나 이밖에 피차 하려는 말이 많은 듯하면서도 나오라는 말은 없는 듯하여 한참이나 묵묵히 섰다가 내가,

"아무튼 그대는 나를 살려주셨습니다. 그대는 나로 하여금 참사람이 되게 하였고 내게 살 능력과 살아서 즐기며 일할 희망과 기쁨을 주셨습니다. 나는 그대를 위하여, 그대의 만족을 위하여 공부도 잘하고 큰 사업도 성취하오리다. 나는 시인이니 그대라는 생각이 내게 무한한 시적 자격(刺激)을 줄 것이외다. 그대도 부디 공부 잘하시고 맘 잘 닦으셔서 조선의 대은인 되는 여자가 되십시오." 나는 이런 말을 하는 것이 내 의무 같기도 하고 또 그밖에 할 말도 없어, 또는 이런 말을 하여야 그의 내게 대한 신애(信愛)가 더 깊어질 듯하여 이 말을 하였나이다. 그리고 오래 같이 서 있고 싶은 맘이야 간절하나 그럴 수도 없어 둘이 함께 고불고불한 길로 공원을 나오려 하였나이다. 그는 나보다 일 보쯤 비스듬히 앞섰나이다. 그의 하얀 목이 이상하게 빛나더이다. 나는 가만히 그의 손을 잡았나이다. 그는 떨치려고도 아니 하고 우뚝 서더이다. 그 손을 꼭 쥐었나이다. 그의 푹 숙인 머리는 내 가슴에 스적스적하고 그의 머리카락을 내 입김이 날리더이다. 나는 흥부에

그의 체온이 옮아옴을 깨달았나이다. 나의 꼭 잡은 손은 갑자기 확확 닲을 깨달았나이다. 내 몸은 경련한 듯이 떨리고 내 눈은 몽롱하여졌나이다. 이윽고 두 얼굴은 서로 입김을 맡으리만큼 가까워지고 눈과 눈은 고정한 듯이 마주 보나이다. 나는 그의 샛맑은 눈에 눈물이 그렁그렁한 것을 보았나이다. 두 입술은 꼭 마주 붙었나이다. 따뜻한 입김이 내 입술에 감각될 때 나는 나를 잊어버렸나이다. 불같이 뜨거운 그 입술이 바르르 떨리는 것이 내 입술에 감각되더이다. 이윽고 "내 사랑하는 이여" 하고 우리는 속보로 공원 밖에 나왔나이다. 이때에 누가 뒤에서 내 어깨를 치더이다. 깨어 본즉 이는 한바탕 꿈이요 곁에는 일홍군이 정복을 입은 대로 앉아서 나를 깨우더이다. 일홍군은 유심히 웃더이다. 나는 또 수치한 생각이 나서 벌떡 일어나 수도에 가 세수를 하였나이다. 밖에서는 바람 소리와 함께 두부장사의 뚜뚜 소리가 들리더이다. 일홍군은 간단히 "그게 무슨 일이오? 내가 그대가 그런 줄 알았더라면 내 누이에게 소개 아니 하였을 것이오. 만일 그대가 미혼자면 나는 기뻐 그대의 원을 이루게 하겠소, 그러나 기억하시오, 형은 기혼 남자인 줄을."

나는 고개를 숙이고 들었을 뿐이로소이다. 과연 옳은 말이로소이다. 누구나 이 말을 다 옳게 여길 것이오이다. 그러나 세상만사를 다 그렇게 단순하게만 판단할 수가 있사오리까. 우리가 간단히 '옳다' 하는 일에 그 속에 어떠한 '옳지 않다'가 숨은 줄을 모르며 우리가 간단히 '옳지 않다' 하는 속에 어떠한 '옳다'가 있는지 모르나이까. 세인은 제가 당한 일에는 이 진리를 적용하면서도 제삼자로 비평할 때에는 이 진리를 무시하고 다만 표면으로 얼른 보아 '옳다' '옳지 않다' 하나이다. 지금 내 경우도 표면으로 보면 일홍군의 말이 과연 옳거니와 일 보 깊이 들어서면 그렇지 아니한 이유도 깨달을 것이로소이다. 그러나 나는 일홍군에게 대하여 아무 답변을 하려 하지 아니하고 다만 듣기만 하였을 뿐이로소이다. 그 후에 나는 이런 줄을 알았나이다——그가 내 서간을 받고 일홍군을 청하여 물어보았고 일홍군은 내가 기혼 남자인 이유로 이를 거절하게 한 것인 줄을 알았나이다.

그 후 나는 매우 실망하였나이다. 술도 먹고 학교를 쉬기도 하고 밤에 잠을 못 이뤄 불면증도 얻고(이 불면증은 그 후 사 년이나 계속하다), 유울(幽鬱)[36]하여지고 세상에 맘이 붙지 아니하며 성공이라든가 사업의 희망도 없어지고——말하자면 나는 싸늘하게 식은 냉회(冷灰)가 되었나이다. 혹시 나는 철도 자살을 하려다가 공부(工夫)에게 붙들리기도 하고 졸업을 삼사 월 후에 두고 퇴학을 하려고도 하여보며, 이리하여 여러 붕우는 나의 급격한 변화를 걱정하여 여러 가지로 충고도 하며 위로도 하더이다. 그러나 원래 고독한 나의 영은 다시 나을 수 없는 큰 상처를 받아 모든 희망과 정력이 다 스러졌나이다. 나는 이러한 되는대로 생활, 낙망 비관적 생활을 일 년이나 보내었나이다. 만일 다른 무엇(아래 말하려는)이 나를 구원하지 아니하였던들 나는 영원히 죽어버리고 말았을 것이로소이다. 그 '다른 무엇'은 다름 아니라, '동족을 위함'이로소이다. 마치 인생에 실망한 다른 사람들이 혹 삭발위승(削髮爲僧)[37]하고 혹 자선사업에 헌신함같이 인생에 실망한 나는

'동족의 교화'에 내 몸을 바치기로 결심하여 이에 나는 새 희망과 새 정력을 얻은 것이로소이다. 그제부터 나는 음주와 나타(懶惰)³⁸를 폐(廢)하고 권면과 수양을 힘썼나이다. 가다가다 맘의 상처가 아프지 아니함이 아니나 나는 소년의 교육에 이 고통을 잊으려 하였으며 혹시 신 애인에게서 새로운 쾌락을 얻기까지라도 하였나이다. 그렁성하여 나는 지금토록 지내어온 것이로소이다. 이 말씀을 듣고 보시면 내 행동이 혹 해석될 것도 있었으리다. 아무튼 나는 그 김일련을 위하여 최대한 희망도 붙여보고 최대한 타격과 동란도 받아보고 그 때문에 내가 지금 소유한 여러 가지 미점(美点)과 결점과 한숨과 유울과 비애가 생긴 것이로소이다.

이 김일련이 즉 그 김일련일 줄을 누가 알았사오리까. 지금껏 때때로 "분주하신데……" 하던 용모와 음성이 일종 억제할 수 없는 비애를 띠고 내 기억에 일어나던 것이 무슨 연분으로 육 년 만에 또 한 번 번뜻 보이고 숨을 것입니까. 내 심서는 육 년 전과 같이 산란하였나이다. 그래서 종일 그를 찾아 돌아다녔나이다. 내가 이 담요에 얼굴을 대고 있을 때 일비곡 꿈이 역력히 보이나이다. 그것은 꿈이로소이다. 그러나 나는 그것은 꿈이 아니라 하나이다. 만일 그것이 꿈이면 세상만사 어느 것이 꿈 아닌 것이 있사오리까. 그 꿈은 참 해명(解明)하였나이다. 그뿐더러 이 일순간의 꿈이 내 일 생애에 가장 크고 중요한 내용이 되는 것이니 이것이 어찌 꿈이오리까.

편지가 너무 길어졌나이다. 벌써 신년 일월 일일 오전 세 시로소이다. 세(歲) 잘 쇠시기 바라고 이만 그치나이다.

제3신

　나는 삼 일 전에야 해삼위에 도착하였나이다――갖은 고생과 갖은 위험을 겪고 몇 번 죽을 뻔하다가. 내 일생이 원래 고생 많은 일생이건마는 이번같이 죽을 고생 하여본 적은 없었나이다. 나는 상륙한 후로부터 이곳 병원에 누워 이 글도 병상에서 쓰나이다. 이제 그동안 십여 일간에 지나온 이야기를 들으소서.
　나는 미국에 가는 길로 지난 일월 오일에 상해를 떠났나이다. 혼자몸으로 수만 리 이역에 향하는 감정은 참 형언할 수 없더이다. 상항으로 직항하는 배를 타려다가 기왕 가는 길이니 구라파를 통과하여 저 인류 세상의 주인 노릇 하는 민족들의 본국 구경이나 할 차로 노국(露國) 의용함대 포르타와호를 타고 해삼위로 향하여 떠났나이다. 나 탄 선실에는 나 외에 노인(露人) 하나 있을 뿐. 나는 외로이 침상에 누워 이런 생각 저런 생각 하다가 원래 쇠약한 몸이라 그만 잠이 들었나이다. 깨어 본즉 전등은 반짝반짝하는데 기계 소리만 멀리서 오는 듯이 들리고 자다 깬 몸이 으스스하여 외투를 뒤쳐쓰고 갑판에 나섰나이다. 음(陰) 십일월 하순 달이 바로 장두에 걸리고 늠실늠실하는 파도가 월광을 반사하며 파랗게 맑은 하늘 한편에 계명성이 찬란한 광채를 발하더이다. 나는 외투 깃으로 목을 싸고 갑판 상으로 왔다 갔다 거닐며 웅대한 밤바다 경치에 취하였나이다. 여기는 아마 황해일 듯, 여기서 바로 북으로 날아가면 그대 계신 고향일 것이로소이다. 사고 망망(四顧茫茫)하여 한제(限際)가 아니 보이는데 방향 모르는 청년은 물결을 따라 흘러가는 것이로소이다. '강천일색무섬진 교교공중고월륜(江天一色無纖塵 皎皎空中孤月輪)'이란 장약허[39]의 시구를 읊조릴 제 내 맘조차 이 시와 같이 된 듯하여 진세명리(塵世名利)와 뒤숭숭한 사려(思慮)가 씻은 듯 스러지고 다만 월륜 같은 정신이 뚜렷하게 흉중에 좌정한 듯하더이다. 산도 아름답지 아님이 아니로되 곡절(曲折)과 요철(凹凸)이 있어 아직 사람의 맘을 산란케 함이 있으되 바다에 이르러서는 만경일면(萬頃一面) 즈즐펀한데 안계(眼界)를 막는 것도 없고 심정을 자격하는 것도 없어 참말 자유로운 심경을 맛보는 것이로소이다. 그러나 이러한 중에도 떨어지지 않는 것은 애인이라 그대와 일련의 생각은 심중에 잡념이 없어질수록 더욱 선명하고 더욱 간절하게 되나이다. 만일 이 경치와 이 심경을 저들과 같이 보았으면 어떠랴, 이 달 아래 이 바람과 이 물결에 그네의 손을 잡고 소요(逍遙)하였으면 어떠랴 하는 생각이 차차 더 격렬하게 일어나나이다. 그러나 여기는 만경해중(萬頃海中)이라, 나 혼자 이 천지 속에 깨어 있어 이러한 생각을 하건마는 그네들은 지금 어떠한 꿈을 꾸는가. 아아 그립고 그리운 모국과 애인을 뒤에 두고 수만 리 외(外)로 표박(漂迫)[40]하여 가는 정이 그 얼마나 하오리까.

나는 선실에 들어와 자리에 누웠나이다. 그러나 정신이 쇄락하여 졸리지는 아니하고 하릴없이 상해를 떠날 적에 사가진 신문을 꺼내어 뒤적뒤적 읽었나이다.

그러다가 다시 잠이 들었더니 더할 수 없는 공포를 가지고 그

잠을 깨었나이다. 일찍 들어보지 못하던 굉연(轟然)한[41] 폭향(爆響)[42]이 나며 선체가 공중에 떴다 내려지듯이 동요하더이다. 나는 '수뢰(水雷), 침몰(沈沒)'하는 생각이 번개같이 일어나며 문을 차고 갑판에 뛰어나가다 소낙비 같은 물보라에 정신을 잃을 뻔하였나이다. 갑판 상에는 침의(寢衣)대로 뛰어나온 남녀 선객이 몸을 떨며 부르짖고 선원들은 미친 듯이 좌우로 치구(馳驅)[43]하더이다. 우리 배는 벌써 삼십여 도나 좌현으로 기울어지고 기관 소리는 죽어가는 사람의 호흡 모양으로 아직도 퉁퉁퉁퉁 하더이다. '수뢰, 수뢰' 하는 소리가 절망한 음조로 각 사람의 입으로 지나가더니 상갑판에서 누가 "선체는 수뢰에 복부가 파괴되어 구원할 길이 없소. 지금 구조정을 내릴 터이니 각인은 문명한 남자의 최후 체면을 생각하여 여자와 유아를 먼저 살리도록 하시오" 하고 외치는 것은 선장이러이다. 이때에 민활한 수부(水夫)들은 선상에 배치하였던 팔 개 구조정을 내리고 선객들은 비참한 통곡 속에 여자와 소아(小兒)를 그리로 올려 태우더이다. 어떤 부인은 그 지아비에게 매달려 말도 못 하고 통곡하며 그러면 그 지아비는 무정한 듯이 그 아내의 가슴을 떠밀며 구조정에 싣고 소리 높여 "하나님이시여 주께 돌아가나이다" 하고 어떤 이는 미친 듯이 부르짖으며 전후로 왔다 갔다 하며 어떤 이는 기력 없이 갑판에 기대어 조상(彫像) 모양으로 멍멍하니 섰기도 하더이다. 각 구조정에는 수부가 육혈포를 들고 서서 정원 이외 오르기를 불허하고 어떤 비겁한 남자는 억지로 구조정에 오르려다가 여러 사람의 질책 속에 도로 본선에 끌려 오르기도 하더이다. 구조정은 하나에 이십여 명씩이나 싣고 정처 없이 만경에 나뜨더이다. 거기 탄 여자와 소아는 본선에서 시간이 못하여 죽으려 하는 지아비와 아비를 향하여 두 팔을 허우적거리며 우짖고 본선 상에 남아 있는 남자 선객과 선원들은 오히려 만사태평인 듯이 침착하더이다. 사람이란 피할 수 없는 위험을 당할 때에는 오히려 태연한 것이러이다. 선체의 전반부는 반 이상이나 물에 들어가고 우리는 잠시나마 생명을 늘릴 양으로 후반부로 옮았나이다. 본선을 떠나는 구조정에서는 찬송가가 일어나며 이것을 듣고 우리도 각각 찬송가를 부르며 어떤 이는 두 팔을 들고 소리를 내어, 어떤 이는 고개를 숙이고 주에게 마지막 기도를 올리더이다. 나는 잠깐 고향과 가족과 동족과 그대와 그와 붕우들과 품었던 장래의 희망을 생각하고 아주 냉정하게 최후의 결심을 하였나이다. 나는 이 세상의 아름다움을 생각할 때에 공포하였나이다, 아껴하였나이다. 그러나 이 세상의 냉혹하고 괴로움을 생각할 때에 하루라도 바삐 이 세상을 벗어남을 기뻐하였나이다. 나는 더러운 병상에서 오줌똥을 싸 뭉개다가 죽지 아니하고 신선한 조일광(朝日光), 망망한 해양 중에 비장한 경광 속에 죽게 됨을 행복으로 여겼나이다. 실상 집에서 죽으려거든 공성명수(功成名遂)[44]하고 한명(限命)까지 살다가 여자와 사회의 깊이 애도하는 속에 하거나 그렇지 아니하거든 혹은 대양 중에 혹은 폭탄 하에 혹은 상인(霜刃)[45] 하에 혹 인류의 문명을 위하여 전기나 화학의 시험 중에 죽을 것인가 하나이다. 나는 저 구차하게 무기력한 생명을 아껴 추한 생활을 이어가는 자를 비소(誹笑)하나이다. 지금 양양한 바다는 우리를 받아들일 양으로 늠실늠실하고 광휘(光輝)한 태양은 타계(他界)로 가는 우리를 작별하는 듯이 우리에게 따뜻한 빛을 주더이다. 배가 가라앉음을 좇아 차차 후부로 옮는 선객들은 이제야 몸과 몸이 서로 마주 닿게 되었나이다. 그러다가 우리는 한 걸음 한 걸음 상갑판과 장(檣)⁴⁶으로 기어오르나이다. 기관은 벌써 죽었나이다. 이제는 우리 차례로소이다. 그러나 우리 중에는 이제는 우는 이도 없고 덤비는 이도 없고 다만 비창(悲愴)한 한숨 소리와 기도 소리가 여기저기서 들릴 뿐이로소이다. 선원은 우리 생명이 이제 사십 분이라 하나이다. 우리 심장은 일초 일초 뛰나이다. 일 분 가나이다. 이 분 가나이다. 이때에 가끔 물보라가 우리 열한 얼굴을 적시더이다. 우리는 한 걸음 한 걸음 위로 위로 올라가나이다. 다만 일순간이라도 할 수 있는 대로는 생명을 늘리려 하는 인생의 정상(情狀)은 참 가련도 하여이다. 구조정도 어디 갈 데가 있는 것이 아니요 후에 오는 배만 기다리는 고로 그 주위로 슬슬 떠다닐 뿐이러이다. 가끔 여자의 울음소리가 물결 소리와 함께 울려올 뿐이로소이다. 십 분 지났나이다. 남은 것이 삼십 분. 우리는 부지불각에 주먹을 부르쥐고 입을 꼭 다물었나이다. 마치 우리를 향하여 오는 무엇에 저항하려는 듯이. 그러나 우리가 그 운명에 저항할 수 있사오리까. 아까 구조정에 오르려던 남자는 실신한 듯이 갑판상에 거꾸러지며 거품을 토하고 경련을 생(生)하더이다. 다른 사람들은 빙그레 웃으면서 그 사람의 파래진 얼굴을 보았나이다. 우리는 그를 구원하려 할 필요가 없고 다만 잠깐 먼저 가거라, 우리도 네가 아직 일 리(哩)를 앞서기 전에 따라갈 것이로다 할 뿐이로소이다. 이때 우리 심중에야 무슨 욕심이 있으며 무슨 염려가 있으리까. 만인이 꿈에도 놓지 못하던 명리의 욕(慾)이며 쾌락의 욕이며——온갖 것을 다 잊어버리고 다만 우리가 세상에 올 때에 가지던 바와 같은 순결한 마음으로 오라는 죽음을 맞을 따름이로소이다. 이때에 우리 이백여 명 사람은 모두 성인이요 모두 천사로소이다. 만일 누구나 의식을 볼 때에 잠깐 이러한 생각을 하였던들 사회의 모든 악하고 무용한 알력(軋轢)[47]이 없어질 것이로다. 이 배에는 혹 금화도 실었으리다, 그러나 지금 누가 그것을 생각하며, 미인은 있으리다, 그러나 지금 누가 그를 생각하오리까. 그뿐더러 우리의 생명까지도 그리 아까운 줄을 모르게 되어 침몰하는 선체의 이상한 불쾌한 음향을 발할 때마다 본능적으로 몸이 흠칫흠칫할 뿐이로소이다. 이십 분 지내었나이다. 선체는 점점 물 아래로 잠기나이다. 우리는 더 올라갈 곳이 없어 그 자리에 가만히 섰나이다. 이때에 군중 중에서 누가, "저기 배 보인다!" 하고 외친다. 군중의 시선은 일제히 서편 까만 점으로 쏠리더이다. 선장은 마스트 제이형(桁)에 올라가 쌍안경으로 그 이점(異點)을 보더니, 손을 내두르며,

"코리아호외다. 우리 배보다 두 시간 후에 떠난 코리아호외다. 우리 배 침몰한다는 무선 전신을 받고 이리로 옴이외다. 그러나 저 배는 한 시간 후가 아니면 오지 못할 터이니 각각 무엇이나 하나씩 붙들고 저 배 오기를 기다리시오."

우리의 얼굴은 일시에 변하였나이다. 침착하던 맘이 도로 동란(動亂)하더이다. 일조(一條)의 생도(生道)가 보이매 지금껏 죽으

려고 결심하였던 것이 다 허사가 되고 이제는 살려는 희망을 가지고 노력하게 됨이로소이다. 우리는 선원과 함께 널쪽 뜯기에 착수하였나이다. 나도 의접(依接)⁴⁸할 것을 하나 얻을 양으로 잠기다 남은 갑판 위로 뛰어 돌아가다가, 이상한 소리에 깜짝 놀라 우뚝 섰나이다. "사람 살리오!" 하는 여자의 소리(영어로)가 들리며 무엇을 두드리는 소리가 나더이다. 나는 곧 그 소리가 서너 치나 이미 물에 잠긴 주장(主牆) 밑 일등실에서 나는 줄을 알아차리고 얼른 뛰어가 "문을 칠 터이니 물러서시오" 하며 손에 들었던 도끼로 돌쩌귀를 때려 부수고 힘껏 그것을 잡아 젖혔나이다. 그 속에는 어떤 늙은 서양 부인 하나와 젊은 동양 부인 하나가 있다가 흐트러진 머리 침의 바람으로 문을 차며 마주 뛰어나오더이다. 나는 그 문을 떼어 생명을 의접할 양으로 도끼로 잡을 손 있는 데를 깨뜨렸나이다. 이때에 뒤에서 누가 내게 매달리기로 돌아본즉 이것이 누구오리까, 내 은인 김일련이로소이다. 나는 다른 말 할 새 없이 다만 "이 문을 잃지 말고 여기 매어달리시오. 지금 구조할 배가 옵니다" 하였나이다. 돌아서며 보니 선객과 선원들은 벌써 널쪽을 하나씩 집어타고 물에 나떴더이다. 갑판에 물이 벌써 무릎을 잠그고 선체는 점점 빠르게 가라앉더이다. 게다가 굽실굽실하는 물결이 몸을 쳐 한 걸음만 곁핏하면 그만 천길 해중으로 쑥 들어갈 것이로소이다. 선상에는 우리 세 사람뿐이로소이다. 내가 도끼로 문을 부수는 동안에 남들은 다 내려간 것이로소이다. 아아 어찌하나 이 문 한 짝에 세 사람이 붙을 수 없고 그러나 이제 달리 어쩔 수도 없어 그 위험한 중에 얼마를 주저하였나이다. 그러나 나는 "이 문을 타고 나가시오. 걸핏하면 그만이오. 어서어서" 하고 다시 물속에 든 도끼를 찾아 다른 문을 부수려 하였나이다. 그러나 이때에 벌써 물이 허리 위에 올라오고 물속에 잠긴 돌쩌귀를 부수지 못하여 한참이나 애를 쓰다가 뒤를 돌아본즉 두 부인은 수상에 조금 남겨 놓인 난간을 붙들고 흑흑 느끼더이다. 나는 이를 보고 허리를 물에 잠그고 겨우 하여 그 문을 뜯어 내어놓고 본즉 먼저 뜯어놓은 문이 갑자기 밀어오는 물결에 밀려 달아나더이다. 나는 도끼를 집어 내던지고 그 문을 잡고 헤어나갈 준비를 하였나이다. 그러나 어찌하리오. 문 하나에 셋은 탈 수 없고 누가 살 것이리까.

이제 우리는 촌각의 여유도 없나이다. 두 부인에게 그 문의 한편 옆에 붙으라 하고 나는 다른 옆에 붙어 아주 우리 몸이 뜨기만 바랐나이다. 침몰하는 본선 주위에는 운명에 생명을 맡긴 인생들이 혹은 널쪽에 혹은 구조대에 혹은 구조정에 붙어 물결을 따라 오르락내리락하며 말없이 떠다니나이다. 아까 보이던 코리아호는 과연 오는지 마는지.

이윽고 우리 몸은 전혀 그 문에만 매달리게 되었나이다. 두 부인은 기운 없이 문설주를 잡고 내 얼굴만 쳐다보더이다. 그러나 세 사람의 중량에 문은 연해 가라앉으려 하고 그러할 때마다 약한 부인네는 더욱 팔에 힘을 주므로 우리는 몇 번이나 머리까지 물속에 잠겼나이다. 가지나 겨울 물에 사지는 얼어들어오고 팔맥은 풀리고 아무리 하여도 이 모양으로 십 분을 지날 것도 같지 아니하더이다. 이제 우리가 한 가지 오래갈 묘책은 문을 흉복부에

지대고 팔과 다리로 방향을 잡음이러이다. 그러나 걸핏하면 널쪽이 뒤집히든가 가라앉든가 할 모양이니 어떠하오리까. 그러나 우리는 수분간에 일 차씩 물에 잠기어 아무리 하여도 이대로 참을 수는 없더이다. 이때야말로 고식(姑息)을 불허하고 용단이 필요하더이다. 이렁그렁 하는 동안에 기력은 차차 쇠진하더이다. 원래 연약한 김양은 벌써 훗득훗득 느끼며 졸기를 시작하더이다. 아무리 하여도 셋 중에 하나는 죽어야 하리라 하였나이다. 나는 얼른 '살아야 할 사람은 나와 내 동포인 김양인가' 하였나이다. 인도(人道)상으로 보아 두 부인을 살리고 내가 죽음이 마땅하다 하려니와 나는 그때 내 생명을 먼저 버리기에는 너무 약하였나이다. 그러나 저 서양 부인을 떠밀어내기도 생명이 있는 동안은 못할 일이러이다. 또 한 번 우리는 물속에 들었다 나왔나이다. 숨이 막히고 정신이 아뜩아뜩하더이다. 나는 다시 생각하였나이다. 아직 국가가 있다. 국가가 있으니 내외국의 별(別)이 있다. 그러니까 다 살지 못할 경우에 내 동포를 살림이 당연하다 하였나이다. 그러나 단행치 못하고 또 한 번 물에 잠겼다 나왔나이다. 나는 이에 결심하였나이다. 차라리 이 널쪽을 뒤쳐 엎었다가 둘 중에 하나 사는 자를 살리리라 하였나이다. 아아 나의 사랑하는 이의 생명이 어찌 될런가. "하나님이시여 용서하소서" 하고 나는 널쪽을 턱 놓았나이다. 아아 그때의 심중의 고민이야 무엇으로나 형용하리까. 널쪽이 번쩍 들리며 두 부인은 물속에 들어갔나이다. 나는 얼른 널쪽을 잡으려 하였으나 널쪽은 물결에 밀려 수보 밖에 달아나더이다. 이윽고 두 부인도 물을 푸푸 뿜으며 나뜨더이다. 나는 최후의 노력이로구나 하면서 널쪽을 버리고 김양 있는 데로 헤어가서 한 손으로 그의 겨드랑이를 붙들고 널쪽을 향하여 헤었나이다. 널쪽은 잡힐 듯 잡힐 듯하면서 우리보다 앞서가더이다. 나는 사력을 다하여 헤었나이다. 우리의 두 몸은 이제야 겨우 코 이상이 물 위에 떴을 따름이로소이다. 나는 '이제는 죽었구나' 하며 남은 힘을 다하였나이다. 그러나 시체나 다름없는 여자를 한 손에 들었으니 어찌하오리까. 그렇다고 차마 그는 놓지 못했나이다. 나는 부지불각에 "아이쿠" 하였나이다. 그러나 내 생명은 아직 끊기지 아니하였으므로 그래도 허우적허우적 널쪽을 향하여 헤었나이다. 거의 기운이 다하려 할 제 널쪽이 손에 잡혔나이다. 나는 새 기운을 내어 김양을 널쪽에 올려 싣고 나도 가슴을 널쪽에 대었나이다. 그러고는 다리를 흔들어 널쪽의 방향을 돌렸나이다. 서양 부인이 아직도 떴다 잠겼다 함을 보고 나는 그리로 향하여 저어가려 하였나이다. 그러나 내 사지는 이미 굳었나이다. 그러고는 정신을 잃었나이다.

 깨어 본즉 나는 어느 선실에 누웠고 곁에는 김양과 다른 사람들이 혼미하여 누웠더이다. 나는 몸을 움직일 수도 없고 말도 잘 나가지 아니하더이다. 이 모양으로 이십 분이나 누웠다가 겨우 정신을 차려 나는 어느 배의 구원을 받아 다시 살아난 줄을 알았나이다. 그리고 겨우 몸을 일으켜 곁에 누운 김양을 보니 아직도 혼미한 모양이러이다. 뒤에 들은즉 이 배는 우리가 기다리던 코리아호요 그 선객들이 의복을 내어 갈아입히고 우리를 자기네 침실에 누인 게라 하더이다. 저녁때쯤 하여 김양도 일어나고 다른 조난객도 일어나더이다. 삼백여 명에 생존한 자가 겨우 일백이십 기인(幾人). 나도 그 틈에 끼인 것이 참 신기하더이다. 아아 인생의 운명이란 과연 알 수 없더이다. 선장도 죽고 나와 같은 방에 들었던 이도 죽고 물론 그 서양 부인도 죽고——그러나 그때 구조정에 뛰어오르려다가 도로 끌려 내린 자는 살아나서 바로 내 맞은편 침상에 누워 앓는 소리를 하더이다. 여러 선객은 여러 가지로 위문하여주며 어떤 서양 부인네는 눈물을 흘리며 위문하더이다. 나는 그네에게 대하여 나의 목도한 자초지종을 말하였나이다. 그네는 혹 놀라기도 하고 울기도 하며 그 말을 듣더이다. 그 수뢰는 부설(敷設) 수뢰인가 독일 수뢰정이 발사한 것인가 하고 의론이 백출하였으나 물론 귀결되지 못하였나이다. 우리도 국과 우유를 마시고 다시 잠이 들어 익조(翌朝)[49] 장기(長崎)에 정박할 때까지 세상모르고 잤나이다. 장기서 이틀을 유(留)하여 단번 의용함대 배로 이곳에 도착한 것이 재재작일 오전 아홉 시로소이다. 그러나 물에서 몸이 지쳐 우리는 그냥 병원에 들어와 지금까지 누웠으나 오늘부터는 심신이 자못 경쾌하여감을 느끼오니 과려(過慮) 마소서.

제4신

나는 지금 소백산 중을 통과하나이다. 정히 오전 네 시. 겹유리창으로 가만히 내다보면 희미하게나마 백설을 지고 인 침침한 삼림이 보이나이다. 우리 열차는 영하 이십오륙 도 되는 천지개벽 이래로 일찍 인적 못 들어본 대삼림의 밤공기를 헤치고 헐럭헐럭 달아가나이다. 들리는 것이 오직 둥둥둥둥 한 차륜 소리와 기관차의 헐떡거리는 소리뿐이로소이다. 우리 차실(車室)은 침대 네 개 중에 이층 두 개는 비고 나와 김양이 하층 두 개를 점령하였나이다. 증기 철관으로 실내는 우리 온돌이나 다름없이 훗훗하여이다. 나는 김양의 자는 얼굴을 보았나이다. 담요를 가슴까지만 덮고 입술을 반쯤 열고 부드러운 숨소리가 무슨 미묘한 음악같이 들리더이다. 그 가는 붓으로 싹 그은 듯한 눈썹하며 방그레 웃는 듯한 두 눈이며 여러 날 위험과 피곤으로 좀 해쓱하게 된 두 뺨하며 입술이 약간 가뭇가뭇하게 탄 것이 오히려 풍정(風情) 있더이다. 나는 이 사람을 사랑한 지 오래거니와 아직 이 사람의 그간의 변천과 경과를 자세히 들어볼 기회가 없었나이다. 상해서 정성된 간호를 받을 때 그의 맘이 여전히 천사 같거니 하기는 하였으나 그 진위를 판정할 기회는 없었나이다. 나는 이제야 그 좋은 기회라 하였나이다. 대개 아무리 외식에 익숙한 자라도 잘 때에 용모와 태도는 숨기지 못하는 것이로소이다. 그러므로 어떤 사람의 자는 얼굴을 보면 그 사람의 성정을 대개는 정확하게 판단하는 것이로소이다. 죽은 얼굴은 더욱 그의 성격을 잘 발표한다 하나이다. 그러나 가족 외에는 남의 자는 얼굴을 보기 어려운 것이니 이러한 연구의 최호(最好)한 기회는 차(車)중이나 선(船)중인가 하나이다. 나는 그대의 자는 얼굴을 여러 번 보았나이다. 그리고 그 얼굴로 그대의 성정을 많이 판단하였나이다. 이제 그 솜씨를 가지고 김양의 자는 얼굴을 연구하려 하였나이다. 맨 처음 그의 얼굴과 숨소리가 소아의 그것과 같이 화평함은 그의 심정이 선하고 화평함을 보임이요 그의 방그레한 웃음을 띰은 어떤 처지 어떤 사건을 당하거나 절망하고 비통하지 아니하고 항상 주재(主宰)와 섭리를 의지하여 맘을 화락하게 가짐을 보임이니 만일 그렇지 아니하면 그렇게 큰 곤란을 겪은 뒤에는 반드시 얼굴에 고민 불평(苦悶不平)한 빛이 보일 것이로소이다. 그의 숨소리가 순하고 장단 같음은 그의 육체와 심정의 완전히 조화함을 보임이니 숨소리의 부제(不齊)함은 무슨 부조화가 있음이로소이다. 그는 어젯밤에 누운 대로 단정한 자세를 유지하였으니 이는 그의 심정의 단아하고 침착함을 보임이로소이다. 혹 베개를 목에 걸고 고개를 번쩍 잣긴다든가 입으로 침을 질질 흘린다든가 팔과 다리를 모양 없이 내던지는 사람은 반드시 맘의 줏대 없고 난잡함을 보임이로소이다. 입을 꼭 다물지 아니함은 주의가 약하다든가 남에게 의뢰하려는 성정을 표함이어니와 조금 방싯하게 입을 연 것은 오히려 미를 더하는 점이로소이다. 지금 우리 김양은 마치 아기가 그 자모(慈母)의 품에 안긴 듯이 맘을 푹 놓고 극히 안온(安穩)하게 자는 것이로소이다. 나는 한참이나 이 순결한 여성의 얼굴을 응시하다가 눈을 감고 벽에 기대어 생각하였나이다. 과연 아름답도소이다. 이 아름다움을 보고 탄미하고 애착하는 정이 아니 날 사람이 있사오리까. 조물은 탄미하기 위하여 이런 미를 짓고 이런 미를 감상하는 힘을 인생에게 준 것이로소이다. 그동안 여러 위험과 곤란에 여유 없는 흉중은 다시 구(舊)에 복(復)하여 산란하기 시작하였나이다. 나는 육 년 전 모 여학교 기숙사에서 "분주하신데" 하고 살짝 낯을 붉히던 그를 회상하고 일비곡의 일장몽(一場夢)을 회상하고 그때 나의 동경과 고민을 생각하고 또 내가 지난 사오 년간에 겪은 모든 정신적 변천과 고민이 태반이나 지금 내 앞에 누워 자는 일단구(一短軀)의 원인함을 생각하였나이다. 아마 그는 내가 자기를 위하여 겪은 모든 것을 모를 것이로소이다. 그래서 같이 사생(死生) 간에 출입하면서도 또는 같이 무인한 차실 내에 있으면서도 피차의 심중은 대단히 현수(懸殊)[50]한 것이로소이다. 흉벽(胸壁) 하나를 격(隔)한 사람과 사람 사이의 심중은 마치 차계(此界)와 타계와 같아서 그간에 교통이 생기기 전에는 결코 접촉하지 못하는 것이로소이다. 그 교통 기관은 언어와 감정이니 이 기관으로 피차의 내정(內情)을 사실한 후에야 화친이 생기고 배척도 생기는 것이로소이다. 그러므로 붕우라 함은 서로 이해하여 각기 타인에게 자기와의 공통점을 발견함으로 생기는 관계라 할 수 있는 것이로소이다. 그러나 사랑은 이와는 딴 문제니 그의 성정이며 사상 언행이 혹 사랑의 원인도 되며 혹 이미 성립된 사랑을 강하게 하는 효력은 있으되 그것을 이해한 후에야 비로소 사랑이 성립되는 것은 아니로소이다. 말이 너무 곁길로 들었나이다. 나는 내 심정을 토설함이 김양에게 어떠한 생각을 줄까 하였나이다. 내가 자기를 위하여 전 인격의 변동과 고민을 받은 줄을 말하면 그의 감상이 어떠할런가. 자기를 위하여 오륙 년을 고민 중으로 지낸 남자인 줄을 알 때에 과연 어떠한 감상이 생길런가. 물론 그 사정을 듣는다고 없던 사랑이 생길

리는 없으련마는 자기를 위한 희생을 가련하게는 여기리라 하였나이다. 설혹 그가 내 진정을 듣고 오히려 성내어 나를 배척하리라 하더라도 희미한 원망과 함께 오래 품어오던 정을 바로 그 당자를 향하여 토로하기만 하여도 훨씬 속이 시원하고 달콤한 맛이 있을 듯하여이다. 그리고 다시 눈을 떠 그의 얼굴을 보매 여전히 안온히 자더이다. 나는 다시 생각하였나이다. 설혹 저편이 나를 사랑한다 한들 내가 저를 사랑할 권리가 있을까. 나는 기혼 남자라. 기혼 남자가 다른 여성을 사랑함은 도덕과 법률이 금하는 바라. 그러나 내 아내에게는 어찌하여 사랑이 없고 오히려 법률과 도덕이 사랑하기를 금하는 김양에게 사랑이 가나이까. 법률과 도덕이 인생의 의지와 정을 거슬리기 위하여 생겼는가. 인생의 의지와 정이 소위 악마의 유혹을 받아 도덕과 법률을 위반하려 하는가. 이에 나는 도덕 법률과 인생의 의지와 어느 것이 원시적이며 어느 것이 더욱 권위가 있는가를 생각하여야 하겠나이다. 인생의 의지는 천성이니 천지개벽 때부터 창조된 것이요 도덕이나 법률은 인류가 사회생활을 시작함으로부터 사회의 질서를 유지하기 위하여 생긴 것이라. 즉 인생의 의지는 자연이요 도덕 법률은 인위며 따라서 의지는 불가변이요 절대적이요 도덕 법률은 가변이요 상대적이라. 그러므로 오인의 의지가 항상 도덕과 법률에 대하여 우월권이 있을 것이니 그러므로 내 의지가 현재 김양을 사랑하는 이상 도덕과 법률을 위반할 권리가 있다 하나이다. 내가 이를 위반하면 도덕과 법률은 반드시 나를 제재하리다. 혹 나를 간음자라 하고 혹 중혼자라 하여 사회는 나를 배척하고 법률은 나를 처벌하리다. 그러나 내가 만일 김양을 사랑함이 사회와 법률의 제재보다 중(重)타고 인정할 때에는 나는 그 제재를 감수하고도 김양을 사랑할지니 대개 영의 요구가 유형한 온갖 것보다도——천하보다도 우주보다도 더 중함이로소이다. 현대인은 너무 도덕과 법률에 영성(靈性)이 마비(痲痺)하여 영의 권위를 인정 못 하나니 이는 생명 있는 인생으로서 생명 없는 기계가 되어버림과 다름이 없나이다. 예수가 십자가에 박힘도 불시의 도덕과 법률에 위반하였음이요 모든 국사와 혁명가가 중죄인으로 혹은 징역을 하며 혹은 생명을 잃음도 영의 요구를 귀중하게 여기어 현시의 제도를 위반함이로소이다. 대개 도덕과 법률을 위반함에도 이종(二種)이 있으니 하나는 사욕, 물욕, 정욕을 만족하기 위하여 위반함이니 이때에는 반드시 양심의 가책을 겸수하는 것이요 둘은 양심이 허하고 허할뿐더러 장려하여 현 사회를 위반케 하는 것이니 이는 법률상으로 죄인이라 할지나 타일(他日) 그의 위하여 싸우던 이상이 실현되는 날에 그는 교조(敎祖)가 되고 국조(國祖)가 되고 선각자가 되어 사회의 추숭(追崇)을 받는 것이니 역사상에 모든 위인 걸사는 대개 이러한 인물이로소이다. 나는 불행히 범인(凡人)이 되어 정치상 또는 종교상 이러한 혁명자가 되지 못하나 인도상 일 혁명자나 되어보려 하나이다. 내가 김양을 사랑함이 과연 이만한 고상한 의의가 있는지 없는지는 모르나 이미 내 전령이 그를 사랑하는 이상 나는 결코 사회를 두려 내 영의 요구를 억제하지 아니하려 하나이다. 혹 사회가 나를 악인으로 여겨 다시 나서지 못하게 한다 하더라도 나는 내 영의 신성

한 자유를 죽여서까지 육체와 명예의 완전을 도모하려 아니 하나이다. 나는 일본인의 정사(情死)를 부러워하나니 대개 제가 사랑하는 자를 위하여 목숨을 버리기조차 사양치 아니하는 그 정신은 과연 아름답소이다. 혹은 명예를 위하여 혹은 신체나 재산을 위하여 사랑하던 자 버리기를 식은 밥 먹듯 하는 종족을 나는 미워하나이다. 나도 그러한 유약하고 냉담한 피를 받았으니 과연 저 외국인 모양으로 사랑하는 자를 위하여 생명까지라도 아끼지 않게 될는지는 알 수 없으나 나는 이제 김양을 대하여 이 실험을 하여보려 하나이다. 내가 일전 파선하였을 때에 한 행동도 이 방면의 소식을 전함인가 하나이다. 인생의 일생이 과연 우습지 아니합니까. 오래 살아야 칠십 년에 구태여 사회 앞에 꿇어 엎드려 온갖 복종과 온갖 아첨을 하여가면서까지 노예(奴隷)적 안전과 쾌락에 연연할 것이야 무엇입니까. 제가 정의로 생각하는 바를 따라 용왕매진(勇往邁進)[51] 하다가 성(成)하면 좋고 패하면 폭풍에 떨어지는 꽃 모양으로 훌쩍 날아가면 그만이로소이다. 나는 벌떡 일어섰나이다. 두 주먹을 불끈 부르쥐고 '옳다. 겁을 버려라. 내 사랑하는 김양을 위하여 전 심신을 바치리라' 하였나이다. 내 발소리에 깨었는지 김양이 눈을 뜨며

"추우십니까?"

"아니올시다. 너무 오래 잤기로 운동을 좀 하노라고 그럽니다."

"지금 몇 시에요?" 하면서 일어나 앉는다.

"다섯 시 오 분이올시다. 좀더 주무시지요. 아직 이른데" 하고 나는 이상하게 수줍은 맘이 생겨 김양을 정면으로 보지 못하고

창도 내다보며 전등도 보며 하였나이다.

"여기가 어딥니까?"

"소백산 삼림 속이올시다. 아직까지 두 발 달린 짐승 들어보지 못한 성전인데 지금은 철도가 생겨 차차 삼림도 채벌하고 아담과 말하던 새와 사슴들도 가끔 두 발 달린 짐승의 총소리에 놀랍니다. 지구 상에는 이 두 발 달린 짐승이 과히 번성하여서 모처럼 하나님의 수십만 년 품 들여서 만들고 새겨놓은 지구를 말 못되게 보기 숭하게 만듭니다. 자연을 이렇게 버려놓는 모양으로 사람의 영성에도 붉은 물도 들이고 푸른 물도 들이고 깎기도 하고 새기기도 하여 모양 없이 만들어놓습니다. 봅시오. 우리 신체도 그러합지요. 모두 무슨 흉물스러운 헝겊으로 뒤싸고 예의니 습관이니 하는 오랏줄로 꽁꽁 동여매고……." 나는 나오는 대로 한참이나 지껄이다가 과히 흥분한 듯하여 말을 뚝 끊고 김양의 얼굴을 보았나이다. 김양은 빙그레 웃으면서

"그래도 의복도 없고 문명도 없으면 이 추운 땅에서야 어떻게 삽니까."

"못 살지요. 원래로 말하면 지구가 이렇게 식어서 눈이 오고 얼음이 얼게 되면 차차차차 적도 지방으로 몰려가 살 터이지요. 말하자면 적도 지방에 사는 사람들이 짜장 살 권리 있는 사람이요 온대나 한대에 사는 사람들은 천명을 거역하여 사는 것이외다그려. 그러니까 적도 지방에 사는 사람들은 천명대로 자연스럽게 살아가지마는 온대나 한대에 사는 사람들은 소위 '자연을 정복'한다 하여 꼭 천명에 거스르는 생활을 합니다그려. 그네의 소위 문

명이라는 것이 즉 천명을 거역하는 것이외다. 우선 우리로 보아도 한 시간에 십 리씩 걸어야 옳게 만든 것을 꾀를 부려 백여 리씩이나 걷지요. 눈이 오면 치워야 옳을 텐데 우리는 지금 따뜻하게 앉았지요…… 그러니까 문명 속에 있어서는 하나님을 섬길 수 없어요."

"아 그러면 선생께서는 문명을 저주하십니다그려. 그러나 우리 인생치고 문명 없이 살아갈까요? 톨스토이가 제아무리 문명을 저주한다 하더라도 그 역시 '가옥' 속에서 '요리'한 음식 먹고 '기계'로 된 의복 입고 지내다가, 마침내는 철도를 타다가 정거장에서 '의사'의 치료를 받다가 죽지 아니하였습니까."

나는 이 말에 대답하려 아니 하고 단도직입으로 김양의 사정을 탐지하려 하였나이다. 김양의 술회는 여좌(如左)하여이다.

내가 동경을 떠난 후 일 년에 김양도 모 고등여학교를 졸업하고 잉(仍)하여[52] 여자대학교 영문학과에 입학하였나이다. 원래 재질이 초월한 자라 입학 이후로 학업이 일진하여 교내에 조선 재원의 명성이 자자하였나이다. 그러나 꽃과 같이 날로 피어가는 그의 아름다운 얼굴에는 취하여 모여드는 호접(蝴蝶)[53]이 한둘이 아니런 듯하여이다. 그중에 일인(一人)은 성명은 말할 필요가 없으나 당시 조선 유학생계에 수재이던 모씨러이다. 씨는 제대 문학과 재하여 재명이 융융하던 중 그중에도 독일 문학에 정상(精詳)하고 또 천품의 시재(詩才)가 있어 입을 열면 노래가 흐르고 붓을 들면 시가 솟아나는 자러이다. 조선 학생으로 더구나 아직 청년 학생으로 일본 문단의 일방에 명성의 예(譽)를 득(得)한 자는 여태껏 아마 씨밖에 없었으리다. 씨의 시문이 어떻게 미려하여 인(人)을 뇌살(惱殺)하였음은 일찍 씨의 『소녀에게』라 하는 시집이 출판되매 그 후 일 개월이 못하여 무명한 청년 여자의 열정이 횡일(橫溢)하는 서한(書翰)을 무수히 수(受)함을 보아도 알 것이로소이다. 말하자면 김양의 만인을 뇌살하는 미모를 모씨 그 필단(筆端) 가진 것이라 할 것이로소이다. 김양과 모씨와는 시문의 소개로 부지불식간 상사하는 애인이 되었나이다. 그리하여 우선 쌍방의 흉중에 화염이 일어나고 다음에 시와 문이 되고 다음에 열렬한 서한이 되고 또 다음에 우연한 대면이 되고 마침내 핑계 있는 방문이 되어 드디어 떼려도 뗄 수 없는 애(愛)의 융합이 된 것이로소이다. 혹 신춘(新春)의 가절(佳節)에 손을 잡고 교외의 춘경을 찾아 찬란한 백화의 열렬한 정염을 돋우며 낭낭한 종달의 소리에 청춘의 생명의 희열을 노래하고 혹 농천고미(瀧川高尾)에 만추의 색을 상(賞)하여 떨어지는 낙엽에 인생의 무상을 한탄하고 냉랭한 추수(秋水)에 뜨거운 청춘의 홍루(紅淚)를 뿌리기도 하여 춘거추래 삼 개(三個)의 성상을 꿀같이 달고 꿈같이 몽롱하게 지내었나이다. 그러나 모씨는 천재의 흔히 있는 폐병이 있어 몸은 날로 쇠약하고 시정은 날로 청순하여가다가 거년 춘삼월 피는 꽃 우는 새의 아까운 인생을 버리고 구름 위 백옥루의 영원한 졸음에 들었나이다. 그 후 김양은 파경의 홍루에 속절없이 나금(羅衿)을 적시다가 단연히 지(志)를 결(決)하고 일생을 독신으로 문학과 음악에 보내리라 하여 어떤 독일 선교사의 소개로 백림으로 향하던 길에 금차(今次)의 난(難)을 조(遭)한 것이로소이다.

황해 중에서 불귀의 객이 된 그 서양 부인은 즉 김양이 의탁하려던 독일 부인인 줄을 이제야 알았나이다. 양은 언필(言畢)에 잠연히 누(淚)를 하(下)하고 오열(嗚咽) 금치 못하며 나는 고개를 돌려 주먹으로 눈물을 씻었나이다.

슬프다. 모씨여. 조선 사람은 모씨의 요서(夭逝)를 위하여 통곡할지어다. 근화반도의 고려(高麗)한 강산을 누가 있어 영탄(咏嘆)하며 사천 년 묵은 민족의 흉중을 누가 있어 읊으리까. 산곡의 백합을 보는 이 없으니 속절없이 바람에 날림이 될지요 유간(柳間)의 황앵(黃鶯)을 듣는 이 없으니 무심한 공곡(空谷)이 반향(反響)할 따름이로소이다. 우리는 이러한 천재 시인을 잃었으니 이 또한 하늘의 뜻이라 한탄한들 미치지 못하거니와 행여나 마음 있는 누가 그의 무덤 위에 한 줌의 꽃을 공(供)하고 한 방울 눈물이나 뿌렸기를 바라나이다.

서색(曙色)[54]이 창에 비치었나이다. 하늘과 땅이 온통 설백(雪白)한 중에 영원의 침묵을 깨뜨리고 우리 열차는 수백 명 각종 인을 싣고 헐덕헐덕 달아나나이다. 이 열차는 무슨 뜻으로 달아나고 차중의 인은 무슨 뜻으로 어디를 향하고 달아나나이까. 봄이 가고 겨울이 오니 꽃이 피고 꽃이 지며 밤이 가고 낮이 오니 해가 뜨고 달이 지도다. 꽃은 왜 피고 지며 해와 달은 왜 뜨고 지나이까. 쉼 없이 천축(天軸)이 돌아가니 만천(滿天)의 성진(星辰)이 영원히 맴돌이를 하도다. 저 별은 왜 반작반작 창궁에 빛나고 우리 지구는 왜 해바퀴를 싸고 빙글빙글 돌아가나이까. 나라와 나라가 왜 적었다 컸다가 있다가 없어지며 인생이 어이하여 났다가 자라다가 앓다가 죽나이까. 나는 어이하여 났으며 김양은 어이하여 났으며 그대는 어이하여 났으며 나는 무엇 하러 소백산 중으로 달아나고 그대는 무엇 하러 한강 가에 머무나이까. 나는 모르나이다. 모르나이다.

그러나 하고많은 나라에 나와 그대가 어찌하여 한 나라에 나고 하고많은 시기에 나와 그대가 어찌하여 동시에 나고 하고많은 사람에 나와 그대가 어찌하여 사랑하게 되었나이까. 나와 김양이 어찌하여 육 년 전에 만났다가 헤어지고 황해에서 같이 죽다가 살아나고 이제 동일한 차실에서 마주 보고 담화하게 되었나이까. 나는 모르나이다. 모르나이다. 그대를 복중에 둔 그대의 모친과 나를 복중에 둔 나의 모친과는 서로 그대와 나와의 관계를 생각하였으리까. 복중에 있는 그대와 나와는 서로 나와 그대를 생각하였으리까. 그대와 나와 초대면하기 전일에 그대와 나와는 익일의 상면을 기하였으리까. 그대와 나와 초대면하는 일에 그대와 나와의 익일의 애정을 상상하였으리까. 서로 생각도 못 하던 사람과 사람을 만나게 하는 자―그 무엇이리까. 나는 모르나이다. 모르나이다.

알지 못케라. 우리가 가장 멀게 생각하는 아프리카의 내지나 남미의 남단에 휘파람 하는 청년이 나의 친구가 아닐는지. 뽕 따고 나물 캐는 아리따운 처녀가 나의 애인이 아닐는지. 나는 모르나이다. 모르나이다.

이제 김양과 나와 서로 대좌하였으니 양 개의 영혼이 제 맘대로 고동(鼓動)하나이다. 그러나 눈에 보이지 아니하는 미묘한 줄이

만인의 맘과 맘에 왕래하니 이 줄이 명일에 갑과 을을 어떠한 관계로 맺어놓고 병정(丙丁)과 무기(戊己)를 어떠한 관계로 맺어놓으리까. 나는 모르나이다. 모르나이다. 김양과 내가 장차 어떠한 관계로 웃을는지 울는지도 나는 모르나이다. 모르나이다.

  나는 이제는 명일 일을 예상할 수 없고 순간 일을 예상할 수 없나이다. 다만 만사를 조물의 의(意)에 부(付)하고 이 열차가 우리를 실어가는 데까지 우리는 끌려가려 하나이다.

방황

 나는 감기로 삼 일 전부터 누웠다. 그러나 지금은 열도 식고 두통도 나지 아니한다. 오늘 아침에도 학교에 가려면 갈 수도 있었다. 그러나 여전히 자리에 누웠다. 유학생 기숙사의 이십사첩 방은 휑하게 비었다. 남향한 유리창으로는 재색 구름이 덮인 하늘이 보인다. 그 하늘이 근심 있는 사람의 눈 모양으로 자리에 누운 나를 들여다본다. 큰 눈이 부슬부슬 떨어지더니 그것도 얼마 아니 하여 그치고 그 차디찬 하늘만 물끄러미 나를 들여다본다. 나는 '기모노'로 머리와 이마를 가리고 눈만 반짝반짝하면서 그 차디찬 하늘을 바라본다. 이렇게 한참 바라보노라면 그 차디찬 하늘이 마치 커다란 새의 날개 모양으로 점점 가까이 내려와서 유리창을 뚫고 이 휑한 방에 들어와서 나를 통으로 집어삼킬 듯하다. 나는 불현듯 무서운 생각이 나서 눈을 한 번 깜빡한다. 그러나 하늘은 도로 아까 있던 자리에 올라가서 그 차디찬 눈으로 물끄러미 나를 본다.

 내 몸의 따뜻한 것이 내게 감각된다. 그리고 나는 지금 저 하늘을 쳐다보고 또 지금 하늘이 나를 삼키려 할 때에 무섭다는 감정을 가졌다. 나는 살았다. 확실히 내게는 생명이 있다. 지금이 이 이불 속에 가만히 누워 있는 이 몸뚱이에는 확실히 생명이 있다. 이렇게 생각하고 나는 이불 속에 가만히 다리도 흔들어보고 손가락도 움직여보았다. 움직이리라 하는 의지를 따라다니며 손가락이 움직이는 것과 또 그것들이 움직일 때에 '움직이네' 하는 근육 감각이 생길 때에 '아아 이것이 생명이로구나' 하고 나는 빙그레 웃었다. 그리고 여전히 저 차디찬 재색 구름 낀 하늘이 유리창을 통하여 물끄러미 나를 보고 있는 것을 본다.

 사생(舍生)들은 다 학교에 가고 사내(舍內)는 극히 정적(靜寂)하다. 이 커다란 기숙사 내에 생명 있는 자라고는 나 하나밖에 없다. 그러고 하층 자습실(下層自習室) 네모난 시멘트 화로에 꺼지다 남은 숯불이 아직 내 몸 모양으로 따뜻한 기운을 가지고 다 살라진 재 속에서 반짝반짝할 것을 생각하였다. 나는 그 불덩어리가 보고 싶어서 곧 뛰어 내려가려다가 중지하였다. 그리고 내 친구 C군이 일전에,

 "나는 밤에 화로에 숯불을 피워놓고 전등을 끄고 캄캄한 속에 혼자 앉아서 그 숯불을 들여다보고 앉아 있는 것이 제일 즐거워"

하던 것을 생각하고 그 숯불을 우두커니 보고 앉아 있는 C군의 마음이 어쩨 내 마음과 같은 듯하였다.

 평생에 불김을 보지 못하는 침실은 춥다. 게다가 누가 저편 유

리창을 반쯤 열어놓아서 콧마루로 찬 바람이 휙휙 지나간다. 그 유리창을 닫고 싶으면서도 일어나기가 싫어서 콧마루로 찬 바람이 지나갈 때마다 물끄러미 그 유리창을 보기만 한다. 어떤 친구가 아침에,

"이불이 엷지요. 추우실 듯하구려" 하고 벽장에 넣으려던 자기의 이불을 덮어주려 하는 것을 나는 "아니오" 하고 거절하였다. 내 이불이 엷기는 엷어도 결코 춥지는 아니하였다. 내 몸은 지극히 따뜻하였다. 그러나 내 생명은 물론 추웠다. 마치 지금이 대한(大寒) 철인 것과 같이 내 생명은 추웠다. 그러나 이불을 암만 많이 덮고 방을 아무리 덥게 하여 내 전신에서 땀이 흐른다 하더라도 추워하는 내 생명은 결코 따뜻한 맛을 보지 못할 것이다.

가만히 자리에 누워 유리창으로 물끄러미 들여다보는 재색 구름 덮인 겨울 하늘을 보면 그 하늘의 차디찬 손이 내 조그마한 발발 떠는 생명을 주물럭주물럭하는 듯하여 몸에 소름이 쪽쪽 끼친다. 나는 차마 더 하늘을 바라보지 못하여 '기모노'로 낯을 가리었다가 그래도 안전치 못한 듯하여 일어나 휘장(揮帳)으로 유리창을 가리었다.

실내의 공기는 참 차다. 마치 죽은 사람의 살 모양으로 심하게도 싸늘하다. 네 벽에 걸린 '기모노'의 소매에서 차디찬 안개를 통하는 듯하고 지금껏 나를 돌아다보던 차디찬 재색 구름 덮인 하늘이 눈가루 모양으로 가루가 되어 유리창 틈과 다다미 틈과 벽 틈으로 홀홀 날아 들어와 내 이불 속으로 모여들어 오는 듯하다. 마치 내 살과 피의 모든 세포에 그 차디찬 하늘 가루가 들러붙어

서 그 세포들을 얼게 하려는 듯하다. 나는 이불을 푹 막쓰고 눈을 감았다. 그리고 잠이 들기를 바라는 사람 모양으로 가만히 있었다. 내 심장의 똑똑 뛰는 소리가 이불에 반향(反響)하여 역력히 들린다. 나는 한참이나 그 소리를 듣다가 차마 더 듣지 못하여 얼굴을 내어놓고 눈을 번쩍 떴다. '그것이 내 생명의 소리로구나' 하고 가만히 전정을 바라보았다. '그것이 왜 무엇 하러 똑똑 뛰는가. 또는 언제까지나 뛰려는가' 하였다. 그러나 이런 생각은 벌써부터 하던 생각이요, 생각할 때마다 그 대답은 '나는 몰라' 하던 것이라. 그러나 이 심장이 언제까지나 이렇게 똑똑 뛰려는가. 지금 내가 이렇게 똑똑 뛰는 소리를 듣는 이 귀로 조만간 이 똑똑 뛰는 소리가 끊어지는 것을 들으렷다. 그때에 나는 '아뿔싸 똑똑 하는 소리가 없어졌구나' 하고 이제는 몸이 식어가는 양을 볼 양으로 이 따뜻하던 몸을 만져볼 여유가 있을까? 그리고 '무엇 하러 이 심장이 똑똑똑똑 뛰다가 왜 똑똑똑똑 뛰기를 그쳤는고' 하고 생각할 여유가 있을까?

그리고 나는 이러한 생각을 하였다. 만일 내가 지금 앓는 병이 차차 중하여져서 마침내 죽게 되면 어찌할꼬. 그러나 내게는 슬픈 생각도 없고 무서운 생각도 없다. 아무리 하여도 이 세상이 아까운 것 같지도 아니하고 이 생명이 아까운 것 같지도 아니하다. 이것이 보고 싶으니, 또는 이것을 하고 싶으니, 살아야 하겠다 하는 아무것도 내게는 없다. 오히려 세상은 마치 보기 역정 나는 서적이나 연극과 같다. 조금 더 보았으면 하는 생각은커녕 어서 이 역정 나는 경우에서 벗어났으면 하는 생각이 날 뿐이다. 생명은 내게는 무서운 의무로다. 나는 생명이라는 의무를 다함으로 아무 소득이 없다. 나는 그동안 울기도 하고 혹 웃기도 하였다. 그러나 그것은 내게 아무 가치도 없는 것이다. 그따위 웃음과 울음을 보수로 받는 내 생명의 의무는 내게는 무서운 괴로운 짐에 지나지 못한다. 나는 조금도 세상이 그립지도 아니하고 생명이 아깝지도 아니하다. 내 금시(今時)에 '사(死)'를 만나더라도 무서워하기는커녕 '왜 이제야 오시오' 하고 반갑게 손을 잡고 싶다. 이러한 생각을 한 것은 오늘이 처음이 아니로다. '에그 적막해라' '에그 춥기도 추워라' '에그 피로해라' 할 때마다 나는 늘 이러한 생각을 하였다. 그리고 현해탄과 모르히네 철도 선로를 생각하였다. 그러나 오직 타성으로 생명의 타성으로 하루 이틀 독서도 하고 상학(上學)도 하고 글도 짓고 담화도 하였다. 그러나 혼자 외딴 데 있어 반성력(反省力)이 자유를 활동하여 분명히 자기를 관조할 때에는 늘 이 생각이 일어난다. 세상이 제아무리 여러 가지 빛과 소리로 내 눈과 귀를 현혹하려 하더라도 그것은 저 재색 구름 낀 차디찬 겨울 하늘에 지나지 못한다. 나는 이 병이 와싹 중하여져서 체온이 사십오륙 도에나 올라가 몸이 불덩어리와 같이 달아서 살과 피의 세포가 섬유가 불길이 일도록 타노라면 내 생명도 비록 일순간이나마 따끔 하는 맛을 볼 것 같다. 그 따끔 하는 일순간이 이따위 싸늘한 생활의 천년보다 나을 듯하다. 이렇게 생각하면서 나는 이불을 푹 쓰고 잠이 들었다. 내 몸에 열이 높아서 병원 침상 위에 누웠던 꿈을 꾸다가 번하게 잠을 깨니 뉘 따뜻한 손이 내 이마 위에 있다. 학교에 갔던 K군인 줄은 눈을 떠 보지 아니하여도 알았다. 나는 추운 이 세상에 그러한 따뜻한 손이 있어서 내 머리를 짚어주는 것을 이상하게 여겼다. 감사하게도 여겼다. 그 손을 내 두 손으로 꼭 잡아다가 입을 맞추고 가슴에 품고 싶었다. 그리고 어제 아침부터 누가 하루 세 때씩 우유를 보내주던 것을 생각하였다. 어제 아침에 자리에 누운 대로 뺏뺏 마른 면포(麵麭)를 먹을 제 어떤 일인(日人)이,

"이양ト云ウノハ貴方デスカ"[1] 하고 실내에 내가 혼자 있는 것을 보고 의심 없는 듯이 우유 두 병을 내 앞에 놓으며

"식기 전에 잡수시오" 하고 나가려 한다. 나는 아마 그가 사람을 잘못 알았는가 하였다. 기숙사에는 나 밖에도 '이양'이 많다. 내게 우유를 전할 사람이 누굴까 하였다. 그래서 나가려는 그 일인을 도로 불러,

"어떤 사람이 보냅디까?" 하였다. 그 일인은 수상한 듯이 우두커니 나를 보고 섰더니,

"모르겠어요. 그저 다른 말은 없이 하루 세 때씩 이양께 우유를 가져다 드리라 해서요" 하고 문을 닫고 나선다. 나는 한참이나 '그게 누굴까' 하고 생각하다가 마침내 '내가 그 누구인지를 알 필요가 없다. 다만 나와 같은 인류 중에 한 사람이 내가 병으로 음식을 폐한 것을 불쌍히 여겨 보낸 것으로 알자' 하고 반갑게 기쁘게 그 우유 두 병을 마셨다. 그리고 이것이 어머니의 품에 안겨 그 젖을 빠는 것과 같이 생각되어 팔정에 따뜻함이 있는 것을 감격하였다. 이러한 생각을 하면서 나는 눈을 뜨고 한 팔로 K군의 허리를 안았다. K군은 내 이마를 짚었던 손을 떼면서 걱정스러운

눈으로,

"좀 나으셔요?"

"관계치 않습니다" 하고 나는 빙긋이 웃었다. 병이 도져서 죽기를 바라는 놈더러 "좀 나으셔요?" 하고 묻는 것이 우스워서 내가 웃는 것이건마는 K군은 그런 줄은 모르면서 역시 빙긋이 웃는다. K군은 나를 미워하지 아니하는 줄을 내가 안다. 그가 진정으로 나의 '좀 낫기를 바라는 줄도 내가 안다. 또 K군 밖에도 내가 오래 세상에 살아 있기와, 세상을 위하여 일하기와, 또 내가 세상에서 성공하기를 바라는 자가 있는 줄을 안다. 내가 만일 죽었다는 말을 들으면 '아깝다' 하며 '불쌍하다' 하여 혹 추도회를 하며 혹 탄식도 하고 혹 극소수의 눈물을 흘릴 자가 있을 줄도 내가 안다. 적어도 내 아내는 슬피 눈물을 흘릴 줄을 내가 안다. 나 같은 것을 유망한 청년이라고 학비를 주는 은인도 있고 세상에 좋도록 소개하여주는 은인도 있고 면대하여 나를 칭찬하며 격려하는 은인도 있다. 그렇다 그 친구들은 다 나의 은인이로다. 혹 글 같지도 아니한 내 글을 보내라고도 두세 번 연(連)하여 전보를 놓는 신문사도 있다. 이만하면 나는 세상에서 매우 융숭한 대우와 사랑을 받는 것이다. 세상에는 나만큼도 사랑을 받지 못하는 사람이 얼마나 많으랴. 나는 과연 복이 많은 사람이로다.

그러나 나는 늘 적막하다. 늘 춥고 늘 괴롭다. 사방에서 고마운 친구들이 내 몸을 덥게 하려고 입김을 불어주건마는 대한에 발가벗고 선 나의 몸은 점점 더 추워갈 뿐이다. 여러 고마운 친구들의 훗훗한 입김이 오히려 내 몸에 와서 이슬이 되고 서리가 되고 얼음이 되어 더욱 내 몸을 얼게 할 뿐이다. 차라리 이렇게 고마운 친구들까지 없어서 나로 하여금 '세상이 춥구나' 하고 원망의 장태식(長太息)을 하면서 곧 얼어 죽게 하였으면 좋겠다. 이러한 애정이 있으므로 나로 하여금 세상에 대하여 의무의 감을 생(生)하게 하고 열착(熱着)의 염(念)을 가지게 하는 것이 오히려 원망스럽다. 세상이 나에게 이러한 애정을 주는 것은 마치 임종의 병인에게 캄홀 주사(注射)²를 시(施)하는 것과 같다. 간호인들은 그 병인의 생명을 일순간이라도 더 늘리려 하는 호의로 함이건마는 병인 당자에게는 다만 고통의 시간을 길게 할 뿐이다. 나는 실로 캄홀 주사의 힘으로 지금까지 살아왔다. 그러나 캄홀 주사의 효력(効力)이 그 도수(度數)를 따라 감(減)하는 모양으로 세상의 애정이 내게 주던 효력도 점차 감하였다. 마침내 병인이 주사에 반응치 못하도록 쇠약하는 모양으로 나도 그렇게 쇠약하였다. 고마운 친구가 익명으로 전하여주는 따뜻한 우유와 K군의 손을 볼 때에 나는 빙긋이 웃었다. 그러나 그는 주사의 반응이 아니요 근육의 미미한 경련에 지나지 못한다. 이제는 아무런 주사도 내게 효력이 없을 것이다. 만일 무슨 효력 있을 방법이 있다 하면 그것이 인혈 주사(人血注射)나 될는지. 어떤 사람이 자기의 동맥을 절단하여 그것을 내 정맥에 접하고 생기 있고 펄펄 끓는 해혈(解血)을 싸늘하게 쇠약한 나의 몸에 주입하면 혹 내 몸에 붉은빛이 나고 따뜻한 기운이 도는지도 모르거니와 그러하기 전에는 내 앞에 있는 것은 사밖에 없다. 그러나 이 인혈 주사! 이것이 가능한 일인가. 아니! 아니! 가능할 리가 없다. 나는 죽을 뿐이다.

그러나 나는 아무것도 아까운 것이 없고 따라서 슬픈 것이나 무서운 것도 없다. 고마운 친구들의 따뜻한 애정에 대한 의무의 압박이 미상불(未嘗不) 없지 아니하건마는 또는 나를 위하여 눈물을 흘릴 자에 대하여 저어(齟齬)[3]하고 미안한 생각이 없지 아니하건마는…… 그러나 그런 것들은 나로 하여금 생의 집착을 감하게 하기에 너무 박약(薄弱)하다.

K군은 말없이 우두커니 내 얼굴을 보고 앉았다가 슬그머니 일어서서 밖으로 나아간다. 나는 그의 그림자가 문에서 없어지고 초리(草履)[4]를 끌고 층층대로 내려가는 소리를 들으면서 불식부지(不識不知) 하고 눈물을 흘렸다. 그리고 아까 K가,

"노형의 몸은 이미 노형 혼자의 몸이 아닌 줄을 기억하시오. 조선인 전체가 노형에게 기대하는 바가 있음을 기억하시오" 하던 것을 생각하였다. 이는 내가 "나는 어째 세상의 아무 재미가 없어지고 자살이라도 하고 싶으오" 하는 내 말을 반박하는 말이었다. 과연 나는 조선 사람이다. 조선 사람은 가르치는 자와 인도하는 자를 요구한다. 과연 조선 사람은 불쌍하다. 나도 조선 사람을 위하여 여러 번 눈물을 흘렸고 조선 사람을 위하여 이 조그마한 몸을 바치리라고 결심하고 기도하기도 여러 번 하였다. 과연 지금토록 내가 노력하여온 것이 조금이라도 있다 하면 나는 조선 사람의 행복을 위하여서 하였다. 나는 지나간 육 년간에 보리밥 된장찌개로 매일 육칠 시간씩이나 조선 사람의 청년을 가르치노라 하였고 틈틈이 되지도 않는 글도 지어 신문이나 잡지에 내기도 하였다. 그리고 그러할 때에 나는 일찍 거기서 무슨 보수를 받으

려 한 생각이 없었고 오직 행여나 이러한 것이 불쌍한 조선인에게 무슨 이익을 줄까 하는 애정으로서 하였다. 물론 나는 몇 친구에게 "너는 글을 잘 짓는다"는 칭찬도 들었고 혹 "너는 매우 조선인을 사랑한다"는 치하도 들었다. 그리고 어린 생각에 기뻐하기도 하였고 그 때문에 장려(獎勵)함도 많이 받았다. 그러나 나는 결코 이것을 바라고 매일 육칠 시간 분필 가루를 먹으며 붓을 잡은 것은 아니었다. 설혹 내 능력과 정성이 부족하여 나의 노력이 아무런 큰 효력도 만들지 못하였다 하더라도 나는 실로 내 진정으로 조선 사람을 위하여 한 것이었다. 그러나 나는 저 큰 애국자들이 하는 모양으로 '조선과 혼인'하지는 못하였다. 나는 조선을 유일한 애인으로 삼아 일생을 바치기로 작정하기에 이르지 못하였다. '적막도 해라' '춥기도 해라' 할 적마다 '조선이 내 애인'이라고 생각하려고 애도 썼다. 그러나 나의 조선에 대한 사랑은 그렇게 작열(灼熱)하지도 아니하고 조선도 나의 사랑에 대답하지 아니하였다. 그래서 아까도 김군께 다만

"아니 나는 오직 혼자요" 하고 대답할 뿐이었다.

과연 나는 혼자로다. 이 이십사첩이나 되는 휑하게 비인 침실, 싸늘한 공기 중에 재색 구름 덮인 차디찬 겨울 하늘을 바라보며 혼자 발발 떨고 누워 있는 모양으로 나는 혼자로다.

나는 벌떡 일어나서 아까 유리창을 가리었던 휘장을 젖혔다. 그리고 하늘을 바라보았다. 여전히 재색 구름이 덮이고 여전히 물끄러미 나를 내려다본다. 나는 그 차디찬 하늘이 반갑고 다정함을 깨달았다. 나는 조금이라도 하늘을 가까이 볼 양으로 유리창

을 열었다. 굵은 빗방울이 부스럭 눈에 섞여 내 여윈 얼굴을 때린다. 저 하늘의 입김인 듯한 차디찬 바람이 내 품속으로 기어들어오고 흐트러진 내 머리카락을 날린다. 나는 오싹 소름이 끼치면서도 정신이 쇄락(灑落)하여짐을 깨달았다. 마당에 홀로 섰던 잎 떨린 벽오동나무가 무슨 생각을 하는 듯이 우두커니 섰다. 나는 정신 잃은 사람 모양으로 하늘을 바라보다가 유리창을 도로 닫고 이불을 푹 막썼다. 학교에 갔던 사생들이 돌아왔는지 아래층에서 신 끄는 소리도 나고 말소리도 들린다. 어떤 사람이 일본 속요(日本俗謠)를 부르면서 식당께로 퉁퉁 뛰어가는 소리도 들린다. 기숙사 속은 다시 살았다. 또 사람들이 우적우적하는 세상이 되었다. 나는 여러 사생들의 모양을 생각하고 불쾌한 마음이 생겼다.

"중이 되고 싶다" 하였다. 연전(年前)에 어떤 관상자(觀相者)가 나를 보고 "그대는 승려(僧侶)의 상(相)이 있다" 하던 것을 생각하였다. 그때에는 우습게 듣고 지내었거니와 지금은 그 말에 무슨 깊은 뜻이 있는 듯하다. 내 운명의 예시가 있는 듯하다. 아아 깊은 산곡간(山谷間) 폭포 있고 청천(淸泉) 있는 조그마한 암자에서 아침저녁 목어(木魚)를 두드리고 송경(誦經)하는 장삼 입은 중의 모양! 연전 어느 가을에 도봉(道峰)서 밤을 지낼 새 새벽에 꿍꿍 울어오는 종소리와 그 종을 치던 노승을 생각한다. 세상의 쓰고 달고 덥고 추운 것을 잊어버리고 일생을 심산(深山)에 조그마한 암자에서 보내는 것이 나에게 가장 적합한 생활인 듯하다. 그리고 나는 저 중 된 사람들이 무슨 동기로 출가하였는가를 생각하였다. 그리고 그네도 대개 나와 같은 동기로 그리하였으리라 하였다. 나는 나의 어떤 고모(姑母)를 생각한다. 그는 십칠 세에 출가하여 십팔 세에 과부가 되었다. 그의 남편은 십삼 세에 죽었다 하니까 그는 물론 처녀일 것이다. 그 후에 고모는 십 년 동안 수절하였다. 그러다가 금강산의 어떤 여승을 만나 승니(僧尼) 생활에 관한 이야기를 듣고 그 여승을 따라 금강산 구경을 갔다. 두 달 만에 고모는 돌아왔다. 그러나 "그 하얀 옷을 입고 하얀 고깔을 쓰고 새벽에 염불하는 양을 보고는 차마 이 세상에 더 있을 수가 없어요" 하고 곧 금강산 유점사의 T암이란 데서 중이 되었다. 나는 그 고모를 보지는 못하였다. 그러나 이러한 말을 그 고모의 당질 되는 내 족제(族弟) K에게 들었다. 나는 그 고모가 정다운 듯도 하고 나의 선각자인 듯도 하다. 나는 내가 머리를 박박 밀고 하얀 고깔에 칡베 장삼을 입고 그 고모께 뵈는 모양을 상상하였다.

싸늘한 생활! 옳지 그것은 싸늘한 생활이로다. 그러나 세상의 의무의 압박과 애정의 기반(羈絆) 없는 싸늘하고 외로운 생활! 옳다. 나는 그를 취한다.

이렇게 생각하고 나는 눈을 떠서 실내를 둘러보았다. 휑하게 비인 방에는 찬바람이 휙 돌아간다. 나는 금강산 어느 암자 속에 누운 듯하다. 유리창으로는 여전히 재색 구름 덮인 차디찬 하늘이 물끄러미 나를 들여다본다.

식당에서 석반종(夕飯鍾)이 울고 사생들이 신을 끌며 식당으로 뛰어가는 소리가 들린다. 오촉 전등(五燭傳燈)이 혼자서 반짝반짝한다.

가실 嘉實

1

때는 김유신이 한창 들날리던 신라 말이다.

가을볕이 쨍쨍히 비추인 마당에는 벼 낟가리 콩 낟가리 메밀 낟가리들이 우뚝우뚝 섰다. 마당 한쪽에는 겨우내 때일 통나무 더미가 있다. 그 나무 더미 밑에 어떤 열예닐곱 살 된 어여쁘고도 튼튼한 처녀가 통나무에 걸터앉아서 남쪽 한길을 바라보고 울고 있다. 이때에 어떤 젊은 농군 하나가 큰 도끼를 메고 마당으로 들어오다가 처녀가 앉아 우는 것을 보고 우뚝 서며 "아기 왜 울어요?" 하고 은근한 목소리로 묻는다. 처녀는 깜짝 놀라는 듯이 한길을 바라보던 눈물 고인 눈으로 그 젊은 농군을 쳐다보고 가만히 일어나며

"나라에서 아버지를 부르신대요" 하고 치마고름으로 눈물을 씻

으며 우는 양을 감추려는 듯이 외면을 하고 돌아서니 길게 땋아 늘인 검은 머리가 보인다.

"나라에서 불러서요?"

"네, 내일 아침에 골로 모이라고 아까 관인이 와서 이르고 갔어요."

젊은 농군은 무엇을 생각하는 것 같더니

"고구려 군사가 북한산성을 쳐들어온다더니 그래서 부르나?" 하고 도끼를 거기 놓고 다른 집에 갔다 오더니 "여러 사람을 불렀다는데요. 제길 하루나 편안한 날이 있어야지. 젊은 사람은 다 죽고 이제는 늙은이까지 내다 죽이려나. 언제나 싸움 아니 하고 사는 세상이 온담" 하고 처녀의 흐느껴 우는 어깨를 바라본다. 처녀는 고개도 아니 돌리고 "가실씨는 안 뽑혔어요?" 하고 묻는다. 가실은 그 젊은 농군의 이름이라.

"명년 봄에야 나도 부르겠지요. 아직은 나이 한 살 부족하니까 남겨놓는 게지요" 하고 팔짱을 끼고 한참 생각하더니

"아버지는 어디 가셨소?" 한다.

"골에 들어가셨어요. 원님한테 말이나 해본다고 늙기도 하고 몸에 병도 있고 또 어린 딸자식밖에 없으니 안 가게 해달라고 발괄이나 한다고. 그리고 아까 가셨어요. 이제는 오실 때가 되었는데……" 하고는 또 한길을 바라본다.

"말하면 되나요! 나라에서 사정을 볼 줄 아나요!" 하고 도끼를 들고 나무 더미에서 통나무를 내려 장작 패기를 시작한다. 처녀는 놀란 듯이 눈물에 젖은 눈을 둥그렇게 뜨면서

"장작은 왜 패서요?" 하고 가실의 곁으로 한 걸음 가까이 간다.
 "우리 장작을 막 다 패고 왔어요. 영감님이 힘이 드시겠기에 좀 패드릴 양으로" 하고 뚝 부르걷은 시뻘건 두 팔을 머리 위에 잔뜩 높이 들었다가 "췌" 소리를 치며 내려치니 쩍 소리가 나며 통나무가 쪼개져서 장작개비가 가로세로 된다. 처녀는 우두커니 서서 가실의 볕에 건 허리가 굽혔다 폈다 하는 양과 시뻘건 두 팔뚝이 오르락내리락하는 것과 순식간에 자기 앞에 허연 장작더미가 쌓이는 것을 보고 섰더니 무슨 생각이 난 듯이 사립문으로 뛰어 들어간다. 이윽고 처녀는 큰 사발에 뿌연 막걸리를 걸러 가지고 나와서 가실이가 패던 토막을 다 패기를 기다려
 "술 한잔 잡수세요" 하고 사발을 두 손으로 받들어 가실에게 준다. 가실은 도끼를 나무통에 턱 박아놓고 한편 팔굽으로 이마에 맺힌 구슬땀을 씻으면서 한편 팔로 사발을 받아든다.
 "웬 술이 있어요?" 하고 그 힘 있고 유순한 눈으로 술을 물끄러미 들여다본다.
 "콩 걷는 날 있던 술이 항아리 밑에 좀 남았기에 새로 물을 길어다가 걸렀어요. 아버지 잡수실 것 좀 남겨놓고……" 하고 치맛자락에 젖은 두 손을 씻으며 처녀는 만족한 듯이 빙그레 웃는다.
 가실은 사발을 입에 대고 꿀꺽꿀꺽 단숨에 들이켜더니 주먹으로 입을 씻으며 사발을 처녀에게 준다. 처녀는 사발을 받아들고 가실을 물끄러미 보더니 사립문으로 뛰어 들어가 부엌으로 들어간다. 가실은 처녀의 뛰어가는 양을 보고 들어간 부엌문을 이윽히 보더니 다시 도끼를 들어 장작을 팬다. 얼마 만에 처녀가 치맛

자락에 무엇을 싸 가지고 뛰어나와서 가실의 곁에 선다. 가실이 자기를 돌아보는 기회를 타서 처녀는

"밤 잡수세요. 내가 아람 주어다가 묻어두었던 것이에요" 하고 작은 손으로 한 줌 집어 가실을 준다. "왕밤이에요" 한다. 가실은 도끼를 자기 다리에 기대어 세워놓고 이빨로 밤 껍데기를 벗긴다. 처녀도 입으로 껍데기를 벗겨 먹는다.

2

"아버지 오시네!" 하고 처녀가 치마에 쌌던 밤을 땅에 내버리고 한길로 마중 나간다. 가실은 고개를 돌려 한길을 내다보았다. 늙은 수양버들 그늘로 수염이 허옇게 세인 설영감이 기운 없이 걸어온다.

영감은 마당에 들어와 가실을 보고

"장작 패주었나?" 하고 감사한 낯빛을 보인다.

"네. 우리 것 다 패고……" 하고 수줍은 듯하면서도 만족한 듯한 웃음을 띤다.

영감은 장작개비 하나를 깔고 앉아서 긴 한숨을 쉰다. 처녀는 어느새 부엌에 들어가서 술 사발을 들고 나와서

"아버지 술 잡수" 하고 아버지를 준다.

"응, 술이 남았든?" 하고 딸에게서 술 사발을 받으며, "이 사람 한잔 주지."

"한 사발 드렸어요. 아버지 잡술 것 남겨놓고" 하면서 처녀는 가실을 본다. 가실은

"저는 잘 먹었습니다. 어서 잡수시우. 아직도 무엇을 하려면 더운데요" 하고 영감의 피곤한 듯한 얼굴을 본다. 영감은 쉬엄쉬엄 한 사발을 들이켜고 아랫입술로 윗수염 끝에 묻은 술을 빨아들이면서 마당에 떨어진 밤을 집어 벗긴다. 처녀는 아버지가 오늘 골 갔던 결과를 묻지를 못하고 가실이가 물어주었으면 하고 기다린다. 가실도 그 눈치를 알고 자기도 영감 곁에 쭈그리고 앉으며

"그래 골 가셨던 일은 잘되셨어요?" 하고 묻는다.

"안 된대. 내일 아침에는 떠나야 하겠네."

한참 말이 없다.

처녀는 그만 울음을 참지 못하여 치맛자락으로 얼굴을 싸고 돌아선다. 가실도 고개를 푹 수그린다. 영감도 고개를 수그렸다가 번쩍 들어 울고 돌아선 딸을 보며 가실더러

"그렇지 않아도 내가 자네를 찾아보려고 했네" 하고 물끄러미 가실을 보더니

"자네도 알거니와 내가 떠나면 저 어린것 혼자 남네그려. 저것이 불쌍해! 제 어멈은 어려서 죽고…… 오라범들 다 전장에 나가 죽고…… 내가 이제 나가면 어떻게 살아 돌아오기를 바라나. 싸워 죽지 않으면 병들어 죽겠고 병들어 죽지 아니하면 늙어서 죽지 않겠나. 나도 스무 살에 군사에 뽑혀서 서른 살에야 집에 돌아오니 부모 다 돌아가시고…… 그런 말은 해서 무엇 하나. 아무래도 내가 이번 가면 살아 돌아올 리는 만무하고…… 저것이 내 혈

육이라고는 저것 하나밖에 안 남았네그려. 저것을 두고 가니 내 맘이 어떻겠나?" 하고 노인은 억지로 울음을 참는다. 처녀는 그만 장작더미에 쓰러져 운다. 가실도 운다. 노인은 코를 풀고 소리를 가다듬어

"그러나 다 팔자니 어쩌나…… 내가 보니 자네가 사람이 좋아! 그러니 내 딸을 자네 아내를 삼게. 그리고 이 집 가지고 벌어먹고 살게. 논하고 밭하고 있으니 자네 두 식구가 잘 벌면 먹고살 걱정은 없을 것이니 그러하게" 하고 일어나 장작더미에 쓰러져 우는 딸의 팔을 잡아 일으키며

"아가 들어가 저녁 지어라. 닭 한 마리 잡고 반찬도 좀 많이 하고 술도 걸러라. 가실이도 함께 저녁 먹고 마지막으로 이야기나 하게" 한다.

처녀는 일어나 두 손으로 눈물을 씻어가며 안으로 들어간다. 노인은 딸의 들어가는 양을 보고 돌아서서 다시 가실의 곁에 앉으며

"가실이! 내 말대로 하려나?" 하고 손으로 가실의 땀에 젖은 등을 두드린다. 가실은 고개를 들어 노인을 쳐다보며 말하기 어려운 듯이 머뭇머뭇하더니 간단하고도 힘 있게

"너무 황송합니다!" 할 뿐이다.

노인은 일어나 가실의 곁에 놓인 도끼를 들어 통나무 한 토막을 패기 시작한다. 가실이가

"제가 패겠습니다" 하는 것을 "가만있게. 이게 다 마지막 해보는 것일세" 하고 "쉬" "쉬" 하면서 팬다. 비록 늙었으나 이전 하던

솜씨가 남았다. 가실이만큼 힘 있게는 못 하여도 그보다 더 익숙하게 한다. 그 토막을 다 패어놓고 도끼를 가실에게 주면서

"에 한참 장작을 팼더니 기운이 나네" 하고 땀을 씻으면서 "저 고개 너머에 논 두 마지기 안 있나? 그게 다 내 손으로 만든 걸세. 내가 이 가을에는 거기 새 흙을 좀 들여 펴고 또 곁에 한 마지기 더 풀려고 했더니 못 하게 되었으니 자네가 내일부터라도 하게. 그리고 저 소 외양간은 저쪽으로 옮기게" 하고 아무 근심 없는 듯이 벙글벙글 웃더니 문득 무슨 근심이 생기는 모양으로

"내가 혼인하는 것을 못 보고 가서 안 되었네만 이 벼나 다 타작을 하거든 동리 사람들이나 청해서 좋은 날을 받아서 잔치나 잘하게" 하고는 퍽 언짢아하는 빛을 보인다. 가실은 다만 들을 따름이요, 아무 대답이 없다.

이튿날 새벽 첫닭 울음에 일어나서 처녀는 절구에 쌀을 쓿고 물을 길어 오고 닭을 잡아 밥을 지었다. 지난밤에는 아버지의 솜옷 한 벌을 짓느라고 늦도록 바느질을 하다가 아버지 곁에 누워서 잠깐 잠이 들었다가 첫닭의 소리에 깬 것이다. 아버지는 여러 번 곁에 누워 자는 딸을 만지면서 거의 한잠도 이루지 못하였다.

늙은 아버지와 어린 딸이 마주 앉아서 닭국에 밥을 말아 먹을 때에는 벌써 훤하게 동이 텄다. 해 뜨기 전에 말 탄 관인이 활을 메고 칼을 번쩍거리며 "군사들 나리"고 외치며 돌아갔다. 처녀는 밥상도 안 치우고 아버지의 옷 보퉁이를 싸고 해진 버선 구멍을 막았다. 길 치장하기에 울 새도 없었다. 아버지는 딸이 짐 싸는 동안에 쇠물을 먹인다. 마당을 치운다. 아침마다 하는 일을 하고

농사하던 연장과 소와 닭장과 곡식 가리를 다 돌아보고 딸이 늘 물 길으러 다니는 우물길에 풀까지 베어버렸다.

해가 떴다. 지붕에는 은가루 같은 서리가 왔다. 동리에서 우는 소리가 난다. 닭들은 아침 햇빛을 맞노라고 사방에서 울고 개들이 쿵쿵 짖는다. 마침내 떠날 때가 되어서 아버지는 봇짐을 지고 마당에 내려서면서 우는 딸의 머리를 쓰다듬고 뺨을 만져주었다. 그리고

"아무 걱정 말아라. 가실이가 좋은 사람이니 그 사람한테 시집가서 아들딸 많이 낳고 잘 살아라. 남편 말 잘 듣고 일 잘하고 그래야 내 딸이다" 하고 대문을 나선다. 딸은 아버지의 소매에 매달려 운다.

이때에 앞 고개로 금빛 같은 햇빛을 등에 지고 어떤 커다란 사람이 뛰어넘어 온다. 가실이다. 가실은 짚세기 감발에 바지를 홀쭉하게 치켜 입고 조그마한 봇짐을 졌다. 대문 앞에 와서 노인께 절을 하면서

"제가 대신 가겠습니다. 일 년이면 돌아온답니다" 한다. 그 얼굴에서는 김이 오른다.

"자네가 어떻게 가나?" 하고 노인은 놀라 묻는다.

"이제 늙으신 이가 어떻게 전장에를 가십니까? 그래 어저께부터 내가 대신 가리라고 작정을 했습니다" 하고는 또 절을 하고 뛰어가려 한다. 처녀는 가실의 손을 잡으며

"아버지 대신 전장에 가셔요?" 한다.

"네" 하고 가실은 처녀의 쳐든 얼굴을 내려다본다. 처녀는 눈물

묻은 얼굴을 가실의 가슴에 묻으며 "그러면 가줍시오. 그 은혜는 내 몸이 죽기까지 갚겠습니다. 그러면 가줍시오!" 하고 한 번 더 가실의 얼굴을 본다.

노인은 가실의 결심을 휘지 못할 줄을 알고 자기가 졌던 옷짐을 가실에게 주며

"자네 은혜는 내가 죽어도 못 잊겠네. 그러면 갔다가 속히 돌아오게. 나를 자네의 장인으로 믿게. 부디부디 잘 다녀오게."

이리하여 가실은 전장으로 가게 되었다.

골에 들어가서 여러 백 명 군사로 뽑힌 사람들과 함께 마병 수십 명에게 끌리어 서울로 갔다. 가는 길에 여러 골에서 군사로 뽑혀 오는 사람들을 만나 치술령을 넘어올 때에는 천 명이나 넘었다. 산비탈에는 늙은이 부인네 아이들이 하얗게 늘어섰다가 자기네 아버지나 아들이 지나가는 것을 보고는 손으로 가리키고 부르며 발을 구르고 우짖는다.

가실이가 서울 동문을 들어설 때에는 벌써 해가 서편 산마루에 올라앉고 팔백여덟이나 된다는 여러 절에서는 저녁 쇠북 소리가 둥둥 울려 나온다. 군사로 뽑혀 가는 사람들이 들어오는 것을 보려고 장안 사람들은 모두 길가에 나섰다. 먼 데 사람이 안 보일 만한 때에야 겨우 분황사 앞 영문에 다다랐다.

가실은 장관의 점고[2]를 받고 방에 들어갔다. 열 칸통이나 되는 방 안에 백 명이 넘는 사람들이 콩나물 모양으로 앉아서 혹은 같은 고향에서 온 아는 사람들끼리 혹은 모르는 사람들끼리 이야기들을 한다. 가실은 방 한편 구석에 우두커니 앉아서 전장에 나아

가는 것이 무서운 듯한 생각과 그러나 명년 이때에 돌아오면 오래 그리워하던 사람을 아내로 삼아 재미있게 살 것을 생각하고는 혼자 기뻐한다.

이윽고 어디서 풍류 소리가 울려온다. 사람들은 일어서서 창으로 내다본다. 서남편으로 환한 불빛이 보인다. 창에 붙어서 바라보던 사람 하나가

"저게 대궐이야. 상감님 계신 데야" 하는 소리를 듣고 대궐 대궐 하는 말만 듣고 보지는 못한 사람들이 일제히 그리로 밀려

"응 어느 게 대궐이야?" 하고 사람들 틈으로 고개를 내밀고 발을 벋디딘다.

"저기 저 등불 많이 켠 데가 대궐이야. 임해궁이야" 하고 누가 잘 아는 듯이 설명한다. 가실도 사람들 틈에 끼어서 내다보았다. 몇천인지 모든 등불이 반딧불 모양으로 공중에 걸리고 그 한가운데쯤 해서 커다란 횃불 빛 같은 것도 보인다.

"등불도 많이도 켜놓았다" 하는 이도 있고

"저렇게 환하게 불을 켜놓고 타작을 했으면 좋겠네" 하는 이도 있고

"거기다가 씨름을 한판 차려놓았으면 좋겠네" 하는 이도 있다.

그중에 서울서 오래 병정 노릇 하던 사람 하나가 이 사람들의 무식한 소리를 비웃는 듯이

"이 사람들 그게 무슨 소린가. 지금 상감님이 만조백관을 모으시고 연락을 배설한 것이야. 내일 용춘 장군 유신 장군이 우리들을 거느리고 낭비성으로 간다고. 가서 승전해가지고 오라고 잔치

하는 것이라네" 한다.

 북소리 피리소리 저소리 쇠소리가 간간히 들려온다. 밝디밝은 구월 보름달이 둥글한 얼음장 모양으로 남산 위에 걸리고 반월성과 황룡사가 달빛 속에 큰 그림자 모양으로 보인다.

 사람들은 하나씩 둘씩 창에서 떨어져서 구석구석이 목침을 베고 쓰러진다. 어떤 이는 벌써 종일 걸어온 노독에 코를 드릉드릉 곤다. 어제 떠난 집을 꿈꿀 때까지 굵었다 끊겼다 이었다 하는 임해궁 대궐 풍악 소리는 달빛에 떠와서 창틈으로 숨어들어왔다. 가실도 처음에는 한참 잠이 안 들었으나 어제 종일 장작을 패고 오늘 종일 길을 걷던 노독에 동여 가도 모르게 잠이 들었다.

 달이 거의 서산에 걸릴 때 사방 절에서 일제히 종소리가 울어오고 그중에 바로 영문 곁에서 치는 분황사 종소리는 곤히 자던 군사의 꿈을 모두 깨뜨려놓고 말았다.

 나발 소리 주라 소리가 영문 안에 일어난다. 자던 군사들은 둥지를 흔들린 벌 모양으로 여러 방에서 쏟아져 나와 마당에 모여 선다. 마당 한가운데는 활과 화살통이 산더미같이 쌓이고 울긋불긋한 깃발이 횃불 빛에 나부낀다.

 해 뜨자 천여 명의 군사가 제일 대도 남대문을 나서서 서를 향하고 떠났다. 말 탄 군사도 있고 짐 실은 수레도 있다. 군사들은 모두 활과 살통을 메고 어떤 군사는 큰 창을 메었다. 가실도 큰 활과 살통을 메고 물들인 군복을 입었다. 어제까지 호미와 낫과 장작 패는 도끼를 들고 화평하게 살던 농부들은 하루아침에 활을 메고 칼을 차고 사람을 죽이러 가는 군사로 변하였다.

"어디로 가는 모양이야?" 하고 가실의 뒤에 오는 한 사람이 누구더런지 모르게 묻는다.

"누가 아나. 끌고 가는 데로 따라가지" 하고 누군지 모르는 사람이 대답한다.

"백제 놈들이 또 쳐들어왔나?"

"이번에는 고구려 놈들이라든가?"

"그 망할 놈들은 농사나 해먹고 자빠졌지. 왜 가만히 있는 사람들을 들수성거려서 못 견디게 굴어."

"글쎄나 말이지. 또 그놈들은 우리네 신라 사람들이 들수성거린다고 그러겠지."

이러한 말도 나오고 또 어떤 때에는

"글쎄 우리는 무얼 먹겠다고 터덜거리고 가?"

"먹긴 뭘 먹어. 싸우러 가지."

"글쎄 무엇 먹겠다고 싸워!"

한참 대답이 없더니 누가

"우리더러 싸우러 가라는 사람은 누구야? 아버지 말도 잘 안 들으려고 드는 우리더러!" 하고 더 크게 웃는다.

"참 누가 가라기에 가는 길이야?" 하고 누가 또 웃는다.

"안 가면 잡아다가 죽인다니까 가지!"

이 말에 모두 '참 그렇다' 하는 듯이 아무 말들이 없다. 가실은 '나는 늙은 장인 대신 나가는 길이야' 하고 생각하고 혼자 기뻤다.

이 모양으로 밤이면 한둔하고 낮이면 걸어 낯선 강을 건너 낯선 벌을 지나 어마어마한 큰 영을 넘어 이렁저렁 서울을 떠난 지 십여 일에 바다같이 넓은 노돌나루턱을 건너 한양에 다다랐다. 그동안에 도망한 사람 도망하다가 붙들려 목을 잘려 죽은 사람 병들어 죽은 사람 강을 건너다가 물에 빠져 죽은 사람 이럭저럭 다 죽어버리고 서울서 함께 떠난 천 명 군사 중에 노돌나루를 건넌 이는 육백 명이 다 차지 못하였다.

 가실과 같이 온 군사가 노돌을 건너는 날은 삼각산에서 하늬바람이 냅다 불고 좁쌀 같은 싸락눈이 펄펄 날렸다. 본래 한양에 있던 군사들은 모두 노닥노닥한 옷에 얼굴에 핏기 하나도 없다. 그네들은 집에서 올 때에 가지고 온 옷도 다 입어 해어지고 까맣게 때 묻은 군복을 입고 덜덜 떨고 섰다. 새로 가실과 같이 온 군사들은 이 광경을 보고 모두 소름이 끼쳤다.

 "왜 다들 저 꼴이야? 해골만 남았으니?"

 "우리도 저 꼴이 될 모양인가?"

 "죽지 않아야 저 꼴이라도 되지."

 이런 말들을 하며 모두 풀이 죽어서 섭거적 편 영문에 들어갔다.

 이날은 서울 군사들이 이십여 일이나 먼 길에 새로 왔다 하여 소를 여러 마리 잡고 술을 많이 내어 큰 잔치를 베풀었다. 가끔 고구려 마병이 기웃기웃 모악재로 엿보고 서울서 구원병은 오지 아니하고 그래서 이곳서 수자리 서는 군사들은 하루도 맘을 놓지 못하고 밤잠도 잘 자지 못하다가 이번에 새 군사 오는 것을 보고 다들 기뻐하였다. 그 판에 오래 굶주렸던 창자에 소고기를 실컷 먹고 술을 마시니 추운 것과 고향 그리운 것도 잊어버리고 모두

신이 나서 떠들고 논다. 가실도 술이 취하였다. 자기와 한방에 있게 된 늙은 군사가 자기를 퍽 귀여워해서 술도 많이 얻어주고 고기도 많이 얻어주었다. 그 늙은 군사는 이십 년이나 병정으로 있었고 서울도 오래 있었으므로 병문일도 잘 알고 퉁소도 불고 소리도 하고 춤도 출 줄 알며 또 여러 번 전장에 나갔으므로 싸움도 우습게 여긴다. 한참 떠들다가 이 늙은 군사가 무릎장단을 치며 소리 한마디를 부른다. 그 사설은 이러하다.

"에헤야—— 산도 설고 물도 선데 누구를 따라서 예 왔는가."

이 첫 소리가 끝나니 그중에 한 오륙 인 늙은 군사가 역시 무릎장단을 치며

"에헤야——요—— 님 따라온 것도 아니로세 구경 온 것도 아니로세 용천검 드는 칼로 고구려 놈 사냥을 온 길일세 에헤야——요——" 하고 화답을 한다.

늙은 군사는 더 신이 나서 얼씬얼씬 어깨춤을 추어가며

"에헤야——요—— 새로운 군사야 말 물어보자. 고향 산천은 어찌 된고 부모 양친은 어찌 되고 두고 온 처자도 잘 있드냐 에헤야 요" 하며 늙은 군사들도 또 어깨춤을 얼씬얼씬 추며 "님 따라온 것도 아니로세" 하고 아까 하던 후렴을 부른다.

다른 방에서 얼굴 붉은 군사들이 소리를 듣고 모여든다. 방이 터지게 모이고도 남아 싸락눈을 맞으면서 문밖에 섰다. 소리하던 군사들은 더욱 흥이 나서 일어나 춤을 추는 이도 있고 손으로 부르걷은 다리를 쳐서 장단을 맞추는 이도 있다. 늙은 군사가 한마디를 메길 때마다 받는 사람이 늘어간다. 가실도 가만가만히

흉내를 내다가 나중에 곡조를 배워 후렴하는 패에 참여하게 되었다.

늙은 군사는 일단 소리를 높여

"에헤야요 사냥을 가자 사냥을 가 날이 새거든 사냥을 가자 모악재 넘어 임진강 건너 고구려 군사 사냥을 가자."

"에헤야요—— 님 따라온 것도 아니로세 구경 온 것도 아니로세 용천검 드는 칼로 고구려 왕의 머리를 베어 대왕께 바치러 온 길일세."

"에헤야요 인생 백년이 꿈이로다 어디서 와서 어디로 가 오늘은 살아서 놀더라도 내일 일은 누가 아나 아마도 북한산 석비레 판에 살 맞아 죽은 혼이로구나."

"에헤야요" 하고 모두 슬픈 듯한 목소리로 후렴을 부른다. 후렴이 끝나면 일동은 깜짝 아니 하고 늙은 군사의 입만 바라본다. 늙은 군사의 주름 잡힌 얼굴에 흐트러진 백발이 천 줄기 만 줄기 함부로 늘어졌다. 여전히 얼씬얼씬 춤을 추며 "에헤야요 북한산 석비레 파지를 마라 흩어진 백골이 되리로고나" 할 때에 볕에 건 늙은 군사의 눈에서는 눈물이 번쩍번쩍한다. 후렴 받던 군사들은 후렴을 부르려다가 모두 목이 메어 울었다. 가실은 북받쳐 오르는 울음을 참다못하여 목을 놓아 울었다.

이때에 갑자기 영문 마당에서 취군 나팔 소리가 울어온다. 군사들은 모두 깜짝 놀랐다. 그러나 누구나 다 알았다. 고구려 군사가 밤을 타서 한양성을 쳐들어오는 것이다.

가실도 남들이 하는 모양으로 활과 살통을 메고 칼 하나를 들고 나섰다. 영문 마당에는 수천 명 군사가 길게 길게 열을 지어 늘어섰는데 앞에는 어떤 말 타고 기 든 장수가 기를 들고 가며 군사들에게 호령을 한다.

"지금 고구려 군사가 모악재로 쳐넘어오니 너희는 마중 나가 싸우되 만일 고구려 군사가 쫓기거든 북한산 끝까지 따라가라"고 한다. 이때에 난데없는 화살 하나가 그 장수의 탄 말 귀를 스치고 날아온다. 수천 명 군사는 일제히 고함을 치고 인왕산 모퉁이를 돌아 모악재를 향하고 달려갔다.

새벽이 되어 촌가에 닭이 울 때에 군사들은 북한산 끝에 다다랐다. 고구려 군사는 죽은 사람과 말과 살마저 없어진 군사를 내버리고 낭비성으로 달아나고 말았다. 신라 군사 중에도 이백여 명이 죽었고 소리 메기던 늙은 군사도 어디 간지 보이지를 아니하였다. 가실은 그 이튿날 여기저기 찾아도 보고 물어도 보았으나 아는 사람이 없었다.

3

이곳에 진 치고 있는 지 십여 일 후에 용춘 장군과 유신 장군이 거느린 팔천 대군이 들어오기 시작하였다. 신라 군사들은 모두 기운이 나서 이번 길에는 평양까지 들이치고야 만다고 팔을 뽑아내었다.

그러나 그렇게 맘대로 되지 아니하였다. 한 삼십 리 나가다는 한 오십 리 쫓겨 들어오기도 하고 다시 한 칠십 리 나가기도 하여 한강과 임진강 사이로 오르락내리락하기에 봄이 오고 여름이 오고 가을이 오고 겨울이 오고 또 봄이 왔다 가고 여름이 왔다 가기를 여러 번 하였다. 그러는 동안에 늙어 죽고 병나서 죽고 활 맞아 칼 맞아 죽고 도망하고 도망하다가 붙들려 죽어 군사는 점점 줄고 군사가 줄면 몇십 리 물러가서 새 군사가 오기를 기다리고 새 군사가 오면 또 평양까지 쳐들어가고야 만다고 물러오고 밤낮이 모양으로 오르락내리락 되풀이를 하여 언제 싸움이 끝날 것 같지도 아니하다. 일 년 만에 돌아간다고 떠나온 가실은 벌써 삼 년을 지내어도 돌아갈 길이 망연하다.

새로 오는 군사들 편에 혹 고향 소식을 듣기는 하건마는 고향으로 소식을 전할 길은 없었다. 오는 사람은 있으되 가는 사람이 없으니 어찌 소식을 전하랴.

설씨 집 소식을 듣기는 삼 년째 되던 해 봄이었다. 노인은 여전히 건강하다는 말과 그 딸은 아직도 시집을 아니 가고 자기를 기다린다는 말을 들었다. 그러나 얼마 후에 새로 온 군사의 전하는 말을 듣건대 그곳 어느 양반과 혼인을 하게 되어 가을에 성례를 한다는 말이 있다고 한다. 가실은 이 말을 들을 때에 몹시 서러웠다. 그러나 돌아갈 길이 망연하니 어찌하랴. 삼 년 전에 서울서 같이 떠난 군사 중에 하나씩 둘씩 다 없어지고 이제는 옛 얼굴을 볼 수가 없으니 자기 생명도 풀잎에 이슬이 언제 스러질는지 믿을 수가 없다. 더욱이 가을에는 신라에서도 있는 힘을 다하고 고구려에서도 있는 힘을 다하여 싸운다는데 그때 통에는 암만해도 살아남을 것 같지도 아니하다. 군사들의 말이 고구려에는 나는 장수가 있어 눈에 보이지 아니하게 다닌다 하며 이번에는 그 장수가 나온다 하니 더욱 명년 봄을 살아서 구경할 것 같지도 아니하다.

삼 년째 되는 구월 보름께 낭비성을 쳐들어가자는, 군령이 내렸다. 군사들은 모두 지루하고 집 생각이 나서 싸울 생각이 없었으나 이번만 싸우고는 집으로 돌려보낸다는 바람에 죽으나 사나 마지막으로 싸워보자 하고 술과 고기를 잔뜩 먹고 나발을 불고 북을 치고 먼지를 날리며 낭비성을 향하고 달려 들어갔다. 가실은 정신없이 일변 활을 쏘며 일변 칼을 두르며 앞으로 앞으로 나갔다. 낭비성에서는 화살이 빗발같이 쏟아지자 달려가던 군사들이 하나씩 둘씩 벌떡벌떡 나가자빠진다. 가실은 여러 번 넘어진 군사 아직 채 죽지는 아니하고 피를 푹푹 뿜는 군사를 타고 넘어 밟고 넘어 그저 앞으로 앞으로 달려갔다. 천지가 모두 티끌이니 지척을 분변할 수도 없고 천지가 모두 고각함성이니 무슨 소리를 들을 수도 없다. 그냥 가던 길이니 앞으로 앞으로 나갈 뿐이다.

"씩" 하는 소리가 나며 화살 하나가 가실의 왼팔에 박힌다. 가실은 우뚝 서며 얼른 뽑아버렸다. 낭비성이 차차 가까워질수록 곁으로 날아 지나가는 화살이 점점 많아진다. 얼마 아니 하여 언제 박히는 줄 모르게 살 하나가 가실의 오른편 다리에 박히어 가실은 "아이고" 소리를 치고 자빠졌다. 가실은 죽을힘을 다하여 다리에 박힌 살을 뽑았으나 팔다리에서 피가 콸콸 솟고 아프기는 하고 기운은 빠져서 몸을 꼼짝할 수도 없었다. 가실은 옷으로 가까스로 상처를 막고 죽은 듯이 쓰러졌다. 신라 군사가 으악으악 하며 자기 곁으로 뛰어 지나가는 것이 어렴풋이 보인다. 한참 있다가 무엇이 자기 다리를 잡아 쳐들기에 눈을 떠 본즉 어떤 고구려 군사들이 칼을 들고 서서 자기를 본다.

그중에 한 군사가

"이놈아 안 죽었니?" 하고 발로 옆구리를 찬다.

"안 죽었다" 하고 가실은 그 군사들을 쳐다보며 대답한다. 다른 군사가 손에 들었던 칼로 가실의 가슴을 겨누면서

"이놈 이 신라 놈! 벌써 네 군사는 다 우리 손에 죽고 몇 놈만 살아서 달아났다. 요놈 너도 이렇게 푹 찔러 죽일 테야" 하고 가실의 가슴을 찌르려 한다. 가실은 잠깐 기다리라는 듯이 손질을 하며

"얘 너와 나와 무슨 원수 있니? 내가 네 애비를 때렸던 말이냐 네 소를 훔쳤단 말이냐 피차에 초면에 무슨 원수로 나를 죽이려 드니? 나도 늙은 부모와 젊은 아내가 있다. 내가 죽으면 그것들은 어쩌잔 말이냐?" 하였다. 군사 하나가 칼 든 군사의 팔을 붙들어 잠깐 참으라는 뜻을 보이며

"이놈아! 그럼 왜 활을 메고 우리나라에 들어왔어? 맨몸으로 왔으면 닭 잡고 밥이라도 해 먹이지? 이놈아 왜 활을 메고 와서 우리 사람들을 죽여! 너희 신라 놈들은 죄다 죽일 놈이야 괜히 가만히 있는 고구려를 들수성거려서 우리도 이렇게 전장에 나오게 만들고……."

가실은 의심스러운 듯이

"고구려 놈들이 괜히 가만히 있는 신라를 들수성거린다는데!" 하였다.

"누가 그러든?" 하고 칼 든 군사가 성을 내며 "우리 상감님 말씀이 신라 놈들이 먼저 흔단을 일으킨다던데."

가실은

"우리 상감님 말씀에는 고구려 놈들이 가만히 안 있고 괜히 남을 들수성거린다던데" 한다.

세 사람은 말없이 서로 물끄러미 보고 섰다. 가실은 힘을 써서 일어나 앉았다. 목이 마르다. 그래 칼 든 군사더러

"내가 목이 말라 죽겠으니 물을 한잔 다오" 한즉 그 군사는 어쩔 줄 모르고 한참 어릿어릿하더니 칼을 칼집에 꼽고 가서 개천 물을 떠다 준다. 가실은 꿀꺽꿀꺽 다 들이켰다. 그러고는 두 군사더러

"너희들 나를 죽이지 말아라. 나도 오늘 종일 활을 쏘았으니 너희 사람도 몇 명 맞아 죽었겠다마는 내가 죽일 맘이 있어서 죽였니? 활을 주면서 쏘라니 쏘았지. 너희도 그렇지 너흰들 무슨 까닭으로 괜히 사람을 푹푹 찔러 죽여?" 하고 곁에 놓인 활을 당기어 꺾어버리며

"자 이러면 활 없이 맨몸으로 너희 나라에 들어온 사람 아니냐?" 하였다.

두 군사는 말없이 서로 마주 보더니

"어떻게 이놈을 살려?"

"글쎄 죄다 죽이라고 그러는데."

"살려주자. 이놈 말이 옳구나."

"글쎄 사로잡아 왔다고 그럴까?"

"응, 우리 이놈을 잡아다가 영문에 바치자 죽이지 말고."

이리하여 두 군사는 가실을 부축하여 영문으로 잡아들여 장수에게 바쳤다.

장수는 가실의 손과 얼굴이 무식한 농군인 것과 미미한 졸병에 지나지 못하는 것을 보고 구태 죽일 필요도 없다 하여 장에 내다가 종으로 팔았다.

마침 어떤 늙은 농부가 가실을 사서 소등에 올려 앉혀 어떤 시골 촌으로 데려갔다.

얼마 만에 살 맞은 자리가 나아 가실은 도끼를 메고 나무도 찍으러 다니고 장작도 패고 밤에는 새끼를 꼬고 신을 삼았다. 처음에는 신라 놈 잡아왔다고 모두 구경을 오고 아이들도 따라다니며 "신라 놈! 당나라 개!" 하고 놀려먹더니 차차 가실도 자기네와 꼭 같은 사람인 것을 알게 되어 일꾼들끼리도 서로 친구가 되고 말았다.

봄이 오면 거름을 져내고 밭을 갈았다. 가실은 신라 사람이라 논농사를 잘하므로 주인집 밭으로 논을 만들어 둘째 해에는 벼를 많이 거두어 맛난 쌀밥을 먹게 하였다 하여 주인 노인이 가실을 종으로 대접하지 아니하고 가족같이 대우하게 되고 동네 사람들도 모두 가실을 청하여서 논농사하는 법을 배웠다. 고구려에서는 거의 전쟁이 끊일 날이 없어 농사를 힘쓰지 아니하므로 논밭이 다 황무하고 또 그때까지는 논농사하는 이는 평양 근방밖에는 없었다.

 이리하여 가실은 이 동네에만 이름이 날 뿐 아니라 이웃 동네에까지 이름이 났다. 사람 좋고 힘써 일 잘하고 그중에도 논을 만드는 데는 선생이라 하여 칭찬이 들레웠다.[4] 이러구러 또 삼 년이 지났다. 가실은 해마다 가을이 되면 주인 노인에게 놓아 보내주기를 청하였으나 주인은 본국에 돌아가면 오히려 생명이 위태하리라는 것을 핑계로 놓아주지를 아니하고 또 지금 열여섯 살 되는 딸의 사위를 삼으려는 뜻을 가졌다. 원래 이 노인은 아들 형제를 다 전쟁에 보내고 농사할 사람이 없어 가실을 종으로 사온 것인데 가실이 있기 때문에 농사를 잘하여 집이 부유해졌고 또 가실의 사람됨이 극히 진실하고 부지런하여 족히 자기의 말년의 일생을 부탁할 만하다고 믿으므로 아무리 하여서라도 사위를 삼아 본국에 돌아갈 생각을 끊게 하려 한 것이었다. 또 이 노인의 딸도 가실을 사모하였다. 그가 큰 도끼를 둘러메어 젖은 통나무를 패는 것과 소에게 한 바리나 될 만한 나뭇짐이나 곡식짐을 지는 것을 볼 때에 그 처녀는 가실을 사모하지 않을 수가 없었다. 가실은 다만 힘만 쓰는 사람이 아니요 여러 가지 지혜와 재주도 있었다. 톱과 먹줄과 대패를 만들어다 두고 여러 가지 기구도 만들고 자기가 유숙할 사랑채도 짓고 노인과 처녀의 나막신도 파주었다. 그 나막신이 아주 모양이 좋고 발이 편하여 노인은 처녀를 시켜서 들기름을 발라 터지지 않게 하였다. 또 농사하는 여가에는 쑥대로 밭을 만들고 밈통을 만들어 붕어와 잔고기와 게를 잡아 오면 처녀가 앞 개천에 나가 말끔히 씻었다가 풋고추를 넣고 조려

먹었다. 노인은 이것을 썩 좋아하였다.

 가실은 잠시도 가만히 있지를 아니하고 무엇이나 일을 하였다. 그래서 그 집은 늘 깨끗하고 없는 것이 없었다. 눈이 오기 전에 벌써 산더미같이 나무가 쌓이고 짚세기와 메투리도 항상 쌓아두고 신었다. 지난겨울에는 처녀가 처음 길쌈을 한다 하여 가실이가 종일 산으로 돌아다니면서 좋은 재목을 구하여다가 물레 같은 것과 베틀을 만들었다. 이것은 길쌈 많이 하는 신라 본이라 고구려 것보다 훨씬 보기도 좋고 편리하였다. 이 밖에도 가실이가 한 일이 많거니와 그의 지혜와 재주는 동네 사람들도 다 탄복하였다. 그래서 가실은 온 동네에 없을 수 없는 사람이 되어 무슨 어려운 일이 있으면 부인네나 아이들까지도 "가실이더러 좀 해달내야" 하게 되었다.

 가실이가 하는 것을 보고 동네 사람들도 새 잡는 기계와 고기 잡는 기계도 만드는 것이 한 재미가 되었다. 또 가실이가 부지런한 것이 동네 사람에게 모범이 되었고 말이 적으나 한번 말하면 그것은 꼭 참말이요 꼭 그 말대로 하는 것을 볼 때에 동네 사람들은 가실을 믿고 두려워하였다.

 그러나 가실에게는 슬픔이 있다. 백년을 약속한 사람의 소식을 알 수 없고 또 만날 기약이 망연하다. 그래서 주인더러 보내달라고만 졸랐다. 하나 일 년 일이 다 끝난 가을이 아니면 결코 보내달란 말을 하지 아니하였다. 그러나 봄이 되어 농사를 시작할 때가 되면 다시는 결코 간단 말을 아니 하였다. 그러나 금년 고향을 떠난 지 육 년이 되는 금년 열아홉 살에 떠나서 스물다섯 살이 된

금년에는 아무리 하여서라도 돌아가리라 하였다. 그래서 하루는 저녁을 먹고 나서 노인을 대하여

"저를 금년에는 보내줍시오" 하였다.

노인은 깜짝 놀라는 듯이 돌아앉으며

"왜 또 간다고 그러나! 내가 지금 자네를 믿고 사네. 내 나이 벌써 칠십이야. 자네가 가면 내가 어떻게 사나" 하는 노인의 말소리는 간절하고 떨린다. 곁에서 노파가 역시 떨리는 소리로

"그러고말고 영감이나 내나 장성한 아들 다 전장에 나가 죽고 자네를 우연히 만나서 아들같이 믿고 사는데 자네가 가면 이 늙은것들이 어떻게 산단 말인가? 에이 그런 소리 말아요. 우리 양주가 죽거든 다 묻어놓고" 하고 곁에 앉은 딸의 머리를 쓸면서 "이 애 데리고 아무 데나 자네 맘대로 가게그려. 이 딸자식도 자네에게만 맡기면 자네가 어디를 데리고 가더라도 맘이 놓여!" 한다.

처녀는 부끄러운 듯이 슬며시 빠져 부엌으로 나가더니 큰 바가지에 삶은 밤을 퍼 가지고 들어와서 방 한가운데 놓고 어머니 등뒤에 가 앉는다. 노파는

"자 가실이 밤이나 먹게. 이게 안 좋은가? 자네도 부모도 없다니 우리를 부모로 알고 가족도 없다니 이 애를 아내로 삼고 그리고 그리고 벌어먹고 지나면 안 좋은가?" 하고 밤을 집어 가실을 주며

"자 어서어서 먹어요. 이 애가 자네 준다고 삶은 것일세" 하고 딸은 고개를 숙인다.

가실은 밤을 벗겨 우선 노인 양주를 드리고 자기도 먹었다. 밤 껍질을 벗기는 가실의 손은 떨렸다. 진실로 가실은 어쩔 줄을 몰랐다. 만일 주인이 강제로 자기를 못 가게 한다 하면 벌써 빠져나가고 말았을 것이다. 그러나 이 불쌍한 세 식구가 자기를 믿고 사랑으로 매달릴 때에 그것은 차마 뿌리치기가 어려웠다. 가실은 힘이 센 것과 같이 정도 세다. 그러나 정이 센 것과 같이 의리도 세다. 정이 센지라 주인을 차마 뿌리치지도 못하거니와 의리도 센지라 설씨의 딸에게 한번 맺은 약속을 깨뜨리지 못한다.

　가실이 연해 밤만 벗기고 대답이 없는 것을 보고 노인은

　"가실이 우리 두 늙은이의 소원을 이루어주게! 다시는 늙은것의 가슴을 졸이게 하지 말게" 하고 노인은 손으로 가실의 등을 어루만진다. 노파와 딸은 근심스러운 눈으로 가실만 바라보고 있다.

　가실은 굳은 결심을 얻은 듯이 고개를 번쩍 들어 노인을 보며

　"저도 두 어른을 부모로 알고 있습니다. 부모처럼 저를 사랑해 주시니 부모가 아닙니까?" 하는 가실의 말소리는 깊은 감동으로 떨린다. 가실은 눈물 머금은 어조로

　"그러나 저는 육 년 전에 고향을 떠날 때에" 하고 말을 뚝 끊더니 다시 말을 이어 "제 자랑 같아서 아직 말씀을 아니 했습니다마는" 하고 자기가 설영감이라는 노인 대신으로 전장에 나왔다는 말과 일 년 후에 전장에서 돌아오면 그의 딸과 혼인하기를 약속하였다는 말을 다 하고 나중에

　"제가 무엇이 그리워 고향에를 가고 싶겠습니까? 백년을 맹세한 사람이 밤낮으로 나를 기다리고 있으니 그러는 것이올시다"

하고 말을 끊을 때에 가실의 눈에서는 굵은 눈물이 뚝뚝 떨어진다. 노인 양주는 가실이 하는 말을 들을 때에 더욱 가실의 심정이 착하고 아름다운 것을 차탄하고 가실의 눈물을 볼 때에는 노인 양주도 같이 울었다. 딸도 어머니의 등에 이마를 대고 울었다.

노인은 한 번 더 가실의 등을 어루만지며

"자네는 하늘이 낸 사람일세. 과연 큰사람일세. 어쩌면 남을 대신하여 죽을 자리에를 나간단 말인가. 옛말로는 우리 조상 적에 그런 그런 사람이 있었단 말도 들었지만은 자네 같은 큰사람은 칠십 평생에 처음 보네" 하고 칭찬하기를 말지 아니하다가

"내 어찌 자네가 웃는 낯이 없고 늘 수심기가 있어 보이기에 그저 고향이 그리워 그러나 했더니 자네 말을 듣고야 알겠네" 하고 혀를 찬다.

노파는 눈물을 씻고 목이 멘 소리로

"내 어찌 자네가 차차 수척해가기에 웬일인가 했더니 그래서 그랬네그려" 하고 역시 혀를 찬다. 딸은 슬며시 일어나 나가더니 건넌방에서 흑흑 느껴 우는 소리가 들린다.

4

이튿날 아침을 일찍 지어 먹고 가실은 고국을 향하여 떠나기로 하였다.

노인 양주에게 세 번 절하여 하직하고 삼 년 동안 정들인 동네

의 동구로 나올 때에 노인은 손수 노자 할 돈을 가실의 짐에 넣어주고 노파는 의복과 삶은 닭을 싸서 들어다 주며 동네 사람들도 여러 가지 물건과 먹을 것을 싸다가 가실의 짐에 넣어주며 "부디 잘 가라"고 "죽기 전 한번 만나자"고 언짢은 얼굴로 작별하는 인사를 하며 동구 밖 강까지 나온다. 가실은 "동네 어른들께 신세 많이 졌노라"고 "그러나 천여 리 먼 나라에 다시 올 길이 망연하다"고 손을 잡고는 석별의 인사를 하고 손을 잡고는 또 석별의 인사를 하다가

 나룻배에 오를 때에 노인은 뱃머리에 서서 가실의 손을 잡고

 "부디 잘 가게. 잘 살게. 이 늙은것이 다시 보기야 바라겠냐마는 가보아서 설씨의 딸이 다른 집에 시집을 갔거든 내게로 돌아오게. 이제로부터 이태 동안은 딸을 시집보내지 아니하고 날마다 자네 돌아오기만 기다리겠네" 하며 눈물을 떨어뜨린다. 가실도 눈물을 흘리며 다만

 "네…… 아버지!" 할 따름이었다.

 차마 손을 놓지 못하여 한참 서로 잡고 울다가 마침내 배가 떠났다. 사공이 "어야, 어야" 하고 젓는 서슬에 파랗게 맑은 가을 강물의 잔물결이 일며 배가 저쪽 언덕을 향하고 비스듬히 건너간다. 가실은 뒤를 돌아보며 떠나온 언덕에 모여선 수십 명 남녀를 향하고 손질을 하였다. 그 사람들도 잘 가라고 하면서 손을 두른다. 노인은 아직도 배 떠나던 자리에 서서 멀거니 가실을 바라보고 이따금 한마디씩 무슨 소리를 친다.

 가실은 배를 내려 한 번 더 저편에 선 사람들을 향하여 손질을

하고 짐을 걸머지고 지팡이를 끌면서 서리 맞은 마른풀 사이로 길을 찾아 동으로 동으로 향하고 간다. 가끔 뒤를 돌아보며 손을 둘렀다. 저쪽에서도 손을 두른다. 가실은 조그마한 산굽이를 돌아설 때에 마지막으로 두 팔을 높이 들며 소리를 높여
"잘 있으오!"를 서너 번이나 외쳤다. 저편에서도 팔들을 들고 "잘 가오!" 하는 소리가 모깃소리처럼 들린다. 가실은 맘으로 그 노인을 생각하면서 눈물이 흘렀다.

가실은 힘껏 소리를 뽑아
"간다 간다 나는 간다. 우리나라로 나는 돌아간다" 하고 소리를 하고 지팡이를 드던지면서 동으로 동으로 부리나케 간다.

거룩한 죽음

1

 깍깍하는 장독대 모퉁이 배나무에 앉아 우는 까치 소리에 깜짝 놀란 듯이 한 손으로 북을 들고 한 손으로 바디집[1]을 잡은 대로 창 중간에나 내려간 볕을 보고 김씨는
 "벌써 저녁때가 되었군!" 하며 멀거니 가늘게 된 도투마리[2]를 보더니 말코[3]를 그르고 베틀에서 내려온다.
 "아직도 열 자나 남았겠는데" 하고 혼잣말로 '저녁이나 지어 먹고 또 짜지' 하며 마루로 나온다. 마당에는 대한 찬 바람이 뒷산에 쌓인 마른 눈가루를 날려다가 곱다랗게 뿌려놓았다. 김씨는 마루 끝에 서서 눈을 감고 공손히 치마 앞에 손을 읍하면서,
 "하느님, 우리 선생님을 도와주시옵소서. 모든 도인을 도와주시옵소서. 세월이어서 우리 무극대도[4]가 천하에 퍼져서 포덕천하

광제창생 보국안민하게 하여주옵소서" 하고는 연하여 가는 목소리로 "지기금지 원위대강, 시천주 조화정, 영세불망 만사지" 세 번을 외우더니 번쩍 눈을 뜬다. 또 까치가 장독대 배나무 가지에 앉아 깍깍하고 짖다가 바람결에 불려 떨어지는 듯이 날아간다.

 김씨는 무슨 크고 무서운 일을 앞에 당하는 듯한 기다려지고도 조심성스러운 생각으로 가만히 안방 문을 열었다. 아랫목에는 젖먹이 딸이 숨소리도 없이 잔다. 김씨는 가만가만히 그 옆으로 가서 허리를 굽혀 어린 아기의 자는 얼굴을 보며 또 눈을 감고 짧은 기도를 올린다. 어린 아기를 충실하게 보호해주시고 자라서 도를 잘 닦는 사람이 되게 하여달란 뜻이다. 그러고는 윗목 조그마한 항아리에서 됫박으로 쌀을 퍼내어 큰 바가지에 옮기고 거기서 쌀 항아리 위에 놓였던 숟가락으로 세 술을 떠서 벽에 걸어놓은 두 멍[5]에 넣더니 빙그레 웃으면서 또 한 술을 떠 넣는다. 김씨는 이제부터 간난이 몫으로 한 숟가락 더 뜨게 된 것이 기뻤다.

 김씨가 솥에 쌀을 일어 안치고 불을 살라 넣을 적에 남편 박대여가 수염에 허연 얼음을 달고 들어오더니 부엌문으로 아내를 들여다보며 입이 얼어서 분명치 아니한 목소리로,

 "여보, 선생님께서 오늘 밤에 오신다는구려. 거기서 어떤 사람이 영문에 꼬쳐서 새벽에 떠나셨는데 오늘 새벽에 하등접에 오셨다고, 그래서 오늘 해만 지면 거기서 떠나셔서 이리로 오신다고 기별이 왔소" 하며 토수 속에 넣었던 손으로 수염에 얼음을 땄다.

 김씨는 부지깽이를 놓고 일어나면서,

 "에그, 이 추운데, 선생님께서 얼마나 고생이 되실까? 여기

오셔서나 아무 일도 없었으면 좋으련마는……" 하고 눈물이 고인다.

"베틀은 났소?" 하는 남편의 말에, 김씨는 "어떻게 나요. 아직도 열 자나 남았는데. 그래도 끊어버리지요. 그까짓 무엇이게. 이번에 척수를 좀 길게 잡아서 짠 것도 바지저고리 한 벌은 되어요. 그걸로 선생님 옷이나 한 벌 지어드리면 그만이지요. ……그런데 사랑은 다 발랐어요?"

"발라놓으려고 했지마는 불을 때보아야."

"선생님은 안방에 계시게 하지요?" 하고 아내가 묻는다.

"글쎄, 함께 오실 이가 다섯 분이나 될 터인데…… 선생님과 해월 선생님은 건넌방을 내어드려서 계시게 하고 다른 이들은 안방에 계시게 하고 우리들이 아이들 데리고 사랑에 있게 하지" 하고 동의를 구하는 모양으로 눈물 고인 아내의 얼굴을 쳐다본다. 아내는 치마고름으로 눈물을 씻더니,

"나도 그렇게 생각했어요…… 어떻게 하면 선생님을 좀 편히 계시도록 하나?" 하고 다시 불을 땐다.

남편은 안방으로 들어가 의관을 벗고 나오더니 비를 들고 마당 쓸기를 시작한다. 섬돌 밑과 담 굽과 마루 밑까지 얼어붙은 툇검불을 빡빡 긁어가며 쓴다. 쓰는 대로 바람이 한번 지나가면 또 눈가루를 갖다가 뿌린다. 마치 귀한 손님을 맞기 위하여 하늘이 이 가난한 집 마당에 옥가루를 뿌려주는 것 같았다.

대문 밖에서 쿵쿵하는 발자취 소리가 나더니 여남은 살 된 총각 아이가 뺄겋게 언 주먹으로 두 눈에 눈물을 씻으며 무어라고 중

얼거리면서 뛰어 들어와서 동정을 구하는 듯이 부엌문 밖에 가 선다. 불을 때던 어머니는,

"정식아 너 왜 우느냐? 또 아이들이 무어라든?" 하며 일어나 아들의 머리에 묻은 눈가루를 털어준다. 아들은 우는 소리로,

"또 그놈의 자식들이, 응응응응응, 동학장이라고 그래, 응응."

"그놈의 자식들이라고 하면 못쓴다. 그 아이들이라고 그래야지."

"그까짓 놈의 자식들, 때려죽일 테야. 남을 가지고 동학장이라고, 이제, 이제, 원님이 목 베어 죽인다고…… 깍쟁이 놈의 자식들!" 하고 아들은 조그마한 주먹을 발끈 쥐어 내흔든다. 어머니는 측은한 듯이 아들을 끌어들여 아궁이에 불을 쪼이게 하면서,

"정식아, 그러면 어떠냐? 다른 아이들이 무어라고 하든지 너는 가만히 있으려무나. 너만 가만히 있으면 저희들도 그러다가 말지. 동학장이라면 어떠냐? 동학장이니까 동학장이라지. 동학장이가 좋은 말이다. 응, 이제 오늘 선생님이 오시면 너를 귀여워해주시고, 복 빌어주시고 할 텐데 무슨 걱정이야. 자 들어가서 간난이 깼나 보아라. 그리고 안방 깨끗이 치워라. 응" 하고 정식의 등을 두드린다. 정식은 어머니 말에 위로가 되었는지 아무 말도 없이 안방으로 들어간다. 정식은 아직도 자는 간난이 곁에 쭈그리고 앉아서 어린애 어르는 모양으로 손바닥으로 두어 번 딱딱하더니 자는 아기가 대답이 없으므로 가만히 일어나서 비를 찾아 방을 쓴다.

2

 밤은 차차 깊어간다. 바람은 자고 천지는 고요하다. 구름 한 점 볼 수 없는 하늘에는 초생달도 벌써 넘어가고 별만 수없이 반짝거린다. 이 산골 몇 집 안 되는, 그것도 띄엄띄엄 떨어져 있는 눈에 싸인 농가에서는 그래도 설빔을 만드노라고 다듬이 소리들이 들리나 깜박깜박하는 등잔 밑에는 짚세기 삼는 젊은 농부들의 담배를 피우고 웃고 떠들던 소리도 차차 줄어간다. 총도 아니 낸 짚세기들을 차고 각각 자기 집으로 흩어지느라고 담뱃불들이 반짝거리고 발자취 소리와 두런거리는 소리에 개들의 졸린 듯한 짖는 소리가 난다. 이윽고 조그마한 방문들이 혹은 남편을 혹은 아들을 맞아들이는 소리가 그윽이 들리고는, 천지가 다시 고요해지고 만다. 개들도 다시 부검지[6] 속에 코를 박고 잠이 들었고 반짝반짝하는 등잔불들도 하나씩 하나씩 눈을 감기 시작한다. 고요함이 어두움이 이 가엾은 생명들이 들어 조는 조그마한 보금자리들을 꼭 품에 껴안았다. 오직 죄 없고 욕심 없는 꿈들이 이 집에서 저 집으로 발자취도 없이 살금살금 다닐 뿐이다.

 이때에 촌중 맨 끝 산 밑에 앉은 박대여의 집에서만 불이 반짝거리고 부엌에서 아름이 넘는 김이 무럭무럭 나온다. 저녁을 먹고 나서 아이들은 사랑에 재우고 내외는 안방 건넌방을 깨끗이 치우고, 거미줄과 먼지까지 떨어내고 때 묻은 장판이 닳도록 걸레를 치고, 후끈후끈하게 불을 때고 꽁꽁 싸두었던 이부자리를 있는 대로 내어 아랫목에 깔아 녹이고, 지금은 닭을 잡고 무를 삶고 쌀을 일어 안치고 선생님 일행이 오시기만 하면 곧, 국밥을 지어드릴 준비까지 다 하여놓았다. 대여는 눈 묻은 나뭇단을 옆구리에 껴다가 부엌에 넣고 내외가 무슨 이야기를 두어 마디 하더니 부엌문을 닫고 나와 안방으로 들어간다.

안방 한가운데는 소반을 놓고, 백지를 깔고 그 위에 새로 닦은 주발에 청수 한 그릇을 떠놓았다. 내외는 분주히 새 옷을 내어 갈아입고 의관을 정제하고 청수상 앞에 북향으로 가지런히 앉아 공손히 고개를 숙이고 이윽히 앉았더니 남편이 고개를 들어 하늘을 우러러보며, 떨리는 목소리로,

"하느님! 우리 선생님을 도와주시옵소서! 우리 무극대도대덕이 천하에 퍼져서 포덕천하 광제창생 보국안민의 대원을 이루게 하시옵소서. 첨으로 우리 동방 조선을 밝히사 이 후천 오만 년 무극대도가 천하에 빛나게 하시옵소서. 지금 무지한 사람들이 이 무극대도를 훼방하고 선생님을 지목하야 해하려 하오니 하느님께서 우리 선생님을 도와주시옵소서" 할 때에 김씨도 정성스럽게 여러 번 고개를 숙인다. 대여는 더욱 소리를 높이고 떨려,

"하느님 지금 선생님이 세상을 떠나시면 어리고 어린 동서불변[7] 우리 무리들이 어찌하오리까. 될 수 있사옵거든 저와 같이 값없는 목숨을 선생님 대신으로 바치게 하여주시옵소서. 저 같은 것은 죽더라도 그만이거니와 우리 선생님을 보호하여주시옵소서" 하고 말을 맺기 전에 목이 메고 눈물이 흐른다. 김씨도 마음속으로 '우리 선생님을 보호하여주소서, 제 목숨으로 선생님 목숨을

대신하게 하소서' 하며 남편을 따라 운다. 한참 동안 말이 없고 오직 두 내외의 가슴이 들먹거릴 때마다 새로 풀해 다린 옷이 바삭바삭 소리를 낼 뿐이다. 등잔불이 창틈 바람에 꺼질 듯 꺼질 듯하다가 바로 선다. 두 사람은 눈을 떴다. 눈물에 젖은 눈이 네 별 모양으로 맑은 빛을 발한다. 네 눈은 거울같이 차고 맑은 청수를 들여다본다. 청수는 몇천 길인지 모르게 깊은 것 같다. 헤아릴 수 없는 천지의 신비를 간직한 것이다.

두 입이 열리더니 느리고 가는 목소리로

"지기금지 원위대강, 시천주 조화정, 영세불망 만사지, 지기금지……."

하고 우러나온다. 남성과 여성이 합한 두 목소리가 높으락낮으락, 합하다가 갈렸다가, 끊일락 이을락 영원히 끊길 때가 없을 것 같이 우러나온다. 등잔불도 곡조를 맞추어 흔들리는 것 같고 청수에도 곡조를 맞추어 사람의 눈으로는 알아볼 수 없는 가는 물결이 이는 듯하다.

"……시천주, 조화정 영세불망 만사지 지기금지 원위대강, 시천주 조화정……."

끝없는 주문의 고리가 끝없는 사슬을 이룬다. 이따금 주문 중에서 한 구절이 반향 모양으로 공중에서 울린다. 마치 멀리서 멀리서 울어오는 종소리의 여운(餘韻) 모양으로 어디선지 모르게 '시천주 조화정' 하고 울려올 때마다 내외는 외우던 소리를 잠깐 쉬고 귀를 기울인다. 그러다가는 다시 아까보다도 더 소리를 가다듬고 더 맘을 엄숙히 하여,

"지기금지 원위대강 시천주 조화정 영세불망 만사지 지기금지……."

하고 소리를 합하여 외운다. 그러노라면 또 공중에서 '지기금지 원위대강' 하고 쟁쟁하게 울려온다. 내외는 다시 소리를 끊고 귀를 기울인다. 그러면 여전히 먼 곳에서 울어오는 종소리 여운 모양으로,

"지기금지 원위대강……."

하고 끊일락 이을락 울어온다. 내외는 다시 소리를 가다듬어 외우기를 시작한다. 외우면 외울수록 공중으로서 울려오는 소리는 더욱 맑고 더욱 커진다.

졸던 천지는 두 내외의 깊고 깊은 정성으로 외우는 주문 소리에 깨어 그 주문에 화답하는 것이다. 하늘에 모든 별들과 땅에 모든 산천과 초목이 다 지금 고개를 숙이고 무릎을 굽혀 이 내외의 주문에 화답하는 것이다. 두 내외의 주문 외우는 소리가 높아지면 높아지는 대로 낮아지면 낮아지는 대로 천지의 울리는 소리도 높으락낮으락 한다.

온 천지는 소리에 찼다.

"지기금지 원위대강 시천주 조화정 영세불망 만사지!"

온 천지는 이 소리로 찼다. 그리고 두 내외는 천지의 한복판에 우뚝 선 쌍기둥이다. 천지는 이 쌍기둥으로 버티어져 있다. 만 생령이 이 쌍기둥의 버팀 밑에서 편안한 잠을 이룬 것이다. 그러나 그네는 그런 줄 모른다. 마치 어머니 품에 안겨 자는 아기가 어머니의 품이길래 이렇게 편한 줄을 모르는 것과 같다. 오늘 밤에 두

내외는 한우님이다. 한우님이 되어 천지를 다스리는 것이다.

두 내외의 입에서는 주문 외우는 소리가 끊겼다. 눈은 반쯤 떠 어디를 바라보는지 모르게 바라보고 있다. 그 눈앞에는 천지가 환하게 보인다. 일월성신이 보이고 산천초목이 보이고 모든 짐승들이 보이고, 그러고는 만국 만민이 도탄 중에 괴로워하는 양이 보이고 조선 사람들이 가난과 어두움과 허욕으로 서로 시기하고 질투하는 양이 보이고 그 가운데 하얀 옷을 입은 어른이 우뚝 선 것이 보인다. 내외는 '선생님이다!' 하며 고개를 숙였다.

두 내외는 다시 소리를 내어

"포덕천하 광제창생 보국안민지대도, 무극대도대덕 지기금지 원위대강……."

하고 외우기를 시작한다.

*

'꾀꼬요!' 하고 첫닭의 소리가 난다.

두 내외는 깜짝 놀란 듯이 일어났다. 대여는 "오실 때가 되었으니 나가보아야" 하고 문고리를 잡으며 "나가서 불 때오…… 아마 지금 동구에 들어오시겠소" 하며 밖으로 나간다. 김씨도 부엌으로 나가 아궁이에 불을 사르고 인적 나기만 기다려 이따금 귀를 기울인다.

마당에서 나는 인적 소리에 김씨는 부지깽이를 던지고 뛰어나왔다. 마루에 걸터앉아 눈 묻은 신발을 끄르는 이가 어두운데 보아도 분명히 선생님이다. 그 중키나 되는 키, 널음한 얼굴 한 번 밖에 뵈온 일이 없건마는 분명히 선생님이다. 이렇게 생각하고 김씨는 한시름 놓은 듯한 가벼워진 맘으로 상을 보기 시작한다. 밥도 넘었고 국도 끓였다.

"여보, 들어와 선생님께 인사드리고나 오오" 하는 부엌문을 여는 남편의 말에 김씨는 행주치마를 벗어 그것으로 손을 씻으면서,

"해월 선생님은 다른 집으로 돌아오신다고. 정접주하고 김접주, 또 박접주 그렇게만 오셨어요. 다들 인사하시오. 선생님은 뵈면 알지?" 하고 대여는 부엌문에 비켜서 아내의 나올 길을 내면서 묻는다.

"그럼, 알고말고요" 한다.

대여가 앞서고 김씨는 뒤를 따라 안방으로 들어왔다. 선생님은 아랫목에 다른 이들은 발치로 돌아앉았다. 모두 피곤한 모양이 보이나 선생은 무엇을 생각하는 듯이 눈으로 정면을 바라보고 있다. 내외가 들어온 것을 보고 선생이 일어나고 다른 사람들도 따라 일어난다. 김씨는 선생 앞에 엎드려 절을 드렸다. 선생도 마주 엎드려 절을 받았다. 다른 이와는 다만 상읍만 하고 각각 자리에 앉았다. 선생은 김씨에게 앉으라 하며,

"그렇게 신심이 독실하시고 또 나를 위해서 그처럼 애를 쓰시니 고맙소이다" 한다. 김씨는 다만 고개를 숙이고 맘속으로 '선생님' 할 뿐이었다.

3

 선생이 와서부터는 밤을 새워 주문을 외우고 기도를 하고, 틈틈이 선생의 가르침이 있고 그러고는 해가 뜬 뒤에야 모두 잠을 잤다. 낮에도 자지 못하는 이는 오직 선생과 대여뿐이다. 선생은 제자들이 잠이 든 뒤에는 혼자 청수상 앞에 앉아서 무엇을 가만히 생각하였다. 대여는 양식과 나무를 구하여 들이느라고 거의 날마다 밖에 나갔다.

 이렇게 기도를 밤을 새운 지 닷새 되던 날, 눈 많이 오는 밤이었다. 선생은 제자들을 데리고 주문을 외우다가 밤이 깊어 첫닭이 울 때가 멀지 아니할 듯한 때에 선생이 주문을 뚝 끊고,

 "저것을 보오!" 한다.

 제자들도 주문 읽기를 그치고 선생이 보라는 데를 보았다. 네 제자는 일제히 몸을 흠칫하고 뒤로 물러앉으며 놀람과 무서움으로 말이 막혔다. 선생은 빙그레 웃으며,

 "그만 것을 보고 놀래오? 천지가 무너지더라도 움직이지 않도록 수심정기를 하는 공부를 해야 되오! 장차 그대네는 저보다도 더욱 참혹하고 무서운 양을 볼 것이오. 또 몸소 당할 것이오. 나라를 고치고 창생을 건지는 일이 쉬운 줄 알지 마오! 선천 오만 년의 나라가 무너질 때에 천지가 회명하고 죄인과 의인의 피가 강물같이 흐를 것이오. 그대네는 저 광경이 무엇인지를 보오?" 하며 극히 엄숙한 낯빛으로 제자들을 본다. 김덕원이가 떨리는

소리로,

"네, 못 볼 리가 있습니까. 운무가 자욱한 속에 사람들이 칼과 창으로 서로 찌르고 찢고 물어뜯어 바로 그 피비린내가 코에 들어오는 것 같습니다. 저것 보시오. 저 키 크고 뚱뚱한 한 사람이 어린아이를 거꾸로 들고 배를 가릅니다! 선생님! 살려주십시오!" 하고 기절할 듯하다가 겨우 정신을 진정하는 모양이다.

선생은 황망하여하는 김덕원의 어깨를 손으로 만지며, '아아 맘이 서지 못한 자여!' 하고 한탄하다가 덕원이 정신을 진정하는 것을 보고 힘 있는 목소리로,

"저것이 이 세상이오! 서로 죽이는 것이. 사람들은 각각 몸에 창과 칼을 지니고 다니다가 기회만 있으면 서로 죽이려는 것이 이 세상이오. 그대는 우리가 사는 조선 나라와 동서양 모든 나라가 다 저 모양으로 서로 찌르고 찢는 양을 못 보았었소. 그러나 그대네의 눈이 열리는 날은 천하 이르는 곳마다 저 광경을 알아볼 것이오. 아아 가엾은 창생이어!" 하고 선생의 눈에는 눈물이 흐른다. 제자들도 무서움이 차차 변하여 세상을 위한 슬픔이 되어 선생을 따라 울었다.

"우리네가 울 일이 천하에 없거니와" 하고 선생은 눈물을 거두며, "창생이 도탄 속에 든 것을 볼 때에는 통곡하지 아니할 수 없소. 이 창생을 보고 통곡할 줄을 모르는 이는, 천성을 잃어버린 이요. 그대네는 무슨 일에나 놀라지도 말고, 겁내지도 말고, 두려워하지도 말되 오직 창생을 위하야 우시오. 이것은 성인의 맘이오!"

"선생님!" 하고 박대여가 느끼는 목소리로, "선생님! 저 창생이 왜 저렇게 서로 죽입니까? 어찌하면 저 창생을 구제합니까?" 한다.
 "사람이 한울을 잊어버린 까닭이오. 모든 사람이 다 높으신 한우님을 잊어버린 까닭이오. 악한 사람들이 정사를 잡아 백성을 악하게 인도하는 까닭이오. 그러므로 창생을 구제하는 길이 오직 하나이니 곧 사람들에게 한울을 깨닫게 하는 것이오. 내가 이 세상에 온 것이 이 소리를 전하고 가르침을 주려 함이오. 그대네는 천하 만국 만민에게 이 소리를 전하야 그네를 구제할 첫 사람들이오……" 하고 이윽히 앞에 나타난 피 흘리는 광경을 노려보더니 문득 노하는 빛을 발하고 문득, 슬픈 빛을 발하다가 다시 화평한 낯빛이 되며,
 "내가 세상을 떠날 날이 가까웠소. 포덕천하 광제창생의 오만 년 무극대도를 그대들에게 맡기고 가는 것이니 그대네들은 한울의 뜻을 어기지 마시오!" 하고 창연한 빛을 보인다.
 "선생님!" 하고 덕원이 선생의 팔을 잡으며, "선생님께서 세상을 떠나시면 저희는 누구를 믿습니까? 저 불쌍한 창생을 건지시지 아니하고 선생님이 어떻게 가십니까? 내일이라도 선생님이 나서십시오. 우리 도인이 지금 만 명이 넘으니 이만 명을 거느리고 일어나면 모든 탐관오리배를 다 없애고 새 나라를 세울 것은 여반장입니다. 이제라도 곧 명령을 내리십시오. 그리하면……" 하고 김덕원은 자못 흥분하여 그 뚱뚱한 얼굴에 피가 오른다. 선생은 가만히 듣고 있더니 덕원의 말을 막으며,

"때가 있소! 때가 있소! 아직은 그러할 때가 아니오!" 한다.

"그때가 언제 옵니까?" 하고 제자 중에 하나가 묻는다.

"그때는 아는 이가 없소. 다만 조선 방방곡곡이 한우님을 부르고 새 나라를 세우자는 우리가 굳게 뭉쳐 한 덩어리가 되거든 그때가 가까운 줄 아시오. 그러나 사람들의 맘이 급급하야 그때가 이르기 전에 많이 경거망동을 하리다. 그것은 오직 인명만 많이 살해하고 한울이 주시는 때를 더디게만 할 뿐이니 그대네는 크게 삼가야 할 것이오. 장차 '때가 왔다. 때가 왔다' 하고 인민을 선동하는 자가 많이 나려니와 그래도 흔들리지 마시오. 장차 온 천하가 물 끓듯 하고 나라와 나라가 서로 싸우며 백성들이 일어나 서로 다투고 피를 흘리려니와 그런 일을 보거든 때가 가까운 줄 아시오. 그러나 천하를 구제하는 것이 우리 동방 조선에서 시작될 것이니 우리 동방 조선에 한울을 부르는 소리가 방방곡곡이 들리고, 큰 슬픔과 재앙이 임하야 백성이 물 끓듯 하며, 한울을 부르는 우리가 뭉치어 한 덩어리가 되거든 때가 이른 줄 아시오. 그때에 천시(天時)가 우리에게 있고 지리(地利)가 우리에게 있고, 인화(人和)가 우리에게 있으니 우리의 큰 운수를 막을 자가 없을 것이오."

"그대네는 그때를 바라고 기뻐하시오! 그때를 준비하노라고 도를 닦고 덕을 펴시오. 정성스럽게 주문 외우는 한 소리가 천하 만민의 맘을 한 번 흔들 것이오. 진실한 도인 하나 얻는 것이 천하를 구제하는 일에 가장 큰 공덕이 될 것이오!" 하며 선생은 더욱 소리를 가다듬어 제자들을 돌아보며,

"그대네의 맘눈이 열리지 아니하였으니 내가 말을 한들 무엇 하겠소. 천하를 구제할 오만 년 무극대도를 불로이득 할 줄로 알지 마오. 그대네가 성심수도 하량이면 알지 못할 것이 무엇이며, 하지 못할 일이 무엇이겠소? 그대네는 한우님이오! 천지를 지은 이도 한우님이요 천지를 다스리는 이도 한우님이니 한우님은 곧 나요 그대네요. 아아 성심수도하야 도성덕립 하는 날에 모를 일이 무엇이며 못 할 일이 무엇이겠소? 이 일을 알았다면 요만한 나 한 몸이 간다고 무슨 근심이오?"

제자들은 아무 말이 없다. 김덕원도 말이 없이 무엇을 생각하는 듯이 눈을 감았다. 아주 고요하다. 다만 등잔불이 춤을 추어 사람들의 그림자를 흔들 뿐이다. 새벽이 가까운 방 안에 찬김이 돈다. 선생과 제자 다섯 사람은 마치 부처 모양으로 움직임이 없다. 오직 그네의 눈들이 불같이 빛날 따름이다.

이윽고 언제 시작되는지 모르게 주문 외우기가 시작되었다. 그 소리는 아까보다 더욱 엄숙하고 신비하였다. 박대여의 소리는 우는 듯이 떨리고 김덕원의 소리는 호령하는 듯하였다. 이때에 다섯 그릇 청수에는 얼음이 얼었고 청수를 받쳐놓은 백지에는 광제창생, 보국안민의 여덟 자가 또렷또렷이 나타났다.

닭이 두 홰를 운 때에 해월이 왔다. 해월은 선생님께 인사를 드리기가 바쁘게,

"선생님, 곧 피하셔야 하십니다. 대구 영장 정귀룡이가 삼십 명 나졸을 데리고 아침나절로 이곳에 올 것입니다. 대구 도인이 밤도와 와서 전하는 말씀인데 잠시를 지체할 수가 없습니다" 한다.

모두 눈이 둥그레졌다. 선생은 해월에게 자기 곁에 앉으라 하며,

"해월이 오기를 기다리고 있었소" 할 때에 모든 제자들은 선생의 입에서 무슨 말이 나오는가 하고 숨도 못 쉬고 무릎걸음으로 한 걸음씩 선생 곁으로 다가앉았다. 선생은 결심한 듯한 어조로, 입을 열어

"김덕원은 지금 떠나 전라도로 가시오. 가노라면 자연 알 도리가 있으니 아까 한 말만 명심하고 전라도로 가시오. 가서 할 일은 장황하게 내가 말할 필요가 없으니 오직 성, 경, 신으로 한우님의 시키시는 대로만 하시오" 하고 김덕원의 손을 잡으며, "자 이것이 이 세상의 이별이오. 그러나 한울에서는 한가지로 있을 것이니 싫어 말고 곧 떠나시오!" 하며 김덕원을 일으킨다.

덕원은 일어서기는 하였으나 어쩔 줄을 모르는 듯이,

"선생님! 선생님!" 하고 말이 막힌다.

선생은 덕원의 등을 어루만지며,

"장황하게 말할 때가 아니오, 가라면 가시오. 창생을 구제하려는 무리의 행색이 마땅히 이러할 것이오. 자 가시오!" 하고 문을 가리킨다. 김덕원은 눈물을 머금고 선생께 절한 뒤에 여러 제자들의 손을 잡고 문밖으로 나간다. 모든 제자들의 얼굴에는 비창한 빛이 보인다. 다른 제자들도 다 이 모양으로 혹은 충청도로 혹은 경기도로 떠나보내고 나중에 해월의 손을 잡고,

"해월, 오만 년 무극대도를 해월에 맡기고 가오. 이것은 내 뜻이 아니라 곧 한우님의 뜻이니 전에 전한 말을 명심하시오. 그대의 할 일과 그대의 장래는 그대가 스스로 다 알 날이 있을 것이니

아직 몸을 피하야 태백산으로 가시오. 무슨 부탁할 말이 있겠소마는 북방에 우리 일 할 인물이 많이 날 것을 명심하시오" 할 때에 닭이 자주 울기 시작한다. 선생은 해월의 등을 어루만지며,

"자, 때가 급하니 어서 가시오. 내가 세상을 떠나기 전에 다시 만날 기회가 있을 것이오!" 하고 떠나기를 재촉한다.

해월은 눈물을 머금고,

"선생님! 한 번만 더 피하실 수 없습니까?" 하고 애걸하는 모양으로 선생의 얼굴을 쳐다본다. 선생은 적이 노하는 빛을 발하며,

"천명(天命)! 천명! 천명을 모르오? 어서 가시오!" 한다.

해월은 다시 말이 없이 선생께 절하고 대문을 나섰다.

선생은 박대여를 불러 오늘 하루만 피하면 일이 없을 것이니 아무 데로나 피하라 하고 당신은 다시 짐에서 초를 내어 쌍불을 켜 놓고 냉수로 목욕을 한 후에 청수상 앞에 앉아 잠자코 무엇을 생각한다.

대여는 사랑에 나와 아내더러 선생의 하는 일과 말을 전하고 서로 붙들고 울다가 가만가만히 안으로 들어와 창밖에서 선생의 동정을 엿보았다. 선생은 그린 듯이 앉았다. 춤추는 쌍촛불에 선생의 여윈 얼굴이 핼쑥하게 보이고 가끔 깊게 한숨 쉬는 소리가 들릴 뿐이다. 대여 내외는 참다못하여 소리를 내어 울었다. 그러다가, "천명, 천명, 때가 왔으니 어서 피하오!" 하는 소리에 대여는 창밖에서 선생께 절하고 대문을 나섰다. 아직도 어둡다. 그러나 차마 멀리 가지 못하고 뒷산으로 올라갔다. 산 중턱을 다 오르지 못하여 동네에 개 짖는 소리가 나므로 바위 뒤에 숨어 가만히 귀

를 기울인즉 사람들의 떠드는 소리가 나더니 이윽고 자기 집에서 무어라고 지껄이고 욕설하는 소리가 들린다. 대여는 정신없이 눈 위에 펄썩 주저앉았다. "아아 선생님, 선생님!" 하고 혼자 목이 메어 울었다.

훤하게 될 때에 선생은 삼십 명 대구 영문 하졸들이 선생을 뒷짐을 지워 끌고 전후좌우로 옹위하고 동구로 나가는 모양이 보였다.

"천명, 천명!" 하고 선생의 하던 말을 외우면서 대여는 선생의 잡혀간 뒤를 따랐다.

4

동학선생이 어느 날 죽는다는 둥, 벌써 몰래 죽였다는 둥, 그런 것이 아니라 동학선생이 조화를 부려 벌써 옥에서 나와서 멀리로 달아났다는 둥, 또 이제 동학군들이 군사를 일으켜서 대구 감영으로 쳐들어온다는 둥, 대구 백성들 간에는 정초부터 모여만 앉으면 이야기를 하게 되었다.

선생이 서울로 잡혀가던 길에 철종 대왕이 국상이 나서 대구 영문으로 압송된 지가 벌써 두 달이나 넘었다. 이 두 달 동안에 대구 감영에는 이 일밖에 없는 듯하였다. 감사 서헌순(徐憲淳)은 이 일로 하여 잠을 못 잔 것도 여러 번이다. 조정에서는 나날이 독촉이 왔다. 그러나 스물두 번이나 혹독히 심문을 하여도 선생은 감사에게 만족한 대답을 하지 아니하므로 감사는 어찌할 줄을 몰랐다.

첨에는 감사는 선생을 우습게 알았다. 동학이란 말을 못 들은 것은 아니었으나 그 선생이란 아마 무슨 요술로 혹세무민이나 하는 자로만 알았으므로 몇 번 호령이나 하고 형문 개나 때리면 굴복할 줄 알았던 것이 여러 번 신문을 하면 할수록 동학선생이라는 이가 결코 범인이 아닌 줄을 알았다. 그 범할 수 없는 위엄, 그 동하지 않는 신색과 태연한 태도, 이따금 추상같이 꾸짖는 소리, 그런 것을 보면 볼수록 감사는 점점 선생에게 대하여 무서운 생각이 나고 눌리는 생각이 났다. 이렇게 무엇이라고 형언할 수 없는 무서움이 있는 외에 이 사람을 죽여서 천벌이 없을까, 또 동학의 도당이 많다는데 몸에 해나 없을까 하는 제 몸에 대한 무서움이 있어서 이제는 심문하는 것조차 싫어지고 무서워졌다. 자다가도 여러 번 가위를 눌렸다.

더구나 오늘 신문에 그 요란하고 무서운 소리, 큰 산이 무너지는 듯도 하고, 벼락을 치는 듯도 한 그 소리를 들을 때에는 정신이 아득하여져서 아직까지도 가슴이 울렁울렁한다. 그게 무슨 소릴까. 형졸들은 그것이 죄인의 다리 부러지는 소리라 하였고, 또 그 다리 부러진 것과 거기서 피가 콸콸 솟던 것까지 보기까지도 하였건마는 눈도 깜빡하지 아니하고 태연히, 감사를 쳐다보며

"나는 무극대도를 천하에 펴서 창생을 구제하고자 함이니 이 도가 세상에 난 것은 한울이 명하신 바요, 또 내가 이 몸을 도를 위하야 죽여 덕을 후천 오만 년에 펴게 하는 것도 한울이 명하신

바니 공은 맘대로 하오!" 할 때에는 감사는 모골이 송연하여 등골에 얼음냉수를 끼얹은 듯하였다. 그래서 다시 신문할 생각이 없어서 옥에 내려 가두라 하고 자기는 안으로 뛰어 들어가 자리에 누워 저녁도 굶고 지금까지 누웠다.

밤은 깊었다. 초어스름에 시작한 비가 점점 큰비로 변하여 낙수 떨어지는 소리가 요란하고 바람까지 일어 풍경 소리가 미친 듯하고 문이 흔들리며 가끔가다가 무서운 우렛소리와 함께 줄번개가 재우친다. 감사는 가만히 고개를 들어 무엇을 생각하는 듯 듣는 듯하더니 방자를 불러, 옥에 가서 동학선생의 동정을 보고 오라 한다.

방자가 나간 후에 감사는 일어나 서안을 대하여 앉았다. 그는 생각하였다.

그렇게 다리가 부러지고도 오늘도 태연히 앉았을까. 그렇게 피가 많이 나고 뼈가 부서졌으니 아마 벌써 옥중에서 죽었을는지도 모를 것이다. 만일 아직도 살아 있다 하면 그는 사람이 아니요 신이다. 그렇다 하면 내가 다시 그의 몸에 손을 대지 아니할 것이니 나는 내일로 곧 장계를 올려 벼슬을 버리고 서울로 가리라.

이러한 생각을 할 때에 눈앞에 선생의 모양이 선히 나타난다. 부러진 다리에서 피가 철철 흐르면서도 태연한 태도로,

"나는 무극대도를 천하에 펴, 창생을 건지려 함이니……" 하던 모양이 보일 때에 감사는 무서움을 못 이기어 소리를 질렀다.

이윽고 마루에서 "형리 아뢰오!" 한다.

"이리 들어오너라!" 하여 형리를 불러들여

"그래 동학선생이 살았느냐."
형리는 정신을 진정치 못하는 듯한 목소리로
"네, 동학선생이 살았습니다. 상사도의 분부를 듣자옵고 옥에 갔사옵더니 동학선생이 촛불을 밝히고 단정히 앉아서 가만히 벽을 향하고 눈도 깜짝 아니 하고 앉았습니다."
감사는 눈이 둥그레지며
"그래 아까 다리 부러진 동학선생이 아직 죽지 않고 앉았단 말이야?"
형리는 더욱 고개를 숙이며
"네 촛불을 켜놓고 가만히 앉았습니다. 그래 소인이 문을 열고 들어가 다리 상한 것이 과히 아프지나 않으냐고 묻사온즉 동학선생이 고개를 돌려 소인을 물끄러미 보며 손으로 다리를 가르치옵기로 그 다리를 보온즉 분명히 뼈가 꺾어지고 피가 엉기었사옵고 앉은 자리에는 피가 흘러 땅에 얼어붙어서 방석과 같이 되었습니다."

5

삼월 초열흘, 갑자년 삼월 초열흘!
대구 장대에는 사람이 백차일 친 듯이 모였다. 대구 감영 사람들 사방으로서 모여들어 온 동학하는 사람들. 동학선생이 죽는 것을 볼 양으로 아침 일찍부터 모여들었다.

날은 맑았다. 봄 안개가 먼 산을 둘렀으나 해가 퍼지매 그것도 싫어지고 저녁나절에는 바람이 일 것을 예언하는 바람꽃이 파랗게 산을 덮었을 뿐이다. 밤새도록 퍼부은 봄비에 땅은 흠씬 젖고 하루아침에 수없는 풀 움이 뾰족뾰족 나왔고 먼저 나왔던 풀들은 못 알아보게 자랐다. 천지에는 봄기운이 찼다. 종다리조차 벌써 떼를 지어 공중으로 오르락내리락 지저귄다.

장대에 모인 사람들의 짚세기와 메투리에는 검은 흙들이 묻었다. 어떤 사람은 두루마기를 걷어찼다. 먼 곳에서 온 듯한 늙은 도인들은 사람 없는 곳을 택하여 둘씩 셋씩 쭈그리고 앉아서 사람의 눈을 꺼리는 듯이 무슨 이야기들을 한다. 멋모르는 감영 아이들은 공연히 좋아서들 뛰어 돌아다닌다. 그러나 차차 모여드는 사람들의 수효가 늘어갈수록 무엇이라고 말할 수 없는 불안한 기운이 사람들의 얼굴에 나타난다. 어떤 노인은 무엇을 다 아는 듯한 어조로

"흥 자네네들은 동학선생이 죽을 줄 아나? 동학선생이 어떻게 조화가 많은지 매를 맞아서 피가 흐르고 뼈가 부러졌다가도 조금만 있으면 피 난 자국도 없이 아문다데, 그런 조화를 가진 사람이 죽을 줄 아나?"

곁에 섰던 벙글벙글 웃는 청년이 그 노인의 말을 비웃는 듯이

"제아무리 조화가 있어도 그 커단 칼로 모가지를 치는 데야 안 죽을 장사가 있어요? 영감님은 빈대칼로 쳐도 돌아가실걸" 하고 웃는다.

영감님이란 이는 노한 듯이,

"우리 같은 것이야 그렇지마는 옛말 책에는 보면 안 그런가, 임진왜란에 김덕령이도 만고 충신에 김덕령이라고 써 놓아준 뒤에야 목이 베어졌다네. 그러기 전에는 아무리 칼로 찍어도 까딱도 없었다고 아니 했나…… 내 사위가 영문에 다니는데, 내 사위 말이 동학선생은 사람은 아니라고 그러데. 그렇게 몹시 때려도 눈도 깜빡 아니 하고 감사를 똑바로 쳐다보고 앉아 맞는데 감사가 오히려 고개를 돌리더래. 그러나 그뿐인가. 때린 당장에는 피도 나지마는 그 자리에서 나오기만 하면 글쎄 감쪽같이 된다네그려."

"그럼 영감님도 동학장이가 되셨구려" 하는 다른 젊은 사람이 웃으며 묻는다.

"아니, 내야 늙은것이 동학은 무엇 하며 천주학은 무엇 하겠나마는 동학선생이 사람인 적 그러란 말이야, 그러니까 오늘도 아무리 목을 찍어도 안 죽으리란 말이야."

"그런데" 하고 촌에서 들어온 듯한 어떤 중늙은이가 곁에서 이 이야기를 듣다가 노인을 보고, "그러면 그 동학선생이라는 사람이 무슨 못된 짓을 했나요? 왜 그렇게 조화 있는 사람을 내다 죽이랴나요?" 한다.

노인은 더욱 신이 나서,

"하, 당신이 모르는구려, 동학선생이 제자가 여러 십만 명이래요. 지금 대구 감영에도 그 제자가 여러 만 명 와 있지요. 그러니까 역적질이나 할까 보아서 그러지오. 그래 감사가 동학선생더러 너 나가서 제자들을 다 혀치고 이홀랑 다시 제자도 모으지 말고 조화도 부리지 말라고, 그러면 나라에서도 너를 살려주시려고 하신다고 그리고 달랬지요" 하며 노인은 자기의 모든 것을 잘 아는 것을 자랑하는 듯이 빙그레 웃는다. 이러한 이야기를 하는 동안에 사람들은 점점 이 노인 곁으로 모여든다. 노인은 더욱 신이 나서,

"그런데 여간한 사람 같으면 매 맞기가 무서워서라도 네 그리 하오리다 하고 항복할 것 아니야. 그런데 이 사람은 없지, 없어, 조금도 굴하는 빛이 없단 말이야. 그리고는 꼿꼿이, 나는 오만 년 대도를 펴노라고 나라를 바로잡고 백성을 건지는 사람이노라고 조금도 굴하는 빛이 없단 말이에요. 그래 내 사위도, 내 사위가 영문에 다니는데, 내 사위도 영문에서 나오면 동학선생은 참 첨 보는 사람이라고, 암만해도 범상한 사람은 아니라고 그러지오. 그리구……" 하고 노인이 무슨 말을 더 하려 할 때에 어디서 "동학선생 온다" 하는 소리가 들리며 수없는 사람들이 고개가 일제 저쪽으로 향한다. 그 노인도 말을 끊고 그리로 향하였다.

벙거지에 전복 입은 군졸들이 벽제[8] 소리를 치며 사람을 헤치고 장대로 들어오더니 뒤를 이어 어떤 중키나 되는 사람 하나가 목에 큰칼을 쓰고 잔뜩 뒷짐결박을 지고 나졸 네 명에게 끌리어 들어와 넓은 마당 한복판에 놓인 등상 위에 걸터앉고, 얼마 있다가 다시 벽제 소리가 나며 감사가 영장과 모든 아전들을 거느리고 마당에 들어와 동학선생 앉은 데서 북으로 이십 보쯤 하여 쳐놓은 차일 속으로 들어간다.

사람들은 아무 소리도 없이 등상 위에 걸터앉은 큰칼 쓴 사람과

차일 밑에 드나드는 사람들의 모양만 보고 있다.

  해는 낮이 되었다. 나졸들의 벙거지에 붙인 주석 장식이 번쩍번쩍한다. 이윽고 난데없는 바람이 획 지나가며 감사의 앉은 차일이 펄렁펄렁할 때에 몇천 명인지 모를 사람들의 몸에는 오싹 소름이 끼쳤다.

  차일 밑에서 어떤 아전이 쑥 나오더니 등상에 걸터앉은 선생 뒤 서너 보가량에 큰 목패 하나가 서고 거기는 큰 글자로 '동학선생 최제우'라고 썼다.

  아전 둘이 감사의 차일 밑에서 뛰어나오더니 나졸을 시켜 선생의 목에 씌운 칼을 벗긴다. 칼이 벗겨지자 선생이 가만히 고개를 들어 이윽히 하늘을 바라보더니 다시 고개를 숙인다. 그러하는 동안에 뒷짐 지웠던 것도 끌러서 두 팔을 무릎 위에 늘이고 몸의 자세가 발라진다. 이렇게 선생의 칼을 벗기고 뒷짐을 끄르는 나졸들이나 그것을 시키는 아전들이나 모두 무슨 무서운 일을 하는 듯이 조심조심히 하며 이따금 선생의 얼굴을 힐끗힐끗 볼 뿐이요 피차에 아무 말도 없다. 선생은 무엇으로 만들어놓은 사람 모양으로 사람들이 자기 몸을 어떻게 하는 대로 그대로 가만히 있다. 오직 그의 눈만이 어딘지 모르는 먼 곳을 바라는 듯하다. 입은 바싹 다물었다. 얼굴은 오랫동안 옥중의 고초와 다량의 출혈로 하얗게 되었다. 오직 그의 가늘지 아니한 검은 상투 끝만이 그가 아직 늙지 아니한 건장한 사람인 것을 보인다. 흐트러진 머리카락이 하얀 이마에 늘어진 것이 극히 처량하게 보인다. 부러진 왼다리 바짓가랑이에 무슨 피가 먼 곳에서도 분명히 보인다.

감사의 차일 밑에서 또 어떠한 아전이 뛰어나오더니 무어라고 길게 외친다. 수없는 사람의 무리는 그 외치는 소리 편으로 고개를 돌렸다. 감사의 차일 곁에서 어떤 웃통 벌거벗은 시커먼 사람이 상투 바람으로 작두날을 반달 모양으로 휘어놓은 듯한 커다란 칼을 어깨에 둘러메고 껑충껑충 뛰어서 선생의 앞을 지나 선생 뒤 나무패 밑에 가서 칼을 짚고 선다. 사람들은 그 시커먼 사람이 메고 뛰는 칼날이 번쩍번쩍하는 양을 볼 때에 모두 한 걸음씩 뒤로 물러섰다. 아까 이야기하던 노인은 눈을 가리고 돌아섰다. 사람들 속에서 어디선지 모르게 소리를 내어 우는 소리가 난다. 사람들의 눈은 그 우는 소리로 향하였으나 어디서 우는지 몰랐다.

  또 한 번 바람결이 휙 지나가며 선생의 이마에 늘어진 머리카락이 나부낀다. 웃통 벗고 큰 칼 든 사람은 추운 듯이 몸을 흔들며 칼을 한 번 들었다 놓는다. 선생은 한 번 더 고개를 들어 하늘을 우러러보고 먼 산을 둘러보고 에워싼 수없는 사람들을 둘러보고 마침내 곁에 선 나졸들과 아전들을 둘러보더니 몸을 조금 움직여 자세를 바르게 하고 처음과 같이 고개를 정면으로 향하고는 그린 듯이 앉았다. 모여선 사람들 중에서 또 울음소리와 "선생님, 선생님!" 하는 소리가 난다. 선생은 그 소리 나는 데로 고개를 돌릴 듯하더니 도로 가만히 앉았다.

  감사의 차일 밑에서 감사와 영장과 기타 이십 명이나 되는 사람들이 나오더니 감사를 가운데 세우고 그 좌우로 읍하고 둘러선다. 감사가 그중에 한 사람을 불러 무어라고 몇 마디 말을 하더니 그 사람이 빠른 걸음으로 선생의 앞에 와서 글을 낭독하는 듯하

는 어조로,

"죄인 동학괴수 최○○ 듣거라. 네 요망한 소리로 사문을 어지럽히고 도당을 모아 인심을 요란하게 하니 네 죄 만 번 죽어 마땅하거니와 이제 금상 전하의 백성을 사랑하시는 깊은 은덕으로 한 번 더 개과천선할 길을 주노니 이제라도 네 도당을 다 흩어 양민이 되게 하고 다시 혹세무민하는 언행을 아니 하기를 맹세하면 네 목숨을 살려주신다고 상사도께서 분부하압신다!" 하고 소리를 높여 다 자를 길게 외친다. 선생은 말이 없다. 아전은 대답을 기다리는 것이 이윽히 선생의 얼굴을 바라보고 섰더니 그 입이 열릴 듯하지 아니함을 보고,

"만일 이러한 은덕을 받지 아니하면 저 칼로 네 목을 베어 만민에게 보인답신다" 하고 또 잠깐 대답을 기다리는 듯이 선생의 얼굴을 바라보더니 입이 열릴 것 같지 아니함을 보고 아까 올 때와 같이 빠른 걸음으로 감사의 앞에 돌아가서 고개를 숙이고 읍하고 무어라고 아뢴다. 감사는 잠깐 눈살을 찌푸리더니 오른팔을 들어 무슨 군호를 한다. 그 아전이 감사의 군호를 받아 무어라고 길게 외치니 선생 곁에 있던 십여 명 나졸이 일제히 고개를 숙이며 "예— 이—" 하고 소리를 합하여 외친다. 그중에 나졸 하나가 백지 한 조각과 냉수 한 사발을 들고 와 백지를 선생의 얼굴에 대고 입에 냉수를 물어 뿜으려 할 적에 선생은 손을 들었다.

선생의 마지막 청을 들어 나졸이 냉수 한 그릇을 새로 퍼 왔다. 선생은 등상에서 일어나 흙 위에 백지 한 장을 깔고 그 위에 냉수 그릇을 놓고 가만히 흙 위에 꿇어앉더니 눈을 감고 손을 읍하고

한참이나 무엇을 생각하는 듯이 있다. 돌아선 사람들 중에도 선생 모양으로 꿇어앉는 이가 여기저기 보이며 어디선지 모르게 떨리는 목소리로

"시천주 조화정, 영세불망 만사지."

하는 소리가 울려온다.

선생은 일어나 한 번 더 사람들을 휘둘러보고 등상에 앉는다.

칼 든 자 칼을 둘러메고 뚜벅 세 걸음을 걸어 나와 선생의 왼편에 서더니 "웨—이—" 하는 소리에 칼을 번쩍 머리 위에 높이 든다. 햇빛이 칼날에 비치어 흰 무지개가 선다.

"선생님! 선생님!" 하는 통곡성이 사면에서 일어난다.

무명 無明

 입감한 지 사흘째 되던 날, 나는 병감¹으로 보냄이 되었다. 병감이래야 따로 떨어진 건물이 아니고, 감방 한편 끝에 있는 방들이었다. 내가 들어간 곳은 일방이라는 방으로, 서쪽 맨 끝 방이었다. 나를 데리고 온 간수가 문을 잠그고 간 뒤에 얼굴 희고 눈 맑웃맑웃한 간병부가 나더러

 "앉으시거나 누우시거나 자유에요. 가만가만히 말씀도 해도 괜찮아요. 말소리가 크면 간수한테 걱정 들어요."
하고 이르고는 내 번호를 따라서 자리를 정해주고 가버렸다. 나는 간병부에게 고개를 숙여 고맙다는 뜻을 표하고 나보다 먼저 들어와 있는 두 사람을 향하여 고개를 숙여서 인사를 하였다.

 이때에 바로 내 곁에 있는 사람이 옛날 조선식으로 내 팔목을 잡으며

 "아이고 진상이시오. 나 윤○○이에요."

하고 곁방에까지 들릴 만한 큰 소리로 외쳤다.

 나도 그를 알아보았다. 그는 C경찰서 유치장에서 십여 일이나 나와 함께 있다가 나보다 먼저 송국²된 사람이다. 그는 빼빼 마르고 목소리만 크고 말끝마다 ○대가리라는 말을 쓰기 때문에 같은 방 사람들에게 ○대가리라는 별명을 듣고 놀림감이 되던 사람이다. 나는 이러한 기억이 날 때에 터지려는 웃음을 억제하기가 매우 어려웠다. 윤씨는 옛날 조선 선비들이 가지던 자세와 태도로 대단히 점잖게, 내가 입감된 것을 걱정하고 또, 곁에 있는 '민'이라는 껍질과 뼈만 남은 노인에게 여러 가지 칭찬하는 말로 나를 소개하고 난 뒤에 퍼렁 미결수 옷 앞자락을 벌려서 배와 다리를 온통 내놓고 손가락으로 발등과 정강이도 찔러보고 두 손으로 뱃가죽도 잡아당겨보면서,

 "이거 보세요. 이렇게 전신이 부었어요. 근일에 좀 내린 것이 이 꼴이오. 일동 팔방에 있을 때에는 이보다도 더했는디."

 전라도 사투리로 제 병 증세를 기다랗게 설명하였다. 그는 마치 자기가 의사보다 더 잘 자기의 병 증세를 아는 것같이. 그리고 의사는 도저히 자기의 병을 모르므로 자기는 죽어 나갈 수밖에 없노라고, 자탄하였다. 윤씨 자신의 진단과 처방에 의하건대, 몸이 부은 것은 죽을 먹기 때문이요, 열이 나고 기침이 나고 설사가 나는 것은 원통한 죄명을 쓰기 때문에 일어나는 화기라고 단언하고, 이 병을 고치자면 옥에서 나가서 고기와 술을 잘 먹는 수밖에 없다고 중언부언한 뒤에 자기를 죽이는 것은 그의 공범들과 의사 때문이라고 눈을 흘기며 소리를 질렀다.

윤씨의 죄라는 것은 현 모(玄某), 임 모(林某) 하는 자들이 공모하고 김 모(金某)의 토지를 김 모 모르게 어떤 대금업자에게 저당하고 삼만여 원의 돈을 얻어 쓴 것이라는데, 윤은 이 공문서, 사문서 위조에 쓰는 도장을 파준 것이라고 한다. 그는,

"현가 놈은 내가 모르고 임가 놈으로 말하면 나와 절친한 친고닝게, 우리는 친고 위해서는 사생을 가리지 않는 성품이닝게, 정말 우리는 친고 위해서는 목숨을 아니 애끼는 사람이닝게, 도장을 파주었지라오. 그래야 진상도 아시다시피 내가 돈을 한 푼이나 먹었능기오? 현가 놈 임가 놈 저의들끼리 수만 원 돈을 다 처먹고, 윤○○이 무슨 죄란 말이야?"

하고 뽐내었다.

그러나 윤의 이 말은 내게 하는 말이 아니요, 여태까지 한방에 있던 '민'더러 들으라는 말인 줄 나는 알았다. 왜 그런가 하면 경찰서 유치장에 있을 때에도 첫날은 지금 이 말과 같이 뽐내더니마는 형사실에 들어가서 두어 시간 겪을 것을 겪고 두 어깨가 축 늘어져서 나오던 날 저녁에 그는 이 일이 성사되는 날에는 육천 원 보수를 받기로 언약이 있었던 것이며, 정작 성사된 뒤에는 현가와 임가는 윤이 새긴 도장은 잘되지를 아니하여서 쓰질 못하고, 서울서 다시 도장을 새겨서 썼노라고 하며 돈 삼십 원을 주고 하룻밤 술을 먹이고 창기집에 재워주고 하였다는 말을, 이를 갈면서 고백하였다. 생각건대는 병감에 같이 있는 민씨에게는 자기가 무죄하다는 말밖에 아니 하였던 것이 불의에 내가 들어오매 그 뒷수습을 하느라고 예방선으로 이런 소리를 하는 것이라고 나

는 생각하고 또 한 번 웃음을 억제하였다.

껍질과 뼈만 남은 민씨는 밤낮 되풀이하던 소리라는 듯이 윤이 열심히 떠드는 말을 일부러 안 듣는 양을 보이며 해골과 같은 제 손가락을 들여다보고 앉았다가 끙 하고 일어나서 똥통으로 올라간다.

"또, 똥질이야."

하고 윤은 소리를 꽥 지른다.

"저는 누구만 못한가?"

하고 민은 끙끙 안간힘을 쓴다.

똥통은 바로 민의 머리맡에 놓여 있는데 볼 때마다 칠 아니 한 관을 연상케 하였다. 그 위에 해골이 다 된 민이 올라앉아서 끙끙대는 것이 퍽이나 비참하게 보였다. 윤은 그 가늘고 날카로운 눈으로 민의 앙상한 목덜미를 흘겨보며,

"진상요. 글쎄 저것이 타작을 한 팔십 석이나 받는다는디, 또 장남 한 자식이 있다는디, 또 열아홉 살 된 여편네가 있다나요. 그런데두 저렇게 제 애비, 제 서방이 다 죽게 되어두, 어리친³ 강아지새끼 하나 면회도 아니 온단 말씀이지라오. 옷 한 가지, 벤또 한 그릇 차입하는 일도 없고. 나는 집이나 멀지. 인제 보아. 내가 편지를 했으닝게, 그래도 내 당숙이 돈 삼십 원 하나는 보내줄 게요. 내 당숙이 면장이오. 그런디 저것은 집이 시흥이라는디 그래, 계집년 자식새끼 얼씬도 안 해야 옳남? 흥, 그래도 성이 민가라고 양반 자랑은 허지. 민가문 다 양반이어? 서방도 모르고 애비도 모르는 것이 무슨 빌어먹다 죽을 양반이어?"

무명 169

윤이 이런 악담을 하여도 민은 들은 체 못 들은 체. 인제는 끙끙 소리도 아니 하고 멀거니 앉아 있는 것이 마치 똥통에서 내려오는 것을 잊어버린 것 같았다.

 민의 대답 없는 것이 더 화가 나는 듯이 윤은 벌떡 일어나더니 똥통 곁으로 가서 손가락으로 민의 옆구리를 꾹 찌르며,

 "글쎄 내가 무어랬어? 요대로 있다가는 죽고 만다닝게. 먹은 게 있어야 똥이 나오지. 그까진 쌀뜨물 같은 미음 한 모금씩 얻어먹는 것이 오줌이나 될 것이 있어? 어서 내 말대로 집에다 기별을 해서 돈을 갖다가 우유도 사먹고 닭알도 사먹고 그래요. 돈은 다 두었다가 무엇 하자닝 게여? 애비가 죽어가도 면회도 아니 오는 자식 녀석에게 물려줄 양으로? 흥, 흥. 옳지, 열아홉 살 먹은 기집이 젊은 서방 얻어서 재미있게 살라고?"
하고 민의 비위를 박박 긁는다.

 민도 더 참을 수 없던지,

 "글쎄, 웬 걱정이야? 나는 자네 악담과 그 독살스러운 눈깔 딱지만 안 보게 되었으면 좀 살겠네. 말을 해도 헐 말이 다 있지. 남의 아내를 왜 거들어? 그러니까 시굴 상것이란 헐 수 없단 말이지."

 이런 말을 하면서도 민은 그렇게 성낸 모양조차 보이지 아니한다. 그 옴팍눈이 독기를 띠면서도 또한 침착한 천품을 보이는 것이었다.

 그 후에도 날마다 몇 차례씩 윤은 민에게 같은 소리로 그를 박박 긁었다. 민은 그 소리가 듣기 싫으면 눈을 감고 자는 체를 하

거나 그렇지 아니하면 유리창으로 내다보이는 여름 하늘의 구름이 나는 것을 언제까지나 바라보고 있었다. 이렇게 민이 침착하면 침착할수록 윤은 더욱 기를 내어서 악담을 퍼부었다. 그리고 그 끝에는 반드시 열아홉 살 된 민의 아내를 거들었다. 이것이 윤이 민의 기를 올리려 하는 최후 수단이었으니 민은 아내의 말만 나면 양미간을 찡기며 한두 마디 불쾌한 소리를 던졌다.

 윤이 아무리 민을 긁어도 민이 못 들은 체하고 도무지 반항이 없으면 윤은 나를 향하여 민의 험구를 하는 것이 버릇이었다. 도무지 민이 의사가 이르는 말을 아니 듣는다는 말, 먹으라는 약도 아니 먹는다는 둥, 천하에 깍쟁이라는 둥, 민의 코끝이 빨간 것이 죽을 때가 가까워서 회가 동하는 것이라는 둥, 민의 아내에게는 벌써 어떤 젊은 놈팡이가 붙었으리라는 둥, 한량없이 이런 소리를 하였다. 그러다가 제가 졸리거나 밥이 들어오거나 해야 말을 끊었다. 마치 윤은 먹고, 민을 못 견디게 굴고, 똥질하고, 자고, 이 네 가지만을 위해서 살아가는 사람인 것 같았다. 또 한 가지 있다면 그것은 자기의 병 타령과 공범에 대한 원망이었다. 어찌했으나 윤의 입은 잠시도 다물고 있을 새는 없었고, 쨍쨍하는 그 목소리는 가끔 간수의 꾸지람을 받으면서도 간수가 돌아선 뒤에는 곧, 그 쨍쨍거리는 목소리로 간수에게 또 욕설을 퍼부었다.

 나는 윤 때문에 도무지 맘이 편안하기가 어려웠다. 윤의 말은 마디마디 이상하게 사람의 신경을 자극하였다. 민에게 하는 악담이라든지, 밥을 대할 때에 나오는 형무소에 대한 악담, 의사, 간병부, 간수, 자기 공범, 무릇 그의 입에 오르는 사람은 모조리 악담을 받는데 말들이 칼끝같이 바늘끝같이 나의 약한 신경을 찔렀다. 내가 가장 원하는 것은 마음에 아무 생각도 없이 가만히 누워 있는 것인데, 윤은 내게 이러한 기회를 허락지 아니하였다. 그가 재재거리는 말이 끝이 나서 '인제 살아났다' 하고 눈을 좀 감으면 윤은 코를 골기 시작하였다. 그는 두 다리를 벌리고 배를 내놓고 베개를 목에다 걸고 눈을 반쯤 뜨고 그러고는 코로 골고, 입으로 불고, 이따금 껵껵 숨이 막히는 소리를 하고 그렇지 아니하면 백일해 기침과 같은 기침을 하고 차라리 그 잔소리를 듣는 것이 나은 것 같았다. 그럴 때면 흔히 민이,

"어떻게 생긴 자식인지 깨어서도 사람을 못 견디게 굴고 잠이 들어서도 사람을 못 견디게 굴어."
하고 중얼거릴 때에는 나도 픽 웃지 아니할 수가 없었다.

"저 배 가려. 십오 호, 저 배 가려. 사타구니 가리고. 웬 낮잠을 저렇게 자? 낮잠을 저렇게 자니까 밤에는 똥통만 타고 앉아서 다른 사람을 못 견디게 굴지."
하고 순회하는 간수가 소리를 지르면 윤은,

"자기는 누가 자거디오?"
하고 배와 사타구니를 쓸며,

"이렇게 화기가 떠서, 열기가 떠서, 더워서 그래오!"
그러고는 옷자락을 잠깐 여미었다가 간수가 가버리면 윤은 간수 섰던 자리를 그 독한 눈으로 흘겨보며,

"왜 나를 그렇게 못 먹어 해?"
하고는 다시 옷자락을 열어젖힌다.

민이 의분심에 못 이기는 듯이,

"왜, 간수 말이 옳지. 배때기를 내놓고 자빠져 자니까 밤, 낮 똥질을 하지. 자네 비위에는 옳은 말도 다 악담으로 들리나 봐. 또 그게 무에야, 밤, 낮 사타구니를 내놓고 자빠졌으니?"

그래도 윤은 내게 대해서는 끔찍이 친절하였다. 내가 몸을 움직이지 못하는 병인 것을 안다고 하여서, 그는 내가 할 일을 많이 대신 해주었다.

"무슨 일이 있으면 내게 말씀하시란게요. 왜 일어나시능기오?"
하고, 내가 움직일 때에는 번번이 나를 아끼는 말을 하여주었다. 내가 사식 차입이 들어오기 전 윤은 제가 먹는 죽과 내 밥을 바꾸어 먹기를 주장하였다. 그는

"글쎄 이 좁쌀 절반 콩 절반, 이것을 진상이 잡수신다는 것이 말이 되능기오?"
하고 굳이 내 밥을 빼앗고, 제 죽을 내 앞에 밀어놓았다. 나는 그 뜻이 고마웠으나 첫째로는 법을 어기는 것이 내 뜻에 맞지 아니하고 둘째로는 의사가 죽을 먹으라고 명령한 환자에게 밥을 먹이는 것이 죄스러워서 끝내 사양하였다. 윤과 내가 이렇게 서로 다투는 것을 보고 민은 미음 양재기를 앞에 놓고, 입맛이 없어서 입에 댈 생각도 아니 하면서,

"글쎄 이 사람아. 그 쥐똥 냄새 나는 멀건 죽 국물이 무엇이 그리 좋은 게라고 진상에게 권하나? 진상, 어서 그 진지를 잡수시오. 그래도 콩밥 한 덩이가 죽보다는 낫지요."
하면 윤은 민을 흘겨보며,

"어서 저 먹을 거나 처먹어. 그래두 먹어야 사는 게여."
하고 억지로 내 조밥을 빼앗아 먹기를 시작한다.

나는 양심에 법을 어긴다는 가책을 받으면서도 윤의 정성을 물리치는 것이 미안해서 죽 국물을 한 모금만 마시고는 속이 불편하다는 핑계로 자리에 와 누워버린다.

윤은 내 밥과 제 죽을 다 먹어버리는 모양이다. 민도 미음을 두어 모금 마시고는 자리에 돌아와 눕건마는 윤은 밥덩이를 들고 창 밑에 서서 연해 간수가 오는가 아니 오는가를 바라보면서 입소리 요란하게 밥과 국을 먹고 있다.

민은 입맛을 쩍쩍 다시며,

"그저 좋은 배갈에 육회를 한 그릇 먹었으면 살 것 같은데."
하고 잠깐 쉬었다가, 또, 한 번,

"좋은 배갈을 한잔 먹었으면 요 속에 맺힌 것이 획 풀려버릴 것 같은데."
하고 중얼거린다.

밥과 죽을 다 먹고 나서 물을 벌꺽벌꺽 들이켜던 윤은,

"흥 게다가 또, 육회여? 멀건 미음두 안 내리는 배때기에 육회를 먹어? 금방 뒤어지게. 그렇지 않아도 코끝이 빨간데. 벌써 회가 동했어. 그렇게 되구 안 죽는 법이 있나?"
하며 밥그릇을 부시고 있다. 콧물이 흐르면 윤은 손등으로도 씻지 아니하고 세 손가락을 모아서 마치 버러지나 떼어버리는 것같이 콧물을 집어서 아무 데나 획 뿌리고는 그 손으로 밥그릇을 부신다. 그러다가 기침이 나기 시작하면 고개를 돌리려 하지도 아

니하고 개수통에, 밥그릇에, 더 가까이 고개를 숙여가며 기침을 한다. 그래도 우리 세 사람 중에는 자기가 그중 몸이 성하다고 해서 밥을 받아들이는 것이나 밥그릇을 부시는 것이나 밥 먹은 자리에 걸레질을 하는 것이나 다 제가 맡아서 하였고, 또 자기는 이러한 일에 대해서 썩 잘하는 줄로 믿고 있는 모양이었다. 더구나 아침이 끝나고 '벵끼 준비' 하는 구령이 나서 똥통을 들어낼 때면 사실상 우리 셋 중에는 윤밖에 그 일을 할 사람이 없었다. 그는 끙끙거리고 똥통을 들어낼 때마다 민을 원망하였다. 민이 밤낮 똥질을 하기 때문에 이렇게 똥통이 무겁다는 불평이었다. 그러면 민은,

"글쎄 이 사람아 내가, 하루에 미음 한 공기도 다 못 먹는 사람이 오줌똥을 누기로 얼마나 누겠나? 자네야말로 죽두 두 그릇 국두 두 그릇 냉수두 두 주전자씩이나 처먹고는 밤새두룩 똥통을 타고 앉아서, 남 잠두 못 자게 하지."

하는 민의 말은 내가 보기에도 옳았다. 더구나 내게 사식 차입이 들어온 뒤로부터는 윤은 번번이 내가 먹다가 남긴 밥과 반찬을 다 먹어버리기 때문에 그의 소화불량은 더욱 심하게 되었다. 과식을 하기 때문에 조갈증이 나서 수없이 물을 퍼먹고 그러고는 하루에 많은 날은 스무 차례나 똥질을 하였다. 그러면서도 자기 말은,

"똥이 나와주어야지. 꼬창이루 파내기나 하면 나올까? 허기야 먹는 것이 있어야 똥이 나오지."

이렇게 하루에도 몇 차례씩 혹은 민을 보고 혹은 나를 보고 자

탄하였다.

 윤의 병은 점점 악화하였다. 그것은 확실히 과식하는 것이 한 원인이 되는 것이 분명하였다. 나는 내가 사식 차입을 먹기 때문에 윤의 병이 더해가는 것을 퍽 괴롭게 생각하여서 이제부터는 내가 먹고 남은 것을 윤에게 주지 아니하리라고 결심하고 나 먹을 것을 다 먹고 나서는 윤의 손이 오기 전에 벤또 그릇을 창틀 위에 갖다 놓았다. 그리고 나는 부드러운 말로 윤을 향하여,

 "그렇게 잡수시다가는 큰일 나십니다. 내가 어저께는 세어보니까 스물네 번이나 설사를 하십디다. 또 그 위에 열이 오르는 것도 너무 잡수시기 때문인가 하는데요."
하고 간절히 말하였으나 그는 듣지 아니하고 창틀에 놓은 벤또를 집어다가 먹었다.

 나는 중대한 결심을 하지 아니할 수 없었다. 그것은 내가 사식을 끊어버리는 것이었다. 그래서 나는 저녁 한때만 사식을 먹고 아침과 점심은 관식을 먹기로 하였다. 나는 아무쪼록 영양분을 섭취하지 아니하면 아니 될 병자이기 때문에 이것은 적지 아니한 고통이었으나 나로 해서 곁에 사람이 법을 범하고, 병이 더치게 하는 것은 차마 못 할 일이었다. 민도 내가 사식을 끊은 까닭을 알고 두어 번 윤의 주책없음을 책망하였으나 윤은 오히려 내가 사식을 끊은 것이 저를 미워하여서나 하는 것같이 나를 원망하였다. 더구나 윤의 아들에게서 현금 삼 원 차입이 와서 우유며 사식을 사먹게 되고 지리가미[4]도 사서 쓰게 된 뒤로부터는 내게 대한 태도가 심히 냉랭하게 되었다. 예전에는 내가 충고하는 말이면

"선생님 말씀이 옳아요" 하고 순순히 듣던 것이 이제는 나를 향해서도 눈을 흘기게 되었다.

윤은 아들이 보낸 삼 원 중에서 수건과 비누와 지리가미를 샀다.

"붓빙 고오뀨(물건 사라)."

하는 날은 한 주일에 한 번밖에 없었고 물건을 주문한 후에 그 물건이 올 때까지는 한 주일 내지 십여 일이 걸렸다. 윤은 자기가 주문한 물건이 오는 것이 늦다고 날마다 하루에도 몇 차례씩 형무소 당국의 태만함을 책망하였다. 그러다가 물건이 들어온 날 윤은 수건과 비누와 지리가미를 받아서 이리 뒤적 저리 뒤적 하면서,

"글쎄 이걸 수건이라고 가져와? 망할 자식들 같으니. 걸레감도 못 되는걸. 비누는 또 이게 다 무엇여, 워디 향내 하나 나나?"

하고 큰 소리로 불평을 하였다.

민이, 아니꼬워 못 견디는 듯이 입맛을 몇 번 다시더니,

"글쎄, 이 사람아. 자네네 집에서 언제 그런 수건과 비누를 써 보았단 말인가? 그 돈 삼 원 가지고 밥술이나 사먹을 게지, 비누 수건은 왜 사? 자네나 내나 그 상판대기에 비누는 발라서 무엇 하자는 게구, 또 여기서 주는 수건이면 고만이지 타올수건은 해서 무어 하자는 게야? 자네가 고따위로 소견머리 없이 살림을 하니깐 평생에 가난 껍질을 못 벗어놓지."

이렇게 책망하였다.

윤은 그날부터 세수할 때에만은 제 비누를 썼다. 그러나 수건을

빨 때라든지 발을 씻을 때에는 웬일인지 여전히 내 비누를 쓰고 있었다.

윤은 수건 거는 줄에 제 타올수건이 걸리고 비누와 잇솔과 치마분[5]이 있고 이불 밑에 지리가미가 있고 조석으로 차입 밥과 우유가 들어오는 동안 심히 호기가 있었다. 그는 부채도 하나 샀다. 그 부채가 내 부채 모양으로 합죽선이 아닌 것을 하루에도 몇 번씩 원망하였으나 그는 허리를 쭉 뻗고 고개를 젖히고 부채를 딱딱거리며 도사리고 앉아서 그가 좋아하는 양반 상놈 타령이며 공범 원망이며 형무소 공격이며 민에 대한 책망이며, 이런 것을 가장 점잖게 하였다.

윤은 이 삼 원어치 차입 때문에 자기의 지위가 대단히 높아지는 것을 느끼는 모양이었다. 간수를 보고도 이제는 겁낼 필요가 없이, '나도 차입을 먹노라'고 호기를 부렸다.

윤이 차입을 먹게 되매 나도 십여 일 끊었던 사식 차입을 받게 되었다. 윤과 나와 두 사람만은 노긋노긋한 흰 밥에 생선이며 고기를 먹으면서 민 혼자만이 멀건 미음 국물을 마시고 앉아 있는 것이 차마 볼 수 없었다. 민은 미음 국물을 앞에 받아놓고는 연해 나와 내 밥그릇을 바라보는 것 같고 또 춤을 껄떡껄떡 삼키는 모양이 보였다. 노긋노긋한 흰 밥. 이것이 이 세상에서 가장 귀하고 고마운 것인 줄은 감옥에 들어와본 사람이라야 알 것이다. 밥의 하얀빛 그 향기. 젓갈로 집고 입에 넣어 씹을 때에 그 촉각. 그 맛. 이것은 천지간에 있는 모든 물건 가운데 가장 귀한 것이라고 느끼지 아니할 수 없었다. 쌀밥, 이러한 말까지도 신기한 거룩한 음향을 가진 것같이 느껴졌다. 이렇게 밥의 고마움을 느낄 때에 합장하고 하늘을 우러러 '모든 중생으로 하여금 밥의 즐거움을 골고루 받게 하소서.'

하고 빌지 아니할 사람이 있을까? 이때에 나는 형무소의 법도 잊어버리고 민의 병도 잊어버리고 지리가미에 한 숟갈쯤 되는 밥덩어리를 덜어서,

"꼭꼭 씹어 잡수세요."

하고 민에게 주었다. 민은 그것을 받아서 입에 넣었다. 그의 몸에는 경련이 일어나는 것 같고 그의 눈에는 눈물이 글썽글썽하는 것 같음은 내 마음 탓일까?

민은 종이에 붙은 밥 알갱이를 하나 안 남기고 다 뜯어서 먹고,

"참 꿀같이 달게 먹었습니다. 어쩌면 그렇게도 맛이 있을까? 지금 죽어도 한이 없을 것 같습니다."

하고 더 먹고 싶어 하는 모양 같으나 나는 더 주지 아니하고 그릇에 밥을 좀 편겨서 내놓았다. 윤은 제 것을 다 먹고 나서 내가 편긴 것까지 마저 휘몰아 넣었다.

윤의 삼 원어치 차입은 일주일이 못 돼서 끊어지고 말았다. 윤의 당숙 되는 면장에게서 오리라고 윤이 장담하던 삼십 원은 오지 아니하였다. 윤이 노해 말하기를, 자기가 옥에서 죽으면 자기 당숙이 아니 올 수 없고, 오면 자기의 장례를 아니 지낼 수 없으니, 그러면 적어도 삼십 원은 들 것이라, 죽은 뒤에 삼십 원을 쓰는 것보다 살아서 삼십 원을 보내어 먹고 싶은 것을 먹으면 자기가 죽지 아니할 터이니 당숙이 면장의 신분으로 형무소까지 올

필요도 없고, 또 설사 자기가 옥에서 죽더라도 이왕 장례비 삼십 원을 받아먹었으니 친족에게 폐를 끼치지 아니하고 형무소에서 화장을 할 터인즉 지금 삼십 원을 청구하는 것이 부당한 일이 아니라고, 이렇게 면장 당숙에게 편지를 하였으므로 반드시 삼십 원은 오리라는 것이었다.

 나도 윤의 당숙 되는 면장이 윤의 이론을 믿어서 돈 삼십 원을 보내어주기를 진실로 바랐다. 더구나 윤의 사식 차입이 끊어짐으로부터 내가 먹다가 남긴 밥을 윤과 민이 다투게 되매 그러하였다. 내가 민에게 밥 한 숟갈 준 것이 빌미가 됨인지 민은 끼니때마다 밥 한 숟가락을 내게 청하였고, 그럴 때마다 윤은 민에게 욕설을 퍼붓고 심하면 밥그릇을 둘러엎었다. 한번은 윤과 민 사이에 큰 싸움이 일어나서 차마 입에 담지 못할 욕설을 서로 주고받고 하였다. 그때에 마침 간수가 지나가다가 두 사람이 싸우는 소리를 듣고 윤을 나무랐다. 간수가 간 뒤에 윤은 자기가 간수에게 꾸지람을 들은 것이 민 때문이라고 하여 더욱 민을 못 견디게 굴었다. 그 방법은 여전히 며칠 안 있으면 민이 죽으리라는 둥, 열아홉 살 된 민의 아내가 벌써 어떤 젊은 놈하고 붙었으리라는 둥, 민의 아들들은 개 도야지만도 못한 놈들이라는 둥, 이런 악담이었다.

 나는 다시 사식을 중지하여달라고 간수에게 청하였다. 그러나 내가 사식을 중지하는 것으로 두 사람의 감정을 완화할 수는 없었다. 별로 말이 없던 민도 내가 사식을 중지한 뒤로부터는 윤에게 지지 않게 악담을 하였다.

"요놈, 요 좀도적 놈. 그래 백주에 남의 땅을 빼앗아먹겠다고 재판소 도장을 위조를 해? 고 도장 파든 손목장이가 썩어 문드러지지 않을 줄 알구?"

이렇게 민이 윤을 공격하면 윤은,

"남의 집에 불 논 놈은 어떻고? 그 사람이 밉거든 차라리 칼을 가지고 가서 그 사람만 찔러 죽일 게지, 그래 그 집 식구는 다 태워 죽이고 저는 죄를 면하잔 말이지? 너 같은 놈은 자식새끼까지 다 잡아먹어야 해! 네 자식 녀석들이 살아남으면 또 남의 집에 불을 놓겠거든."

이렇게 대꾸를 하였다.

하루는 간수가 우리 방 문을 열어젖히고,

"구십구 호!"

하고 불렀다.

구십구 호를 십오 호로 잘못 들었는지, 윤이 벌떡 일어나며,

"네 내게 편지 왔는기오?"

하였다. 윤은 당숙 면장의 편지를 간절히 기다리는 마음에 구십구 호를 십오 호로 잘못 들은 모양이다.

"네가 구십구 호냐?"

하고 간수는 소리를 질렀다.

정작 구십구 호인 민은 나를 부를 자가 천지에 어디 있으랴 하는 듯이 그 옴팍눈으로 팔월 하늘의 흰 구름을 바라보고 누워 있었다.

"구십구 호 귀먹었니?"

하는 소리와,

"이건 눈 뜨고 꿈을 꾸고 있는 셈인가? 단또상이 부르시는 소리도 못 들어?"

하고 윤이 옆구리를 찌르는 바람에 민은 비로소 누운 대로 고개를 젖혀서 문을 열고 선 간수를 바라보았다.

"구십구 호 네 물건 다 가지고 이리 나와!"

그제야 민은 정신이 드는 듯이 일어나 앉으며,

"우리 집으로 내어보내주세요?"

하고, 그 해골 같은 얼굴에 숨길 수 없는 기쁜 빛이 드러난다.

"어서 나오라면 나와. 나와보면 알지."

"우리 집에서 면회하러 왔어요?"

하고 민의 얼굴에 나타났던 기쁨은 반 이상이나 스러져버린다.

간수 뒤에 있던 키 큰 간병부가,

"전방이에요, 전방. 어서 그 약병이랑 다 들고 나와요."

하는 말에 민은 약병과 수건과 제가 베고 있던 베개를 들고 지척거리고 문을 향하고 나간다. 민은 전방이라는 뜻을 알아들었는지 분명치 아니하였다. 간병부가,

"베개는 두고 나와요. 요 웃방으로 가는 게야요."

하는 말에 비로소 민은 자기가 어디로 끌려가는지 알아차린 모양이어서 힘없이 베개를 내던지고 잠깐 기쁨으로 빛나던 얼굴이 다시 해골같이 되어서 나가버리고 말았다. 다음 방인 이방에 문 열리는 소리가 나고 또 문이 닫히고 쌀깍 하고 쇠 잠기는 소리가 들렸다. 나는 민이 처음 보는 사람들 틈에 어리둥절하여 누울 자리

를 찾는 모양을 눈앞에 그려보았다.

"에익, 고 자식 잘 나간다. 제인장 더러워서 견딜 수가 있나? 목욕이란 한 번도 안 했으닝게. 아침에 세수하고 양추질하는 것 보셨능기오? 어떻게 생긴 자식인지 새 옷을 갈아입으래도 싫다는고만."

하고 일변 민이 내버리고 간 베개를 자기 베개 밑에 넣으며 떠나간 민의 험구를 계속한다.

"민가가 왜 불을 놓았는지 진상 아시능기오? 성이 민가기 때문에 그랬든지. 서울 민○○ 대감네 마름 노릇을 수십 년 했지라오. 진상도 보시는 바와 같이 자식이 저렇게 독종으로, 깍쟁이로 생겼으닝게, 그 밑에 작인들이 배겨나게요? 팔십 석이나 타작을 한다는 것도 작인들의 등을 쳐먹은 게지 무엇잉게오? 그래 작인들이 원망이 생겨서 지주집에 등장을 갔더라나요. 그래서 작년에 마름을 떼웠단 말이오. 그리고 김 무엇인가 한 사람이 마름이 났는데요, 민가 녀석은 제 마름을 뗀 것이 새로 마름이 된 김가 때문이라고 해서 금년 음력 설날에 어디서 만났드라나. 만나서 욕지거리를 하고 한바탕 싸우고, 그리고는 요 뱅충맞은 것이 분해서 그날 밤중에 김가 집에 불을 놨단 말야. 마침 설날 밤이라, 밤이 깊도록 동네 사람들이 놀러 댕기다가 불이야! 소리를 쳐서 얼른 잡았기에 망정이지 하마터면 김가네 집 식구가 죄다 타 죽을 뻔하지 않았능기오?"

하고 방화죄가 어떻게 흉악한 죄인 것을 한바탕 연설을 할 즈음에 간병부가 오는 것을 보고 말을 뚝 끊는다. 그것은 간병부도 방화범인 까닭이었다.

　간병부가 다녀간 뒤에 윤은 계속하여 그 간병부들의 방화한 죄상을 또 한바탕 설명하고 나서,

　"모두 흉악한 놈들이지요. 남의 집에 불을 놓다니! 그런 놈들은 씨알머리도 없이 없애버려야 하는기라오."
하고 심히 세상을 개탄하는 듯이 길게 한숨을 쉰다.

　일방에 윤과 나와 단둘이 있게 되어서부터는 큰소리가 날 필요가 없었다. 밤이면 우리 방에 들어와 자는 간병부가 윤을 윤서방이라고 부른다고 해서 윤이 대단히 불평하였으나 간병부의 감정을 상하는 것이 이롭지 못한 줄을 잘 아는 윤은 간병부와 정면충돌을 하는 일은 별로 없고 다만 낮에 나하고만 있을 때에

　"서울말로는 무슨 서방이라고 부르는 말이 높은 말잉기오? 우리 전라도서는 나이 많은 사람보고 무슨 서방이라고 하면 머슴이나 하인이나 부르는 소리랑기오."
하고 곁눈으로 나를 바라본다. 나는 그가 묻는 뜻을 알았으므로 대답하기가 심히 거북스러워서 잠깐 주저하다가,

　"글쎄 서방님이라고 하는 것만 못하겠지요."
하고 웃었다. 윤은 그제야 자신을 얻은 듯이,

　"그야 우리 전라도에서도 서방님이라고 하면서 대접하는 말이지요. 글쎄 진상도 보시다시피 저 간병부 놈이 언필칭 날더러 윤서방 윤서방, 하니 그래 그놈의 자식은 제 애비나 아재비더러도 무슨 서방 무슨 서방 할 텐가? 나이로 따져도 내가 제 애비뻘은 되렷다. 어 고약한 놈 같으니."

하고 그 앞에 책망받을 사람이 섰기나 한 것처럼 뽐낸다.

 윤씨는 윤서방이라는 말이 대단히 분한 모양이어서 어떤 날 저녁엔 간병부가 들어올 때에도 눈만 흘겨보고 잘 다녀왔느냐 하는, 늘 하던 인사도 아니 하는 적도 있었다. 그러다가 하루 저녁에는 또 '윤서방'이라고 간병부가 부른 것을 기회로 마침내 정면 충돌이 일어나고 말았다. 윤이,

"댁은 나를 무어로 보고 윤서방이라고 부르오?"

하는 정식 항의에 간병부가 뜻밖인 듯이 눈을 크게 뜨고 한참이나 윤을 바라보고 앉았더니, 허허하고 경멸하는 웃음을 웃으면서,

"그럼 댁더러 무어라고 부르라는 말이오? 댁의 직업이 도장장이니 도장장이라고 부르라는 말이오? 죄명이 사기니 사기장이라고 부르라는 말이오? 밤낮 똥질만 하니 윤똥질이라고 부르라는 말이오? 옳지, 윤선생이라고 불러줄까? 왜 되지못하게 이 모양이야? 윤서방이라고 불러주면 고마운 줄이나 알지. 낫살을 먹었으면 몇 살이나 더 먹었길래. 괜시리 그러다가는 윤가 놈이라고 부를걸."

하고 주먹으로 삿대질을 한다.

 윤은 처음에 있던 호기도 다 없어지고 그만 사그라지고 말았다. 간병부는 민영감 모양으로 만만치 않은 것도 있거니와 간병부하고 싸운대도 결국은 약 한 봉지 얻어먹기도 어려운 줄을 깨달은 것이었다.

 이튿날 아침, 진찰도 다 끝나고 난 뒤에 우리 방에 있는 키 큰

간병부는 다음 방에 있는 간병부를 데리고 와서,

"흥 저 양반이, 내가 윤서방이라고 부른다고 아주 대노하셨다나!"

하며 턱으로 윤을 가리키는 것을 보고 키 작은 간병부가

"여보! 윤서방. 어디 고개 좀 이리 돌리오. 그럼 무어라고 부르리까? 윤동지라고 부를까? 윤선달이 어떨꼬? 막 싸구려 판이니 어디 그중에서 맘에 드는 것을 골르시유."

하고 놀려먹는다.

윤은 눈을 깜박깜박하고 도무지 아무 대답이 없었다.

본래 간병부에게 호감을 못 주던 윤은 윤서방 사건이 있은 뒤부터 더욱 미움을 받았다. 심심하면 두 간병부가 와서 여러 가지 별명을 부르면서 윤을 놀려먹었고, 간병부들이 간 뒤에는, 윤은 나를 향하여

"두 놈이 옥 속에서 썩어져라."

고 악담을 퍼부었다.

이렇게 윤이 불쾌한 그날그날을 보낼 때에 더욱 불쾌한 일 하나가 생겼다. 그것은 정이라는, 역시 사기범으로 일동 팔방에서 윤하고 같이 있던 사람이, 설사병으로 우리 감방에 들어온 것이었다. 나는 윤에게서 정씨의 말을 여러 번 들었다. 설사를 하면서도 우유니 닭알이니 하고 막 처먹는다는 둥, 한다는 소리가 모두 거짓말뿐이라는 둥, 자기가 아무리 타일러도 말을 듣지 않는, 꼭 막힌 놈이라는 둥, 이러한 비평을 하는 것을 여러 번 들었다. 하루는 윤하고 나하고 운동을 나갔다가 들어와 보니 웬 키가 커다랗

고 얼굴이 허연 사람이 똥통을 타고 앉아서 싱글싱글 웃고 있었다. 윤은 대단히 못마땅한 듯이 나를 돌아보고 입을 삐죽하고 나서 자리에 앉아서 부채를 딱딱거리면서,

"데이상 이때까지 설사가 안 막혔능기오? 사람이란 친구가 충고하는 옳은 말은 들어야 하는 법이어. 일동 팔방에 있을 때에 내가 그만큼이나 음식을 삼가라고 말 안 했거디? 그런데 내가 병감에 온 지가 벌써 석 달이나 되는디 아직도 설사여?"
하고 똥통에 올라앉은 사람을 흘겨본다. 윤의 이 말에 나는 그가, 윤이 늘 말하던 정씨인 줄을 알았다.

똥통에서 내려온 정씨는 윤의 말을 탓하지 않는, 지어서 하는 듯한 태도로,

"인상, 우리 이거 얼마 만이오? 그래 안즉도 예심 중이시오?"
하고 얼굴 전체가 다 웃음이 되는 듯이 싱글벙글하며 윤의 손을 잡는다. 그러고 나서는 내게 앉은절을 하며,

"제 성명은 정홍태올시다. 얼마나 고생이 되십니까?"
하고 대단히 구변이 좋았다. 나는 그의 말의 발음으로 보아 그가 평안도 사람으로서 서울말을 배운 사람인 줄을 알았다. 그러나 저녁에 인천 사는 간병부와 인사할 때에는 자기도 고향이 인천이라 하였고, 다음에 강원도 철원 사는 간병부와 인사를 할 때에는 자기 고향이 철원이라 하였고, 또 그다음에 평양 사람 죄수가 들어와서 인사하게 된 때에는 자기 고향은 평양이라고 하였다. 그때에 곁에 있던 윤이 정을 흘겨보며,

"왜 또 해주도 고향이라고 아니 했소? 대체 고향이 몇이나 되능

기오?"

 이렇게 오금을 박은 일이 있었다. 정은 한두 달 살아본 데면, 그 지방 사람을 만날 때 다 고향이라고 하는 모양이었다.

 정은 우리 방에 오는 길로,

 "이거 방이 더러워 쓰겠느냐?"

고 벗어부치고 마룻바닥이며, 식기며 걸레질을 하고 또 자리 밑을 떠들어 보고는,

 "이거 대체 소제라고는 안 하고 사셨군? 이거 더러워 쓸 수가 있나?"

하고 방을 소제하기를 주장하였다.

 "그 너머 혼자 깨끗한 체하지 마시오. 어디 그 수선에 정신 차리겠능기오?"

하고 윤은 돗자리 털어내는 것을 반대하였다. 여기서부터 윤과 정의 의견 충돌이 시작되었다.

 저녁밥 먹을 때가 되어 정이 일어나 물을 받는 것까지는 참았으나, 밥과 국을 받으려고 할 때에는 윤이 벌떡 일어나 정을 떼밀치고 기어이 제가 받고야 말았다. 창 옆에서 음식을 받아들이는 것은 감방 안에서는 큰 권리로 여기는 것이었다.

 정은 윤에게 떼밀치어 머쓱해 물러서면서,

 "그렇게 사람을 떼밀 거야 무엇이오? 그러니깐 루 간 데마다 인심을 잃지. 나 같은 사람과는 아무렇게 해도 관계치 않소마는 다른 사람보고는 그리 마시오? 뺨 맞지요, 뺨 맞아요."

하고 나를 돌아보며 싱그레 웃었다. 그것은 마치 자기는 그만한

일에 성을 내는 사람이 아니라는 것을 보이려 함인 것 같았으나 그의 눈에는 속일 수 없이 분한 빛이 나타났다.

밥을 먹는 동안 폭풍우 전의 침묵이 계속되었으나 밥이 끝나고 먹은 그릇을 설거지할 때에 또 충돌이 일어났다. 윤이 사타구니를 내놓고 있다는 것과 제 그릇을 먼저 씻고 나서 내 그릇과 정의 그릇을 씻는다는 것과 개수통에 입을 대고 기침을 한다는 이유로 정은 윤을 책망하고 윤이 씻어놓은 제 밥그릇을 주전자의 물로 다시 씻어서 윤의 밥그릇에 닿지 않도록 따로 포개놓았다. 윤은 정더러,

"여보 당신은 당신 생각만 하고 다른 사람 생각은 못 하오? 그 주전자 물을 다 써버리면 밤에는 무엇을 먹고 아침에 네 식구가 세수는 무엇으로 한단 말이오? 사람이란 다른 사람 생각을 해야 쓰는 것여."

하고 공격하였으나 정은 못 들은 체하고 주전자 물을 거의 다 써서 제 밥그릇과 국그릇과 젓가락을 한껏 정하게 씻고 있었던 것이다.

이 모양으로 윤과 정과의 충돌은 그칠 사이가 없었다. 그러나 정은 간병부와 내게 대해서는 아침에 가까우리만치 공손하였다. 더구나 그가 농업이나 광업이나 한방 의술이나 신의술이나 심지어 법률까지도 모르는 것이 없었고 또 구변이 좋아서, 이야기를 썩 잘하기 때문에 간병부들은 그를 크게 환영하였다.

이렇게 잠깐 동안에 간병부들의 환심을 샀기 때문에 처음에는 한 그릇씩 받아야 할 죽이나 국을, 두 그릇씩도 받고 또 소화약이

나 고약이나 이러한 약도 가외로 더 얻을 수가 있었다. 정이 싱글싱글 웃으며 졸라대면, 간병부들은 여간한 것은 거절하지 아니하였다. 그리고 이따금 밥을 한 덩이씩 가외로 얻어서 맛날 듯한 것을 젓가락으로 휘저어서 골라 먹고 그리고 남은 찌꺼기를 행주에다가 싸고 소금을 치고, 그러고는 그것을 떡 반죽하듯이 이겨서 떡을 만들어서는, 요리로 한입 조리로 한입, 맛남직한 데는 다 뜯어 먹고, 그리고 나머지를 싸두었다가 밤에 자러 들어온 간병부에게 주고는 크게 생색을 내었다. 한번은 정이 조밥으로 떡을 만들며 나를 돌아보고,

"간병부 녀석들은 이렇게 좀 먹어야 합니다. 이따금 닭알도 사주고 우유도 사주면 좋아하지요. 젊은 녀석들이 밤낮 굶주리고 있거든요. 이렇게 녹여놓아야 말을 잘 듣는단 말이야요. 간병부와 틀렸다가는 해가 많습니다. 그 녀석들이 제가 미워하는 사람의 일은 좋지 못하게 간수들한테 일러바치거든요."

하면서 이겨진 떡을 요모조모 떼어 먹는다.

"여보 그게 무에요? 더 이상은 간병부를 대할 때 십 년 만에 만나는 아저씨나 대하듯이, 살이라도 베어 먹일 듯이 아첨을 하다가, 간병부가 나가기만 하면 언필칭 이 녀석 저 녀석 하니 사람이 그렇게 표리가 부동해서는 못쓰는 게여. 우리는 그런 사람은 아니여든. 대해 앉아서도 할 말은 하고 안 할 말은 안 하지. 사내대장부가 그렇게 간사를 부려서는 못쓰는 게여. 또 여보, 당신이 떡을 해주겠거든 숫밥으로 해주는 게지, 당신 입에 들어왔다 나갔다 하던 젓가락으로 휘저어서 밥 알갱이마다 당신의 더러운 침을

발라가지고, 그리고 먹다가 먹기가 싫으닝게 남을 주고 생색을 내다? 그런 일을 해선 못쓰는 게여. 남 주고도 죄 받는 일이여든. 당신 하는 일이 모두 그렇단 말여. 정말 간병부를 주고 싶거든 당신 돈으로 닭알 한 개라도 사서 주어. 홍. 공으로 밥 얻어서 실컷 처먹고 먹기가 싫으닝게 남을 주고 생색을 낸다――웃기는 왜 웃소, 싱글벙글? 그래 내가 그른 말 해? 옳은 말은 들어두어요, 사람 되려거든. 나, 그, 당신 싱글싱글 웃는 거 보면 느글느글해서 배창수가 다 나오려 든다닝게. 웃긴 왜 웃어? 무엇이 좋다고 웃는 게여?"

이렇게 윤은 정을 몰아세웠다.

정은 어이없는 듯이 듣고만 앉았더니,

"내가 할 소리를 당신이 하는구려? 그 배때기나 가리고 앉아요."

그날 저녁이었다. 간병부가 하루 일이 끝이 나서 발가벗고 뛰어 들어왔다. 정은,

"아어, 오늘 얼마나 고생스러우셨어요? 그래도 하루가 지나가면 그만큼 나가실 날이 가까운 것 아니오? 그걸로나 위로를 삼으셔야지. 그까짓 한 삼사 년 잠깐 갑니다. 아 참 백 호하고 무슨 말다툼을 하시든 모양이던데."

이 모양으로 아주 친절하게 위로하는 말을 하였다. 백 호라는 것은 다음 방에 있는 키 작은 간병부의 번호이다. 나도 '이놈 저놈' 하며 둘이서 싸우는 소리를 아까 들었다.

간병부는 감빛 기결수 옷을 입고 제자리에 앉으면서,

"고놈의 자식을 찢어 죽이려다가 참았지요. 아니꼬운 자식 같으니. 제가 무어길래? 제나 내나 다 마찬가지 전중이고 다 마찬가지 간병부지. 흥, 제 놈이 나보다 며칠이나 먼저 왔다고 나에게 명령을 하러 들어? 쥐새끼 같은 놈 같으니. 나이로 말해도 내가 제 형뻘은 되고 세상에 있을 때에 사회적 지위로 보드래도 나는 면서기까지 지낸 사람인데. 그래 제따위 한 자요 두 자요 하던 놈과 같을 줄 알고? 요놈의 자식 내가 오늘은 참았지만은 다시 한번만 고따위로 주둥아리를 놀려봐? 고놈의 아가리를 찢어놓고 다릿마댕이를 분질러놀걸. 우리는 목에 칼이 들어오드라도 할 말은 하고 할 일은 하고야 마는 사람여든!"
하고 곁방에 있는 '백 호'라는 간병부에게 들리라 하는 말로 남은 분풀이를 하고 있다. 정은 간병부에게 동정하는 듯이 혀를 여러 번 차고 나서,

"쩟, 쩟. 아 참으셔요. 신상 체면을 보셔야지, 고까짓 어린애 녀석하고 무얼 말다툼을 하세요. 아이 나쁜 녀석! 고 녀석 눈깔딱지하고 주둥아리하고 독살스럽게도 생겨먹었지. 방정은 고게 또 무슨 방정이야? 고 녀석 인제 또 옥에서 나가는 날로 또 뉘 집에 불 놓고 들어올걸. 원 고 녀석, 글쎄 남의 집에 불을 놓다니?"

간병부는 정의 마지막 말에 눈이 뚱그레지며,

"그래 나도 남의 집에 불 놓았어. 그랬으니 어떻단 말이어? 당신같이 남의 돈을 속여 먹는 것은 괜찮고 남의 집에 불 놓는 것만 나쁘단 말이오? 원 별 아니꼬운 소리를 다 듣겠네. 여보, 그래 내가 불을 놓았으니 어떻게 하란 말이오? 웃기는 싱글싱글 왜 웃

어? 그래 백 호나 내가 남의 집에 불을 놓았으니 어떻게 하란 말이야?"
하고 정에게 향하여 삿대질을 하였다.

정의 얼굴은 빨개졌다. 정은 모처럼 간병부의 비위를 맞추려고 하던 것이 그만 탈선이 되어서 이 봉변을 당하게 된 것이었다. 그러나 정의 얼굴에는 다시 웃음이 떠돌면서,

"아니 내 말이 어디 그런 말이오? 신상이 오해시지."
하고 변명하려는 것을 간병부는,

"오해? 육회가 어떠우?"

"아니 그런 말이 아니라, 신상도 불을 놓으셨지만은 신상은 술이 취하셔서 술김에 놓으신 것이거든. 그 술김이 아니면 신상이 어디 불 놓으실 양반이오? 신상이 우락부락해서 홧김에 때려죽인다면 몰라도 천성이 대장부다우시니까 사기나 방화나 그런 죄는 안 지을 것이란 말이오! 그저 애매하게 방화죄를 지셨다는 말씀이지요. 내 말이 그 말이거든. 그런데 말이오. 저 백 호, 그 녀석이야말로 정신이 멀쩡해서 불을 논 것이 아니오? 그게 정말 방화죄거든. 내 말이 그 말씀이야, 이제 알아들으셨어요?"
하고 정은 제 말에 심이라는 간병부의 분이 풀린 것을 보고,

"자 이거나 잡수세요."
하며 밥그릇 통속에 감추어두었던 조밥떡을 내어 팔을 기다랗게 늘여서 간병부에게 준다.

"날마다 이거, 미안해서 어떻게 하오?"
하고 간병부는 그 떡을 받았다.

간병부가 잠깐 일어나서 간수가 오나 아니 오나를 엿보고 난 뒤에 그 떡을 한 입 베어 물었다. 아까부터 간병부와 정과의 언쟁을 흥미 있는 눈으로 힐끗힐끗 곁눈질하던 윤이,
　"아뿔싸, 신상 그것 잡숫지 마시오."
하고 말만으로도 부족하여 손까지 살래살래 내흔들었다.
　간병부는 께름칙한 듯이 떡을 입에 문 채로,
　"왜요?"
하며 제자리에 와 앉는다. 간병부 다음에 내가 누워 있고 그다음에 정, 그다음에 윤, 우리들의 자리 순서는 이러하였다. 윤은 점잖게 도사리고 앉아서 부채를 딱딱하며,
　"내가 말라면 마슈. 내가 언제 거짓말했거디? 우리는 목에 칼이 오드라도 바른말만 하는 사람이거든."
　그러는 동안에 간병부는 입에 베어 물었던 떡을 삼켜버린다. 그리고 그 나머지를 지리가미에 싸서 등 뒤에 놓으면서,
　"아니. 어째 먹지 말란 말이오?"
　"그건 그리 아실 건 무엇 있소? 자시면 좋지 못하겠으닝게 먹지 말랑 게지."
　"아이 말해요. 우리는 속이 겁겁해서, 그렇게 변죽만 올리는 소리를 듣고는 가슴에 불이 일어나서 못 견디어."
　이때에 정이 매우 불쾌한 얼굴로,
　"신상, 그 미친 소리 듣지 마시오. 어서 잡수세요. 내가 신상께 설마 못 잡수실 것을 드릴라구?"
하였건마는 간병부는 정의 말만으로는 안심이 안 되는 모양이

어서

"윤서방, 어서 말씀하시오."

하고 약간 노기를 띤 어성으로 재우쳐 묻는다.

"그렇게 아시고 싶은 건 무엇 있어? 그저 부정한 것으로만 아시라닝게. 내가 신상께 해로운 말씀 할 사람은 아니닝게."

"아따, 그 아가리 좀 못 닫쳐?"

하며 정이 참다못해 벌떡 일어나서 윤을 흘겨본다.

윤은 까딱 아니 하고 여전히 몸을 좌우로 흔들흔들하면서,

"당신네 평안도서는 사람의 입을 아가리라고 하는지 모르겠소마는 우리네 전라도서는 점잖은 사람이 그런 소리는 아니 하오. 종교가 노릇을 이십 년이나 했다는 양반이 어 그 무슨 말버릇이란 말이오? 종교가 노릇을 이십 년이나 했길래 남 먹으라고 주는 음식에 침만 발러주었지, 십 년만 했드면 코 발라줄 뻔했소구려? 내가 아까 그러지 않아도 이르지 않았거디? 사람에게 먹을 것을 주려거든 숫으로 덜어서 주는 법이어. 침 묻은 젓가락으로 휘저어가면서 맛날 듯한 노란 좁쌀은 죄다 골라 먹고 콩도 이거 집었다가 놓고, 저것 집었다가 놓고, 입에 댔다가 놓고, 노르스름한 놈은 죄다 골라 먹, 그리고는 퍼렇게 뜬 좁쌀, 썩은 콩만 남겨서 제 밥그릇, 죽그릇, 젓가락 다 씻은 재숫물에 행주를 축여가지고는 코 묻은 손으로 주물럭주물럭해서 떡이라고 만들어가지고, 그런 뒤에도 요모조모 맛날 듯 싶은 데는 다 떼어 먹고 그것을 남겼다가 사람을 먹으라고 주니, 그러고 벼락이 무섭지 않아? 그런 것은 남을 주고도 벌을 받는 법이라고 내가 그만큼 일렀단 말이

어. 우리는 남의 험담은 도무지 싫어하는 사람이닝게 이런 말도 안 하려고 했거든. 신상 내 어디 처음에야 말했가디? 저 진상도 증인이어. 내가 그만큼 옳은 말로 타일렀고, 또 덮어주었으면 평안도 상것이 '고맙습니다' 하는 말은 못 할망정 점잖게나 있어야 할 게지. 사람이란 그렇게 뻔뻔해서는 못쓰는 게여."

윤의 말에 정은 어쩔 줄을 모르고, 얼굴만 푸르락누르락하더니 얼른 다시 기막히고 우습다는 표정을 하며

"참 기가 막히오. 어쩌면 그렇게 빤빤스럽게도 거짓말을 꾸며대오? 내가 밥에 모래와 쥐똥, 썩은 콩, 텃검불 이런 걸 고르느라고 젓가락으로 밥을 저었지. 그래 내가 어떻게 보면 저 먹다 남은 찌꺼기를 신상더러 자시라고 할 사람 같아 보여? 앗으우, 앗으우. 고렇게 거짓말을 꾸며대면 혓바닥 잘린다고 했어. 신상 아예 그 미친 소리 듣지 마시고 잡수시우. 내 말이 거짓말이면 마른하늘에 벼락을 맞겠소!"

하고 할 말 다 했다는 듯이 자리에 눕는다. 정이 맹세하는 것을 듣고 나는 머리가 쭈뼛함을 깨달았다. 어쩌면 그렇게 영절스럽게, 곁에다가 증인을 둘씩이나 두고도 벼락 맞을 맹세까지 할 수가 있을까? 사람의 마음이란 헤아릴 수 없이 무서운 것이라고 깊이깊이 느껴졌다. 내가 설마 나서서 증인이야 서랴? 정은 이렇게 내 성격을 판단하고서 맘 놓고 이렇게 꾸며댄 것이다. 나는 '윤씨 말이 옳소. 정씨 말은 거짓말이오' 이렇게 말할 용기가 없었다. 내게 이러한 용기 없는 것을 정이 빤히 들여다본 것이다. 윤도 정의 엄청난 거짓말에 기가 막힌 듯이 아무 말도 없이 딴 데만 바라보

고 앉아 있었다. 간병부는 사건의 진상을 내게서나 알려는 듯이 가만히 누워 있는 내 얼굴을 들여다보고 있었다. 내게 직접 말로 묻기는 어려운 모양이다. 내게서 아무 말이 없음을 보고 간병부는 슬그머니 떡을 집어서 정의 머리맡에 밀어놓으며,

"엇소, 데이상이나 잡수시오. 나 두 분 더 쌈 시키고 싶지 않소."

하고는 쩍쩍 입맛을 다신다. 나는 속으로 '참 잘한다' 하고 간병부의 지혜로운 판단에 탄복하였다.

그러나 이 사건은 정의 윤에게 대한 깊은 원한을 맺히게 한 원인이었다. 윤이 기침을 하면 저쪽으로 고개를 돌리라는 둥, 입을 막고 하라는 둥, 캥캥하는 소리를 좀 적게 하라는 둥, 소갈머리가 고약하게 생겨먹어서 기침도 고약하게 한다는 둥, 또 윤이 낮잠이 들어 코를 골면 팔굽으로 윤의 옆구리를 찌르며 소갈머리가 고약하니깐 잘 때까지도 사람을 못 견디게 군다는 둥, 부채를 딱딱거리지 말라, 핼끔핼끔 곁눈질하는 것 보기 싫다, 이 모양으로 일일이 윤의 오금을 박았다. 윤도 지지 않고 정을 해댔으나 입심으론 도저히 정의 적수가 아닐뿐더러 성미가 급한 사람이라, 매양 윤이 곯아떨어지는 것 같았다. 코를 골기로 말하면 정도 윤에게 지지 아니하였다. 더구나 정은 이가 뻐드러지고 입술이 뒤둥그러져서 코를 골기에는 십상이었지만은 그래도 정은 자기는 코를 골지 않노라고 언명하였다. 워낙 잠이 많은 윤은 정이 코를 고는 줄을 모르는 모양이었다. 간병부도 목침에 머리만 붙이면 잠이 드는 사람이므로 정과 윤이 코를 고는 데에 희생이 되는 사람

은 잠이 잘 들지 못하는 나뿐이었다. 윤은 소프라노로 정은 바리톤으로 코를 골아대면 나는 언제까지든지 눈을 뜨고 창을 통하여 보이는 하늘에 별을 바라보고 있을 수밖에 없었다. 더구나 정은 윤의 입김이 싫다 하여 꼭 내 편으로 고개를 향하고 자고, 나는 반듯이밖에는 누울 수 없는 병자이기 때문에 정은 내 왼편 귀에다가 코를 골아 넣었다. 위확장 병으로 위 속에서 음식이 썩는 정의 입김은 실로 참을 수 없으리만큼 냄새가 고약한데 이 입김을 후끈후끈 밤새도록 내 왼편 뺨에 불어 부쳤다. 나는 속으로 정이 반듯이 누워주었으면 하였으나 차마 그 말을 못 하였다. 나는 이것을 향기로운 냄새로 생각해보라, 이렇게 힘도 써보았다. 만일 그 입김이 아름다운 젊은 여자의 입김이라면 내가 불쾌하게 여기지 아니할 것이 아닌가? 아름다운 젊은 여자의 배 속엔들 똥은 없으며 썩은 음식은 없으랴? 모두 평등이 아니냐? 이러한 생각으로 코 고는 소리와 냄새 나는 입김을 잊어버릴 공부를 해보았으나 공부가 그렇게 일조일석에 될 리가 만무하였다. 정더러 좀 돌아누워달랄까, 이런 생각을 하고는 또 하였다. 뒷 절에서 울려오는 목탁 소리가 들릴 때까지 잠을 이루지 못하는 날이 많았다. 새벽 목탁 소리가 나면 아침 세 시 반이다. 딱딱딱 하는 새벽 목탁 소리는 퍽이나 사람의 맘을 맑게 하는 힘이 있다.

"원컨대 이 종소리 법계에 고루 퍼져지이다."

한다든지

"일체중생이 바로 깨달음을 얻어지이다."

하는 새벽 종소리 구절이 언제나 생각되었다. 인생이 괴로움의 바다요, 불붙는 집이라면 감옥은 그중에서도 가장 괴로운 데다. 게다가 옥중에서 병까지 들어서 병감에 한정 없이 갇혀 있는 것은 괴로움의 세 겹 괴로움이다. 이 괴로운 중생들이 서로서로 괴로워함을 볼 때에, 중생의 업보는 '헤아려 알기 어려워라' 한 말씀을 다시금 생각지 아니할 수 없었다.

새벽 목탁 소리를 듣고 나서 잠이 좀 들 만하면 윤과 정은 번갈아 똥통에 오르기를 시작하고, 더구나 제 생각만 하지, 남의 생각이라고는 전혀 하지 아니하는 정은 제가 흐뭇이 자고 난 것만 생각하고 소리를 내어서 책을 읽거나 또는 남들이 일어나기 전에 먼저 마음대로 물을 쓸 작정으로 세수를 하고 전신에 냉수마찰을 하고, 그러고는 운동이 잘된다 하여 걸레질을 치고, 이 모양으로 수선을 떨어서 도무지 잠이 들 수가 없었다. 정은 기침 시간 전에 이런 짓을 하다가 간수에게 들켜서 여러 번 꾸지람을 받았지마는 그래도 막무가내 하였다.

떡 사건이 일어난 이튿날 키 작은 간병부가 우리 방 앞에 와서 누구를 향하여 하는 말인지 모르게 키 큰 간병부의 흉을 보기 시작했다. 그것은 어저께 싸움에 관한 이야기였다.

"키다리가 어저께 무어라고 해요? 꽤 분해하지요? 그놈 미친놈이지. 내게 대들어서 무슨 이를 보겠다고. 밥이라도 더 얻어먹고 상표도 하나 타보려거든 내 눈 밖에 나고는 어림도 없지? 간수나 부장이나 내 말을 믿지 제 말을 믿겠어요? 그런 줄도 모르고 걸핏하면 대든단 말야. 건방진 자식 같으니? 제가 아무리 지랄을 하기로니 내가 눈이나 깜짝할 사람이오? 가만히 내버려두지. 이따금 빡빡 긁어서 약을 올려놓고는 가만히 두고 보지. 그러면 똥구멍 찔린 소 모양으로 저 혼자 영각⁶을 하고 날치지. 목이 다 쉬도록 저 혼자 떠들다가 좀 츰즉하게 되면 내가 또 듣기 싫은 소리를 한마디 해서 빡 긁어놓지. 그러면 또 길길이 뛰면서 악을 고래고래 쓰지. 그리고는 가만히 내버려두지. 그러면 제가 어쩔 테야? 제가 아무리 그래도 손찌검은 못 할 터이지? 그러다가 간수나 부장한테 들키면 경을 제가 치지."
하고 매우 고소한 듯이 웃는다. 아마 키 큰 간병부는 본감에 심부름을 가고 없는 모양이었다.

"참 구 호(키 큰 간병부)는 미련퉁이야. 글쎄 햐꾸고오상하고 다투다니, 말이 되나? 햐꾸고오상은 주임이신데 주임의 명령에 복종을 해야지."

이것은 정의 말이다.

"사뭇 소라닝게. 경우를 타일러야 알아듣기나 하거디? 밤낮 당기든 게나 내세우지. 햐꾸고오상도 퍽이나 속이 상하실 게요?"

이것은 윤의 말이다.

"무얼 할 줄이나 아나요? 아무것도 모르지. 게다가 헐개⁷가 늦고 게을러빠지고, 눈치는 없고……."

이것은 키 작은 간병부의 말.

"그렇고말고요. 내가 다 아는걸. 일이야 햐꾸고오상이 다 하시지. 규고오상이야 무얼 하거디? 게다가 뽐내기는 경치게 뽐내지."

이것은 윤의 말이다.

"그까짓 녀석 간수한테 말해서 쫓아 보내지? 나도 밑에 많은 사람을 부려봤지마는 손 안 맞는 사람을 어떻게 부리오? 나 같으면 사흘 안에 내쫓아버리겠소."

이것은 정의 말이다.

"그렇기로 인정간에 그럴 수도 없고 나만 꾹꾹 참으면 그만이라고, 여태껏 참아왔지요. 그렇지만은 또 한번 그런 버르장머리를 해봐라, 이번엔 내가 가만두지 않을걸."

이것은 키 작은 간병부의 말이다.

이때에 키 큰 간병부가 약병과 약봉지를 가지고 왔다.

키 작은 간병부는

"아마 오늘 전방들 하시게 될까 보오."

하고 우리 방으로 장질부사 환자가 하나 오기 때문에 우리들은 다음 방으로 옮아가게 되었으니 준비를 해두라는 말을 하고, 무슨 바쁜 일이나 있는 듯이 가버리고 말았다.

키 큰 간병부는 '윤참봉' '정주사' 이 모양으로 농담 삼아 이름을 불러가며 병에 든 물약과 종이 주머니에 든 가루약을 쇠창살 틈으로 들여보낸다.

윤은 약을 받을 때마다 늘 하는 소리로,

"이깟 놈의 약 암만 먹으면 낫거디? 좋은 한약을 서너 첩 먹었으면 금시에 열이 내리고 기침도 안 나고 부기도 빠지겠지만……."

하며 일어나서 약을 받아가지고 돌아와 앉는다. 다음에는 정이 일어나서 창살 틈으로 바싹 다가서서 물약과 가루약을 받아들고

물러서려 할 때에 키 큰 간병부가 약봉지 하나를 정에게 더 주며,

"이거 내가 먹는다고 비리발괄[8]을 해서 얻어온 게요. 애껴 먹어요. 많이만 먹으면 되는 줄 알고, 다른 사람 사흘에 먹을 것을 하루에 다 먹어버리니 어떻게 해? 그 약을 누가 이루 댄단 말이오?"

"그러니깐 고맙단 말씀이지. 규고오상, 나 그 알코올 좀 얻어주슈? 이번에 좀 많이 줘요. 그냥 알코올은 좀 얻을 수 없나? 그냥 알코올 한 고뿌[9] 얻어주시오그려. 사회에 나가면 내가 그 신세 잊어버릴 사람은 아니오."

"이건 누굴 경을 치울 양으로 그런 소리를 하오?"

"아따, 그 햐꾸고오는 살랑살랑 오는 것만 봐도 몸에 소름이 쪽쪽 끼쳐. 제가 무언데 제 형님뻘이나 되는 규고상을 그렇게 몰아세워요? 나 같으면 가만두지 않을 테야?"

"흥 주먹을 대면 고 쥐새끼 같은 놈 으스러지긴 하겠구."

정이 이렇게 키 큰 간병부에게 아첨하는 것을 보고 있던 윤이,

"규고상이 용하게 참으시거든. 그 악담을 내가 옆에서 들어도 이가 갈리건만, 용하게 참으셔, 성미가 그렇게 괄괄하신 이가 참 용하게 참으시거든."

하고 깊이 감복하는 듯이 혀를 찬다.

얼마 뒤에 키 큰 간병부는 알코올 솜을 한 움큼 가져다가,

"세 분이 나눠 쓰시오."

하고 들이민다. 정이 부리나케 일어나서,

"아리가도오 고자이마쓰."[10]

하고는 그 솜을 받아서 우선 코에 대고 한참 맡아본 뒤에 알코올

이 제일 많이 먹은 듯한 데로 삼분에 이쯤 떼어서 제가 가지고, 그리고 나머지 삼분의 일을 둘로 갈라서 윤과 나에게 줄 줄 알았더니, 그것을 또 삼분에 갈라서 그중에 한 분은 윤을 주고 한 부분은 나를 주고 나머지 한 부분을 또 둘에 갈라서 한 부분은 큰 솜 뭉텅이에 넣어서 유지로 꽁꽁 싸놓고 나머지 한 부분으로 얼굴을 닦고 손을 닦고 머리를 닦고 발바닥까지 닦아서는 내버린다. 그는 알코올 솜을 이렇게 많이 얻어서 유지에 싸두고는 하루에도 몇 번씩, 얼굴과 손과 모가지를 닦는데 그것은 살결이 곱고 부드러워지게 하기 위함이라고 한다.

저녁을 먹고 나서 전방을 할 줄 알았더니 거의 다 저녁때가 되어서 키 작고 통통한 간수가 와서 쩔꺽하고 문을 열어젖히며,

"뎀보오 뎀보오!"

하고 소리를 친다. 그 뒤로 키 작은 간병부가 와서,

"전방이오, 전방."

하고 통역을 한다. 정이 제 베개와 알루미늄 밥그릇을 싸가지고 가려는 것을,

"안 돼, 안 돼!"

하고 간수가 소리를 질러서 아까운 듯이 도로 내놓고, 간신히 겨우 알코올 솜 뭉텅이만은 간수 못 보는 데 집어넣고, 우리는 주렁주렁 용수를 쓰고 방에서 나와서, 다음 방으로 들어갔다. 철컥하고 문이 도로 잠겼다. 아랫목에는 민이 우리가 들어오는 것을 보고 어린애 모양으로 방글방글 웃고 앉아 있었다. 서로 떠난 지 이십여 일 동안에 민은 무섭게 수척하였다. 얼굴에는 두 눈만 있는

것 같고, 그 눈도 자유로 돌지를 못하는 것 같았다. 두 무릎 위에 늘인 팔과 손에는 혈관만이 불룩불룩 솟아 있고, 정강이는 무르팍 밑보다도 발목이 더 굵었다. 저러고 어떻게 목숨이 붙어 있나 하고 나는 이 해골과 같은 민을 보면서,

"요새는 무얼 잡수세요?"

하고 큰 소리로 물었다. 그의 귀가 여간한 소리는 듣지 못할 것같이 생각됐던 까닭이다.

민은 머리맡에 삼분의 이쯤 남은 우유병을 가리키면서,

"서울 있는 매부가 돈 오 원을 차입을 해서 날마다 우유 한 병씩 사먹지요. 그것도 한 모금 먹으면 더 넘어가지를 않아요. 맛은 고소하건만 목구멍에 넘어를 가야지. 내 매부가 부자지요. 한 칠백 석 하고 잘살아요. 나가기만 하면 매부네 집에 가 있을 텐데. 사랑도 널찍하고 좋지요. 그래도 누이가 있으니까, 매부도 사람이 좋구요. 육회도 해 먹고 배갈도 한 잔씩 따뜻하게 데워 먹고 살아날 것도 같구먼!"

이런 소리를 하고 있었다. 그는 매부가 부자라는 것을 자랑하기 위해서 이런 말을 하는 모양이었다.

또 민의 바로 곁에 자리를 잡게 된 윤은 부채를 딱딱거리며,

"그래도 매부는 좀 사람인 모양이지? 집에선 아직도 아무 소식이 없단 말여? 이봐. 내 말대로 하라닝게. 간수장헌테 면회를 청하고 집에 있는 세간을 다 팔아서 먹고픈 것 사먹기도 하고 변호사를 대어서 보석 청원도 해요. 저렇게 송장이 다 된 것을 보석을 안 시킬 리가 있나? 이제는 광대뼈꺼정 빨갛다닝게. 저렇게 되면

한 달을 못 간단 말이여. 서방이 다 죽게 돼도 모르는 체하는 열아홉 살 먹은 계집년에게 천 냥을 남겨주겠다고? 또 그까짓 자식새끼, 나 같으면 모가지를 비틀어 빼어버릴 테야! 저 봐. 할딱할딱하는 게 숨이 목구멍에서만 나와. 다 죽었어, 다 죽었어."
하고 앙절거린다.

"글쎄, 이 자식이 오래간만에 만났거든 그래도 좀 어떠냐 말이나 묻는 게지. 그저 댓바람에 악담이야? 네 녀석의 악담을 며칠 안 들어서 맘이 좀 편안하드니, 또 요길 왔어? 너도 손발이 통통 분 게 며칠 살 것 같지 못하다. 아이고, 제발 그 악담 좀 말아라."

민은 이렇게 말하고 한숨을 쉬고는 자리에 눕는다.

이 방에는 민 외에 강이라고 하는 키 커다랗고 건장한 청년 하나가 아랫배에 붕대를 감고 벽에 기대어 앉아 있었다. 나중에 들으니 그는 어떤 신문지국 기자로서 과부 며느리와 추한 관계가 있다는 부자 하나를 공갈을 해서, 돈 일천육백 원을 빼앗아먹은 죄로 붙들려 온 사람이라 하며 대단히 성미가 팔팔하고 비위에 거슬리는 일은 참지를 못하는 사람이 되어서 가끔 윤과 정을 몰아세웠다. 윤이 민을 못 견디게 굴면 반드시 윤을 책망하였고, 정이 윤을 못 견디게 굴면 또 정을 몰아세웠다. 정과 윤은 강을 향하여 이를 갈았으나, 강은 두 사람을 깍쟁이같이 멸시하였다. 윤 다음에 정이 눕고 정의 곁에 강이 눕고 강 다음에 내가 눕게 된 관계로 강과 정이 충돌할 기회가 자연 많아졌다. 강은 전문학교까지 졸업한 사람이기 때문에 지식이 상당하여서, 정이 아는 체하는 소리를 할 때마다 사정없이 오금을 박았다.

"어디서 한 마디 두 마디 주워들은 소리를 가지고 아는 체하고 지절대오? 시골구석에서 무식한 농민들 속여먹던 버르장머리를 아무 데서나 하려 들어? 싱글벙글하는 당신 상판대기에 나는 거짓말쟁이요 하고 뚜렷이 써 붙였어. 인제 낫살도 마흔댓 살 먹었으니 죽기 전에 사람 구실을 좀 해보지. 댁이 의학은 무슨 의학을 아노라고 걸핏하면 남에게 약 처방을 하오? 다른 사기는 다 해먹더라도, 잘 알지도 못하는 의원 노릇일랑 아여 말어. 침도 아노라, 한방의도 아노라, 양의도 아노라, 그렇게 아는 사람이 어디 있어? 당신이 그따위로 사람을 많이 속여먹었으니 배때기가 온전할 수가 있나? 욕심은 많아서 한 끼에 두 사람 세 사람 먹을 것을 처먹고는 약을 처먹어, 물을 처먹어, 그리고는 방귀질, 또 똥질, 트림질, 게다가 자꾸 노하기까지 하니 그놈의 냄새에 곁에 사람이 살 수가 있나? 그렇게 처먹고 밥주머니가 늘어가지 않어? 게다가 한다는 소리가 밤낮 거짓말—싱글방글 웃기는 왜 웃어? 누가 이쁘다는 게야? 알코올 솜으로 문지르기만 하면 상판대기가 이뻐지는 줄 아슈? 그 알코올 솜도 나랏돈이오. 당신네 집에서는 언제 돈 가지고 알코올 한 병 사봤어? 벌써 꼬락서니가 생전 사람 구실 해보기는 틀렸소마는 나 보는 데서만은 그 주둥아리 좀 닥치고 있어요."

강은 자기보다 근 이십 년이나 나이 많은 정을 이렇게 몰아세웠다.

한번은 점심때에 자반 멸치 한 그릇이 들어왔다. 이것은 온 방 안에 있는 사람들이 골고루 나눠 먹으라는 것이다. 멸치래야 성한 것은 한 개도 없고 꼬랑지, 대가리 모두 부스러진 것뿐이요, 게다가 짚검불이며 막대기며 별의별 것이 다 섞여 있는 것들이나 그래도 감옥에서는 한 주일에 한 번이나 두 주일에 한 번밖에는 못 얻어먹는 별미여서, 이러한 반찬이 들어오는 날은 모두들 생일이나 명절을 당한 것처럼 기뻐하였다. 정은 여전히 밥 받아들이는 일을 맡았기 때문에 이 멸치 그릇을 받아서 젓가락으로 뒤적거리며 살이 많은 것은 골라서 제 그릇에 먼저 덜어놓고 대가리와 꼬랑지만은 다른 네 사람을 위하여 내놓았다. 내가 보기에도 정이 가진 것은 절반은 다 못 되어도 삼분에 일은 훨씬 넘었다. 그러나 정의 눈에는 그것이 멸치 전체의 오분지 일로 보인 모양이었다.

나는 강의 입에서 반드시 벼락이 내릴 것을 예기하고 그것을 완화해볼 양으로 정더러,

"여보시오? 며루치가 고르게 분배되지 않은 모양이니 다시 분배를 하시오."

하였으나 정은 자기 그릇에 담았던 멸치 속에서 그중 맛없을 만한 것 서너 개를 골라서 이쪽 그릇에 덜어놓을 뿐이었다. 그리고는 대단히 맛나는 듯이 제 그릇의 멸치를 집어 먹는데, 그것도 그중 맛나 보이는 것을 골라서 먼저 먹었다.

민은 아무 욕심도 없는 듯이 쌀뜨물 같은 미음을 한 모금 마시고는 놓고 또 한 모금 마시고는 놓고 할 뿐이요, 멸치에 대해서는 아무 관심이 없는 모양이었으나 윤은 못마땅한 듯이 연해 정을 곁눈으로 흘겨보면서, 그래도 멸치를 골라 먹고 있었다. 강만은

멸치에는 젓가락을 대어보지도 않고 조밥 한 덩이를 다 먹고 나더니마는 멸치 그릇을 들어서 정의 그릇에 쏟아버렸다. 나도 웬일인지 멸치에는 젓가락을 대지 아니하였다. 정은 고개를 번쩍 들어 강을 바라보며,

"왜 며루치 좋아 안 하셔요?"

"우린 좋아 아니 해요. 두었다 저녁에 자시오."

하고 강은 아무 말 없이 물을 먹고는 제자리에 가서 드러누웠다. 나는 강의 속에 무슨 생각이 났는지 몰라 우습기도 하고 궁금하기도 하였다.

정은 역시 강의 속이 무서운 모양이었으나 다섯 사람이 먹을 멸치를, 게다가 소금 절반이라고 할 만한 멸치를, 거의 다 먹고 조금 남은 것은 저녁에 먹는다고 라디에이터 밑에 감추어두었다.

정은 대단히 만족한 듯이 싱글싱글 웃으며 제자리에 와 드러누웠다. 그러더니 얼마 아니 해서 코를 골았다. 식곤증이 난 모양이라고 나는 생각하였다. 아무리 위장이 튼튼한 장정 일꾼이라도 자반 멸치 한 사발을 다 먹고 무사히 내릴 리는 없을 것 같았다. 강도 그 눈치를 알았는지 배에 붕대를 끌러놓고 부채로 수술한 자리에 바람을 넣으면서 픽픽 웃고 앉았더니, 문득 일어나서 물 주전자 있는 자리에 와서 그것을 들어 흔들어보고 그러고는 뚜껑을 열어보았다. 강은 나와 윤에게 물을 한 잔씩 따라서 권하고, 그러고는 자기가 두 보시기나 마시고 그 나머지로는 수건을 빨아서 제 배를 훔치고, 그러고는 물 한 방울도 없는 주전자를 마룻바닥에 내던지듯이 덜컥 놓고는 제자리에 돌아와 앉았다.

강이 하는 양을 보고 앉았던 윤은,

"강선생 그것 잘하셨소. 흥, 이제 잠만 깨면 목구멍에 불이 일어날 것이닝게."

하고는 주전자 뚜껑을 열어 물이 한 방울도 아니 남은 것을 보고 제자리에 돌아와 앉는다.

 정은 숨이 막힐 듯이 코를 골더니 한 시간쯤 지나서 눈을 번쩍 뜨며 일어나는 길로 주전자 앞으로 달려갔다. 그러나 주전자에 물이 한 방울도 없는 것을 보고 와락 화를 내어 주전자를 내동댕이를 치고 윤을 흘겨보면서

"그래 물을 한 방울도 안 남기고 자신단 말이오? 내가 아까 물이 있는 걸 보고 잤는데── 그렇게 남의 생각을 아니 하고 제 욕심만 채우니깐 똥질을 하지."

하고 트집을 잡는다.

 "뉘가 할 소리야? 그게 춘치자명"이라는 것이여."

하고 윤은 점잔을 뺀다.

 "물은 내가 다 먹었소."

하고 강이 나앉는다.

 "며루치는 댁이 다 먹었으니 우리는 물로나 배를 채워야 아니 하오? 며루치도 혼자 다 먹고 물도 혼자 다 먹었으면 속이 시원하겠소?"

 정은 아무 말도 아니 하였다. 그러나 목이 말라 죽을 지경인 모양이었다. 그는 누웠다 앉았다, 도무지 자리를 잡지 못하였다. 그가 가끔 일어나서 철창으로 복도를 바라보는 것은 간병부더러 물

을 청하려는 것인 듯하였다. 그러나 간병부는 어디 갔는지 좀체 보이지 아니하였고 그동안에 간수와 부장이 두어 번 지나갔으나 차마 물 달라는 말은 나오지 않는 모양이었다. 그동안이 퍽 오래 지낸 것 같았다. 이때에 키 작은 간병부가 왔다. 정은 주전자를 들고 일어나서 창으로 마주 가며,

"햐꾸고오상 여기 물 좀 주세요? 도무지 무엇을 먹지를 못하니깐 헛헛증이 나고 목이 말라서. 물이 한 방울도 없구먼요."
하고 얼굴 전체가 웃음이 되어 아첨하는 빛을 보인다.

"여기를 어딘 줄 아슈? 감옥살이를 일 년이나 해도 감옥소 규칙도 몰라? 저녁때 아니고 무슨 물이 있단 말이오?"

백 호는 이렇게 웃어버린다. 정은 주전자를 높이 들어 흔들며,

"그러니까 청이지요. 목마른 사람에게 물 한 잔 주는 것도 급수 공덕이라는 말을 못 들으셨어요? 한 잔만 주세요. 수통에서 얼른 길어 오면 안 되오?"

"그렇게 배도 곯아보고 목도 좀 말라보아야 합니다. 남의 돈 공으로 먹으려다가 붙들려 왔으면 그만한 고생도 안 해?"
하다가 간수 오는 것을 봄인지 간병부는 얼른 가버리고 만다. 정은 머쓱해서 주전자를 방바닥에 놓고 자리에 와 앉는다. 옆방 장질부사 환자의 간호를 하고 있는 키 큰 간병부가 통행 금지하는 줄 저편에서 고개를 기웃하여 우리들이 있는 방을 들여다보며,

"정주사? 물 좀 줄까? 얼음냉수 좀 줄까?"
하고 환자 머리 식히는 얼음주머니에 넣던 얼음 조각을 한 줌 들어 보인다. 정은 벌떡 일어나서 창 밑으로 가며

"규고상? 그거 한 덩이만 던져주슈."
하고 손을 내민다.
"이건 왜 이래? 장질부사 무섭지 않어? 내 손에 장질부사균이 득시글득시글한다나."
"아따, 그 소독물에 좀 씻어서 한 덩어리만 던져주세요. 아주 목이 타는 것 같구려. 그렇지 않으면 이 주전자에다가 물 한 구기만 넣어주세요. 아주 가슴에 불이 인다니깐."
"아까 들으니까 며루치를 혼자 자시는 모양입디다그려. 그걸 그냥 삭여야지 물을 먹으면 다 오줌으로 나가지 않우? 그냥 삭여야 얼굴이 반드르해진단 말야?"
 그러고는 키 큰 간병부는 새끼손가락만 한 얼음 한 덩이를 정을 향하고 집어 던졌으나, 그것이 하필 쇠창살에 맞고 복도에 떨어져버리고 말았다. 그러고는 키 큰 간병부는 얼음주머니를 가지고 방으로 들어가버렸다.
 정은 제자리에 돌아와 고개를 숙이고 앉았다.
"소금을 자슈. 체한 데는 소금을 먹어야 하는 게야."
 이것은 강의 처방이었다. 정은 원망스러운 듯이 강을 한 번 힐끗 돌아보고는 입맛을 다셨다.
"저 타구에 물이 좀 있지 않어? 양추물은 남의 삼 갑절 쓰지? 그게 저 타구에 있지 않어? 그거라도 마시지."
 이것은 윤의 말이었다.
"아까 짠 것을 너무 자십디다. 속도 좋지 않은 이가 그렇게 자시고 무사할 리가 있소?"

하며 민이 자기 머리맡에 놓았던 반쯤 남은 우윳병을 정에게 주었다.
"이거라도 자셔보슈."
"고맙습니다. 그저 병환이 하루바삐 나으시고 무죄가 되어서 나갑소사."
하고 정은 정말 합장하여 민에게 절을 하고 나서 그 우윳병을 단숨에 들이켰다.
"사람들이 그래서는 못쓰는 것이오. 남을 위할 줄을 알아야 쓰는 게지. 남을 괴롭게 하고 비웃고 하면 천벌을 받는 법이오. 하나님이 다 내려다보시고 계시거든!"
정은 이렇게 한바탕 설교를 하고 다시는 물 얻어먹을 생각도 못하고 누워버리고 말았다.
"당신이 사람은 아니오. 너무 처먹어서 목이 갈한 데다가 또 우유를 먹으면 어떡하자는 말이오? 흥, 배 속에서 야단이 나겠수. 탐욕이 많으면 그런 법입니다. 저 먹을 만큼만 먹으면 배탈이 왜 난단 말이오? 그저 어이건 들여라 들여라니 당신 그러다가는 장위가 아주 결딴이 나서 나중엔 미음도 못 먹게 되오! 알긴 경치게 많이 알면서 왜 제 몸 돌아볼 줄만은 몰라? 그리고는 남더러 천벌을 받는다고. 인제 오늘 밤중쯤 되면 당신이야말로 천벌 받는 것을 내가 볼걸."
강은 이렇게 빈정대었다.
이러는 동안에 또 저녁 먹을 때가 되었다. 저녁 한때만은 사식을 먹는 정은 분명히 저녁을 굶어야 옳을 것이건만, 받아놓고 보니 하얀 밥과 섭산적과 자반고등어와 쇠꼬리국을 그냥 내놓을 수는 없는 모양이었다.

"저녁일랑 좀 적게 자시지요?"

하는 내 말에 정은,

"내가 점심에 무얼 먹었다고 그라십니까? 왜 다들 나를 철없는 어린애로 아슈?"

하고 화를 내었다.

정은 저녁 차입을 다 먹고 점심에 남겼던 멸치도 다 훑어 먹고, 그렇게도 그립던 물을 세 보시기나 벌컥벌컥 마셨다.

'시우신(취침)' 하는 소리에 우리들은 다 자리에 누워서 잠을 기다리고 있었다. 정은 대단히 속이 거북한 모양이어서 두어 번이나 일어나서 소금을 먹고는 물을 마셨다. 그러고도 내 약봉지에 남은 소화약을 세 봉지나 달래서 다 먹었다.

옆방에 옮아 온 장질부사 환자는 연해 앓는 소리와 헛소리를 하고 있었다. 집으로 보내달라고 소리를 지르고 '아주머니, 아주머니!' 하고 목을 놓아 울기도 하였다. 이 젊은 장질부사 환자의 앓는 소리에 자극이 되어서 좀체 잠이 들지 아니하였다. 내 곁에 누운 간병부는 그 환자에 대하여 내 귀에 대고 이렇게 설명하였다.

"저 사람이 ○전 출신이라는데, 지금 스물일곱 살이래요. 황금정에 가게를 내고 장사를 하다가 그만 밑져서 화재 보험을 타먹을 양으로 불을 놓았다나요. 그래 검사한테 십 년 구형을 받았대요. 십 년 구형을 받고는 법정에서 졸도를 했다고요. 의사의 말이 살기가 어렵다는걸요. 집엔 부모도 없고 형수 손에 길러졌다고

요. 그래서 저렇게 아주머니만 찾아요. 사람은 괜찮은데 어쩌다가 나 모양으로 불 놓을 생각이 났는지."

장질부사 환자는 여전히 아주머니를 찾고 있었다.

정은 밤에 세 번이나 일어나서 토하였다. 방 안에는 멸치 비린내 나는 시큼한 냄새가 가득 찼다. 윤과 강은 이거 어디 살겠느냐고, 정에게 핀잔을 주었으나 정은 대꾸할 기운도 없는 모양인지, 토하는 일이 끝나고 뱃멀미하는 사람 모양으로 비틀비틀 제자리에 돌아와 쓰러져버렸다. 이것이 빌미가 되어서 정은 이틀이나 사흘 만에 한 번씩은 토하는 증세가 생겼는데 그래도 정은 여전히 끼니때마다 두 사람 먹을 것을 먹었고, 그러면서도 토할 때에 간수한테 들키면 아무것도 먹은 것은 없는데 저절로 배 속에 물이 생겨서, 이렇게 토하노라고 변명을 하였다. 그러고는 우리들을 향하여서도,

"글쎄, 조화 아니야요? 아무것도 먹은 것이 없는데 이렇게 물이 한 타구씩 배에 고인단 말이야요. 나를 이 주일만 놓아주면 약을 먹어서 단박에 고칠 수가 있건마는."

이렇게 아무도 믿지 아니하는 소리를 지껄이는 것이었다.

민의 모양이 시간시간 글러지는 양이 눈에 띄었다. 요새 며칠째는 윤이 아무리 긁적거려도 한마디의 대꾸도 아니 하였고, 똥통에서 내려오다가도 두어 번이나 뒹굴었다. 그는 눈알도 굴리지 못하는 것 같고 입도 다물 기운이 없는 것 같았다. 우리는 밤에 자다가도 가끔 그가 숨이 남았나 하고 고개를 쳐들어 바라보게 되었다.

그래도 어떤 때에는 흰 밥이 먹고 싶다고 한 숟가락을 얻어서 입에 물고 어물어물하다가 도로 뱉으며,

"인제는 밥도 무슨 맛인지 모르겠어. 배갈이나 한잔 얻어먹으면 어떨지?"

하고 심히 비감한 빛을 보였다. 민은 하루에 미음 두어 숟갈, 물 두어 모금만으로 목숨을 부지하고 있었다. 하루는 의무과장이 와서 진찰을 하고 복막에서 고름을 빼어 보고 나가더니 이삼일 지나서 취침 시간이 지난 뒤에 보석이 되어 나갔다. 그래도 집으로 나간단 말이 기뻐서, 그는 벙글벙글 웃으면서 보퉁이를 들고 비틀비틀 걸어 나갔다.

"흥, 저거 인제 나가는 길로 뒤어지네."

하고 윤이 코웃음을 하였다. 얼마 있다가 민을 부축하고 나갔던 간병부가 들어와서,

"곧잘 걸어요. 곧잘 걸어 나가요. 펄펄 날뛰는데!"

하고 웃었다.

"나도 보석이나 나갔으면 살아날 텐데······."

하고 정이 퉁퉁 부은 얼굴에 싱글싱글 웃으면서 입맛을 다셨다.

"내가 무어라고 했어? 코끝이 그렇게 빨개지고는 못 산다닝게. 그리고 성미가 고따위로 생겨먹고 병이 낫거디? 의사가 하라는 건 죽여라 하고 안 하거든. 약을 먹으라니 약을 처먹나. 그건 무가내닝게."

윤은 이런 소리를 하였다.

"흥 똥 묻은 개가 겨 묻은 개 숭본다. 댁이 누구 숭을 보아? 밤

무명 215

낮 똥질을 하면서도 자꾸 처먹고."

이것은 정이 윤을 나무라는 것이었다.

"허허, 허허. 참 입들이 보배요. 남이 제게 할 소리를 제가 남에게 하고 있다니까. 아아 참."

이것은 강이 정을 보고 하는 소리였다.

민이 보석으로 나가던 날 밤, 내가 한참을 자고 무슨 소리에 놀라 깨었을 때에, 나는 곁방 장질부사 환자가 방금 운명하는 중임을 깨달았다. 끙끙 소리와 함께 목에 가래 끓는 소리가 고요한 새벽 공기를 울려오는 것이었다. 그 방에 있는 간병부도 잠이 든 모양이어서 앓는 사람의 숨 모으는 소리뿐이요, 도무지 인기척이 없었다. 나는 내 곁에서 자는 간병부를 깨워서 이 뜻을 알렸다. 간병부는 간수를 부르고, 간수는 비상경보 하는 벨을 눌러서 간수부장이며 간수장이 달려오고 얼마 있다가 의사가 달려왔다. 그러나 의사가 주사를 놓고 간 뒤, 반 시간이 못하여 장질부사 환자는 마침내 죽어버렸다.

이튿날 아침에 죽은 청년의 시체가 그 방에서 나가는 것을 우리는 엿보았다. 붕대로 싸맨 얼굴은 아니 보이나 기다란 검은 머리카락이 비죽이 내민 것이 처량하였다. 그는 머리를 무척 아낀 모양이어서 감옥에 들어온 지 여러 달이 되도록 머리를 남겨둔 것이었다. 아직 장가도 아니 든 청년이니 머리에 향내 나는 포마드를 발라 산뜻하게 갈라 붙이고 면도를 곱게 하고, 얼굴에 파우더를 바르고 나섰을 법도 한 일이었다. 그는 인생 향락의 밑천을 얻을 양으로 장사를 시작하였다가 실패하자, 돈에 대한 탐욕은 마침내 제 집에 불을 놓아 화재 보험금을 사기하리라는 생각까지 내게 하였고, 탐욕으로 원인을 하는 이 큰 죄악에서 오는 당연한 결과로 경찰서 유치장을 거쳐 감옥살이를 하다가 믿지 못할 인생을 끝마감한 것이다. 나는 그가 어느 날 밤에 집에 불을 놓을 결심을 하던 양을 상상하다가, 이왕 죽어버린 불쌍한 젊은 혼에게 대하여 미안한 생각이 나서, 뒷문으로 나가는 그의 시체를 향하여 합장하고 고개를 숙였다. 그 시체의 뒤에는 그가 헛소리로까지 부르던 아주머니가 그 남편과 함께 눈물을 씻으며 소리 없이 따라가는 것이 보였다. 그를 간호하던 키 큰 간병부 말이, 그는 죽기 전 이삼일 동안은 정신만 들면 예수교식으로 기도를 올렸다고 하며 또 잠꼬대 모양으로 '하나님, 하나님' 하고 부르고 예수의 십자가의 공로로 이 죄인을 용서하여달라고 중얼거리더라고 한다. 그는 본래 예수교의 가정에서 자라서, 중학교나 전문학교를 다 교회 학교에서 마쳤다고 한다. 생각건대는 재물이 풍성함으로 사는 것이 아니라는 예수의 말씀이 잘 믿어지지 아니하여 돈에서 세상 영화를 구하려는 데몬의 유혹에 걸렸다가 거의 다 죽게 된 때에야 본심이 돌아온 모양이었다.

 이날은 날이 심히 덥고 볕이 잘 나서 죽은 사람의 방에 있던 돗자리와 매트리스와 이불과 베개를 우리가 일광욕하는 마당에 내어 널었다. 그 베개가 촉촉이 젖은 것은 죽은 사람이 마지막으로 흘린 땀인 모양이었다. 입에다가 가제 마스크를 대고 시체가 있던 방을 치우고 소독하던 키 큰 간병부는 크레졸 물에다가 손과 팔뚝을 뻑뻑 문지르며,

"이런 제에길, 보름 동안이나 잠 못 자고 애쓴 공로가 어디 있나? 팔자가 사나우니깐, 내 어머니 임종도 못 한 녀석이 엉뚱한 다른 사람의 임종을 다 했지. 허허."
하고 웃었다.

그 청년이 죽어 나간 뒤로부터 며칠 동안 윤이나 정이나 내가 대단히 침울하였다.

윤의 기침은 점점 더하고 열도 오후면 삼십팔 도 칠 부가량이나 올라갔다. 그는 기침을 하고는 지리가미에 담을 뱉어서 아무 데나 내버리고, 열이 올라갈 때면 혼몽해서 잠을 자다가는 깨기만 하면 냉수를 퍼 먹었다. 담을 함부로 뱉지 말고 타구에 뱉으라고 정도 말하고 나도 말하였지만은 그는 종시 듣지 아니하고 내 자리 밑에 넣은 지리가미를 제 마음대로 집어다가는 하루에도 사오십 장씩이나 담을 뱉어서 내던지고, 그가 기침이 나서 누에 모양으로 고개를 내두르며 캑캑 기침을 할 때에, 곁에 누웠던 정이 윤더러 고개를 저쪽으로 돌리고 기침을 하라고 소리를 지르면 윤은 심사로 더욱 정의 얼굴을 향하고 캑캑거렸다.

"내가 폐병인 줄 아나, 왜? 내 기침은 아녀. 내 기침이야 깨끗하지. 당신 왝왝 돌리는 게나 좀 말어, 제발……."
하고 윤은 도리어 정에게 핀잔을 주었다.

정은 마침내 간병부를 보고 윤이 기침이 대단한 것과 함부로 담을 뱉으니, 그 담에 균이 있나 없나 검사해야 될 것을 주장하였다.

"검사해보아, 검사해보아. 내가 폐병일 줄 알고? 내가 이래 뵈어도 철골이어든. 이게 해소 기침이지 폐병 기침은 아녀."
하고 윤은 정을 흘겨보았다. 그 문제로 해서 그날 온종일 윤과 정은 으릉거리고 있다가 그 이튿날 아침, 진찰 시간에 정은 의사와 간병부가 있는 자리에서, 윤이 기침이 심하고 담을 많이 뱉고 또 아무 데나 함부로 뱉는 것을 말하여 의사의 주의를 끌고 윤에게 망신을 주었다. 방에 돌아오는 길로 윤은 정을 향하여,

"댁이 나와 무슨 원수야? 댁이 끼니때마다 밥을 속여, 베개를 셋씩이나 베어, 밤마다 토해 이런 소리를 내가 간수보고 하면 댁이 경칠 줄 몰라? 임자가 그따위 개도 안 먹을 소갈머리를 가졌으닁게 처먹는 게 살이 안 되는 게여. 속에서 푹푹 썩어서 똥구멍으로 나갈 게 아가리로 나오는 게여. 댁의 상판대기를 보아요. 누렇게 들뜬 것이, 저러고 안 죽는 법 있어? 누가 여기서 먼저 죽어 나가나, 내기할까?"
하고 대들었다.

담 검사한 결과는 그로부터 사흘 후에 알려졌다. 키 작은 간병부의 말이, 풀라스, 풀라스, 풀라스, 열십자가 세 개나 적혔더라고 한다. 윤은 멀거니 간병부와 나를 번갈아 쳐다보며,

"풀라스, 풀라스는 무어고 열십자는 무어여?"
하고 근심스럽게 물었다.

"폐병 버러지가 욱시글득시글한단 말여."
하고 정이 가로맡아 대답을 하였다.

"당신더러 묻는 말 아니여."
하고 정에게 핀잔을 주고 나서, 윤은,

"내 담에 아무것도 없지라오? 열십자 세 개란 무어여?"
하고 간병부를 쳐다본다.

간병부는 빙그레 웃으며,

"괜찮아요. 담에 무엇이 있는지야 의사가 알지 내가 알아요?"
하고는 가버리고 말았다.

정이 제 자리를 윤의 자리에서 댓 치나 떨어지게 내 쪽으로 당기어 깔고,

"저 담벼락 쪽으로 바싹 다가서 누워요. 기침할 때에는 담벼락을 향하고 담을랑 타구에 배앝고. 사람의 말 주릴 하게도 안 듣네. 당신 담에 말이오, 폐결핵균이 말이야, 폐병 벌거지가 말이야, 대단히 많이 있단 말이우. 열십자가 하나면 좀 있단 말이고, 열십자가 둘이면 많이 있단 말이고, 열십자가 셋이면 대단히 많이 있단 말이야, 인제 알어들었수? 그러니깐 말이야, 다른 사람 생각을 좀 해서 함부로 담을 뱉지 말란 말이오."
하는 말을 듣고 윤의 얼굴은 해쓱해지며, 내게,

"진상 그게 정말인 게요?"
하고 묻는 소리도 떨렸다. 나는,

"내일 의사가 무어라고 말씀하겠지요."
할 뿐이고 그 이상 더 할 말이 없었다.

다 저녁때가 되어서 키 작은 간병부가 와서,

"윤서방? 전방이오 전방. 좋겠소, 널찍한 방에, 혼자 맡어가지고, 정서방하고 쌈도 안 하고. 인제 잘됐지. 어서 짐이나 채려요."
하는 말에 윤은 자리에 벌떡 일어나 앉으며 간병부를 눈 흘겨보

면서,

"여보 그래 댁은 나와 무슨 원수란 말이오? 내 담을 갖다가 검사를 시키고, 그리고 나를 사람 죽은 방에 혼자 가 있게 해? 날더러 죽으란 말이지? 난 그 방 안 가오. 어디 어떤 놈이 와서 나를 그 방으로 끌어가나 볼라오? 내가 그놈과 사생결단을 할 터이닝게. 그래 이따위 입으로 똥 싸는 더러운 병자는 가만두고, 나 같은 말짱한 사람을 그래 사람 죽은 방으로 혼자 가래? 햐꾸고오상 나를 나를 사람 죽은 방으로 보내고 그래 댁이 앙화를 안 받을 듯싶소?"

하고 악을 썼다.

"왜 날더러 그러오? 내가 당신을 어디로 보내고 말고 하오? 또 제가 전염병이 있으면 가란 말 없어도 다른 사람 없는 데로 가는 게지, 다른 사람들까지 병을 묻혀놓으려고? 심사가 그래서는 못 써. 죽을 날이 가깝거든 맘을 좀 착하게 먹어. 이건 무슨 퉁명이야?"

간병부는 이렇게 말하고 코웃음을 웃으며 가버린다.

간병부가 간 뒤에 윤은 정에게 원망하는 말을 퍼부었다. 제 담 검사를 정이 주장하였다는 것이다. 그는 정이 죽어 나가는 것을, 맹세코 제 눈으로 보겠다고 장담하고, 또 만일 불행히 제가 먼저 죽으면 죽은 귀신이라도 정에게 원수를 갚을 것을 선언하였다. 정은 아무 말도 아니 하고 고소한 듯이 싱글벙글 웃기만 하고 있더니,

"흥, 그리 마오. 당신이 그런 악한 맘을 가졌으니깐 그런 악한

병을 앓게 되는 게유. 당신이야말로 민영감을 그렇게 못 견디게 굴었으니깐 민영감 죽은 귀신이 지금 와서 원수를 갚는 게야. 흥, 내가 왜 죽어? 나는 말짱하게 살아 나갈걸. 나는 얼마 아니면 공판이야. 공판만 되면 무죄야. 이건 왜 이러오?"
하고 드러누워서 소리를 내어 불경책을 읽기 시작한다.

정은 교회사를 면회하고 『무량수경』을 얻어다가 읽기 시작한 지가 벌써 이 주일이나 되었다. 그는 순 한문 경문의 뜻을 알아볼 만한 한문의 힘이 없는 모양이었으나 이렇게도 토를 달아보고 저렇게도 토를 달아보면서 그래도 부지런히 읽었고, 가끔가다가 제가 깨달았다고 하는 구절을 장한 듯이 곁에 사람에게 설명조차 하였다. 그는 곁방에서도 다 들리리만큼 큰 소리로 서당에서 아이들이 글 읽는 모양으로 낭독을 하였고 취침 시간 후이거나 기상 시간 전이거나 곁에 사람이야 자거나 말거나 제 맘만 내키면 그것을 읽었다. 한번은 지나가던 간수가 소리를 내지 말라고 꾸중할 때에 그는 의기양양하게 '자기가 읽는 것은 불경이라'고 대답하였다. 그가 때때로 설명하는 것을 들으면 『무량수경』 속에 있는 뜻을 대충은 아는 모양이었으나 그는 그것을 실행에 옮길 생각은 아니 하는 것 같아서, 불경을 읽은 지 이 주일이 넘어도 남을 위한다는 생각은 조금도 나는 것 같지 아니하였다. 한번은 윤이,

"흥, 그래도 죽어서 좋은 데는 가고 싶어서, 경을 읽기만 하면 되는 줄 알구. 행실을 고쳐야 하는 게여?"
하고 빈정댈 때에, 옆에서 강이,

"그러지 마시오. 그 양반 평생 첨으로 좋은 일 하는 게요. 입으로 읽기만 하여도 내생 내내생쯤은 부처님 힘으로 좀 나아지겠지."

이렇게 대꾸를 하였다.

"앗으우. 불경 읽는 사람을 곁에서 그렇게 비방들을 하면 지옥에를 간다고 했어."

이렇게 뽐내고 정은 왕왕 소리를 내어 읽었다. 사람 죽은 방으로 간다는 걱정으로 자못 맘이 편안치 못한 윤은 정의 글 읽는 소리에 더욱 화를 내는 모양이어서, 몇 번 입을 비쭉비쭉하더니,

"듣기 싫어. 다른 사람 생각도 좀 해야지. 제발 소리 좀 내지 말아요."
하는 것을 정은 들은 체만 하고 소리를 더 높여서 몇 줄을 더 읽고는 책을 덮어놓는다.

윤은 누운 대로 고개를 돌려서 내 편을 바라보며,

"진상요. 사람 죽은 방에 처음 들어가 자면 그 사람도 죽는 게 아닌 게오?"
하고 내 의견을 묻는다.

"사람 안 죽은 아랫목이 어디 있어요? 병원에선 금시에 죽어 나간 침대에 금시에 새 병자가 들어온답니다. 사람이 다 제 명이 있지요. 죽고 싶다고 죽어지는 것도 아니고 더 살고 싶다고 더 살아지는 것도 아니구요. 그렇게 겁을 집어 자시지 말고 맘 편안히 염불이나 하고 누워 계셔요."

나는 이것이 그에게 대하여 내가 말할 수 있는 마지막 기회인

성싶어서, 일부러 일어나 앉아서 이 말을 하였다. 내가 한 말이 윤의 생각에 어떠한 반향을 일으켰는지 알 수 있기 전에 감방 문이 덜컥 열리며,

"쥬고고 뎀보오."

하는 간수의 명령이 내렸다. 간수의 곁에는 키 작은 간병부가 빙글빙글 웃고 서서,

"어서 나와요. 짐 다 가지고 나와요."

하고 소리를 쳤다. 윤은 자리 위에 벌떡 일어나 앉으며,

"단또상(간수님) 제 병이 폐병이 아니기오. 제가 기침을 하지마는 그 기침은 깨끗한 기침이닝게."

하고 되지도 아니할 변명을 하려다가, 마침내 어서 나오라는 호령에 잔뜩 독이 올라서 발발 떨면서 일호실로 전방을 하고 말았다. 윤이 혼자서 간수와 간병부에게 악담을 하는 소리와 자지러지게 하는 기침 소리가 들려왔다.

정은

"에잇, 고것, 잘 갔다. 무슨 사람이 고렇게 생겨먹었는지. 사뭇 독사야 독사. 게다가 다른 사람 생각이란 영 할 줄 모르지. 아무 데나 대고 기침을 하고 아무 데나 담을 뱉어버리고. 이거 대소독을 해야지, 쓸 수가 있나?"

하고 중얼거리면서, 그래도 윤이 덮던 겹이불이 자기 것보다는 빛깔이 좀 새로운 것을 보고 얼른 제 것과 바꾸어 덮는다. 그리고 윤이 쓰던 알루미늄 밥그릇도 제 밥그릇과 포개놓아서 다른 사람이 먼저 가질 것을 겁내는 빛을 보인다. 강이 물끄러미 이 모양을

보고 앉았다가,

"여보 방까지 소독을 해야 된다면서 앓던 사람의 이불과 식기를 쓰면 어쩔 작정이오? 당신은 남의 허물은 참 용하게 보는데, 윤씨더러 하던 소리를 당신더러 좀 해보시오그려."
하고 핀잔을 준다.

정은 약간 부끄러운 빛을 보이며,

"이불은 내일 볕에 널고 식기는 알코올 솜으로 잘 닦아서 소독을 하면 고만이지."
하고 또 고개를 흔들어가며 소리를 내어서 불경책을 읽기를 시작한다.

정은 아마 불경을 읽는 것으로, 사후에 극락세계로 가는 것보다도 재판에 무죄 되기를 바라는 모양이었다. 그러기에 그가 징역일 년 반의 선고를 받고 와서는 불경을 읽는 것이 훨씬 덜 부지런하였고, 그래도 아주 불경 읽기를 그만두지 아니하는 것은 공소공판을 위함인 듯하였다. 그렇게 자기는 무죄라고 장담하였고 검사와 공범들까지도 자기에게는 동정을 가진다고 몇 번인지 모르게 뇌고 뇌다가, 유죄 판결을 받고 와서는 재판장이 '야마시다' 재판장이 아니요 '나까무라'인가 하는 변변치 못한 사람인 까닭이라고 단언하였고 공소에서는 반드시 자기의 무죄가 판명되리라고, 공소의 불리함을 타이르는 간수에게 중언부언 설명하였다. 그는 수없이 억울하다는 소리를 하였고 일 년 반 징역이라는 것을 두려워함이 아니라 자기의 일생의 명예를 위하여 끝까지 법정에서 다투지 아니하면 아니 된다고 비장한 어조로 말하였고, 자기 스스로도 제 말에 감격하는 모양이었다.

 얼마 후에 강도 징역 이 년의 판결을 받았다. 정이 강더러 아첨 절반으로 공소하기를 권할 때에, 강은,

 "난 공수 안 할라오. 고등교육까지 받은 녀석이 공갈 취재를 해먹었으니 이 년 징역도 싸지요."

하였고, 그날 밤에 간수가 공소 여부를 물을 때에,

 "후꾸자이시마스 후꾸자이시마스(복죄합니다)."

하고 상소권을 포기하였다. 그리고 이튿날 아침에 그는 칠십이 넘은 아버지 어머니 걱정을 하면서, 복역 중에 새사람이 될 것을 맹세하노라고 말하고 본감으로 가고 말았다.

 "자식이 싱겁기는."

하는 것이 정이 강을 보내고 나서 하는 비평이었다. 강이 정의 말에 여러 번 핀잔을 주던 것이 가슴에 맺힌 모양이었다.

 강이 상소권을 포기하고 선선히 복죄해버린 것이 대조가 되어서 정이 사기 취재를 한 사실이 확실하면서도 무죄를 주장하는 모양이 더욱 보기 숭하였다. 그래서 간수들이나 간병부들이나 정에게 대해서는, 분명히 멸시하는 태도를 가지고 있었다. 게다가 정이 보석 청원을 쓴다고 편지 쓰는 방에 간 것을 보고 키 작은 간병부는 우리 방 창밖에 와 서서,

 "남의 것 사기해먹는 놈들은 모두 염치가 없단 말이야. 땅도 없는 것을 있다고 속여서 계약금을 오천 원이나 받아서 제가 천 원이나 떼어먹고도 글쎄, 일 년 반 징역이 억울하다는구먼. 흥, 게다가 보석 청원을 한다고……? 저런 것은 검사도 미워하고 형무

소에서도 미워해서 다 죽게 되기 전에는 보석을 안 해주어요."

이런 소리를 하였다. 그 이야기 솜씨와 아첨 잘하는 것으로 간병부들의 환심을 샀던 것조차 잃어버리고, 건강은 갈수록 쇠하여지는 정의 모양은 심히 외롭고 가엾은 것 같았다.

윤이 전방한 지 아마 이십 일은 지나서 벌써 달리아 철도 거의 지나고 국화꽃이 피기 시작한 어떤 날, 나는 정과 함께 감옥 마당에 운동을 나갔다. 정은 사루마다[12] 바람으로 달음질을 하고 있었으나, 몸을 움직일 수 없는 나는 모래 위에 엎드려서 거진 다 쇠잔한 채송화꽃을 들여다보며 일광욕을 하고 있었다. 아침저녁은 선들선들하고, 더구나 오늘 아침에는 늦게 핀 코스모스조차 서리를 맞아 아주 후줄근하였건마는 오정을 지난 볕은 따가울 지경이었다. 이때에 "진상!" 하고 부르는 소리가 들렸다. 고개를 들어 돌아보니 일방 창으로 윤의 머리가 쑥 나와 있었다. 그 얼굴은 누르스름하게 부어올라서 원래 가느다란 눈이 더욱 가늘어졌다. 나는 약간 고개를 끄덕여서 인사를 대신하였으나, 이것도 물론 법에 어긋나는 일이었다. 파수 보는 간수에게 들키면 걱정을 들을 것은 물론이다.

"진상! 저는 꼭 죽게 됐는 게라. 이렇게 얼굴까지 퉁퉁 부었능기라우. 어젯밤 꿈을 꾸닝게 제가 누런 굵은 베로 지은 제복을 입고 굴건을 쓰고 종로로 돌아단기는 꿈을 꾸었지라오. 이게 죽을 꿈이 아닝기오?"

하는 그 목소리는 눈물겹도록 부드러웠다.

그 이튿날이라고 생각한다. 또 나와 정이 운동을 하러 나가 있

을 때에 전날과 같이 윤은 창으로 내다보며,

"당숙한테서 돈이 왔는디 닭알을 먹을 겡기오? 우유를 먹을 겡기오? 아무 걸 먹어도 도무지 내리지를 않는디."

이런 말을 하였다.

또 며칠 후에는

"오늘 의사의 말이 절더러 집안에, 부어서 죽은 사람이 없느냐고 묻는데요. 선친이 꼭 나 모양으로 부어서 돌아가셨는데요?"

이런 말을 하고 아주 절망하는 듯이 한숨을 쉬는 것이 보였다. 그러고 나서 정에게는 들리지 않기를 원하는 듯이 정이 저쪽 끝으로 가는 때를 타서,

"염불을 뫼시려면 나무아미타불이라고만 하면 되능기오?"

하고 물었다. 나는 벌떡 일어나 앉으며 합장하고 약간 고개를 숙이고 나무아미타불 하고 한 번 불러 보였다.

윤은 내가 하는 모양으로 합장을 하다가, 정이 앞에 오는 것을 보고 얼른 두 팔을 내려버리고 말았다. 그리고 다시 정이 먼 곳으로 간 때를 타서,

"진상! 나무아미타불을 부르면 죽어서 분명히 지옥으로 안 가고 극락세계로 가능기오?"

하고 그 가는 눈을 할 수 있는 대로 크게 떠서 나를 바라보았다. 나는 생전에 이렇게 중대한, 이렇게 책임 무거운 질문을 받아본 일이 없었다. 기실 나 자신도 이 문제에 대하여 확실히 대답할 만한 자신이 없었건마는 이 경우에 나는 비록 거짓말이 되더라도, 나 자신이 지옥으로 들어갈 죄업이 되더라도 주저할 수는 없었

다. 나는 힘 있게 고개를 서너 번 끄덕끄덕한 뒤에,

"정성으로 염불을 하세요. 부처님의 말씀이 거짓말 될 리가 있겠습니까?"
하고 내가 듣기에도 엄청나게 큰 목소리로, 엄청나게 결정적으로 대답을 하였다.

윤은 수없이 고개를 끄덕끄덕하고 나를 향하여, 크게 한 번 허리를 구부리고는 창에서 사라져버리고 말았다.

이 일이 있은 뒤에 윤이 우유와 닭알을 주문하는 소리와, 또 며칠 후에는 우유도 내리지 아니하니 그만두라는 소리가 들리고, 이 모양으로 어쩌다가 한마디씩, 그가 점점 쇠약하여가는 것을 표시하는 말소리가 들렸을 뿐이요, 우리가 운동을 나가더라도 그가 창으로 우리를 내다보는 일은 없었다. 간병부의 말을 듣건대 그의 병 증세는 점점 악화하여 근일에는 열이 삼십구 도를 넘는다 하고, 의사도 이제는 절망이라고 해서, 아마 미구에 보석이 되리라고 하였다.

어느 날 밤, 취침 시간이 지난 뒤에 통통하고 복도로 사람들 다니는 소리가 나는 것을 듣고 창을 바라보고 있노라니, 뚱뚱한 부장과 얼굴 검은 간수가 어떤 회색 두루마기 입은 사람과 같이 윤이 있는 일방 문밖에 서 있고 얼마 아니 해서 흰 겹바지 저고리를 갈아입은 윤이 키 큰 간병부의 부축을 받아 나가는 것이 보였다. 키 작은 간병부는 창에 붙어 섰다가 자리에 와 드러누우며,

"그예, 보석으로 나가는군요. 나가더라도 한 달 넘기기가 어려우리라던데요."

하였다. 그 회색 두루마기를 입은 사람이 윤의 당숙 면장일 것은 말할 것도 없다.

"나도 보석이나 나갔으면!"
하고 정은 길게 한숨을 쉬었다.

 내가 출옥한 뒤에 석 달이나 지나서 가출옥으로 나온 키 작은 간병부를 만나 들은 바에 의하면, 민도 죽고 윤도 죽고 강은 목수 일을 하고 있고 정은 소화불량이 더욱 심하여진 데다가 신장염도 생기고 늑막염도 생겨서 중병 환자로 본감 병감에 가 있는데, 도저히 공판정에 나가볼 가망이 없다고 한다.

꿈

첫 권

 끝없는 동해 바다. 맑고 푸른 동해 바다. 낙산사(落山寺) 앞 바다.

 늦은 봄의 고요한 새벽 어두움이 문득 깨어지고 오늘은 구름도 없어 붉은 해가 푸른 물에서 쑥 솟아오르자, 끝없는 동해 바다는 황금빛으로 변한다. 늠실늠실하는 끝없는 황금 바다.

 깎아 세운 듯한 절벽이 불그스레하게 물이 든다. 움직이지도 않는 바위틈의 철쭉꽃 포기들과 관세음보살을 모신 낙산사 법당 개와도 황금빛으로 변한다.

 "나무 관세음보살 나무 대자대비 관세음보살" 하는 염불 소리, 목탁 소리도 해가 돋자 끊어진다. 아침 예불이 끝난 것이다.

 조신(調信)은 평목(平木)과 함께 싸리비를 들고 문밖으로 나와 문전 길을 쓸기를 시작한다. 길의 흙은 밤이슬에 촉촉이 젖었다. 싸악싸악, 쓰윽쓰윽 하는 비질 소리가 들린다.

  조신과 평목이 앞 동구까지 쓸어나갈 때에 노장 용선화상(龍船和尙)이 구부러진 기다란 지팡이를 끌고 대문으로 나온다.

"저 앞 동구까지 잘 쓸어라. 한눈팔지 말고 깨끗이 쓸어. 너희 마음에 묻은 티끌을 닦아버리듯이."
하고 용선노장이 큰 소리로 외친다.

"네."
하고 조신과 평목은 뒤도 돌아보지 아니하고 더 재게 비를 놀린다.

"오늘은 태수 행차가 오신다고 하였으니 각별히 잘 쓸렷다."
하고 노장은 산문 안으로 들어온다.

  태수 행차라는 말에 조신은 비를 땅바닥에 떨어뜨리고 허리를 편다.

"왜 이래? 벌이 쏘았어? 못난 짓도 퍽도 하네."
하고 평목이가 비로 조신의 엉덩이를 갈긴다.

  조신은 말없이 떨어진 비를 다시 집어든다.

"태수가 온다는데 왜 그렇게 놀라? 무슨 죄를 지었어?"
하고 평목은 그 가느스름한 여자다운 눈에 눈웃음을 치면서 조신을 바라본다. 평목은 미남자였다.

"죄는 내가 무슨 죄를 지었어?"
하고 조신은 비질을 하면서 툭 쏟다. 평목과는 정반대로 조신은 못생긴 사내였다. 낯빛은 검푸르고 게다가 상판이나 눈이나 코나 모두 찌그러지고 고개도 비뚜름하고 어깨도 바른편은 올라가고 왼편은 축 처져서 걸음을 걸을 때면 모로 가는 듯하게 보였다.

"네 마음이 비뚤어졌으니까 몸뚱이가 저렇게 비뚤어진 것이다. 마음을 바로잡아야 내생에 똑바른 몸을 타고나는 것이다."

용선화상은 조신에게 이렇게 훈계를 하였다.

"죄를 안 지었으면, 원님 나온다는데 왜 질겁을 해. 세달사(世達寺) 농장에 있을 적에 네가 아마 협잡을 많이 하여 먹었거나 뉘 유부녀라도 겁간을 한 모양이야. 어때 내님이 꼭 알아맞혔지? 그렇지 않고야 김태수 불공 온다는데 왜 빗자루를 땅에 떨어뜨리느냐 말야? 내 어째 수상쩍게 생각했다니. 세달사 농장을 맡아보면 큰 수가 나는 자린데 왜 그것을 내어버리고 낙산사에를 들어와서 이 고생을 하느냐 말야? 어때 내 말이 맞았지? 똑바로 참회를 해요."

하고 평목은 비질하기도 잊고 조신의 앞을 질러 걸으며 잔소리를 한다.

"어서 절이나 쓸어요. 괜시리 노스님 보시면 경치지 말고."

조신은 이렇게 한마디 평목을 핀잔을 주고는 여전히 길을 쓴다. 평목의 말이 듣기 싫다는 듯이 쓰윽 싸악 하는 소리를 더 높이 낸다.

평목은 그래도 비를 든 채로 조신보다 한 걸음 앞서서 뒷걸음을 치면서 말을 건다.

"이봐, 조신이 오늘 보란 말야."

"무얼 보아?"

"원님의 따님이 아주 어여쁘단 말야? 관세음보살님같이 어여쁘단 말야. 작년에도 춘추로 두 번 불공드리러 왔는데 말야. 그 아가씨가 참 꽃송이란 말야, 꽃송이. 아유우. 넨정."
하고 평목은 음탕한 몸짓을 한다.

 평목의 말에 조신은 더욱 견딜 수 없는 듯이 빨리빨리 비질을 한다. 그러나 조신의 비는 쓴 자리를 또 쓸기도 하고 껑충껑충 뛰어넘기도 하고 허둥허둥하였다.

 그럴밖에 없었다. 조신이가 세달사의 중으로서 명주 날리군(溟洲捺李郡)에 있는 세달사 농장에 와 있은 지 삼 년에 그 편하고 좋은 자리를 버리고 낙산사에 들어온 것이 바로 이 김태수 흔공(昕公)의 딸 달례 때문이었다.

 조신이 달례를 처음 본 것이 바로 작년 이맘때였다. 철쭉꽃 활짝 핀 어느 날 조신이 고을 뒤 거북재라는 산에 올랐을 때에 마침 태수 김흔공이 가솔을 데리고 꽃놀이를 나와 있었다. 때는 석양인데 달례가 시녀 하나를 데리고 단둘이서 맑은 시내를 따라서 골짜기로 더듬어 오르는 길에 석벽 위에 매달린 듯이 탐스럽게 핀 철쭉 한 포기를 바라보고

 "저것을 꺾어다가 병석에 누우셔서 오늘 꽃구경도 못 나오신 어머님께 드렸으면······."
하고 차마 그곳을 그대로 지나가지 못하고 방황할 때에 만난 것이 조신이었다.

 무심코 골짜기로 내려오던 조신도 하늘에서 내려온 듯한 달례를 보고는 황홀하게 우뚝 섰다. 제가 불도를 닦는 중인 것도 잊어

버렸다. 제가 어떻게나 못생긴 사내인 것도 잊어버렸다. 그러고는 염치도 없이 달례를 물끄러미 바라보고는 언제까지나 한자리에 서 있었다. 마치 그의 눈과 몸이 다 굳어진 것과 같았다.

갑자기 조신을 만난 달례도 놀랐다. 한 걸음 뒤로 멈칫 물러서지 아니할 수 없었으나 다시 보매 중인지라 안심한 듯이 조신을 향하여 합장하였다. 그의 얼굴에는 역시 처녀다운 부끄러움이 있었다.

달례가 합장하는 것을 보고야 조신은 굳은 몸이 풀리고 얼었던 정신이 녹아서 위의를 갖춰서 합장으로 답례를 하였다.

'그렇기로 저렇게 아름다운 여자가 어떻게 세상에 있을까?'

조신은 속으로 중얼거리면서, 이 자리에 오래 있는 것이—젊고 아름다운 처녀의 곁에서 그 고운 얼굴을 바라보고 그 그윽한 향기를 맡는 것이 옳지 아니한 줄을 생각하고는 다시 합장하고 허리를 굽히고 달례의 등 뒤를 지나서 내려가는 걸음을 빨리 걸었다. 그러나 조신의 다리에는 힘이 없어서 어디를 어떻게 디디는지를 몰랐다.

달례는 조신의 이러하는 모양을 보다가 방그레 웃으며 시녀더러,

"얘, 저 스님 잠깐만 여쭈어라."

하였다.

"스님! 스님!"

하고 수십 보나 내려간 조신의 뒤를 시녀가 부르면서 따랐다.

"네."

하고 조신은 걸음을 멈추고 돌아섰다.
 시녀는 조신의 앞에 가까이 가서 눈으로 달례를 가리키며,
 "작은아씨께서 스님 잠깐만 오십시사고 여쭈옵니다."
하였다.
 "작은아씨께서? 소승을?"
하고 조신은 시녀가 가리키는 편을 바라보았다. 거기는 분홍 긴 옷을 입은 한 분 선녀가 서 있었다. 좀 새뜨게 바라보는 모양이 더욱 아름다워서 인간 사람 같지는 아니하였다.
 조신은 시녀의 뒤를 따랐다.
 "어느 댁 아가씨시오?"
하고 조신은 부질없는 말인 줄 알면서 묻고는 혼자 부끄러웠다.
 "이 고을 사또님 따님이시오."
 시녀는 이렇게 대답하였다.
 '그러나 하길래…….'
하고 조신은 속으로 중얼거렸다. 이 고을 사또 김흔공은 신라의 진골(왕족)이었다.
 "아가씨께서 소승을 부르셨시오?"
하고 조신은 달례의 앞에서 합장하였다.
 "스님을 엿조와서 죄송합니다."
하고 달례는 방긋 웃었다.
 조신은 숨이 막힐 듯함을 느꼈다. 석벽 밑 맑은 시냇가에 바위를 등지고 선 달례의 자태는 비길 데가 없이 아름다웠다. 부드러운 바람이 그 가벼운 분홍 옷자락을 펄렁거릴 때마다 사람을 어

리게 하는 향기가 풍기는 것 같았다. 그 감은 머리는 봄날 볕에 칠같이 빛났다.

"미안하오나 저 석벽에 핀 철쭉을 꺾어주십시오."

달례의 붉은 입술이 움직일 때에 옥같이 흰 이빨이 빛났다.

조신은 달례의 가리키는 석벽을 바라보았다. 네 길은 될 듯한 곳에 한 포기 철쭉이 참으로 탐스럽게 피어 있었다. 그러나 거기를 올라가기는 여간 힘든 일이 아닐 것 같았다. 산을 타는 자신이 있는 사람이 아니면 엄두도 내기 어려울 듯하였다.

"그 꽃은 꺾어서 무엇 하시랴오?"

조신은 이렇게 물어보았다. 물론 조신은 석벽에 기어오르다가 뼈가 부서져 죽더라도 올라갈 결심을 하였다.

"어머니께서 병환으로 꽃구경을 못 하셔서 꼭 저 꽃을 꺾어다가 어머니께 드렸으면 좋을 것 같아서."

달례는 수줍은 듯이 그러나 낭랑한 음성으로 이렇게 말하였다.

조신은,

"효성이 지극하시오, 그러면 소승이 꺾어보오리다."

하고 조신은 갓과 장삼을 벗어서 바위에 놓으려는 것을 달례가 받아서 한 팔에 걸었다.

조신은 어떻게 그 험한 석벽에 올라가서 어떻게 그 철쭉꽃을 꺾었는지 모른다. 그것은 꿈속과 같았다. 한 아름 꽃을 안고 달례의 앞에 섰을 때에 비로소 정신을 차릴 수가 있었다.

"황송도 하여라."

하고 달례는 한 팔을 내밀어 조신의 손에서 꽃을 받아 안고 한 팔에 걸었던 장삼을 조신에게 주었다.

 이 일이 있은 뒤로부터 조신의 눈앞에서는 달례 모양이 떠나지를 아니하였다. 깨어서는 달례를 생각하고 잠들어서는 달례를 꿈꾸었다.

 그러나 그것은 이루지 못할 일이었다. 달례와 백년해로를 하기는커녕, 다시 한 번 달례를 대하여서 말 한마디를 붙여보기도 하늘에 별 따기와 같은 일이었다.

 조신은 멀리 달례가 들어 있을 태수의 내아 쪽을 바라보았다. 깊이깊이 수림과 담 속에 있어서 그 지붕까지 잘 보이지 아니하였다. 나는 제비밖에는 통할 수 없는 저 깊은 속에 달례가 있는 것이다. 그러다가 언제나 벼슬이 갈리면 달례는 그 아버지를 따라서 서울로 가버릴 것이다. 달례가 서울로 가면 조신도 서울로 따라갈 수는 있지만 서울에 간 뒤에는 여기서보다도 더 깊이 김랑은 숨어서 영영 대할 길이 없을 것이다.

 이런 일을 생각하면 조신은 몸 둘 곳이 없도록 괴로웠다. 조신은 밥맛을 잃었다. 잠을 잃었다. 그의 기름은 바짝바짝 말랐다. 그는 마침내 병이 될 지경이었다.

 "나는 중이다. 불도를 닦는 사람이다."

 이러한 생각으로 조신은 눈앞에 알른거리는 달례의 그림자를 물리쳐보려고도 애를 썼다. 그러나 그것은 안 될 일이었다. 물리치려면 더 가까이 오고 잊으려면 더 또렷이 김랑의 모양이 나타났다.

 마음으로 싸우다 싸우다 못한 끝에 조신은 마침내 낙산사에 용선대사를 찾았다.
 조신은 대사에게 모든 것을 참회한 뒤에
 "스님, 소승은 어찌하면 좋습니까?"
하고 물었다.
 이에 대하여 용선화상은 조신을 바라보고 그 깊은 눈썹 속에 빛나는 눈으로 빙그레 웃으면서,
 "네 그 찌그러진 얼굴을 보고 달례가 너를 따르겠느냐?"
하고는 턱춤을 추면서 소리를 내어서 웃었다.
 조신은 욕과 부끄러움과 슬픔과 절망을 한데 느끼면서,
 "그러기에 말씀입니다. 그러니 소승이 어떻게 하면 좋습니까?"
하고 애원하였다.
 "네 상판대기부터 고쳐라."
 "어떻게 하면 이 업보로 타고난 상판대기를 고칠 수가 있습니까?"
 "관세음보살을 염하여라."
 "관세음보살을 염하면 이 상판대기가 고쳐지겠습니까. 이 검은 빛이 희어지고 이 찌그러진 것이 바로잡히겠습니까?"
 "그렇고말고, 그보다 더한 것도 된다. 달례보다 더한 미인도 너를 사모하고 따라올 것이다."
 용선화상의 이 말에 힘을 얻어서 조신은,
 "스님, 소승은 관세음보살을 모시겠습니다. 소승이 힘이 없사오니 스님께서 도력으로 소승을 가지(加持)[1]해주십시오."
하고는 지금까지 관세음보살을 염하여온 것이었다.

그런데 이제 달례가 온다. 그 부모를 모시고 불공을 드리러 오는 것이다. 조신의 가슴은 정신을 진정할 수가 없이 울렁거렸다.

길을 다 쓸고 나서 조신은 용선화상께 갔다.

"스님, 소승 어찌하면 좋습니까?"

하고 조신은 정성스럽게, 황송스럽게 용선께 물었다.

"무엇을? 무엇을 어찌한단 말이냐?"

하고 노장은 시치미를 떼었다.

"아뢰옵기 황송하오나 김태수가 오신다면 그 따님도 오실 모양이니……."

"오, 그 말이냐? 그저 관세음보살을 염하려무나."

하고 용선대사는 뚫어지게 조신을 바라보았다.

"소승은 지금도 이렇게 가슴이 울렁거립니다."

"응, 이따가는 더 울렁거릴 터이지."

"그러면 소승은 어찌하면 좋습니까?"

"관세음보살을 염하려무나."

"스님, 소승의 소원이 꼭 이루어지겠습니까?"

"관세음보살을 염하려무나."

"나무 대자대비 관세음보살 마하살."

하고 조신은 당장에서 합장하고 큰 소리로 관세음보살을 부른다.

용선은 물끄러미 조신이 하는 양을 보다가 조신을 향하여서 한 번 합장한다. 대사는 관세음보살을 일심으로 염하는 조신의 속에 관세음보살을 뵈온 것이었다.

절 경내는 먼지 하나 없이 정결히 쓸리고 물까지 뿌려졌다. 동

해 바다의 물결이 석벽에 부딪치는 소리가 철썩철썩 들려왔다. 그 소리와 어울려서,

"나무 대자대비 관세음보살 마하살."
하는 조신의 염불 소리가 끊임없이 법당에서 울려 나왔다.

문마다 '정제소(淨齊所)'라는 종이가 붙었다. 노랑 종이 다홍 종이에 범서(梵書)로 쓰인 진언들이 깃발 모양으로 법당에서부터 사방으로 늘인 줄에 걸렸다.

법당 남쪽 모퉁이 별당이 원님네 일행의 사처로 정결하게 치워졌다. 태수 김흔공은 이 절에 백여 석 추수하는 땅을 붙인 큰 시주였다. 그러므로 무슨 특별한 큰 재가 아니라도 이처럼 정성을 들이는 것이었다.

해가 낮이 기울어서 승시 때가 될 때쯤 하여서 전배가 달려와서 원님 일행이 온다는 선문을 놓았다.

노장은 칠팔 인 젊은 중을 데리고 동구를 나갔다. 모두 착 가사 장삼 하고 목에 염주를 걸고 팔목에는 단주를 들었다. 노장은 육환장을 짚었다. 꾀꼬리 소리가 들려오고 이따금 멀리서 우는 종달새 소리도 들렸다. 봄철 저녁나절이라 바람은 좀 있었으나 날은 화창하였다. 검으리만큼 푸른 바다에는 눈 같은 물꽃이 피었다. 중들의 장삼 자락이 펄펄 날렸다.

이윽고 노루목이 고개로 검은 바탕에 홍 끝동 단 사령들이 너푼거리는 것이 보였다. 그러고는 가마 세 틀이 보기 좋게 들먹들먹 흔들리면서 이리로 향하고 넘어오는 것이 보였다. 짐을 진 행인들이 벽제 소리에 길 아래로 피하는 것도 보였다.

원의 일행은 산모퉁이를 돌았다. 용선대사 일행이 마중을 나와 있는 모습을 보았음인지 가마는 내려놓아졌다. 맨 앞 가마에서 자포를 입고 흑건을 쓴 관인이 나선다. 그리고 둘째 가마에서도 역시 자포를 입은 부인이 나서고 맨 나중에 분홍 긴 옷을 입은 달례가 나선다. 세 사람은 천천히 걷기를 시작한다. 뒤에는 통인 한 쌍과 시녀 한 쌍이 따르고 사령 네 쌍은 전배까지도 다 뒤로 물러서 따른다. 절 동구에 들어오는 예의다.

서로서로의 얼굴이 바라보일 만한 거리에 왔을 때에 김태수는 합장하고 고개를 숙인다. 부인과 달례도 그 모양으로 하고 따르는 자들도 다 그렇게 한다. 이것이 절에 대해서와 마중 나온 중들에게 대하여 하는 첫인사였다. 이에 대해서 용선법사도 합장하였다.

이리하는 동안에 맨 뒤에 선 조신은 반정신은 나간 사람 모양으로 분홍 옷만 바라보고 있었다. 그리고 울렁거리는 가슴과 떨리는 몸을 가까스로 억제하면서 입속으로 관세음보살을 염하였다.

마침내 태수의 일행은 용선대사 앞에 왔다. 태수는 이마가 거의 땅에 닿으리만큼 대사에게 절을 하고 부인과 달례는 오체투지(五體投地)의 예로 대사에게 절하였다.

조신은 달례가 무릎을 꿇는 것을 보고는 부지불각에 무릎을 꿇어버렸다. 출가인은 부모나 임금의 앞에도 절을 아니 하는 법이다.

"쯧!"

하고 곁에 섰던 평목이 발길로 조신의 엉덩이를 찼다.

용선대사가 앞을 서고 그다음에 태수 일행이 따르고 그 뒤에 중들이 따라서 절에 들어왔다.
　조신은 평목에게 여러 가지 핀잔을 받으면서 정신없이 다른 사람들의 뒤를 따라 들어왔다.
　'지나간 일 년 동안에 더욱 아름다워졌다.'
　조신은 이렇게 속으로 중얼대었다. 열다섯 열여섯 살의 처녀가 피어나는 것은 하루가 새로운 것이다. 조신의 그리운 눈에는 달례는 아무리 하여도 인간 사람은 아닌 듯하였다. 그의 속에는 피, 고름이나 오줌똥도 있을 수 없고 오직 우담바라의 꽃향기만이 찼을 것 같았다.
　'그 눈, 그 눈!'
하고 생각하면 조신은 전신이 땅속으로 잦아드는 것 같았다.
　"나무 관세음보살 마하살."
하고 조신은 곁에 사람들이 있는 것도 잊고 소리 높이 불렀다. 이 소리에 달례의 눈이 조신에게로 돌아왔다. 달례는 조신을 알아보는 듯 눈이 잠깐 움직인 것같이 조신에게는 보였다.
　유시부터 재가 시작된다.
　중들은 바빴다.
　부처님 앞에는 새로 잡은 황초와 새로 담은 향불과 새로 깎은 향이 준비되고 커다란 옥 등잔도 말짱하게 닦아서 꼭꼭 봉하여 두었던 참기름을 그득그득 붓고 깨끗한 종이로 심지를 꼬아서 열 십자로 놓았다. 한 등잔에 불 넷이 켜지게 하는 것이다.
　중들이 이렇게 바쁘게 준비하는 동안에 태수의 일행은 사처에 들어서 쉬기도 하고 동해의 경치를 바라보기도 하였다.

퇴 밑에 벗어놓은 분홍 신은 달례의 신이 분명하거니와 달례는 몸이 곤함인지 재계를 위함인지 방 안에 가만히 앉아서 얼마 아니 있으면 피어날 섬돌 밑 모란 봉오리를 바라보고 있었다. 모란 봉오리들은 금시에 향기를 토할 듯이 그러나 아직 때를 기다리는 듯이 붉은 입술을 꼭 다물고 있었다.

저녁 까치들이 짖을 때에 종이 울었다. 뎅뎅 큰 쇠가 울고 있었다.

불공 시간이 된 것이다.

젊은 중들이 가사 장삼에 위의를 갖추고 둘러서고 김태수네 가족이 들어와서 재자(齋者)의 자리인 불탑 앞에 가지런히 서고 나중에 용선대사가 회색 장삼에 금실로 수를 놓은 붉은 가사를 입고 사미의 인도를 받아서 법석에 들어와 인도하는 법사의 자리에 섰다.

정구업진언에서 시작하여 몇 가지 진언을 염한 뒤에 관세음보살, 비로자나불, 로사나불, 석가모니불, 아미타불을 불러,

"원컨대 재자의 정성을 보시와 도량에 강림하시와 공덕을 증명하시옵소서."

하고 한 분을 부를 때마다 법사를 따라서 일동이 절하였다. 김태수의 가족도 절하였다. 정성스럽게 두 손을 높이 들어서 합장하여 이마가 땅에 닿도록 오체투지의 예를 하였다.

향로에서는 시방세계의 부정한 것을 다 제하고 향기로운 구름이 되어서 덮게 한다는 향연이 피어오르고 굵은 초에는 맑은 불

길이 춤을 추고 있었다.

 이 모든 부처님네와 관세음보살이 이 자리에 임하셔서 재자의 정성을 보시라는 뜻이다.

 "옴 바아라 미나야 사바하."
하는 것은 불보살님네가 자리에 앉으시라는 진언이다.

 그러한 뒤에 사미가 쟁반에 차 네 그릇을 가져 다섯 위 앞에 올리자 법사는,

 "금장감로차. 봉헌징명전. 감찰건간심. 원수애납수. (今將甘露茶. 奉獻證明前. 鑑察虔懇心. 願垂哀納受.)"

 "차를 받들어 징명하시는 이께 올리오니 정성을 보시와서 어여삐 여겨 받으시옵소서."
하는 뜻이다.

 차를 올리고는 또 절이 있었다.

 그러고는 법사는 다시,

 "대자대비하옵시와 흰 옷을 입으신 관세음보살 마하살님 자비심을 베푸시와 도량에 강림하시와 이 공양을 받으시옵소서."
하고는 또 쇠를 치고 절하였다.

 달례도 법사의 소리를 맞추어 옥같이 흰 두 손을 머리 위에 높이 들어 관음상에 주목하면서 나붓이 절을 하였다.

 그러고는 관음참회례문이 시작되었다.

 "옴 아로륵계 사바하."
하는 멸업장진언(滅業障眞言)은 법사의 소리를 따라서 일동도 화하였다. 달례의 맑고 고운 음성이 중들의 굵고 낮은 음성 사이에

울렸다. 조신도 전생 금생의 모든 업장을 소멸하여줍소서 하는 이 진언을 정성으로 염하였다.

"백겁에 쌓은 죄를(百劫積集罪)

일념에 씻어지다(一念頓蕩除).

마른풀 사르듯이(如火焚枯草)

모조리 살위지다(滅盡無有餘)."

하는 참회게를 이어,

"옴 살바 못댜모디바라야 사바하. 원컨대 사생육도(四生六途)에 두루 도는 법계유정(法界有情: 목숨 있는 무리)이 여러 겁에 죽고 나며 지은 모든 업장을 멸하여지이다. 내 이제 참회하옵고 머리를 조아려 절하노니 모든 죄상을 다 소멸하여주옵시고 세세생생에 보살도를 행하게 하여주시옵소서."

하는 참회진언과 축원이 법사의 입으로 외워질 때에는 일동은 한참 동안이나 엎드려 일어나지 아니하였다.

이 모양으로 몸으로 지은 업과 입으로 지은 업과 마음으로 지은 업을 다 참회한 뒤에 다시는 죄를 짓지 아니하고 불, 법, 승 삼보(佛法僧三寶)를 공경하여 빨리 삼계인연을 떠나서 청정법신을 이루어지이다 하는 원을 발하고는 삼보에 귀명례한 후에

"삼보에 귀의하외

얻잡는 모든 공덕

일체유정에 돌려

함께 불도 이뤄지다."

하고는 나중으로,

"이 몸 한 몸 속에(我今一身中)

무진신(無盡身)을 날우와서(卽現無盡身)

모든 부처 앞에(遍在諸佛前)

무수례를 하여지다(一一無數禮)

옴 바아라 믹, 옴 바아라 믹, 옴 바아라 믹."

하는 보례게(普禮偈)와 보례진언(普禮眞言)을 부르고는 용선대사는 경상 위에 놓았던 축원문을 들어서 무거운 음성으로 느릿느릿 읽었다.

"오늘 지극하온 정성으로 재자 명주 날리군 태수 김흔공은 엎데어 대자대비 광음대성전에 아로이나이다.

천하 태평하여지이다.

이 나라 상감님 성수 무강하셔지이다.

큰 벼슬 잔 벼슬 하는 이 모두 충성되어지이다.

백성이 질고 없고 시화세풍하여지이다.

불도 홍황하와 중생이 다 죄의 고를 벗어지이다.

이 몸과 아내와 딸 몸 성하옵고 옳은 일 하여지이다.

딸 이번에 모례(毛禮)의 집에 시집가기로 정하였사오니, 두 사람이 다 붉은 입사와 백년해로하옵고 백자천신하옵고 세세생생에 보살행 닦게 하여주시옵소서.

이 몸 죄업 많사와 아직 아들 없사오니 귀남자 점지하여주시옵소서."

하는 것이었다.

이 축문을 들은 조신은 가슴이 내려앉는 듯하였다.

'그러면 달례는 벌써 남의 집 사람이 되었는가?'

조신은 앞이 캄캄하여 몸이 앞으로 쓰러지려 하였다. 이때에 평목이 팔꿈치로 조신의 옆구리를 찔렀기에 겨우 정신을 수습할 수가 있었다.

축원문은 또 읽어졌다. 축원문이 끝날 때마다 재자는 절을 하였다. 달례도 절을 하였다.

축원문은 세 번 반복하여 읽어졌다. 재자의 절도 세 번 있었다.

세 번째 달례가 옥으로 깎은 듯한 두 손을 머리 위에 높이 들 때에는 조신은 달려들어 불탑을 둘러엎고 달례를 움키어 안고 달아나고 싶은 충동을 느꼈다. 그리고 관세음보살상을 바라보았다. 관세음보살은 조신을 보시고 빙그레 웃으시는 듯, 그러나 그것은 비웃는 웃음인 것 같았다.

조신은 또 한 번 불탑에 달려들어 관세음보살상을 끌어내어서 깨뜨려버리고 싶은 분노를 느꼈다. 그러나 다시 관세음보살상을 우러러볼 때에는 관세음보살은 여전히 빙그레 웃고 계셨다.

그 뒤에 중단, 하단, 칠성단, 독성단, 산신당 일은 어떻게 지나갔는지 조신은 기억이 없었다.

재가 파한 뒤에 조신은 조실에 용선대사를 뵈었다.

용선대사는 꼭 다문 입과 깊은 눈썹 밑에서 빛나는 눈가에 웃음을 띤 듯하였다.

"스님, 소승은 어떻게 합니까?"
하는 조신의 말에는 눈물이 섞여 있었다.

"무엇을?"

하는 대사의 얼굴에는 무서운 빛이 돌았다.

"사또 따님은 혼사가 맺혔습니까?"

"그래, 아까 축원문에 듣지 아니하였느냐? 화랑 모례 서방과 혼사가 되어서 삼 일 후에 혼인 잔치를 한다고 그러지 않더냐?"

"그러면 소승은 어찌합니까?"

"무얼 어찌해?"

"사또 따님과 백년 연분을 못 맺으면 소승은 이 세상에 살 수는 없습니다."

"이 세상에 살 수 없으면 어디 좋은 세상으로 갈 데가 있느냐?"

"소승, 이 소원을 이루지 못하면 죽어서 축생도에 떨어져서 배암이 되어서라도 사또 따님의 뒤를 따르겠습니다."

"그것도 노상 마음대로는 안 될 것을. 그만한 인연이라도 없으면 그렇게도 안 될 것을."

"그러면 소승 사또 따님을 한칼로 죽여버리고 소승도 그 피 묻은 칼로 죽겠습니다."

"그것도 네 마음대로는 안 될 것을."

"그것도 안 되면 소승 혼자라도 이 칼로 죽어버리겠습니다."
하고 조신은 품에서 시퍼런 칼 하나를 내어서 보인다.

"그것도 네 마음대로 안 될 것이다."

"어찌하여 안 됩니까? 금방 이 칼로 이렇게 목을 따면 죽을 것이 아닙니까?"

"목이 따지지도 아니할 것이어니와, 설사 목을 따더라도 지금은 죽어지지 아니할 것이다. 네 찌그러진 모가지에 더 보기 숭한

칼자욱 하나만 더 내고 너는 점점 사또 따님과 인연이 멀어질 것이다."

"그러면 소승은 어찌하면 좋습니까? 스님, 자비심을 베푸시와 소승의 소원을 이룰 길을 가르쳐주옵소서."
하고 조신은 오체투지로 대사의 앞에 너붓이 엎드려 이마를 조아린다.

대사는 왼편 손 엄지가락으로 염주를 넘기고 말이 없다.

조신은 고개를 들어서 용선을 우러러보고는 또 한 번 땅바닥에 엎드려

"스님, 법력을 베푸시와서 소승의 소원이 이루어지도록 하여주시옵소서."
하고 수없이 머리를 조아린다.

"네 분명 달례 아기〔阿只〕와 연분을 맺고 싶으냐?"
하고 대사는 염주를 세기를 그친다.

"네, 달례 아기와 연분을 맺고 싶습니다."

"왕생극락을 못 하더라도?"

"네, 무량겁의 지옥고를 받더라도."

"축생보를 받더라도?"

"네, 아귀보를 받더라도."

"네 몸뚱이가 지금만 하여도 추악하여서 여인이 보면 십 리만큼이나 달아나려든, 게다가 더 추한 몸을 받아 나오면 어찌 될꼬?"

용선은 빙긋이 웃는다.

"스님, 단지 일 년만이라도 달례 아기와 인연을 맺었으면 어떠한 악보를 받잡더라도 한이 없겠습니다."

"분명 그러냐?"

"네, 분명 그러하옵니다. 일 년이 멀다면 한 달만이라도, 한 달도 안 된다오면 단 하루만이라도, 단 하루도 분에 넘친다 하오면 이 밤이 새일 때까지만이라도, 스님, 자비를 베푸시와 소승을 살려주시옵소서. 소승의 소원을 이루어주시옵소서."

하고 조신은 한 번 더 일어나서 절하고 무수히 머리를 조아린다.

"그래라."

용선은 선뜻 허락하는 말을 준다.

"네? 소승의 소원을 이루어주십니까?"

조신은 믿지 못하는 듯이 대사를 바라본다.

"오냐, 네 소원이 이루어질 것이다."

"금생에?"

"바로 사흘 안으로."

"네? 사흘 안으로? 소승이 달례 아기와 연분을 맺습니까?"

"오냐, 태수 김공이 사흘 후에 이 절을 떠나기 전에 네 소원이 이루어질 것이다."

"네? 스님? 그게 참말입니까?"

"그렇다니까."

"어리석은 소승을 놀리시는 것 아닙니까? 스님, 황송합니다. 소승이 백번 죽사와도 스님의 이 은혜는 잊을 수가 없을 것입니다. 스님, 황송합니다" 하고 조신이 일어나서 절한다.

용선은 또 한참 염주를 세더니 손으로 무릎을 치며, "조신아!" 하고 부른다.
 "네."
 "네, 꼭 내 말대로 하렷다."
 "네, 물에 들어가라시면 물에, 불에 들어가라시면 불에라도."
 "꼭 내가 시키는 대로 하렷다."
 "네, 팔 하나를 버리라시면 팔이라도, 다리 하나를 자르라시면 다리라도."
 "응, 그러면 네 이제부터 법당에 들어가서 관음 기도를 시작하는데, 내가 부르는 때까지는 나오지도 말고 졸지도 말렷다."
 "네, 이틀 사흘까지라도."
 "응, 그리하여라."
 "그러면 소승의 소원은 이루어——"
 "이 믿지 않는 놈이로고! 의심을 버려라!"
하고 대사는 대갈일성에 주장(拄杖)을 들어 조신의 머리를 딱 때린다.
 조신의 눈에서는 불이 번쩍한다.
 조신은 나오는 길로 목욕하고 새 옷을 갈아입고 관음전으로 들어갔다. 용선법사는 조신이 법당에 들어가는 것을 보고 문을 밖으로 잠그며, "조신아, 문을 잠갔으니 내가 부를 때까지 나올 생각 말고 일심으로 관세음보살을 부르렷다. 행여 딴생각할셔라."
 "네."
하는 소리가 안으로서 들렸다.

"나무 대자대비 관세음보살 관세음보살······."
하는 조신의 염불 소리가 밤이 깊도록 법당에서 울려 나왔다. 조신은 죽을힘을 다하여서 관세음보살을 부르는 것이었다.

"열심으로—잡념 들어오게 말고."
하던 용선스님의 음성이 조신의 귓가에 붙어서 떨어지지 아니하였다.

등잔불 하나에 비추어진 관음전은 어둠침침하였다. 그러한 속에 조신은 가부좌를 결고 앉아서 목탁을 치면서 관세음보살을 불렀다. 그러는 동안에도 조신의 눈은 언제나 관세음보살님의 얼굴에 있었다. 반년 나마 밤이면 자라는 쇠가 울기까지 이 법당에서 이 모양으로 앉아서 이 모양으로 관세음보살님의 얼굴을 바라보면서 칭호를 하였건마는, 오늘 밤에는 특별히 관세음보살님의 상이 살아 계신 듯하였다. 이따금 그 정병(淨瓶)²을 듭신 손이 움직이는 것도 같고 가슴이 들먹거리는 듯도 하고 자비로운 웃음 띠신 그 눈이 더욱 빛나는 것도 같았다. 조신이 더욱 소리를 가다듬고 정신을 모아서,

"관세음보살, 관세음보살."
하고 부르면 관세음보살상의 한일자로 다물어진 입술이 방긋이 벌어지는 듯까지도 하였다.

그러나 다음 순간에 보면 관세음보살님의 입술은 여전히 다물어 있었다.

절에서는 대중이 모두 잠이 들었다.

오직 석벽을 치는 물결 소리가 높았다 낮았다 하게 조신의 귀에

울려올 뿐이었다. 그러고는 조신이 제가 치는 목탁 소리와 제가 부르는 염불 소리가 어디 멀리서 울려오는 남의 소리 모양으로 들릴 뿐이었다.

"관세음보살, 관세음보살, 관세음보살."

조신이 몸이 피곤함을 느낄수록 잡념이 들어오기 시작하였다.

"잡념이 들어오면 정성이 깨어진다!"

하여 그는 스스로 저를 책망하였다. 그러고는 목탁을 더욱 크게 치고 소리를 더욱 높였다.

잡념이 들어올 때에는 눈앞에 계시던 관세음보살상이 스러져서 아니 보이는 것 같았다. 그러다가 잡념을 내쫓은 때에야 금빛 나는 관세음보살상이 여전히 눈앞에 계시었다.

"나무 대자대비 관세음보살 마하살."

하고 조신은 관세음보살 명호를 갖추어 부름으로 잡념이 아니 들어오고 관세음보살님의 모양이 한 찰나 동안도 눈에서 스러지지 아니하기를 힘써본다.

등잔엣 기름이 반나마 닳았으니 새벽이 가까웠을 것이다.

낮에 쉴 사이 없이 일을 하였고, 또 김랑으로 하여서 정신이 격동이 된 조신은 마음은 흥분하였으면서도 몸은 피곤하였다. 또 칭호가 만념(萬念)도 넘었으니, 그것만으로도 피곤할 만하였다.

"이거 안 되겠다" 하고 조신은 자주 정신을 가다듬었다. 그러나 사흘 동안이야 설마 어떠랴 하던 것은 어림없는 생각이었다. 조신의 정신은 차차 흐리기를 시작하였다.

조신은 무거워오는 눈시울을 힘써 끌어올려서 관세음보살을 아니 놓치려고 힘을 썼다.

 그러나 어느 틈엔지 모르게 조신은 퇴 밑에 벗어 놓인 김랑의 분홍 신을 보면서 관세음보살을 부르고 있었다.

 조신은 목탁이 부서져라 하고 서너 번 크게 치고, "나무 대자대비 서방정토 극락세계 관세음보살 마하살."
하고 불렀다.

 그러나 그것도 잠시요, 또 수마(睡魔)는 조신을 덮어 누르는 듯하였다.

 이번에는 앞에 계신 관세음보살상이 변하여서 김랑이 되었다. 분홍 긴 옷을 입고 흰 버선을 신고 옥으로 깎은 듯한 두 손을 내밀어 지난 봄 조신의 손에서 철쭉을 받으려던 자세를 보이는 듯하였다.

 조신은 벌떡 일어나서 김랑을 냅다 안으려 하였으나, 그것은 허공이었고 불탑 위에는 여전히 관세음보살님이 빙그레 웃고 계시었다.

 조신은 다시 목탁을 두들기고
 "나무 관세음보살 마하살."
하고 소리 높이 불렀다.

 얼마나 오래 불렀는지 모른다. 조신은 이 천지간에 제가 부르는 '관세음보살' 소리가 꽉 찬 듯함을 느꼈다. 김랑도 다 잊어버리고 제가 지금 어디 있는 것도 다 잊어버리고 저라 하는 것도 잊어버린 것 같았다. 오직
 "나무 관세음보살."

하는 소리만이 살아 있는 것 같았다.
 이때였다.
 "똑, 똑, 똑, 똑."
 "달그닥 달그닥" 하는 소리가 조신의 귓결에 들려왔다.
 또 한 번, "달그닥 달그닥" 하는 소리가 났다.
 조신은 소스라쳐 놀라는 듯이 염불을 끊고 귀를 기울였다.
 이때에 용선스님이 잠근 문이 삐걱 열리며 들어서는 것은 그 누군고? 김랑이었다. 김랑은 어제 볼 때와 같이 분홍 긴 옷을 입고 흰 버선을 신고 방그레 웃으며 들어왔다.
 "아가씨!"
 조신은 허겁지겁으로 불렀으나, 감히 손을 내밀지는 못하고 합장만 하였다. 조신은 거무스름한 장삼에 붉은 가사를 걸고 있었다.
 "스님 기도하시는 곳에 제가 이렇게 무엄히 들어왔습니다. 그렇지만 아무리 참으려도 참을 수가 없어서 어머님 잠드신 틈을 타서 이렇게 살짝 빠져나왔습니다. 남들은 다 잠이 들어도 저만은 잠을 못 이루고 스님이 관세음보살 염하시는 소리를 하나도 빼지 아니하고 다 듣고 있었습니다."
 "그러기로 이 밤중에 아가씨가 어떻게 여기를—"
 "사모하옵는 스님이 계시다면 어디기로 못 가겠습니까? 산인들 높아서 못 넘으며 바다인들 깊어서 못 건너겠습니까? 스님이 저 동해 바다 건너편에 계시다 하오면 동해 바다라도 훌쩍 뛰어서 건너갈 것 같습니다."

하는 김랑의 가슴은 마치 사람의 손에 잡힌 참새의 것과 같이 자주 발락거렸다.

"못 믿을 말씀이십니다. 그러기로 소승 같은 못나고 찌그러진 것을, 무얼!" 하고 조신은 부끄러운 듯이 고개를 숙인다.

"못나고 잘나기는 보는 사람의 마음입니다. 제 마음에는 스님은 인간 어른은 아니신 듯……."

"아가씨는 소승을 어리석게 보시고 희롱하시는 것입니까?"

"아이, 황송한 말씀도 하셔라. 이 가슴이 이렇게 들먹거리는 것을 보시기로서니, 이 깊은 밤에 부모님의 눈을 기이고 이렇게 스님을 찾아온 것을 보시기로서니, 어쩌면 그렇게도 무정한 말씀을……."

김랑은 한삼을 들어서 눈물을 씻는다.

"그러기로 아가씨와 같이 귀한 댁 따님으로, 아가씨와 같이 이 세상 더 볼 수 없는 아름다운 이로 천하가 다 못났다 하는 소승을—"

"지난 봄 언뜻 한 번 뵈옵고는 스님의 높으신 양지를 잊을 길이 없어서."

"그러기로 아까 낮에 축원문을 들으니, 아가씨는 벌써 모레 서방님과—"

"스님, 그런 말씀은 말아주셔요. 부모님 하시는 일을 어길 수가 없어서— 아이 참. 여기서 이렇게 오래 이야기하다가 노스님의 눈에라도 띄면, 어쩌다가 부모님이라도 제 뒤를 밟아 나오시면, 어머님께서 잠시 제가 곁에 없어도 아가 달례야, 달례 아기 어디

갔느냐, 하시고 걱정을 하시는걸."
하고 깜짝 놀라는 양을 보이면서,
"아이, 지금 부르는 소리 아니 들렸습니까?"
하고 김랑은 조신의 등 뒤에 몸을 숨기며 두 손으로 조신의 어깨를 꼭 잡는다. 조신의 귀에는 김랑의 뜨거운 입김과 쌔근쌔근하는 가쁜 숨소리가 감각된다. 조신은 사지를 가눌 수가 없는 듯함을 느낀다.
"아, 물결 소리로군. 오, 또 늙은 소나무에 바람 불어 지나가는 소리."
하고 달례는 조신의 등에서 떨어져서 앞에 나서며,
"자, 스님, 저를 데리고 가셔요."
하고 조신의 큰 손을 잡을 듯하다가 만다.
"어디로?"
하고 조신은 일종의 무서움을 느낀다.
"어디로든지, 스님과 저와 단둘이서 살 데로."
"정말입니까?"
"그럼, 정말 아니면 어떡하게요. 자, 어서어서 그 가사와 장삼을 벗으셔요. 중도 장가듭니까? 자, 어서어서. 누구 보리다."
조신은 가사를 벗으려 하다가 잠깐 주저하고는 관세음보살상을 향하여 합장 재배하고, "고맙습니다. 관세음보살님 고맙습니다. 제자의 소원을 이뤄주시오니 고맙습니다."
하고는 가사와 장삼을 홰홰 벗어서 마룻바닥에 내던지고 앞서서 나온다.

김랑도 뒤를 따른다. 김랑은 법당 문밖에 나서자, 보퉁이 하나를 집어들고 사뿐사뿐 조신의 뒤를 따라서 대문 밖에를 나섰다. 지새는달이 산머리에 걸려 있었다.

"그 보퉁이는 무엇입니까?"

하고 조신은 누구 보는 사람이나 없는가 하고 사방을 돌아보면서, 나무 그늘에 몸을 숨기고 묻는다.

김랑도 나무 그늘에 들어와서 조신의 옆에 착 붙어 서며, 보퉁이를 들어서 조신에게 주며,

"우리들이 일평생 먹고 입고 살 것."

하고 방그레 웃는다.

조신은 그 보퉁이를 받아든다. 무겁다.

"이게 무엇인데 이렇게 무거워요?"

"은과 금과 옥과 자, 어서 달아나요. 누가 따라 나오지나 않나 원, 사령들 중에는 말보다도 걸음을 잘 걷는 사람이 있어요— 자, 어서 가요. 어디로든지."

조신이 앞서서 걷는다.

늦은 봄이라 하여도 새벽바람은 추웠다.

"어서 이 고을 지경은 떠나야."

하고 김랑은 뒤에서 재촉하였다.

"소승이야 하루 일백오십 리 길은 걷지마는 아가씨야—"

"제 걱정은 마셔요. 스님 가시는 데면 어디든지 얼마든지 따라갈 테야요."

두 사람은 동구 밖에 나섰다. 여기서부터는 큰길이어서 나무 그

림자도 없었다. 달빛과 산그늘이 서로 어우러지고 풀에는 이슬이 있었다.

"이 머리를 어떡하나?"

하고 조신은 밍숭밍숭한 제 머리를 만져보았다.

"송낙이라도 뜯어서 쓰시지."

하고 김랑도 걱정스러운 듯이 조신의 찌그러진 머리를 보았다.

"아무리 송낙을 쓰기로니 머리가 자라기 전에야 중인 것을 어떻게 감추겠습니까?"

"그러면 나도 머리를 깎을까요?"

하고 김랑은 두 귀 밑에 속발한 검은 머리를 만져본다.

"그러하더라도 남승과 여승이 단둘이서 함께 다니는 법은 어디 있습니까?"

"그래도 중이 처녀 데리고 다닌다는 것보다는 낫지요."

"그럼, 이렇게 할까요? 나도 머리를 깎고 남복을 하면 상좌가 아니 되오."

"이렇게 어여쁜 남자가 어디 있겠소?"

두 사람의 말에서는 점점 경어가 줄어든다.

"그럼, 이렇게 합시다. 나는 머리를 깎지 말고 스님의 누이동생이라고 합시다."

"누이라면 얼굴이 비슷해야지, 나같이 찌그러지고 시커먼 사내에게 어떻게 아가씨 같은 희고 아름다운 누이가 있겠소."

"그러면 외사촌 누이라고 할까?"

"외사촌이라도 조금은 닮은 구석이 있어야지."

"그러면 어떻게 하나?"

"벌써 동이 트네. 해 뜨기 전 어디 가서 숨어야 할 텐데."

"글쎄요. 뒤에 누가 따르지나 않나 원."

두 사람은 잠깐 걸음을 멈추고 온 길을 돌아본다.

"그러면 이렇게 합시다."

하고 조신이 다시 말을 낸다.

"어떻게요?"

하고 김랑이 한 걸음 가까이 와서 조신의 손을 잡는다.

"아가씨를 소승의 출가 전 상전의 따님이라고 합시다."

"그러면?"

"아가씨 팔자가 기박하여 어려서 집을 떠나서 부모 모르게 길러야 된다고 하여서, 소승이 모시고 어느 절에 가서 아가씨를 기르다가 이제 서울 댁으로 모시고 간다고 그럽시다. 그러면 감쪽같지 않소?"

"황송도 해라 종이라니?"

"아무려나 오늘은 그렇게 하기로 합시다. 그리고 이제는 먼동이 훤히 텄으니, 산속에 들어가 숨었다가 햇발이나 많이 올라오거든 인가를 찾아갑시다. 첫새벽에 길에서 사람을 만나면 도망꾼으로 알지 아니하겠소?"

"스님은 지혜도 많으시오. 오래 도를 닦으셨기에 그렇게 지혜가 많으시지" 하고 김랑은 웃었다.

조신은 김랑의 말에 부끄러웠다. 그러나 평생소원이요, 죽기로써 얻기를 맹세하였던 김랑을 이제는 내 것을 만들었다 하는 기쁨이 더욱 컸다.

　두 사람은 길을 버리고 산골짜기로 들었다. 아직 풀이 자라지 아니하여서 몸을 감출 수 없는 것이 안타까웠다.

　"아가씨, 다리 아니 아프시오?"

　"다리가 아파요."

　"그럼 어떡하나? 이 보퉁이를 드시오, 그리고 내게 업히시오."

　"아이, 숭해라. 그냥 가세요."

　두 사람은 한정 없이 올라갔다. 아무리 올라가도 동해 바다가 보이고 산 밑으로 통한 길이 보이는 것만 같았다.

　"이만하면 꽤 깊이 들어왔는데."

하고 조신은 돌아서서 앞을 바라보았다. 아직 해는 오르지 아니하였다. 다만 동쪽 바다에 가까운 구름이 누르스름하게 물이 들기 시작하였을 뿐이다.

　"이제 고만 가요."

　"아직도 길이 보이는데."

　"그래도 더 못 가겠어요."

하고 김랑은 몸을 못 가누는 듯이 젖은 바위에 쓰러지듯이 앉는다.

　"조금만 더 올라갑시다. 이 물줄기가 꽤 큰 것을 보니 골짜기가 깊을 것 같소. 길에서 안 보일 만한 데 들어가서 쉬입시다."

　"아이, 다리를 못 옮겨놓겠는데."

　"그럼, 내게 업히시오."

하고 조신은 김랑에게로 등을 돌려 댄다.

"그러기로 그 보통이도 무거울 터인데 나꺼정 업고 어떻게 산길을 가시랴오?"

"그래도 어서 업히시오. 소승은 산길에 익어서 평지 길이나 다름이 없으니 자, 어서."

김랑은 조신의 등에 업혔다. 어린애 모양으로 두 팔로 조신의 어깨를 꼭 잡고 뺨을 조신의 등에 대었다.

조신은 평생 처음으로 여자의 몸에 몸을 댄 것이다. 비록 옷 입은 위라 하더라도 김랑의 부드럽고 따뜻한 살 기운을 감촉할 수가 있는 것 같았다.

조신은 김랑을 업은 것이 기쁘고 또 보통이의 무거운 것이 기뻤다. 그는 한참 동안 몸이 더 가벼워진 듯하여서 성큼성큼 시내를 끼고 올라갔다. 천리라도 만리라도 갈 수 있는 것만 같았다.

이따금 짐승이 놀라서 뛰는 소리도 들리고 무척 일찍 일어나는 새소리도 들렸다. 그러한 때마다 조신은 마치 용선화상이나 평목이,

'조신아, 조신아.'

하고 부르는 것만 같아서 몸을 멈칫멈칫하였다.

"우리가 얼마나 왔어요?"

하고 등에 업힌 김랑이 한삼으로 조신의 이마와 목의 땀을 씻어 주며 물었다.

"어디서, 낙산사에서? 큰길에서?"

"낙산사에서."

"오십 리는 왔을 것이오."

"길에서는?"

"길에서도 오 리는 왔겠지."

"인제 고만 내립시다."

"좀더 가서."

"그건 그렇게 멀리 가면 무엇 하오? 나올 때 어렵지요."

"관에서 따라오면 어떡하오?"

"해가 떴어요."

"어디!"

"저 앞에 산봉우리 보셔요."

조신은 고개를 들어서 앞을 바라보았다. 과연 상봉에 불그레하게 아침볕이 비치었다.

"인제 좀 내려놓으셔요."

하고 김랑은 업히기 싫다는 어린애 모양으로 두 팔로 조신의 어깨를 떠밀고 발을 버둥거렸다.

조신은 언제까지나 김랑을 업고 있고 싶었다. 잠시도 몸에서 내려놓고 싶지 아니하였다. 그러나 팔은 아프고 땀은 흐르고 숨은 찼다. 조신은 거기서 몇 걸음을 더 걷고는 김랑을 등에서 내려놓았다.

올려 쏘기 시작하는 아침 햇빛은 순식간에 골짜기까지 내려왔다. 하늘에 닿는 듯한 소나무 잣나무 사이로 금 화살 같은 볕이 쭉쭉 내리쏘아서 풀잎에 이슬방울들이 모두 영롱하게 빛나고 시냇물 소리도 햇빛을 받아서는 더 요란한 것 같았다.

"우수수."

"돌돌돌돌."

하는 수풀에 지나가는 바람 소리와 돌 위에 흘러가는 냇물 소리에 섞여서 뻐꾹새와 꾀꼬리와 산새들의 소리가 들리기 시작하였다.

김랑은 작은 바위 위에 걸터앉아서 조신을 물끄러미 바라보았다. 그 눈은 다정한 미소가 있으나, 그래도 피곤한 빛은 가릴 수가 없었다. 밤새도록 걸음을 걸었으니 배도 고팠다.

"이제 어디로 가요?"

하고 김랑은 어디를 보아도 나무뿐인 골짜기를 휘둘러보았다.

"글쎄, 어디 좀 쉬일 만한 데를 찾아야겠는데, 저 굽이만 돌면 좀 평평한 데가 있을 것도 같은데."

하고 조신은 작은 폭포라고 할 만한 굽이를 가리켰다.

조신의 등에 척척 달라붙은 저고리가 선뜩선뜩하였다.

"좀더 올라갑시다. 어디 의지할 데가 있어야 쉬이지 않아요?"

하고 조신은 깨끗한 굴 같은 것을 생각하였다. 혹은 삼꾼이나 사냥꾼의 막 같은 것을 생각하였다. 그런 것이 있을 것만 같았다. 그러한 데를 찾아서 깨끗이 치워놓고 김랑을 쉬게 하고 또 둘이서 한자리에 쉬는 기쁨을 상상하였다. 그것은 아무도 볼 수 없는데, 햇빛도 바람결도 볼 수 없는 데이기를 바랐다. 조신과 김랑과 단둘이만 있는 데이기를 조신은 바라면서 김랑을 들쳐 업고 또 걷기를 시작하였다.

골짜기가 갑자기 좁아지고 물소리는 더욱 커졌다. 물문이라고 할 만한 좌우 석벽에는 철쭉이 만발하여 있었다.

그 목을 넘어가서는 조신이가 상상한 대로 둥그스름하게 평평하게 된 벌판이라고 할 만한 것이 나섰다. 그 벌판에는 잡목이 있었다.

"아이, 저 철쭉 보아요."

하고 등에 업힌 김랑이 소리를 쳤다.

"응."

하고 조신은 땀방울이 뚝뚝 흐르는 머리를 쳐들었다.

산비둘기 소리가 구슬프게 들렸다.

마침내 조신은 굴 하나를 찾았다. 개천에서 한참 석벽으로 올라가서 굴의 입이 보였다.

"여기 굴이 있다!"

하고 조신은 기쁜 소리를 질렀다.

"아가씨, 여기 계시오. 소승이 올라가 있을 만한가 아니한가 보고 오리다."

하고 조신은 김랑을 내려놓고 옷소매로 이마에 땀을 씻고 석벽을 더듬어서 올라갔다.

조신은 습관적으로,

"나무 관세음보살."

을 부르고 그 굴속으로 고개를 쑥 디밀었다. 저 속은 얼마나 깊은지 모르나 사람이 들어가 서고 누울 만한 데도 꽤 넓었다.

'됐다!'

하고 조신은 김랑과의 첫날밤의 즐거운 꿈을 생각하면서 굴에서 나왔다.

"아가씨, 여기 쉬일 만합니다."
하고는 도로 김랑 있는 데로 내려와서 김랑더러 거기 잠깐 앉아 기다리라 하고 개천 저쪽 수풀 속으로 들어가서 싹정 솔가지와 관솔과 마른 풀을 한 아름 가지고 왔다.

"불을 때요?"
하고 김랑이 묻는다.

"먼저 불을 때야지요. 그래서 그 속에 있던 짐승과 버러지들도 나가고 습기도 없어지고 또 춥지도 않고."
하고 조신은 또 가서 나무와 풀을 두어 번이나 안아다가 굴 앞에 놓고 부시를 쳐서 불을 살랐다.

컴컴하던 굴속에는 뻘건 불길이 일어나고 바위틈으로는 연기가 새어 나오기 시작하였다.

조신은 나무를 많이 지펴놓고는 김랑 있는 데로 돌아 내려와서 김랑을 안고 개천을 건너서 큰 나무 뒤에 숨었다.

"왜 숨으셔요?"
하고 김랑은 의심스러운 듯이 조신을 쳐다본다.

"짐승이 나오는 수가 있습니다."
"굴속에서?"
"네, 굴은 짐승들의 집이니까."
"무슨 짐승이 나와요?"
"보아야 알지요. 곰이 나올는지 너구리가 나올는지 구렁이가 나올는지."
"에그, 무서워라!"

"불을 때면 다 달아나고 맙니다."

"스님은 굴에서 여러 번 자보셨어요?"

"중이나 화랑이나 삼메꾼이나 사냥꾼이나 굴잠 아니 자본 사람 어디 있어요?"

이때에 굴속으로서 시커먼 곰 한 마리가 튀어나와서 두리번거리다가 뒷산으로 달아 올라가는 것이 보였다.

"곰의 굴이로군."

하고 조신은 김랑을 돌아보고 빙그레 웃었다.

"그게 곰이오?"

하고 김랑은 조신의 팔에 매달린다.

"아가씨는 곰을 처음 보시오?"

"그럼, 말만 들었지."

"가만히 보고 계시오, 또 나올 테니."

"또?"

"그럼, 지금 나온 놈이 수놈이면 암놈이 또 나올 거 아니오? 새끼들도 있는지 모르지."

"가엾어라. 그러면 그 곰들은 어디 가서 사오?"

"무어, 우리 둘이 오늘 하루만 빌어 있는 것인데. 우리들이 가면 또 들어와 살겠지요."

"이크, 또 나오네!"

하고 김랑은 등을 조신의 가슴에 딱 붙이고 안긴다. 또 한 곰이 새끼들을 데리고 나와서 또 두리번거리다가 아까 나간 놈의 발자국을 봄인지 그 방향으로 따라 올라갔다.

"인제 다 나왔군. 버러지들도 다 달아났을 것이오."
하고 조신은 김랑을 한 번 꽉 껴안아본다. 조신의 목에 걸린 염주가 흔들린다.

조신은 굴 아궁이에 불을 한 거듭 더 집어넣고 또 개천 건너로 가서 얼마를 있더니 칡뿌리와 먹는 풀뿌리들과 송순 많이 달린 애소나무 가장구를 꺾어서 안고 돌아왔다.

"자, 무얼 좀 먹어야지. 이걸 잡수어보시오."
하고 먼저 송기를 벗겨서 김랑에게 주고 저도 먹었다. 송기는 물이 많고 연하였다.

"맛나요."
하고 김랑은 송기를 씹고 송기 벗긴 솔가지를 빨아먹었다.

"송기는 밥이구 송순은 반찬이오. 이것만 먹고도 며칠은 삽니다."

둘이서는 한참 동안이나 송기와 송순을 먹었다.

"자, 칡뿌리. 이것도 산에 댕기는 사람은 밥 대신 먹는 것이오. 자, 이게 연하고 달 것 같습니다. 응, 응, 씹어서 물을 빨아먹는 건데, 연하거든 삼켜도 좋아요."
하고 조신은 그중 살지고 연할 듯한 칡뿌리를 물에 씻어서 김랑을 주었다.

김랑은 조신이가 주는 대로 칡뿌리를 받아서 씹는다. 조신도 먹는다. 그것들이 모두 별미였다. 곁에 김랑이 있으니, 바윗돌을 먹어도 맛이 있을 것 같았다.

얼마쯤 먹은 뒤에 조신은 지나가는 사람이 있더라도 자취를 아

니 보일 양으로 나머지를 묶어서 큰 나무 뒤에 감추어버렸다. 그러고는 물을 많이 마시고, 조신은

"자, 인제 올라가 굴속에서 쉬입시다. 그리고 다리 아픈 것이 낫거든 길로 내려갑시다."

하고 김랑의 손을 잡아서 끌고 굴 있는 데로 올라갔다.

불은 거의 다 타고 향긋한 냄새가 내풍길 뿐이었다.

조신은 타다 남은 불을 굴 가장자리로 모아서 화로처럼 만들어 놓고 솔가지로 바닥에 재를 쓸어내고 그 위에 마른풀을 깔았다.

"자, 아가씨 들어오셔요."

하고 조신은 제가 먼저 허리를 굽혀서 굴속으로 들어갔다. 굴속은 후끈하였다.

김랑은 잠시 주저하는 듯하더니 조신의 뒤를 따라서 굴속에 들어갔다.

"지금 이 굴속에는 짐승 하나, 버러지 하나 없으니, 마음 놓으시오."

하고 조신은 기름한 돌을 마른풀로 싸서 베개까지도 만들어서 김랑에게 주었다.

이튿날 아침에 두 사람은 굴속에서 나왔다. 조신은 김랑의 얼굴을 밝은 데서 대하기가 부끄러웠으나, 김랑은 더욱 부끄러운 듯이 두 손으로 얼굴을 가리었다.

두 사람은 시냇가에 내려와서 양치하고 세수를 하였다.

조신은 세수를 끝내고는 서쪽을 향하여서 합장하고 염불을 하려 하였으나, 어쩐 일인지 두 손이 잘 올라가지를 아니하였다. 제

몸이 갑자기 더러워져서 다시 부처님 앞에 설 수 없는 것 같음을 느꼈다. 그래도 십수 년 하여오던 습관에 부처님을 염하고 아침 예불을 아니 하면 갑자기 무슨 큰 벼락이 내릴 것 같아서 무서웠다. 그래서 조신은 억지로 두 손을 들어서 합장하고 들릴락 말락 한 소리로,

"나무아미타불."

열 번과,

"나무 관세음보살 마하살."

열 번을 불렀다.

조신이 염불을 하고 나서 돌아보니 김랑이 조신의 모양을 웃고 보고 섰다가,

"그러고도 염불이 나오시오?"

하고 물었다.

조신은 무안한 듯이 고개를 숙였다.

"제가 공연히 나타나서 스님의 도를 깨뜨렸지요?"

하고 김랑은 시무룩하면서 물었다.

"아가씨 곁에 있는 것이 부처님 곁에 있는 것보다 낫습니다."

하고 조신은 겸연쩍은 대답을 한다.

"아가씨는 다 무엇이고, 고맙습니다는 다 무엇이오? 인제는 나는 스님의 아낸데."

하고 김랑은 상긋 웃는다.

"그럼, 스님은 다 무엇이오? 나는 아가씨 남편인데."

"또 아가씨라셔, 하하."

"그럼, 갑자기 무어라고 부릅니까?"

"응, 또 부릅니까라셔, 하하. 스님이 퍽은 용렬하시오."

"아가씨도 소승을 스님이라고 부르시면서."

"응, 인제는 또 소승까지 바치시네. 파계한 중이 소승은 무슨 소승이오? 출분한 계집애가 아가씨는 무슨 아가씨고, 하하하하."
하고 김랑은 조신과 자기를 둘 다 조롱하는 듯이 깔깔대고 웃는다.

조신은 어저께 굴을 찾고 곰을 쫓고 할 때에는, 또 밤새도록 김랑에게 팔베개를 주고 무섭지 않게, 추워하지 않게 억센 팔에 폭 껴안아줄 때에는 자기가 김랑의 주인인 것 같더니, 김랑이 자기를 보고 파계승이라고 깔깔대고 웃는 것을 보는 지금에는 김랑은 마치 제 죄를 다루는 법관과도 같고, 저를 유혹하고 조롱하는 마귀와도 같아서 섬뜨레함을 느꼈다. 그래서 조신은 김랑으로부터 한 걸음 뒤로 물러섰다.

"스님, 노여셨어요? 자, 아침이나 먹어요" 하고 김랑은 조신이가 들고 선 보퉁이를 빼앗으며, "자, 여기 여기 앉아서 우리 아침이나 먹어요" 하고 제가 먼저 물가 바위 위에 앉으며 보퉁이를 끄른다. 그 속에서는 백지에 싼 떡이 나왔다.

조신도 김랑의 곁에 앉았다.

"이게 웬 떡이오?"

"도망꾼이가 그만한 생각도 아니 하겠어요."
하고 떡 한 조각을 손수 떼어서 조신에게 주면서,

"자, 잡수셔요. 아내의 손에 처음으로 받아 잡수어보시오."

하는 양이 조신에게는 어떻게 기쁘고 고마운지 황홀할 지경이었다.

조신은 그것을 받아먹으면서,

"그러면 이 보퉁이에 있는 게 다 떡이오?"

하고 물었다.

"우리 일생 먹을 떡이오."

하고 김랑이 웃는다.

"일생 먹을 떡?"

하고 조신은 그것이 은금 보화가 아니요, 떡이라는 것이 섭섭하였다.

"왜, 떡이면 안 돼요?"

"안 될 건 없지마는, 난 무슨 보물이라고."

"중이 욕심도 많으시오. 나 같은 여편네만으로도 부족해서 또 보물?"

하고 김랑은 조신을 흘겨본다.

조신은 부끄러웠다. 모든 욕심──이른바, 오욕을 다 버리고 무상도(無上道)만을 구하여야 할 중으로서 여자를 탐내고 또 보물을 탐내고──이렇게 생각하면 앞날과 내생이 무서웠다.

"보물 좀 보여드릴까요? 자."

하고 김랑은 미안한 듯이 보퉁이 속에 싸고 또 싼 속 보퉁이를 끄르고 백지로 싼 것을 또 끄르고 또 끄르고 마침내 그 속에서 금가락지, 금비녀, 은가락지, 은비녀, 옥가락지, 옥비녀, 산호, 금패, 호박 같은 것들이 번쩍번쩍 빛을 발하고 쏟아져 나왔다.

"아이구!"

가난한 집에 태어나서 여태껏 중노릇만 한 조신의 눈에는 이런 것들이 모두 처음이었다. 누런 것이 금인 줄은 부처님 도금을 보아서 알거니와, 그 밖에 다른 것들은 무엇이 무엇인지 이름도 알 길이 없었다.

"이만하면 어디를 가든지 우리 일생 평안히 먹고살지 않아요?"
하고 달례는 굵다란 금비녀를 들어서 흔들어 보이면서,

"이것들을 팔아서 땅을 장만하고, 집을 하나 얌전하게 짓고, 그리고 우리 둘이 아들딸을 낳고 산단 말예요. 우리 둘이 머리가 파뿌리가 되도록."
하고 조신에게 안긴다.

"늙지도 말았으면."

조신은 늙음이 앞에 서기나 한 것같이 낯을 찡그렸다.

"어떻게 안 늙소." 달례도 양미간을 찌푸렸다.

"늙으면 죽지 않어?"

"죽기도 하지마는 보기 숭해지지 않소? 얼굴에는 주름이 잡히고 살갗도 꺼칠꺼칠해지고."

"또 기운도 없어지고."

"눈이 흐려지고, 아이 숭해라."

달례는 깔깔대고 웃는다.

조신은 달례의 저 고운 얼굴과 보드라운 살이 늙으려니 하면 슬펐다. 하물며 그것이 죽어서 썩어지려니 하면 견딜 수가 없었다.

"그런 생각은 맙시다, 흥이 깨어지오. 젊어서 어여쁘고 기운 있는 동안에 재미있게 삽시다. 자 우리 가요. 어디 좋은 데로 가요."

달례는 이렇게 말하고 조신을 재촉하였다.

두 사람은 일어났다.

둘째 권

조신은 달례를 데리고 남으로 남으로 걸었다.

뒤에서 무엇이 따르는 것만 같고 수풀 속에서도 무엇이 뛰어나오는 것만 같았다. 미인과 재물을 지니고 가는 것만 하여도 마음 졸이는 일이거든 하물며 남의 약혼한 처녀를 빼어가지고 달아나는 조신의 마음의 졸임은 비길 데가 없었다.

게다가 달례의 말을 듣건댄, 그의 새서방이 될 뻔한 모례는 글도 잘하거니와, 칼도 잘 쓰고 활도 잘 쏘고 말도 잘 달리고 또 풍악도 잘하는 화랑이었다. 모례가 칼을 차고 활을 들고 말을 타고 따라오면 어찌하나 하면 조신은 겁이 났다.

이때에, "조신아, 조신아. 섰거라!"

하고 외치는 소리가 들렸다.

조신은 다리가 와들와들 떨렸다. 하마터면 그 자리에 주저앉을 뻔하였다.

"어떻게 해, 이를 어째."

하고 조신은 달례와 보물 보퉁이를 들쳐 업고 뛰었다. 그러나 겁을 집어먹은 조신의 다리는 방앗공이 모양으로 디딘 자리만 되디

디는 것 같았다. 마침 나무 한 포기 없는 데라 어디 숨을 곳도 없었다. 조신에게는 이 동안이 천년은 되는 것 같았다.

"하하하하."

하고 뒤에 웃는 소리가 들렸다. 이제나저제나 하고 기다려도 모례의 화살은 날아오지 아니하였다.

"내야, 조신아, 내다. 평목이다."

평목은 벌써 조신을 따라잡았다.

조신은 뒤를 돌아보았다. 그것은 분명히 입이 넓기로 유명한 평목이었다.

조신은 그만 달례를 업은 채로 길바닥에 주저앉았다. 맥이 풀린 것이었다.

조신의 몸은 땀에 떴다. 숨은 턱에 닿았다. 목과 입이 타는 듯이 말랐다. 눈을 바로 뜰 수가 없고 입이 열리지를 아니하였다.

평목은 조신의 머리를 싼 헝겊을 벗겼다. 맹숭맹숭한 중대가리다.

"이놈아, 글쎄 내 소리도 못 알아들어? 그렇게 내다 해도 못 알아들어?"

평목은 큰 입으로 비쭉거리고 웃었다.

"아이구, 평목아, 사람 살려라."

조신은 비로소 입을 열었다.

"이놈아, 글쎄 중놈이 백주에 남의 시집갈 아가씨를 빼가지고 달아나니깐 발이 졸이지 않아?"

평목은 더욱 싱글싱글하였다.

"그래 너는 어떻게 알고 여기 따라왔니?"

"스님께서 가보라고 하시니까 따라왔지."

"내가 이 길로 오는 줄 어떻게 알고?"

"노스님이 무엇은 모르시니? 남으로 남으로 따라가면 만나리라고 그러시더라."

"그래 너는 왜 온 거야?"

"글쎄, 스님께서 보내셔서 왔다니까."

"아니, 왜 보내시더냐 말이다."

"너를 붙들어 오라고. 지금 사또께서 야단이셔. 벌써 읍으로 기별을 하셨으니까, 군사들이 사방으로 떨어날 것이다. 그러면 네가 어디로 달아날 테야? 바람개비니 하늘로 오를 테냐, 두더지니 땅으로 들 테냐? 꼼짝 못하고 붙들리는 날이면 네 모가지가 뎅겅 떨어지는 날야. 그러니까 어서 나하고 아가씨 모시고 돌아가자, 가서 빌어. 아직 아가씨 말짱하십니다, 하고 빌면 네 모가지만은 제자리에 붙어 있을 것이다. 자, 어서 가자."

하고 평목은 달례를 향하여,

"아가씨, 어서 날 따라오시오. 글쎄 아가씨도 눈이 삐었지, 어디로 보기로 글쎄 저런 찌그러진 검둥이 놈한테 반하시오? 자, 어서 가십시다. 만일 진정 모례라는 이가 싫거든 내 좋은 신랑을 한 사람 중매를 하오리다. 하다 못하면 내라도 신랑이 되어드리지요."

평목은 이렇게 지절대며 어깨를 밀어서 앞을 세웠다.

"이놈이."

하고 조신은 번개같이 덤벼들어서 평목의 뺨을 때렸다.

"네, 이놈! 또 한번 그런 소리를 해보아라. 내가 너를 죽여버리고 말 테다."

조신은 씨근씨근하였다.

"이 못난 녀석이 어디 이런 기운이 있었어?"

평목은 달례를 놓고 커다란 입을 벌리고 껄껄 웃었다.

평목이가 웃고 보니, 조신은 부끄러움이 나서, 제 손으로 때린 평목의 뺨이 불그스레하여지는 것을 겸연쩍게 바라보았다.

평목은 어깨에 걸쳤던 보퉁이를 내려서 조신의 앞에 내밀며,

"엇네, 노스님이 보내시는 걸세."

하였다.

"그게 무엔가?"

조신은 더욱 무안하였다.

"끌러보면 알지."

조신은 끌렀다. 거기서 나온 것은 법당에 벗어 팽개치고 왔던 칡베 장삼과 붉은 가사였다.

"이건 왜 보내신다던가?"

조신은 가사와 장삼을 두 손으로 받들어 들고 물었다.

"노스님께서 그러시데. 이걸 조신이 놈을 갖다 주어라, 이걸 보고 조신이 놈이 돌아오면 좋고, 안 돌아오거든 몸에 지니고나 댕기라고 일러라, 지금은 몰라도 살아가노라면 쓸 날이 있으리라, 그러시데. 그럼 잘 가게, 나는 가네. 부디 재미나게들 살게. 내 사또 뵙고 자네들이 하슬라 쪽으로 가더라고 거짓말을 하여줌세.

사또도 사또지, 이제 저렇게 된 것을 다시 붙들어 가면 무얼 하노."
하고 평목은 조신과 달례를 바라보고 한 번 씩 웃고는 뒤도 아니 돌아보고 훨훨 오던 길로 가고 말았다.

"고마워, 평목이 고마워."
하고 조신이 외쳤으나 평목은 들은 체도 아니 하였다.

조신은 용선 노사와 평목의 일이 고마웠다. 그러나 그런 생각도 할 새가 없었다. 조신은 달례를 데리고 어서 달아나야 한다. 모든 것을 다 잃어도 달례를 잃어서는 아니 된다.

평목은 사또에게 조신이 달아난 길을 가리키지 아니한 모양이었다. 그들은 무사히 태백산(太白山) 밑까지 달아날 수가 있었다. 여러 번 의심도 받았고 또 왈패들을 만나서 달례를 빼앗길 뻔도 하였으나 조신은 그때마다 용하게도, 혹은 구변으로, 혹은 담력으로 이러한 곤경들을 벗어났다.

"이게 다 관세음보살님 은혜야."
조신은 곤경을 벗어날 때마다 달례를 보고 이런 말을 하였다.

조신은 태백산 깊숙한 곳에 들어가서 터를 잡고 집을 짓고 밭을 일궜다. 모든 것이 다 뜻대로 되는 것만 같았다. 보리를 심으면 보리가 잘되고, 콩을 심으면 콩도 잘되었다. 닭을 안기면 병아리도 잘 까고, 병아리를 까면 다 잘 자랐다. 개도 말같이 크고, 송아지도 얼른 큰 소가 되었다. 호박도 박도 동이만 하게 열었다. 물도 좋고 바람도 좋았다. 이따금 호랑이, 곰, 멧돼지, 삵장이, 족제비 같은 것이 내려오는 모양이나 아직도 강아지 하나, 병아리 한

마리 잃은 일이 없었다.

"관세음보살님 덕이야, 산신님 덕이고."

조신은 이렇게 기뻐하였다.

이러한 속에 옥 같은 달례를 아내로 삼아가지고 살아가는 조신은 참 복되었다. 이웃에 사는 사람들도 다 부러워하였다.

첫아들이 났다. 그것은 꿈에 미력님을 뵙고 났다고 하여서 '미력'이라고 이름을 지었다.

다음에 딸이 났다. 그것은 꿈에 달을 보고 났다고 하여 '달보고'라고 이름을 지었다.

셋째로 또 아들이 났다. 그것은 꿈에 칼(劍)을 보고 낳았다고 하여서 '칼보고'라고 이름을 지었다. 넷째로 또 딸을 낳았다. 그의 이름은 '거울보고'였다.

인제는 조신에게는 부족한 것이 아무것도 없었다. 단 한 가지 걱정되는 것은 늙는 것이었다. 조신은 벌써 오십이 가까웠다. 머리와 수염에 희끗희끗한 것이 보이고 그렇게 꽃 같은 달례도 자식을 넷이나 낳으니 눈초리에 약간 잔주름이 보이고 살에 빛도 줄었다. 달례도 벌써 삼십이 넘었다.

조신은 아니 늙으려고 산삼도 캐러 다니고 사슴도 쏘러 다녔다.

"내가 살자고 너를 죽이는구나."

하고 조신은 살을 맞고 쓰러져서 아직 채 죽지도 아니한 사슴의 가슴을 뚫고 그 피를 빨아먹었다. 그리고 용을 갖다가 식구들이 다 나눠 먹었다.

산삼도 먹었다.

이것으로 정말 아픔과 늙음과 죽음이 아니 오려는가?

하루는 조신이 삼을 캐러 갔다가 집에 돌아오니, 미력이, 달보고, 칼보고 세 아이가 나와 놀다가 아비가 돌아오는 것을 보고,

"아버지, 손님 왔어."

하고 조신에게로 내달았다.

"손님? 어떤 손님?"

조신은 가슴이 덜컥 내려앉는 것 같았다. 이 집에 찾아올 손님이 있을 리가 없었다.

"중이야."

"중?"

조신은 벌써 중이 아니었다.

"응, 입이 커다래."

"엄마가 알든?"

"처음에는 누구셔요? 하고 모르더니 손님이 이름을 대니까 엄마가 알든데."

"이름이 뭐래?"

"무어라더라? 무슨 목이."

조신은 다 알았다. 평목이로구나 하고,

"평목이라던?"

하고 미력이를 보고 물었다.

"옳아. 평목이, 평목이래, 하하."

아이들은 평목이란 이름과 입이 커다란 것을 생각하고 웃는다.

그러기로 평목이가 어찌하여서 왔을까. 대관절 어떻게 알고 찾

아왔을까. 조신은 큰 비밀이 깨어질 때에 제게 있는 모든 복이 터무니없이 깨어지는 것 같아서 섬뜨레하였다.

조신은 그동안 십여 년을 마음 턱 놓고 살았던 것이다. 남의 시집갈 처녀를 훔쳐 왔다는 것이 마음에 걸리기는 하나 그렇더라도 이제야 뉘가 알랴 한 것이었다. 달례의 부모도 인제는 달례를 찾기를 단념하였을 것이요, 또 모례도 인제는 다른 새아씨한테 장가를 들었으리라고 생각하기 때문에 마음을 놓고 있었다.

그러하던 것이 불의에 평목이 온 것을 아니 기억은 십오 년 전으로 돌아가 마치 바늘방석에 앉은 것 같았다.

평목이란 조신이 알기에는 결코 좋은 중은 아니었다. 낙산사에 있을 때에 용선스님의 눈을 기이고는 술도 먹고 고기도 먹고 또 재 올리러 온 젊은 여자들을 노리기도 하던 자였다. 또 도적질도 곧잘 하던 자였다. 그 커다란 입으로 지절대는 소리는 모두 거짓말이었고 남을 해치는 말이었다. 그런데 이 작자가 조신과 달례를 곱다랗게 놓아 보낸 것이 수상하다고 생각하였으나, 그것은 용선스님의 심부름이기 때문이라고 조신은 생각하였다.

집에 온 것은 과연 평목이었다. 그도 인제는 중늙은이 중이었다.

"평스님, 이게 웬일이오?"

조신은 옛날 습관으로 중의 인사를 하였다.

"지나던 길에 우연히 들렀소."

하고 평목도 십 오년 전 서로 작별할 때보다는 무척 점잖았다.

그날 밤 조신은 평목과 한방에서 잤다. 두 사람은 낙산사의 옛날에 돌아가서 이야기가 끝날 바를 몰랐다. 용선스님은 아직도 정정하시고 평목은 이번 서라벌까지 다녀오는 길에 산천 구경 겸 온 것이라고 하였다.

그러나 물론 조신은 평목의 말은 무엇이나 반신반의하였다. 더구나 평목 자신에 대한 말은 믿으려고도 아니 하였다.

이것은 조신만이 그런 것이 아니라 평목을 잘 아는 사람은 다 그러하였다. 평목은 악인은 아니나 거짓말쟁이였다.

"그런데 아무튼 기쁘오. 참 재미나게 사시는구려."

평목은 이렇게 말하였다. 조신에게는 평목의 말이 빈정거리는 것으로 들릴뿐더러, 그 말에는 독이 품긴 것 같았다.

"재미가 무슨 재미요. 부끄러운 일이지."

하고 조신은 노스님이 평목을 시켜서 보내어준 가사와 장삼을 생각하였다. 오랫동안 잊어버렸던 것이기 때문에 지금은 그것이 어디 들었는지도 알 수 없었다.

"재미가 무슨 재미? 그럼 나하고 바꾸려오?"

평목은 벌떡 일어나 앉으며 이런 소리를 하였다.

"바꾸다니?"

조신은 불끈함을 느꼈다.

"아니, 나는 이 집에서 재미나게 살고 스님은 나 모양으로 중이 되어서 떠돌아다녀보란 말요."

평목은 농담도 아닌 것같이 이런 소리를 하였다.

"에잉."

하고 조신은 돌아누우며,

"원, 아무리 친한 처지라 하여도, 농담이라 할지라도 할 말이 다 따로 있는 것이지, 그게 다 무슨 소리란 말요?" 하고 쩝 소리가 나도록 입맛을 다시었다. 평목이 달례에게 불측한 생각을 가졌거니 하니 당장에 평목을 어떻게 하기라도 하고 싶었다.

"흥, 어디 내게 그렇게 해보오. 이녁은 남의 아내를 훔쳐내인 사람 아니오? 내 입에서 말 한마디만 나와보오. 흥, 재미나게 살겠소. 모가지는 뉘 모가지가 날아나고? 강물은 제 곬으로 가고 죄는 지은 데로 가는 거야. 모례가 지금 어떻게 당신을 찾는 줄 알고."

평은 침을 탁 뱉었다.

모례란 말에 조신은 전신이 오그라드는 듯하였다. 모례는 달례의 남편이 될 사람이었다. 칼 잘 쓰고 말 잘 타기로 서울에까지 이름이 난 화랑이었다. 조신도 화랑이란 것을 잘 아는 바에 화랑이란 한번 먹은 뜻을 변함이 없고, 한번 맺은 의를 끊는 법이 없다. 모례가 십오 년이 지난 오늘에도 달례를 찾을 것은 당연한 일인 것 같았다. 그렇게 생각하면 조신은 무서웠다. 한번 모례와 마주치는 날이면 매를 만난 새와 같아서 조신은 아무리 날쳐도 그 손을 벗어나지 못할 줄을 안다.

이렇게 생각하고 조신은 벌떡 일어났다.

"평스님, 아니, 정말 모례가 아직도 나를 찾고 있소?"

"어찌 안 찾을 것이오? 제 아내를 빼앗기고 찾지 않을 놈이 어디 있단 말요. 하물며 화랑이거든. 화랑이, 그래 한번 먹은 뜻을 변할 것 같소?"

"아니, 평스님, 똑바로 말을 하시오. 정말 모례가 나를 찾소?"

"찾는단밖에. 이제 다 버린 계집을 찾아서 무엇 하겠소마는 두 연놈을 한칼로 쌍동 자르기 전에 동이덩이같이 맺힌 분이 풀릴 것 같소?"

"아니. 정말 평스님이 모례를 보았느냐 말이오? 정말 모례가 이 조신을 찾는 것을 보았느냐 말이오?"

"글쎄 그렇다니까. 모례가 그때부터 공부도 벼슬도 다 버리고 원수 갚으러 나섰소. 산골짜기마다 굽이 샅샅이 뒤져서 아니 찾고는 말지 아니할 것이오. 오늘이나 내일이나 여기도 올는지 모르지. 스님도 그만큼 재미를 보았으니 인제 그만 내어놓을 때도 되지 않았소? 인제는 벌을 받을 날이 왔단 말이오."

평목은 어디까지나 조신을 간질여 죽이려는 듯이 눈과 입가에 비웃음을 띠고 있었다.

"스님."

하고 조신은 떨리는 음성으로,

"스님, 이 일을 어찌하면 좋소? 그때에도 스님이 나를 살리셨으니 이번에도 스님이 나를 살려주시오. 네 아이들을 불쌍히 여기셔서 스님이 나를 살려주시오. 제발 활인 공덕을 하여주시오. 여섯 식구를 죽게 하신대서야 살생이 되지 않소? 평스님, 제발 나를 살려주시오" 하고 두 팔을 짚고 꿇어앉아서 수없이 평목의 앞에 머리를 조아렸다.

"글쎄, 스님도 그렇게 좋은 말로 하시면 모르지마는 스님이 만일 아까 모양으로 내 비위를 거슬린다면 나도 다 생각이 있단 말이오. 안 그렇소?"

평목은 가슴을 내밀고 고개를 잦힌다.

"그저 다 잘못했으니 살려만 주오."

조신은 또 한 번 이마를 조아린다.

"그러면 내가 스님이 같이 살던 부인이야 어찌 달라겠소마는 따님을 날 주시오.. 아까 보니까 이쁘장한 게 어지간히 쓰겠습니다."

평목의 이 말에 조신은 한 번 더 가슴에서 분이 치밀고 눈초리에 불꽃이 튀는 것을 느꼈다. 그러는 순간에 번뜩 조신의 눈앞에는 도끼가 보였다. 나무를 찍고 장작을 패는 도끼다. 기운으로 말하면, 평목이 조신을 당할 리가 없다. 당할 수 없는 것은 오직 평목의 입심과 능글능글함이었다.

도끼는 방 한편 구석에 누워 있었다. 새로 갈아놓은 날이 등잔불을 받아서 번쩍번쩍 빛났다.

'당장에 평목의 골통을 패어버릴까?'

하고 조신은 주먹을 불끈 쥐었으나 참았다. 그리고 웃는 낯으로,

"그걸. 아직 어린걸."

하고 눙쳐버렸다.

"어리기는 열다섯 살이 어려요?"

평목의 눈이 빛났다.

조신은 한 번 더 돌덩이 같은 것이 치미는 것을 삼켜버렸다.

"자, 인제 늦었으니 잡시다. 내일 마누라하고도 의논해서 좋도록 하십시다."

조신은 이렇게 말하고 자리에 누웠다. 평목도 누웠다.

조신은 잠이 들지 아니하였다. 헛코를 골면서 평목이 하는 양을 엿보았다. 평목은 잠이 드는 모양이었다.

평목이 코를 고는 것을 보고야 조신은 마음을 놓았다.

평목이 깊이 잠이 들기를 기다려서 조신은 소리 아니 나게 일어났다.

'암만해도 평목의 입을 막아놓아야 할 것이다.'

조신은 이렇게 생각하고 구석에 놓인 도끼를 생각하였으나 방과 몸에 피가 묻어서 형적이 남을 것을 생각하고는 목을 매어 죽이기를 생각하였다.

조신은 손에 맞는 끈을 생각하다가 허리띠를 끌렀다.

평목이 꿈을 꾸는지 무슨 소리를 지절거리며 돌아누웠다.

조신은 죽은 듯이 가만히 있었다. 그러나 평목이 움직이는 것을 보고는 죽이는 것이 무서워졌다.

'사람을 죽이다니.'

하고 조신은 진저리를 쳤다.

그렇지마는 평목을 살려두고는 조신 제 몸이 온전할 수가 없었다. 평목에게 딸을 주기는 싫었다. 딸 거울보고는 아비는 아니 닮고 어미를 닮아서 어여뻤다. 그러한 딸을 능구렁이 같은 평목에게 준다는 것은 차마 못 할 일이었다.

그뿐 아니다. 설사 딸을 평목에게 주더라도 그것만으로 평목이 가만있을 것 같지 아니하였다. 필시 재물도 달라고 할 것이다. 딸을 주고 재물을 주면 조신의 복락은 다 깨어져버리고 말 것이다.

'아무리 하여서라도 평목은 없이해버려야 한다.'

조신은 오래 두고 망설이던 끝에 마침내 평목의 가슴을 타고 허리띠 끈으로 평목의 목을 졸랐다. 평목은 두어 번 소리를 치고 팔다리를 버둥거렸으나 마침내 조신을 당하지 못하고 말았다.

조신은 전신에서 땀이 흘렀다. 이빨이 떡떡 마주치고 팔다리는 허둥허둥하였다.

조신은 먼저 문을 열고 밖에 나가보았다. 지새는달이 있었다. 고요하다.

조신은 다시 방으로 들어와서 평목을 안아 들었다. 평목의 팔다리가 축축 늘어지는 것이 무서웠다.

조신은 나무 그늘을 골라가면서 평목의 시체를 안고 뒷산으로 올랐다. 풀잎 소리며 또 무엇인지 모르는 소리가 들릴 적마다 조신은 전신이 굳어지는 듯하여서 소름이 쭉쭉 끼쳤다.

조신은 평소에 보아두었던 굴속에 시체를 집어넣고는 뒤도 아니 돌아보고 집으로 내려왔다. 내일이나 모레나 틈을 보아서 묻어버리리라고 생각하였다.

이튿날 아침에 아내 달례가,

"손님은 어디 가셨어요?"

하고 물을 때에, 조신은,

"새벽에 떠나갔소."

하고 어색한 대답을 하였다.

사람을 죽인다는 큰 죄를 저지른 사람의 마음이 편안할 리가 없었고, 마음이 편안치 아니하면 그것이 얼굴과 언어 동작에 아니 나타날 수가 없었다.

　조신은 밤에도 깜짝깜짝 놀라고 식욕도 줄었다. 늘 근심을 하고 있었다. 동구에 사람의 그림자만 너푼하여도 조신은 가슴이 덜컥 내려앉았다.

　이 모양으로 삼사일이 지난 뒤에야 조신은 비로소 평목의 시체를 묻어버리리라 하고 땅을 팔 제구를 가지고 밤에 뒷산에 올라갔다. 그러나 무서워서 그 시체를 둔 굴 가까이 갈 수가 없었다. 어두움 속에 평목이가 혀를 빼물고 으흐흐흐 하면서 조신에게 덤비어드는 것만 같았다. 그래서 전신에 땀을 쭉 흘리고 집으로 돌아왔다.

　그래도 이 시체를 감추어버리지 아니하면 필경 발각이 날 것이요, 발각이 나면 조신은 살인죄를 지고 말 것이다. 그래서 조신은 기운을 내어서 또 밤에 산으로 갔다. 그러나 이날은 전날보다도 더욱 무서웠다. 다리가 떨려서 옮겨놓기가 어려웠다. 어두움 속에서는 또 평목이가 혀를 빼물고 두 팔을 기운 없이 흔들면서 조신을 향하여 오는 것 같았다. 조신은 겁결에 어떻게 온지 모르게 집으로 달려왔다. 전신에는 땀이 쭉 흘렀다.

　"어디를 밤이면 갔다 오시오?"

　아내는 이렇게 물었다.

　조신은 무엇이라고 대답할 바를 몰라서,

　"삼 캐러."

하였다.

　"밤에 무슨 삼을 캐오?"

아내는 수상하게 물었다.

"산신 기도 드리는 거야."

조신은 이러한 대답을 하였다.

산신 기도란 말을 하고 보니 또 새로운 걱정이 생겼다. 그것은 시체를 묻지도 아니하고 내버려두었기 때문에 필시 산신님의 노염을 사서 큰 동티가 나리라 하는 것이었다.

"산신 동티란 참 무서운 것인데."
하고 조신은 몸에 소름이 끼쳤다. 산신님이 노하시면, 적으면 삵, 족제비, 너구리 같은 것이 난동하여서 닭이며, 곡식을 해롭게 하고, 크면 늑대, 곰, 호랑이, 구렁이 같은 짐승을 내놓아서 사람을 해한다는 것이다.

산신제를 지내자니 사람을 죽인 몸이라 부정을 탈 것이오…….

'어떡하면 좋은가…….'
하고 조신은 잠을 이루지 못하였다.

이러한 생각을 하면 벌써 산신 벌역[3]이 내리는 것만 같았다.

금시에 상명에(큰 구렁이)가 지붕을 뚫고 내려와서 제 몸을 감을는지도 모른다. 호랑이가 내려와서 사랑하는 아내와 아이들을 물어 죽일는지도 모른다.

조신은 머리가 쭈볏쭈볏함을 느낀다.

그러나 조신은 모처럼 쌓아놓은 행복을 놓아버릴 수는 없었다. 아무리 하여서도 언제까지나 언제까지나 꼭 붙들고 매달리지 아니하면 아니 된다.

조신은 용선스님이 주신 가사를 생각하였다. 몸에 가사만 걸치면 천지간에 감히 범접할 귀신이 없다는 것이다. 그러나 부처님이 명하신 계행을 깨뜨린 더러운 몸에 이 가사를 걸치면 가사가 불길이 되고 바람이 되어서 그 사람을 아비지옥으로 불어 보낸다는 것이다.

'그 가사 장삼을 집에 두어서 이런 변사가 생기는 것이 아닐까?'

조신은 이렇게 생각하여보았다.

그렇게 생각하니 검은 장삼과 붉은 가사가 저절로 너풀너풀 허공을 날아 올라가는 것 같아서 조신은 몸서리를 쳤다.

너풀너풀 가사 장삼은 조신의 눈앞에 있어서 오르락내리락한다.

조신은 눈을 떠보았다.

캄캄하다.

어두움 속에는 수없는 가사와 장삼이 너풀거렸다.

그중에는 평목의 모양도 보이고 용선스님의 모양도 보였다. 그러나 용선화상의 모양은 곧 스러졌다.

조신은 정신이 어지러워서 진정할 수가 없었다.

아내와 아이들이 있는 방으로 가고 싶었으나 가위눌린 사람같이 몸을 움직일 수가 없는 것 같았다.

아내의 얼굴도 무섭게 나타난 여귀와 같았다.

아이들의 얼굴도 매서운 귀신과 같았다.

조신은 어찌할 줄을 몰랐다. 눈을 떠도 무섭고 눈을 감아도 무서웠다.

'아아 내가 왜 이럴까. 밤길을 혼자 가도 무서움을 아니 타던 내가 왜 이럴까.'

조신은 정신을 수습하려고 애를 써보았으나 안 되었다. 모든 것이 다 저를 위협하고 해치려는 원수인 것 같았다.

조신은 낙산사 관음상을 마음에 그려보려 하였다. 그 자비하신 모습을 잠깐만 뵈어도 살아날 것만 같았다. 이러한 경우에 사랑하는 처자로는 아무런 힘도 없었다. '나무'하고 '대자대비 관세음보살 마하살'을 부르려 하나 입이 열리지 아니하였다.

전신이 얼어들어오는 듯하였다.

조신은 아무리 하여서라도 관세음보살상을 뵈려 하나 나오는 것은 무서운 형상뿐이었다. 눈망울 툭 불거진 사천왕상이 아니면 머리에 뿔 돋친 염라국 사자의 모양뿐이었다.

가사와 장삼이 어지럽게 너풀거리던 어두움 속에, 눈망울 불거지고 뿔 돋친 귀신들, 머리 풀어헤치고 입에서 피 흘리는 귀신들이 어지러이 나타나서 조신을 노려보았다.

다음 순간에 조신의 눈앞에는 이글이글 검푸른 불이 타는 불지옥과, 지글지글 사람의 기름이 끓는 큰 가마며, 입을 벌리고 혀를 잡아당기어서 자르는 광경이며, 기름틀에 넣고서 기름을 짜듯이 불의한 남녀를 눌러 짜는 광경이며, 이 모양으로 모든 흉물스러운 광경이 보이고, 나중에는 평목이가 퍼런 혀를 빼물고 손에, 제가 목에 매어 죽던 끈을 들고 나타나서 조신을 향하여 손을 혀기는 것이 보일 때에 조신은 베개에 두 눈을 비비며 저도 모르게 소리를 질렀다.

조신이 다시 정신을 차렸을 때에는 옆에 아내 달례가 있었다.

"웬일이오?"

달례는 남편이 눈을 뜨는 것을 보고 일어나 앉으며 묻는다. 달례가 두 팔을 들어서 흩어진 머리를 거둘 때에 그 흰 두 팔꿈치와 젖가슴이 어두움 속에서 보이는 것이 조신의 눈에는 금방 꿈속에서 보던 귀신과 같아서 악 소리를 치면서 벌떡 일어났다.

"아니 왜 그러우?"

달례도 깜짝 놀라는 듯이 앉은걸음으로 뒤로 물러나며 머리 가누던 두 손을 앞으로 내밀었다.

"아니야."

하고 조신은 맥없이 도로 드러누웠다. 저도 제 행복이 부끄러웠고 아내에게도 숨기고 있는 살인의 비밀이 혹시 이런 것으로 탄로가 되지나 않는가 하여 겁만 났다.

"아니라니?"

하고 달례는 남편의 수상한 행동에 마음이 놓이지 아니하였다.

"요새에 웬일이오? 밤마다 헛소리를 하고— 자면서 팔을 내어두르고. 몇 번이나 소스라쳐 놀랐는지 몰라. 참 이상도 하오. 아마 무슨 일이 있나 보아. 나도 꿈자리가 사납고 어디 바로 말을 해보슈. 그 평목인가 하는 중이 어디 갔소? 왜 식전 새벽에 아침도 안 먹고 간단 말이오. 암만해도 수상하더라니. 그이 왔다 간 다음부터 당신의 모양이 수상해요. 어디 바로 말을 해보아요. 그 중은 어디로 갔소?"

달례가 이렇게 하는 말은 마디마디 회초리가 되어서 조신의 등

덜미를 후려갈기는 것 같았다.

"내가 그 녀석 간 곳을 어떻게 알아? 저 갈 데로 갔겠지."

조신은 아무 관심 없는 양을 꾸미노라고 퉁명스럽게 대답하였다. 그러나 그 가슴은 몹시 울렁거렸다.

"아니, 그이를 왜 그 녀석이라고 부르시오? 우리가 도망할 때에 관에 이르지도 아니한 이를?"

달례의 말은 한 걸음 조신의 가슴속으로 파고들었다.

"우리가 재미있게 사는 것을 보고는 샘도 날 것 아니야?"

조신은 아니 할 말을 하였다고 고대 뉘우쳤다.

"아니, 그이가 무어랍디까?"

달례는 무릎걸음으로 조신의 곁으로 다가앉는다.

"아냐 별일은 없었지마는."

조신은 우물쭈물 이 이야기를 끊고 싶었다.

"아니, 그이가 무어랍디까? 모례 말을 합디까?"

"왜 모례가 있으면 좋겠어? 모례 생각이 나느냐 말야?"

조신은 가장 질투가 나는 듯이 달례 편으로 돌아눕는다.

"왜 그런 말씀을 하슈? 누가 모례를 생각한다우?"

"그럼, 모례 말은 왜 해? 그 원수 놈의 말을 왜 입에 담느냐 말야. 모례라는 못자만 들어도 내가 분통이 터지는 줄을 알면서 왜 그런 소리를 하느냐 말야."

조신에게 제일 싫고 무서운 것이 모례의 이름이었다. 만일 누가 하루에 한 번씩만 모례의 이름을 조신의 귀에 불어넣어준다면 한 달 안에 조신은 말라 죽었을 것이다. 그러나 이 자리에서 모례의 말을 가지고 아내에게 핀잔을 준 것은 모례 때문이라기보다는 죽은 평목의 비밀을 지키자는 계교로서였다. 그러나 한번 여자의 마음에 일어난 의심은 거짓말로라도 풀기 전에는 결코 잠잠케 할 수는 없었다.

달례는 전에 없이 우락부락한 남편의 태도가 불쾌한 듯이 뾰로통한 소리로,

"모례가 무슨 죄요? 그이가 왜 당신의 원수요? 당신이나 내가 그의 원수면 원수지. 까닭 없는 사람을 미워하면 죄가 안 되오?" 하고 쏘았다.

조신은 벌떡 자리에서 일어나 앉으며,

"무엇이 어째? 모례가 원수가 아니야? 모례 놈이 내 눈앞에 번뜻 보이기만 해라. 내가 살려둘 줄 알고. 단박에 물고를 내고야 말걸" 하고 어두움 속에 보이는 아내의 얼굴을 노려본다. 이렇게 억지로라도 성을 내니 무서움이 좀 가라앉는다. 평목의 원혼이 멀리로 달아난 것도 같았다.

그러나 달례는 환장한가 싶은 남편의 태도가 원망스러운 듯, 전보다 더 뾰롱뾰롱하게,

"모례를 죽여요? 당신 손에 죽을 모례인 줄 알았소? 그이는 화랑이오. 칼 잘 쓰고 활 잘 쏘고 하는 그이가 당신 손에 잘 죽겠소. 사람의 일을 아나. 혹시 그이가 여기 올지도 모르지, 만일 모례가 여기 오는 일이 있다면 당신이나 내가 땅바닥에 엎드려서 비는 거야, 죽을죄로 잘못했으니 살려줍시사고, 저 미력이랑 달보고랑 어린것을 불쌍히 여겨서 살려줍시사고, 제발괴발 비는 거야. 불

공한 말 한마디만 해보오, 당장에 목이 날아날 테니, 그나 그뿐인가, 암만해도 당신이 평목스님을 죽"
할 때에 조신은 달려들어서 달례의 입을 손바닥으로 막아버렸다.
"함부로 입을 놀려?"
하고 조신은 달례의 몸을 잡아 흔들었다.
 달례는 방바닥에 이마를 대고 쓰러지면서,
"과연 그랬구려."
하고 울면서 푸념을 한다.
"그날 밤에 이상한 소리가 나길래 혹시나 하면서 설마 그런 일이야 하였더니 정말 당신이 그 중을 죽"
할 때에 조신은 또 달례의 몸을 잡아 흔든다.
"여보, 여보."
하고 조신은 무서워하는 사람 모양으로 숨이 차다. 조신은 달례의 귀에 입을 대고,
"그런 소리 말어, 그런 소리 말어, 아이들이 들어, 누가 들어."
하고 덜덜 떨었다.
 조신은 제가 사람을 죽였다는 것이 저 밖에 다만 한 사람이라도 아는 사람이 있다는 것이 한없이 무서웠다.
 조신은 달례의 귀에 뜨거운 김을 불어넣으면서 말을 한다. 그것은 달례의 분을 풀어서 입을 막자는 것이었다.
"그놈이—— 평목이 놈이 우리 둘이 여기 산다는 것을 일러바친다고 위협을 한단 말야. 모례가 칼을 갈아가지고 아직도 우리들을 찾아 댕긴다고. 방방곡곡으로 샅샅이 뒤진다고 그러니까."

하고 조신은 한층 더 소리를 낮추어서,

"그러니까 그놈이 달보고를 저를 달라는 거야. 그러니 참을 수가 있나."

하고 한숨을 내쉰다.

달보고를 달란다는 말에는 달례도 흠칫하고 놀라는 빛을 보였다.

"이 일을 어찌하면 좋소?"

하는 달례의 말은 절망적이었다.

조신의 집에는 이미 평화는 없었다. 어른들의 얼굴에 매양 근심하는 빛이 있으니 아이들의 얼굴에는 화기가 없었다. 닭, 개, 짐승까지도 풀이 죽고 집까지도 무슨 그늘에 싸인 듯하였다.

조신은 어찌할까 그 마음을 진정치 못한 채로 찜찜하게 하루 이틀을 보내고 있었다.

추수도 다 끝나고 높은 산에는 단풍이 들었다. 콩에 배불린 꿩들이 살찐 몸으로 무겁게 날고 있었다. 매 사냥꾼 활 사냥꾼들이 다니기 시작하고, 산촌 집들 옆에는 겨울에 땔 나뭇더미가 탐스럽게 쌓여 있었다. 이제 얼마 아니하여 눈이 와서 덮이면 사람들은 뜨뜻이 불을 지피고 술과 떡에 배를 불리면서 편안하게 재미있는 과동을 하는 것이었다.

그러나 조신의 마음에는 편안한 것이 없었다. 곳간에 쌓인 나락섬에서는 평목의 팔이 쑥 나오는 것 같고, 나뭇더미에서도 평목의 큰 입이 혀를 빼물고 내미는 것 같았다. 게다가 모례가 언제 어느 때에 시퍼런 칼을 빼어 들고 말을 달려 들어올는지도 몰라서 밤바람에 구르는 낙엽 소리에도 귀가 쫑긋하였다.
 '이 자리를 떠서 어디 다른 데로 가서 숨어야 할 터인데.'
 조신은 날마다 이런 생각을 하기는 하면서도 어디로 어떻게 갈 것인지 궁리가 나지 아니하였다. 죄를 지은 사람에게는 천지도 좁았다.
 추워지기 전에 하루라도 일찍이 떠나야 된다 된다 하면서 머뭇머뭇하는 동안에 첫눈이 내렸다. 조신은 식전에 일어나 만산편야로 하얗게 눈이 덮인 것을 보고는 가슴이 두근거렸다. 무슨 일이 있어서 도망을 가더라도 눈 위에 발자국이 남을 것이 무서웠다.
 이날 미력이가 아랫동네에 놀러 갔다가 돌아와서 조신의 가슴을 놀라게 하는 소식을 전하였다. 그것은 이 고을 원님이 서울서 온 귀한 손님을 위하여 이 골짜기에 사냥을 온다는 것이었다. 이러한 큰 사냥이면 매도 있고 활도 쓰고 또 굴에 불을 때어서 곰이나 너구리나 여우도 잡는 것이 예사다. 수십 명 일행이 흔히 하루이틀을 묵으면서 많은 짐승을 잡아가지고야 돌아가는 것이었다. 그나 그뿐인가, 동네 사람들은 모두 몰이꾼으로 나서서 산에 있는 굴은 말할 것도 없고 바위 밑까지도 샅샅이 뒤지는 것이었다. 그리되면 저 평목의 시신이 필시 드러날 것이요, 그것이 드러난다면 원님이 반드시 이 일을 그냥 두지 아니하고 범인을 찾을 것이다.
 '그것을 묻어버릴 것을.'
하고 조신은 뉘우쳤다. 묻어야 묻어야 하면서도 무서워서 못 한 지가 벌써 한 달이나 되었다. 비록 선선한 가을 일기라 하더라도 한 달이나 묵은 송장이 온전할 리가 없었다. 필시 썩어서 는적는적 손을 댈 수 없이 되었거나 혹은 여우가 뜯어 먹어 더욱 보기 흉하게 되었을 것이다. 이런 생각으로 조신은 평목의 시체 처치를 못 한 채 오늘날에 이르렀다.

조신은 앞이 캄캄해짐을 느꼈다. 아내와 아이들이 제 얼굴을 물끄러미 바라보고 있는 양이 아마 낯빛이 변한 것이라고 짐작하고 짐짓 태연한 모양을 한다는 것이 이런 소리가 되어 나왔다.

"망할 녀석들! 사냥은 무슨 주리 할 사냥을 나와. 짐승 죽이는 것은 살생이 아닌가. 지옥에를 갈 녀석들!"

이 말에 달례는 눈을 크게 뜨고 조신을 바라보았다. 사람을 죽인 사람이 어떻게 저런 소리를 하나 하는 것 같았다.

조신도 아니 할 소리를 하였다 하고 가슴이 섬뜨레하였다. 저도 그런 소리를 하려는 생각이 없이 어찌 된 일인지 그런 소리가 나온 것이었다. 무슨 신의 힘이 저로 하여금 그런 소리를 하게 한 것 같아서 조신은 등골에 얼음물을 퍼붓는 듯함을 느꼈다.

그러나 이제 평목의 시체를 처치할 수는 없었다. 우선 눈이 오지 아니하였나. 발자국을 어찌하나. 오늘 볕이 나서 눈만 다 녹인다면 밤에 아무런 일이 있더라도 평목의 시신을 묻어버리리라고 마음에 작정하였다.

그러나 물 길으러 나갔던 달보고는 또 하나 이상한 소식을 전하였다.

"내가 물을 긷고 있는데, 웬 사람이 말을 타고 오겠지— 자주긴 옷을 입고. 이렇게 이렇게 이상하게 생긴 갓을 쓰고. 그리고 아주 잘생긴 사람야. 이렇게 이렇게 수염이 나고. 그 사람이 우물 옆으로 지나가더니 몇 걸음 가서 되돌아서 오더니, 말에서 내리더니 나를 한참이나 물끄러미 보더니 아가 나 물 좀 다우 그래요. 그래서 바가지로 물을 떠주니까 두어 모금 마시고는 너의 집이 어디냐 그러겠지. 그래—"
하고 달보고의 말이 끝나기도 전에 조신은 눈이 둥그레지며,
"그래 우리 집을 가르쳐주었니?"
하고 숨결이 커진다.
 달보고는 아버지의 수상한 서슬에 놀란 듯이 입을 다문 채로 고개를 두어 번 까닥까닥한다.
"그래, 그 사람이 젊은 사람이든?"
 이번에는 달례가 묻는다.
"나이를 잘 모르겠어. 수염을 보면 나이가 많은 것도 같은데 얼굴을 보면 아주 젊은 사람 같아요."
 달보고는 그 붉은 옷 입은 사람을 이렇게 그렸다. 그러고는 부끄러운 듯이 왼편 손을 펴서 파르스름한 옥고리 하나를 내어놓으며 수줍은 듯이 이렇게 설명하였다.
"그 사람이 물을 받아먹고 돌아설 때에 웬일인지 띠에 달렸던 이 옥고리가 땅에 떨어지겠지. 그러니깐 그 사람이 깜짝 놀라서, 꺼꾸버서 이것을 줍더니, 잠깐 무엇을 생각하더니, 아따 물 값이다, 하고 나를 주어요."
"왜 남의 사내한테서 그런 것을 받아, 커다란 계집애가?"
하고 달례가 달보고를 노려본다.

"싫다고 해도 자꾸만 주는걸. 땅에 떨어지는 것을 보니 이것은 분명히 네 것이라고 그러면서."

하고 달보고는 아주 어색하게 변명을 한다.

조신은 까닭 모르게 마음이 설렌다. 도무지 수상하였다. 이런 때에는 억지로라도 성을 내는 것이 마음을 진정하는 길일 것 같았다. 그래서 조신은 커다란 손으로 그 옥고리를 집어서 문밖으로 휙 내던지면서,

"그놈이 어떤 놈인데 이런 것으로 남의 계집애를 후려."

하였다.

옥고리는 공중으로 날아서 뜰 앞 바윗돌에 떨어져서 째각 소리를 내고 서너 조각으로 깨어졌다.

달보고는 손으로 두 눈을 가리고 방바닥에 엎드려서 울었다.

달례는 눈에 눈물이 어리며,

"울지 마. 엄마가 그보다 더 좋은 옥고리 줄게 울지 마."

하고 일어나서 시렁에 얹었던 상자를 내려 하얀 옥고리 하나를 꺼내어 달보고에게 주었다.

달보고는 "싫어, 싫어" 하고 그것을 받지 아니하였다.

얼마 후에 관인이 와서 조신의 집을 서울 손님의 사처로 정하였으니 제일 좋은 방 하나를 깨끗이 치울 것과 따라오는 하인들이 묵을 방도 하나 치우라는 분부를 전하였다.

조신은 마음에는 찜찜하나 어찌할 도리가 없어서 사랑을 치웠다. 이것은 창을 열면 눈에 덮인 태백산이 바라보이고 강 한 굽이조차 눈에 들어오는 방이었다. 절에서 자라난 조신은 경치를 사

랑하였다. 그는 이 방에서 평생을 즐겁게 지내려 하였었다. 그러나 평목이가 이 방에서 죽어 나간 뒤로는 이 방은 조신에게는 가장 싫고 무서운 방이 되어서 그 앞으로 지나가기도 머리가 쭈볏거렸다.

조신은 사랑방 문을 열 때에 연해 헛기침을 하고 진언을 염하였다. 문을 열면 그 속에서 평목이가 혀를 빼물고 나올 것만 같았다.

그러나 정작 문을 열고 보니 아무것도 없었다. 다만 써늘한 기운이 빈방 냄새와 함께 훅 내뿜을 뿐이었다.

조신은 방을 떨고 훔쳤다. 깨끗한 돗자리를 깔고 방석을 깔았다. 목침을 찾다가 문득 그것이 평목이가 베었던 것임을 생각하였다.

서울 손님이라는 것이 어떤 귀인인가. 혹시나 내 집에 복이 될 사람이면 좋겠다고 생각하였다.

"설마, 설마."

하고 조신은 중얼거렸다. 설마 모례야 올라고 하는 것이었다.

그러나 그 사람이 달보고를 유심히 보더라는 것, 옥고리를 준 것, 하필 이 집으로 사처를 정한다는 것들을 생각하면 그것이 모례인 것도 같았다.

'만일 그것이 모례면 어찌하나.'

조신은 멍하니 태백산 쪽을 바라보았다. 날은 아직도 흐리고 산에는 거무스름한 안개가 있다.

'모례가 십칠 년 전 일을 아직도 생각하고 있을까. 더구나 귀한 사람이 그것을 오래 두고 생각할라고. 벌써 다른 아내를 얻어서 아들딸 낳고 살 것이다. 설령 아직도 달례를 생각하기로소니 우리 집에 달례가 있는 줄을 알 까닭이 없다. 달보고가 하도 어미를 닮았으니까 혹시 우리 집이 달례의 집인가 의심할까. 모례가 나를 본 일은 없다. 누가 그에게 내 용모파기를 하였을까. 내 찌그러진 얼굴, 비뚤어진 코— 그러나 세상에 그렇게 생긴 사람이 나 하나밖에 없으란 법은 없다.'

조신의 생각은 끝이 없다. 그러고도 무엇이 뒷덜미를 내리짚는 듯이 절박한 것 같다.

조신은 무엇을 찾는 듯이 방 안을 휘둘러보았다.

'앗, 저 바랑, 저 바랑?'

하고 조신은 크게 눈을 떴다. 벽장문이 방싯 열리고 그 속에 집어넣었던 평목의 바랑이 삐죽이 내다보고 있다.

조신의 머리카락은 모두 하늘로 뻗었다. 저것을 처치를 아니 하였구나 하고 조신은 발을 구르고 싶었다.

조신은 얼떨결에 벽장문을 홱 잡아 젖히고 평목의 바랑을 왈칵 낚아채었다. 그러고는 구렁이나 손에 잡힌 것같이 손을 떼었다. 바랑은 덜컥하고 방바닥에 떨어져서 흔들렸다. 척척 이긴 굵은 벼로 지은 바랑이다. 평목의 등에 업혀서 산천을 두루 돌고 촌락으로 들락날락하던 바랑이다.

조신은 이윽히 이 말 없는 바랑을 물끄러미 보고 있었다. 바랑은 아무 말이 없었으나 그 속에는 많은 말이 들어 있는 것 같았다. 이것이 벽장에서 떨어질 때에 떨거덕한 것은 평목의 밥과 국과 반찬과 물을 먹기에 몇십 년을 쓰던 바리때요, 버썩하는 소리를 낸 것은 평목이 어느 절에 들어가면 꺼내어 입던 가사 장삼일 것과 그 밖에 바늘과 실과 칼과 이런 도구가 들어 있을 것은 열어 보지 아니하고라도 조신도 알 수가 있었다. 조신이 낙산사에서 지니고 있던 바랑과 바리때는 어느 누구가 쓰고 있는지 모른다.

그러나 조신의 생각에는 평목의 바랑 속에는 이런 으레 있을 것 외에 무서운 무엇이 나올 것만 같았다. 조신은 바랑을 여는 대신에 그 끈을 더욱 꼭 졸라매었다. 무서운 것이 나오지 못하게 하자는 것이다. 그리고 조신은 그 바랑을 번쩍 들어서 벽장에 들이쏘았다. 침침한 벽장 속에 바랑은 야릇한 소리를 내고 들어가 굴렀다. 조신의 귀에는 그것이 바랑이 벽에 부딪히는 소리만 같지는 아니하였다. 분명 무슨 이상한 소리가 그 속에 있었다. 그 이상한 소리는 잉하게 귀에 묻어서 떨어지지 아니하였고, 조신의 손과 팔에도 바랑을 집어넣을 때에 무엇이 물컥하고 뜨뜻미지근하던 것이 배어 있는 것 같았다.

'아아 모두 죄를 무서워하는 내 마음의 조화다. 있기는 무엇이 있어.'

하고 조신은 제 마음을 든든하게 먹으려고 하였다. 그러나 '내 마음'이란 것이 내 말을 듣지 아니하였다.

조신이 서울 손님의 사처 방을 다 치우고 나서 지향할 수 없는 마음을 가지고 고민하고 있을 즈음에 조신의 집을 향하고 올라오는 사오 인의 말 탄 사람과 수십 명의 사람의 떼를 보았다. 그들 중에는 동네 백성들도 섞여 있었다.

말 탄 사람들은 조신의 집 앞에서 말을 내렸다. 관인이 내달아 일변 주인을 찾고 일변 말을 나무에 매었다.

조신은 떨리는 가슴으로 나서서 귀인들 앞에 오른편 무릎을 꿇고 절을 하였다.

"어, 깨끗한 집이로군, 근농가로군!"

코밑에 여덟팔자수염이 난 귀인이 조신의 집을 돌아보며 말하였다. 이분이 아마 이 고을 원인가 하고 조신은 생각하였다.

원은 집 모양을 휘돌아본 뒤에, 고개를 돌려 한 걸음 뒤에 선 귀인을 보면서, "이번 사냥에 네 집에서 이 손님하고 하루 이틀 묵어가겠으니 각별히 거행하렷다."

하고 위엄 있게 말하였다.

"예이. 누추한 곳에 귀인이 왕림하시니 황송하오. 벽촌이라 찬수는 없사오나 정성껏 거행하오리다."

하고 조신은 또 한 번 무릎을 꿇었다.

"어디 방을 좀 볼까?"

하는 원의 말에 조신은 황망하게 사랑문을 열어젖혔다. 원과 손님은 방 안을 휘둘러보고,

"어, 정갈한 방이로군!"

하고 방 칭찬을 하고는,

"이봐라, 네 그 부담을 방에 들여라."

하여 짐을 들이도록 분부하고 손님을 향하여서,

"아손, 어찌하시려오? 방에 들어가 잠깐 쉬시려오, 그냥 산으로 가시려오?"

하고 의향을 묻는다.

　손님은 그 옥으로 깎은 듯한 얼굴에 구슬같이 맑은 눈을 한 번 감았다 뜨면서,

"해도 늦었으나 먼저 사냥을 합시다."

한다.

"그러시지 다행히 사슴이라도 한 마리 잡으면 저녁 술안주가 될 것이니까?"

하고 원은 아래턱의 긴 수염을 흔들며 허허하고 소리를 내어서 웃는다.

　귀인들은 소매 넓은 붉은 우틔*를 벗고 좁은 행전을 무릎까지 올려 신고 옆에 오동집에 금으로 아로새긴 칼을 차고 어깨에 활과 전통을 메고, 머리는 자주 박두를 쓰고 나섰다. 관인들은 창을 들고 몰이꾼들은 손에 작대를 들고 매바치는 팔목에 매를 받고 산을 향하여서 길을 떠났다. 조신은 산길을 잘 타는 사람이라는 동네 사람의 추천을 받아서 앞잡이를 하라는 영광스러운 분부를 받았다. 사냥개는 없었으나 동네 개들이 제 주인을 따라서 좋아라고 꼬리를 치며 달리고, 미력이를 비롯하여 동네 아이 놈들도 몽둥이 하나씩을 들고 무서운 듯이 멀찍이 따라오며 자깔대었다.

　사람들이 걸음을 걸을 때마다 눈에 덮인 낙엽들이 부시럭부시럭, 와싹와싹하고 소리를 내었다. 까치들이 짖고 솔개, 산새들이 놀란 듯이 우짖고 왔다 갔다 하였다.

　먼저 산제터인 바위 밑에 이르러 제물을 바치고 오늘 사냥에 새와 짐승을 줍시사고 빈 뒤에 모두 음복하고, 그러고는 사냥이 벌

어졌다.

 매바치는 등성이 바위 위에 서고 몰이꾼들은 잔솔포기와 나무포기, 풀포기를 작대로 치며 '아리, 아리' 하고 꿩과 토끼를 몰아내고, 개들도 얼른 눈치를 채어서 코를 끌고 꼬리를 치고 어떤 때에 네 굽을 모아 뛰면서 새짐승을 뒤졌다. 놀란 꿩들이 꿱꿱 소리를 지르면서 날고, 토끼도 귀를 빳빳이 뻗고 달렸다. 이러는 동안에 두 귀인은 매바치 옆에 서 있었다. 앞잡이인 조신도 그 옆에 모시고 있었다.

 얼마 아니 하여서 대여섯 마리 꿩을 잡았다. 아직도 채 죽지 아니한 꿩은 망태 속에서 쌔근쌔근 괴로운 숨을 쉬고 있었다.

 또 서울 손님의 화살이 토끼도 한 마리 맞혔다. 목덜미에 살이 꽂힌 채로 한 길이나 높이 껑충 솟아 뛸 때에는 모두 기쁜 고함을 쳤다.

 매는 몇 마리 꿩을 움키더니 더욱 눈은 빛나고 몸에 힘이 올랐다. 그의 주둥이와 가슴패기에는 빨간 피가 묻었다.

 '살생.'
하고 조신은 속으로 중얼거렸다.
 "살생을 아니 하오리다."
하고 굳게 굳게 시방제불 전에 맹세한 조신이다. 그러나 제 손으로 이미 평목을 죽이지 아니하였느냐. 중을 죽였으니 살생 중에도 가장 죄가 무서운 살생을 하지 아니하였느냐. 그렇지마는 오랫동안 자비의 수행을 한 일이 있는 조신은 목전에 벌어진 살생의 광경을 보고 마음이 자못 불안하였다.

꿩 망태가 두둑하게 된 때에 서울 손님은 원을 보고,

"매 사냥은 그만큼 보았으니, 나는 사슴이나 노루를 찾아보려오. 돼지도 좋고. 모처럼 활을 메고 나왔다가 토끼 한 마리만 잡아가지고 가서는 직성이 아니 풀릴 것 같소. 그럼 태수는 여기서 더 매 사냥을 하시오. 나는 좀더 깊이 산속으로 들어가보려오."
하고 서 있던 바윗등에서 내려선다.

원은 웃으며, "아손 조심하시오. 태백산에는 호랑이도 있고 곰도 있소. 응, 곰은 벌써 숨었겠지마는 표범도 있소. 혼자는 못 가실 것이니, 창군을 몇 데리고 가시오."
하고 건장한 창 든 관인 두 쌍을 불러준다.

조신은 또 앞장을 섰다. 조신은 이 산속에 골짜기 몇, 굴이 몇인 것도 안다. 그는 보약을 구하느라고 지난 몇 해 매일같이 산을 탔다.

조신은 자신 있게 앞장을 섰다. 오직 조심하는 것은 평목의 시신을 버린 굴 근처로 가지 않겠다는 것이다. 그러나 거기 대하여서는 조신은 안심하였다. 왜 그런가 하면, 평목을 내버린 굴은 동네 가까이여서 사슴이나 기타 큰 짐승 사냥에는 관계가 없기 때문이었다.

조신은 아무쪼록 평목이 굴에서 멀리 떨어진 방향으로 길을 잡았다.

골은 더욱 깊어지고 수풀도 갈수록 깊어졌다. 무시무시하게도 고요한 산속이다. 조신이 앞을 서고 손님이 다음에 걷고 창군들이 그 뒤를 따랐다.

사람들의 눈은 짐승의 발자국을 하나도 아니 놓치려고 하얀 눈을 보고 있었다. 바싹 소리만 나도 귀를 기울였다.

눈 위에는 작은 새짐승들의 귀여운 발자국들이 가로세로 있었다. 그러나 큰 짐승의 발자국은 좀체 보이지 아니하였다.

얼마를 헤매며 몇 굴을 뒤지다가 마침내 산비탈 눈 위에 뚜렷뚜렷이 박힌 굵직굵직한 발자국을 발견하였다.

모두들 숨소리를 죽였다. 사냥에 익숙한 듯이 손님은 가만히 발자국을 들여다보아서 그것이 사슴의 것인 것과 개울을 건너서 등성이로 올라간 발자국인 것을 알아내고, 이제부터는 조신의 앞잡이는 쓸데없다는 듯이 제가 앞장을 서서 비탈을 올라갔다. 조신과 창군들은 그 뒤를 따랐다.

손님은 등성에 서서 지형을 살펴보고, 창군 두 쌍은 좌우로 갈라서, 한 쌍은 서편 골짜기로, 하나는 동편 골짜기로 내려가라 하고 자기는 조신을 데리고 발자국을 따라서 내려갔다.

발자국은 두 마리의 것이었다. 암수가 앞서거니 뒤서거니 어디로 가느라고 떠난 것이었다. 활과 칼을 가진 이가 그들을 뒤따르고 있는 것을 생각하면 조신은 제가 그 사슴이 된 것 같았다. 될 수 있으면 앞서 달려가서 사슴에게 일러주고 싶었다.

사슴들은 똑바로 가지는 아니하였다. 그들은 제 발자국이 무엇을 의미하는지를 안다. 그들은 가끔 방향을 바꾸기도 하고 어떤 등성이나 골짜기에는 발자국을 어질러놓기도 하였다. 무척 제 자국을 감추려고 애를 썼으나 땅을 밟지 아니하고는 갈 수 없는 그들이라 아무리 하여도 자국은 남았다. 혹은 바위를 타고 넘고 혹은 아직 얼어붙지 아니한 시냇물을 밟아서 아무쪼록 제 자국을 감추려 한 사슴 자웅의 심사가 가여웠다.

열에 아홉은 이 두 사슴 중에 적어도 한 마리는 목숨의 끝 날이 왔다고 조신은 생각하고 한없이 슬펐다.

'인연과 업보!'
하고 조신은 닥쳐오는 운명을 벗어나기 어려움을 마음이 아프도록 절실하게 느꼈다.

다행한 것은, 사슴들의 발자국이 평목의 시신이 누워 있는 굴과는 딴 방향으로 향한 것이다.

조신이 인연을 생각하고 업보를 생각하면서 손님의 뒤를 따르고 있을 때에 문득 손님이 우뚝 걸음을 멈추고 몸을 나무 뒤에 감추었다. 조신도 손님이 하는 대로 하고 손님이 바라보는 방향을 바라보았다.

'있다!'
하고 조신은 속으로 외쳤다.

한 백 보나 떨어져서 싸리 포기들이 흔들리는 속에 사슴 두 마리가 서서 멀리 남쪽을 바라보고 있었다.

'사람이 따르는 것을 눈치 채었나?'
하고 조신은 가슴이 울렁거렸다.

손님은 활에 살을 메어 들었다. 그리고 사슴들이 싸리 포기 밖으로 나오기를 기다리고 있었다. 사슴들은 고개를 이쪽으로 돌렸다. 그 위엄 있는 뿔이 머리를 따라서 흔들렸다.

사슴은 분명히 위험을 느낀 모양이었다. 그들은 얼마 높지 아니한 등성이를 타고 넘음으로 이 위험을 피하려고 결심한 모양이었다. 수놈이 먼저 뛰고 암놈이 한 번 더 이쪽을 바라보고는 남편의 뒤를 따랐다. 조신이 이 모양을 바라보고 있을 때에 퉁 하고 활시위가 울리며 꿩의 깃을 단 살이 사슴을 따라 나는 것을 보았다.

살은 수사슴의 왼편 뒷다리에 박혔다. 퍽 하고 박히는 소리가 조신의 귀에 들리는 듯하였다.

살을 맞은 사슴은 한 번 껑충 네 발을 궁굴리고는 무릎을 꿇고 쓰러질 때에 암사슴은 댓 걸음 더 달리다가 돌아서서 목을 길게 빼고 바라보았다. 이때에 둘째 화살이 날아서 암사슴의 앞가슴에 박혔다. 살 맞은 사슴은 밍하는 것 같은 한마디 소리를 지르고는 나는 듯이 ㄱ자로 방향을 꺾어 달려 내려갔다. 수사슴이 벌떡 일어나서 암사슴이 가는 방향으로 달렸다. 몹시 다리를 절었다.

이것이 모두 눈 깜짝할 새다.

손님도 뛰고 조신도 뛰었다. 창군들도 본 모양이어서 좌우로서 군호 외치는 소리가 들렸다.

사슴은 허둥거리는 걸음으로 엎치락 눈보라를 날리면서 뛰었으나 얼마 아니 하여 암놈은 눈 위에 구르고는 다시 일어나지 못하였다. 상처가 앞가슴이라, 깊은 데다가 기운이 약한 것이었다. 그러나 수놈은 절뚝거리면서도, 고꾸라지면서도 구르면서도 피를 흘리면서도 죽음을 피해보려고 기운차게 달렸다. 그가 지나간 자리에는 흰 눈 위에 붉은 피가 떨어져 있었다.

죽음에서 도망하려는 사슴은 아직도 적을 피하느라고 여러 번 방향을 바꾸었으나, 차차 걸음이 느려짐을 어찌할 수 없었다. 따르는 사람들은 점점 사슴에게 가까이 갔다. 사슴은 이제는 더 뛸 수 없다는 듯이 땅에 엎드려서 고개를 던졌으나 순식간에 또 일어나서 뛰었다. 비틀비틀하면서도 뛰었다.

사슴은 또 한 번 방향을 바꾸었다. 얼마를 가다가 또 한 번 방향을 바꾸었다. 그는 기운이 진할수록 오르는 힘은 지세를 따라서 자꾸만 내려갔다. 매 사냥하던 사람들도 이제는 사슴을 따르는 편에 어울렸다.

조신은 무서운 일을 발견하였다. 그것은 사슴이 평목의 굴을 향하고 달리는 것이었다. 조신은 그가 또 한 번 방향을 바꾸기를 바랐으나 몰이꾼들 등쌀에 사슴은 평목의 굴로 곧장 몰려갔다.

"그리 가면 안 돼!"

하고 조신은 저도 모르는 결에 소리를 질렀다. 사람들은 조신을 돌아보았으나 그것이 무슨 뜻인지 몰랐다. 조신은 제 소리에 제가 놀랐다.

사슴은 점점 평목의 굴로 가까이 간다. 마치 평목의 굴에서 무슨 줄이 나와서 사슴을 끌어들이는 것같이 조신에게는 보였다. 조신의 등골에는 식은땀이 흘렀다.

"아, 아, 아차!"

하고 조신은 몸을 뒤로 잦히면서 소리를 질렀다. 사슴이 바로 굴 입에까지 다다른 것이었다. 조신의 이 이상한 자세와 소리에 서울 손님이 물끄러미 보았다. 조신은 정신이 아뜩하고 몸이 뒤로 넘어가려는 것을 가까스로 참았다.

사슴은 평목의 굴 앞에 이르러서 머리를 굴속으로 넣고 그리로

들어가려는 모양을 보이더니 무엇에 놀랐는지 도로 뒷걸음쳐 나왔다. 조신은,

"살아났다."

하고 몸이 앞으로 굽도록 긴 한숨을 내쉬었다.

그러나 사슴이 다른 데로 향하려 할 때에는 벌써 몰이꾼들이 굴 앞을 에워쌌다. 사슴은 고개를 들어 절망적인 그 순하고 점잖은 눈으로 한 번 사람을 휘둘러보고는 몸을 돌려 굴속으로 들어가고 말았다.

"사슴을 두 마리나 잡았다."

하고 사람들은 떠들었다.

"단 두 방에 두 마리를."

하고 사람들은 서울 손님의 재주를 칭찬하고 천신같이 그를 우러러보았다.

그중에도 원이 더욱 손님의 솜씨를 칭찬하였다.

원은 창 든 군사에게 명하여 굴속에 든 사슴을 잡아내라 하였다.

창 든 군사 한 쌍이 창으로 앞을 겨누고 허리를 반쯤 굽히고 굴로 들어갔다.

조신은 얼굴이 해쓱하여서 닥쳐오는 업보에 떨고 있었다. 도망할 수도 없는 형편이었다. '관세음, 관세음' 하고 입속으로 중얼거렸다. 아들 미력이가 아버지의 수상한 모양을 보고 가만히 그 곁에 가서 조신의 낯빛을 엿보았다.

"엣, 송장이다! 죽은 사람이다!"

하고 외치는 소리가 굴속에서 나왔다.

돌아선 사람들은 한결같이 놀라서 서로 돌아보았다.

창 든 사람들은 굴속에서 뛰어나왔다. 그들의 얼굴에는 핏기가 없었다.

"사람이오, 사람이 죽어 넘어졌소. 송장 냄새가 코를 받치오!"

그들은 허겁지겁 이렇게 말하였다.

"살인이로군."

누구의 입에선가 이런 말이 나왔다. 사슴의 일은 잊어버린 듯하였다.

원은 관인들에 명하여 그 시신을 끌어내라 하였다.

관인은 둘러선 백성 중에서 네 사람을 지명하여 데리고 횃불을 켜들고 굴로 들어갔다. 그중에는 조신도 끼어 있었다.

조신은 반이나 정신이 나갔다. 그러나 이런 때에 그런 눈치를 보이는 것이 제게 불리하다고 생각할 정신까지 없지는 아니하였다. 그는 와들와들 떨리는 다리를 억지로 진정하면서 관인의 뒤를 따라 굴로 들어갔다. 굴속에는 과연 송장 냄새가 있었다. 사슴도 이 냄새에 놀라서 도로 나오려던 것이라고 조신은 생각하였다.

춤추는 횃불 빛에 보이는 것이 둘이 있었다. 하나는 평목의 눈 뜬 시체요, 하나는 저편 구석에 빛나는 사슴의 눈이었다.

"들어, 들어."

하고 관인은 호령하였다. 사람들은 송장에 손을 대기가 싫어서 머뭇머뭇하고 있었다.

"두 어깨 밑에 손을 넣어, 두 무릎 밑에 손을 넣어!"

조신은 죽을 용맹을 내어서 평목의 어깨 밑에 손을 넣었다. 그 순간 그가 평목을 타고 앉아 목을 졸라매던 것, 평목이가 픽픽 소리를 내며 팔다리를 버둥거리던 것, 혀를 빼물고 늘어지던 것, 그것을 들쳐 메고 굴로 오던 것——이 모든 광경이 눈앞에 나타났다.

'평목스님, 제발 내 죄를 용서하시고 극락왕생하시오.'
하고 조신은 수없이 빌었다. 그렇지마는 평목이가 극락에 갈 리도 없고 저를 죽인 자를 원망하는 마음을 풀 리도 없다고 조신은 생각하였다. 세세생생에 원수 갚기 내기를 할 큰 원업을 맺었다고 조신은 생각하였으나, 그래도 조신은 이런 생각을 누르고 평목에게 빌 길밖에 없었다. 살 맞은 사슴을 이 굴로 인도한 것도 평목의 원혼이었다.

'평목스님, 잘못했소. 옛정을 생각하여 용서하시오. 원한을 품은 대로는 왕생극락을 못 하실 터이니 용서하시오. 나를 이번에 살려만 주시면 평생에 스님을 위하여 염불하고 그 공덕을 스님께 회향할 터이니, 살려주오.'

조신은 이렇게 뇌고 또 뇌었다.

가까스로 평목의 시체가 땅에서 떨어졌다.

조신은 평목의 입김이 푸푸 제 입과 코에 닿는 것 같아서 고개를 돌리고 걸음을 걸었다.

평목의 시체는 굴 문밖에 놓였다. 밝은 데 내다 놓고 보니 과히 썩지도 아니하여서 용모를 분별할 수가 있었다.

"중이로군."

누가 이렇게 말하였다.

"평목대사다."

서울 손님은 이렇게 소리쳤다.

"우리 집에 왔던 그 손님이야."

미력이는 조신을 보고 이렇게 중얼거렸다.

조신은 입술을 물고 미력이를 노려보았다. 미력이는 고개를 숙이고 아버지 곁에서 물러났다.

원은 한 번 평목의 시체를 다 돌아다보고 나서 서울 손님을 향하여,

"모례 아손은 이 중을 아신단 말씀이오?"

하고 서울 손님을 바라본다.

조신은 '모례'란 말에 또 한 번 아니 놀랄 수 없었다. 그렇다면 달보고에게 옥고리를 준 것이나 조신의 집에 사처를 정한 것이나 다 알아지는 것 같았다.

모례는 원의 묻는 말에 잠깐 생각하더니,

"그렇소, 이 사람은 평목이라는 세달사 중이오. 내가 십육칠 년 전 명주 낙산사에서 이 중을 알았고, 그 후에도 서울에 오면 내 집을 늘 찾았소."

하고 대답하였다.

원은 의외라는 듯이 모례를 이윽히 보더니,

"그러면 모례 아손은 이 중이 어떻게 죽었는지 무슨 짐작되는 일이 있으시오?"

하고 묻는다.

"노상 짐작이 없지도 아니하오마는 보지 못한 일이니 확실히야 알 수 있소? 대관절 태수는 이 사람이 어떻게 죽은 것으로 보시오? 그것부터 말씀해보시면 내 짐작과 맞는지 아니 맞는지 알 수가 있을 것이니, 사또의 말씀을 듣고 내 짐작을 말씀하오리다."
하며 조신을 돌아본다.

조신은 애원하는 눈으로 모례를 바라보았다. 죽고 살고가 인제는 모례의 말 한마디에 달린 것이었다. 모례라는 모자만 들어도 일어나던 질투연마는 지금은,

'모례 아손, 살려줍시오.'
하고 그 발 앞에 꿇어 엎드려 빌 마음밖에 없었다. 조신은 또,

'평목스님, 내가 잘못했소.'
하고 평목의 시신을 붙들고 빌고도 싶었다. 그러나 아직도 무사히 벗어날 수가 있지나 아니한가 하고 요행을 바라면서 일이 되어가는 양을 보고 있었다. 그의 아들 미력이는 먼발치에 서서 아비 조신을 바라보고 있었다. 아들의 눈이 제 눈과 마주칠 때에 조신은 그것을 피하지 아니할 수 없었다.

원은 모례에게 자기의 소견을 설명하였다.

"내가 보기에는 이 사람이 여기 와서 죽은 것이 아니라 다른 데서 죽어서 여기 온 것 같소. 이 사람이 여기서 자다가 죽었을 양이면 옆에 행구가 있을 텐데 그것이 없소. 바랑이나 갓이나 신발이나 지팡이나 이런 것이 없는 것을 보면 이 사람이 이 굴속에서 자다가 죽은 것이 아니라 다른 데서 죽어가지고 이리로 온 것

분명하오. 또 혀를 빼어문 것을 보면 목을 매어 죽은 모양인데, 목에는 이렇게 바오라기로 졸라매었던 형적이 있지마는 여기는 바오라기도 없고 매어달릴 데도 없으니 무엇으로 보든지 여기서 아니 죽은 것만은 분명하오."

원의 설명을 듣고 있던 모례는 때때로 옳은 말이라는 듯이 고개를 끄덕끄덕하면서 듣고 있다.

말을 끝낸 태수는 뚫는 듯한 낯빛으로 모례를 본다. 모례는 또 한 번 끄덕하고,

"옳은 말씀이오. 내가 보기에도 그러하오. 그러면 사또는 이 사람을 해한 사람이 누구인지 짐작하시오?"

하고 원에게 묻는다. 원은 대답하되,

"그 말씀이오. 이 사람이 죽기는 이 동네에서라고 생각하오. 여기서 멀지도 아니한 집이 있고 또 굴이 여기 있는 줄을 잘 알고, 또 세달사나 낙산사에 관계가 있는 사람인가 하오. 지나가는 중을 재물을 탐하는 적심으로 죽였다고 볼 수 없으니 필시 무슨 사혐인가 하오. 이런 생각으로 알아보면 진범이 알아질 것도 같소마는 아손 말씀이 죽은 사람은 아신다 하니 이제는 아손이 보시는 바를 일러주시오."

라고 한다.

"과연 사또는 명관이시오. 절절이 다 이치에 꼭 맞는 말씀이오. 나도 사또 생각과 같은 생각이오. 평목으로 말하면 분명히 사혐으로 죽었다고 보오. 평목을 죽인 자가 누구냐 하는 데 대하여서도 나로서는 짐작하는 바가 있소마는, 일이 일이라 경경히 누구

를 지목하여 말하기 어렵소. 이치에 꼭 그럴 것 같으면서 실상은 그렇지 아니한 일도 간간 있으니까요. 그러니까 사또는 우선 죽은 사람의 행구와 이 사람이 이 동네에 들어오는 것을 본 사람을 알아보시오. 그래서 상당한 증거만 나서면 그 나머지 평목이나 평목을 해한 사람에 대한 말씀은 그때에 내가 자세히 사또께 아뢰리다."
하는 모례의 말을 가만히 듣고 있던 태수는 고개를 크게 끄덕이면서,
"아손 말씀이 지당하오."

셋째 권

조신은 다 죽은 상이 되어서 집에 돌아왔다. 그는 굴 앞에서 당장 죄상이 발각되어서 결박을 짓는 줄만 알고 마음을 졸이고 있었으나 모례의 의견으로 그 자리만은 면하였다. 그러나 모례의 말투가 어느 것이 조신인지를 아는 것도 같았다.

조신이 돌아오는 것을 본 달례는 걱정스러운 듯이 조신의 눈치를 엿보았다. 그 해쓱한 낯빛, 퀭한 눈, 허둥허둥하는 몸가짐, 모두 심상하지 아니하였다.

"왜, 어디가 아프시오?"

달례는 조신이 방에 들어오는데 문을 비켜주며 물었다.

달보고는 바느질감을 놓고 아비를 바라보았다. 미력은 시무룩

하고 마당에 서 있어서 방에 들어오려고도 아니 하였다.

"미력아, 들어오려무나. 발이 젖었으니 버선 갈아 신어라."
하고 달례는 아들을 불러들였다.

"모례야 모례."

조신은 힘없이 펄썩 주저앉으며 뉘게 하는 소린지 모르게 한마디 툭 쏘았다.

"응, 무어요?"

달례는 몸이 굳어지는 모양을 보였다.

"모례라니까. 그 사람이, 달보고한테 옥고리 준 사람이 모례란 말야. 세상일이 이렇게도 공교하게 되는 법도 있나. 꼼짝달싹 못 하고 인제는 죽었어, 죽었어. 아아."
하고 옆에 아이들이 있는 것도 상관 아니 하고 이런 소리를 하고는 고개를 폭 수그린다.

"모례가 무에요, 어머니?"

달보고가 묻는다.

미력이가,

"어머니, 굴속에서 송장이 나왔는데 그것이 평목이래. 우리 집에 접때에 와 자던 그 대사야."
하고 어른스럽게 근심 있는 낯빛을 짓는다.

"응, 굴속에 송장? 평목대사?"

"어머니 모르슈? 모례 아손이라는 이의 화살에 맞은 사슴이가 하필 그 굴로 도망을 가서 사람들이 사슴을 잡으러 들어가 보니까 평목대사의 송장이 나왔거든. 그래서 누가 이 사람을 죽였나,

죽인 사람을 찾는다고 모조리 여러 집을 뒤진대요, 필시 대사의 행구가 나올 것이라고."

미륵이는 이 말을 하면서도 때때로 조신을 힐끗힐끗 바라본다.

"아니 여보슈, 그게 정말이오? 그게 정말 평목대사의 시신이오?"

달례가 조신에게 묻는다. 이런 말들이 모두 조신의 죄를 낱우는 것 같았다.

"그렇다니까. 그러니 어쩌란 말야?"

하고 조신은 짜증을 낸다.

"아니, 그이가, 그 스님이 어디서 누구한테 죽었단 말요?"

하고 묻는 달례의 가슴이 들먹거린다.

"내가 어떻게 알아? 어떤 도적놈한테 맞아 죽었는지 내가 어떻게 아느냐 말야? 달보고야, 내 냉수."

조신은 입이 마르고 썼다.

"아니 그이가 새벽에 떠났다고 아니 하셨소? 설마, 설마 당신이—"

하고 달례는 말을 아물리지 못한다.

조신은 냉수를 벌컥벌컥 마시고 나서,

"입 닫쳐, 웬 방정맞은 소리야?"

물그릇을 동댕이치듯이 내던진다.

"평목이 죽은 것이 문제야? 모례가 나타난 것이 일이지. 평목이야 어떤 놈이 죽였는지 모르지만 죽인 놈이 있겠지. 어디 도적질을 갔다가 얻어맞아 죽었는지, 남의 유부녀 방에 들었다가 박살을 당했는지 내가 알 게 무엇이람. 그놈이 하필 왜 여기 와서 뒤어져. 그 경을 칠 여우는 왜 그놈에 상판대기 배때기를 파먹지는 않았어."

가만히 내버려두면 조신은 언제까지라도 지절댈 것 같다.

"아이 어떡허면 좋아, 이 일을 어떡허면 좋소."

하고 달례가 조신의 말을 중동을 잘라버렸다.

"어머니, 모례가 무에요?"

달보고가 애를 썼다.

미력이가 달보고의 귀에 입을 대고,

"모례가 사랑에 든 서울 손님이야. 수염 긴 양반은 원님이고 수염 조금 나고 얼굴이 옥같이 하얀 양반이 모례야."

하고 설명해준다.

달례는 음식을 차리러 부엌에 내려갔다. 꿩을 뜯고 사슴의 고기를 저미고, 달례는 바빴다. 달보고는 부지런히 물을 길어 들였다. 조신은 술과 주안상을 들고 사랑으로 들락날락하였다. 나중에는 어찌 되든지 당장 할 일은 해야 하겠고, 또 태연자약한 빛을 보이는 것이 죄를 벗어날 길이라고도 생각하였다.

"호, 꿩을 잘 구웠는걸. 사슴의 고기도 잘 만지고. 아손, 이런 산촌 음식으로는 어지간하지 않소? 이것도 좀 들어보시오."

원은 벌써 얼근하게 주기를 띠고 이런 말을 하였다.

그러나 모례는 아무리 술을 마셔도 취하지 않는 모양이요, 말도 많이 하지 아니하였다. 조신은 이 좌석에서 하는 말을 한마디도 아니 놓치려고 그런 눈치 아니 채일 만큼 귀를 기울였다.

"었네, 주인도 한잔 먹소."

원은 더욱 흥이 나는 모양이었다.

"이봐라, 네 이 큰 잔에 한잔 그득히 부어서 주인 주어라."

통인이 큰 잔에 술을 부어서 조신을 주었다.

"황송하오."

하고 조신은 술을 받아 외면하고 마시고는 물러나올 때에 아전이 달려와서,

"사또 안전에 형방아전 아뢰오."

하고 문밖에서 허리를 굽혔다.

통인이 문을 열었다.

원은 들었던 잔을 상에 내려놓고, 문으로 고개를 돌리며,

"오냐, 알아보았느냐?"

하고 수염을 쓸었다.

"예이, 이 동네 안에 있는 집은 모조리 적간하였사오나 송낙이나 바랑이나 굴갓 같은 중의 행구는 형적도 없사옵고, 동네 백성들 말이 지금부터 한 달 전에 어떤 중이 이리로 들어오는 것을 보았다 하옵는데, 굴갓을 썼더라는 사람도 있고 송낙을 썼더라는 사람도 있으나 바랑을 지고 지팡이를 짚었더란 말은 한결같사옵고, 아무도 그 중이 동네 밖으로 나가는 것은 못 보았다 하오."

아전이 아뢰는 말을 가만히 듣고 있던 원은, 안으로 통하는 문 안에 아직 나가지 않고 서 있는 조신을 힐끗 보며,

"주인, 자네는 그런 중을 못 보았는가? 한 달쯤 전에."

하고 고개를 아전 쪽으로 돌려,

"한 달쯤 전이랬것다?"

"예이, 한 달쯤 전이라 하오. 어떤 백성의 말이 길가 밭 늦은 콩을 걷다가 그런 중이 이 골짜기로 향하고 올라오는 것을 보았다 하오, 다 저녁때에."

하고 아전이 조신을 한 번 힐끗 본다.

원은 몸을 좌우로 흔들고 고개를 끄덕끄덕하더니,

"이 골짜기로?"

하고 다시 묻는다.

"예이, 바로 이 골짜기로."

하고 또 한 번 조신을 본다.

"이 골짜기로 다 저녁때에."

하고 원은 혼잣말로 중얼거리더니 조신에게,

"주인. 자네는 혹시 그런 중을 못 보았나? 바랑을 지고 지팡이를 짚고 다 저녁때에 이 골짝으로 올라오는 중을 못 보았나?"

하고 물끄러미 바라본다.

조신은 오른 무릎을 꿇어 절하며,

"소, 소인은 한 달 전은커녕, 금년 철 잡아서는 중이 이 골짜기에 들어오는 것을 보지 못하였소."

하고 힘 있게 말하였다.

"금년 철 잡아서는 중을 하나도 못 보았다?"

원은 조신을 노려보았다.

"예이, 금년 철 잡아서라는 것은 과한 말이오나 한 달 전에는 중을 보지 못하였소."

원은 다시 묻지 아니하고, 아전을 향하여, 모든 의심이 다 풀린 듯한 어조로,

"오. 알았다. 물러가거라. 오늘은 더 일이 없으니 물러가서 다들 쉬렷다. 술을 먹되 과도히 먹지 말고 아무 때에 불러도 거행하도록 대령하렷다. 군노 사령 잘 단속하여 촌민에게 행패 없도록 네 엄칙하렷다."

원은 먹은 술이 다 깬 듯이 서슬이 푸르다.

"소인 물러나오."

하고 아전은 한 번 굽실하고 가버렸다.

"문 닫아라. 아손, 이제 아무 공사도 없으니 마음 놓고 먹읍시다. 이봐라 술 더 올려라."

하고 원은 도로 흥을 내었다.

조신은 데운 술을 가지러 병을 들고 안문으로 나갔다. 조신은 등에 이마에 땀이 쭉 흘렀다.

밤도 깊어서 모두 잠이 들었다. 깨어 있는 것은 조신뿐인 것 같았다. 기실 조신은 모든 사람이 다 잠들기를 기다린 것이었다. 조신은 할 일이 있었으니, 그것은 사랑 벽장에 있는 평목의 행구를 치이는 것이었다.

평목의 시체를 묻지 아니한 것보다 못지않게, 그의 행구를 처치해버리지 아니한 것을 조신은 후회하였다. 조신은 이 행구를 치울 것을 잊어버린 것은 아니었다. 다만 무서워서 손을 대기가 싫어서였다. 그러나 이 행구는 평목을 죽인 살인에 대하여는 꼼짝할 수 없는 증거였다. 왜 그런고 하면 그 바랑 속에는 평목의 이

름을 쓴 도첩이 있을 것이요, 또 아마 그의 바리때 밑에도 이름이 새겨 있을 것이다. 이것이 드러난 담에야 다시 무슨 변명이 있으랴. 이것을 생각하면 조신은 전신이 얼어들어가는 것 같았다.

조신은 식구들이 다 잠들기를 기다렸으나, 달례가 좀체 잠이 아니 드는 모양이었다. 조신은 달례에게 대하여서도 장차 제가 시작하려는 일을 알리고 싶지 아니하였다. 죄를 진 자가 제 죄를 감추려는 모든 일은 제 그림자보고도 말하고 싶지 아니한 것뿐이었다.

마침내 달례가 정말인지 부러인지 모르나 가볍게 코를 고는 소리가 들렸다. 조신은 가만히 일어나서 밖에 나갔다. 흐렸던 하늘은 활짝 개고 시월 하순 달이 불붙는 쇠뿔 모양으로 떠올라 와서 푸르스름한 빛을 내고 있는 것이 귀신 사는 세상에나 볼 것같이 무시무시하였다.

조신은 호미와 낫을 들고 사랑 벽장 붙은 쪽으로 발끝걸음으로 가만가만 걸어갔다. 다들 사냥에 지치고 술이 취하였으니, 아무도 볼 사람이 없으리라고 안심은 하나 달빛이 싫었다.

조신은 아무쪼록 처마 그늘에 몸을 감추면서 호미 끝으로 벽장 바깥벽을 따짝따짝 긁어보았다. 의외에 소리가 컸다. 조신은 쥐가 긁는 소리와 같이 방 안에서 자는 사람의 귀에 들리도록 가락을 맞추어서 긁었다.

마른 벽은 굳기가 돌과 같아서 여간 쥐가 긁는 소리로는 구멍이 뚫어질 것 같지 아니하였다.

'이렇게 언제 그놈의 바랑을 끌어내일 만한 구멍을 뚫는담.'

하고 조신은 뒤를 휘둘러보며 한숨을 쉬었다.

'그래도 뚫어야 한다. 뚫고 그놈의 바랑을 꺼내야 한다. 그밖에는 살아날 길이 없다.'

조신은 또 호미 끝으로 혹은 낫 끝으로 콕콕 찔러도 보고 박박 긁어도 보았다. 그러고는 얼마나 흙이 떨어졌나 하고 손으로 쓸어도 보았다. 그러나 아직 윗가지가 조금 드러났을 뿐이요, 그것도 손바닥만 한 넓이밖에 못 되었다.

이 모양으로 조신이 정신없이 긁고 있을 때에 방에서, 한 소리가,

"이게 무슨 소린가?"

하자, 또 한 소리가,

"쥔가 보오. 벽장에 쥐가 들었나 보오."

하고 주고받는다. 귀인이라 잠귀가 밝다 하고 조신은 벽에서 떨어져서 두어 걸음 달아나서 숨어서 귀를 기울였다.

"거 꿈 수상하오."

하고 또 소리가 들린다. 그것은 원의 음성이었다.

"무슨 꿈이오?"

하는 것은 모례의 소리였다.

"비몽사몽인데 저 벽장문이 방싯 열리며, 웬 중의 머리가 쑥 나온단 말요. 그러자 쥐소리에 잠이 깼는걸."

이것은 원의 소리다.

다음에는 모례의 소리로,

"낮에 본 것이 꿈이 된 게지요."

그러고는 잠잠하다. 조신은 두 사람이 코고는 소리가 나기를 기다렸으나 아무 소리도 없었다.

조신은 원의 꿈이 마음에 찔렸다. 평목이가 원의 꿈에 나타나서 전후시말을 다 말을 하면 어찌하나 하고 고개를 숙였다.

평목이 혼이 원의 꿈에 들어오는 것을 막을 길이 없어도 벽장에 든 평목의 행구는 집어치워야만 한다. 조신은 또 낫 끝으로 윗가지를 따짝따짝해 보았다. 그러고는 귀를 기울였다. 조신은 조금 더 힘을 주어서 호미로 흙을 긁었다. 그러다가 지긋이 흙을 잡아당기었다. 쩍 하면서 흙 한 덩어리가 떨어진다. 흙덩어리는 손을 피하여서 털썩하는 소리를 내고 땅에 떨어져서 부서졌다. 고요한 밤이라 조신의 귀에는 그것이 벼락 치는 소리와 같았다. 조신은 큰일을 저지른 아이 모양으로 두 손을 허공에 들고 어깨를 웅숭그렸다.

"이봐라."

하고 호령하는 소리가 들렸다. 원의 소리다.

"이봐라 네, 이 벽장 열어보아라. 쥐가 들었단 말이냐. 사람이 들었단 말이냐."

이것은 원이 윗방에서 자는 통인을 부르는 소리였다.

'아이구 이제는 죽었고나!'

하고 조신은 호미를 버리고 방으로 뛰어 들어갔다. 혹시 발각이 되더라도 도적이 와서 벽을 뚫다가 달아난 것으로 보였으면 하는 한 줄기 희망도 있었지마는, 그것은 그렇다고 하고라도 평목의 바랑이 드러났으니 꼼짝할 수가 없다.

조신은 달례를 흔들었다. 달례가 벌떡 일어났다.
"나는 달아나오."
조신은 떨리는 소리로 말하였다.
"네, 어디로?"
달례는 조신의 소매에 매달렸다.
조신은 떨리는 손으로 달례의 머리를 만지면서,
"내가 평목이를 죽였어. 평목이를 죽인 게 내야. 그런데 그것이 탄로가 났어. 원이 알았어. 이제 꼼짝달싹할 수 없이 되었으니, 나는 달아나는 대로 달아나겠소. 당신은 모례 아손께 빌어보오. 살인이야 내가 했지 당신이야 상관있소? 집과 재물은 다 빼앗기겠지만 당신이나 아이들이야 설마 죽일라구, 자, 놓으시오. 어서 나는 달아나야 해" 하고 한 손으로 달례가 잡은 소매를 낚아채고 한 손으로 달례의 머리를 떠밀어서 몸을 빼치려고 한다. 그래도 달례는 놓진 아니하고 더욱 조신의 소매를 감아쥐며,
"당신이 달아나면 다 같이 달아납시다. 살인한 놈의 처자가 어떻게 이 동네에 붙여 있겠소. 우리 다섯 식구 가는 대로 가다가 살게 되면 살고, 죽게 되면 같이 죽읍시다."
하고 조금도 허둥허둥하는 빛도 없이 아이들을 일으킨다.
조신의 집 식구들은 얼마나 빨리 걸었는지 작은 두텁고개를 넘어 큰 두텁고개 수풀 길에 다다랐을 때에는 아이 어른 할 것 없이 모두 땀에 떠 있었다.
"아버지, 좀 쉬어 갑시다."
하는 미력의 목소리는 가늘었다.

조신은 우뚝 서서 뒤를 돌아보았다. 미력이는 눈 위에 기운 없이 주저앉았다.

"아버지, 나는 더 못 가겠어요."

하고 미력이는 그만 쓰러지고 말았다.

"웬일이냐. 어디가 아프냐?"

하고 달례가 미력의 머리를 만져보았다.

"아이구, 이를 어쩌나. 이 애 몸이 불이로구려."

조신은 업은 아이를 내려놓았다. 미력의 몸은 과연 불같이 달았다.

"미력아, 미력아."

하고 조신과 달례가 아무리 불러도 미력은 숨소리만 짧게 씨근거리고 말을 못 하였다. 조신은 굴 앞에 놓인 평목의 시체를 생각하였다. 미력이가 앓는 것은 평목의 장난인 것 같아서 일변 무섭고 일변 원망스럽다.

바람은 없었으나 새벽은 추웠다. 조신은 미력을 무릎 위에 안았다. 열일곱 살이나 먹은 사내는 안기도 아름이 버거웠다. 어린것들은 옹기종기 모여 앉아서 떨고 있었다. 이러다가 여섯 식구가 몽땅 얼어 죽을 길밖에 없었다. 인가를 찾아가자니 집으로 되돌아가지 아니하면, 큰 두텁고개 이십 리를 넘어야 하였다. 게다가 뒤에는 조신을 잡으려고 따르는 나졸이 있는지도 모른다.

조신은 절망적인 마음으로 우러러보았다. 갈구리 같은 달은 높이 하늘에 걸리고 샛별도 주먹같이 떠올랐다. 이 망망한 법계에 몸을 담을 곳이 없는 몸인 것을 조신은 가슴 아프게 느꼈다.

이 모양으로 얼마나 지났는지 모르나 조신은 벌써 숨이 끊어진 미력을 그런 줄도 모르고 안고 있었다. 달례가 미력의 몸을 만져 본 때에야 비로소 그가 식은 몸인 것을 알았다.

"미력아, 미력아."

하고 두어 번 불러보았으나 눈물도 나오지 아니하였다.

 조신은 미력의 눈을 손으로 쓸어 감기며, "미력아, 네야 무슨 죄 있느냐. 부디 왕생극락하여라. 나무아미타불, 나무아미타불." 하고 염불을 하면서 그 시체를 안고 일어나서 허둥지둥 묻을 곳을 찾았다.

 땅을 팔 수도 없거니와, 팔 새도 없었다. 조신은 여기가 좋을까, 저기가 좋을까 하고 나무 그늘로 이리저리 헤매었다. 볕이나 잘 들 데, 물에 씻기지나 아니할 데, 이다음에 와서 찾을 수 있는 데— 이러한 곳을 찾느라고 이리저리 헤매었다. 조신은 무섭고 미운 생각으로 평목의 시체를 안고 가던 한 달 전 일을 생각하였다. 이제 그는 슬픔과 아까움과 무서움을 품고 아들의 시체를 안고 헤매는 것이다.

 조신은 두드러진 바위 밑 늙은 소나무 그늘에 미력을 내려놓았다. 그러고는 혹시나 살아 있지나 아니한가 하고 미력의 가슴에 귀를 대어보았으나 잠잠하였다.

 '정말 죽었구나.'

하고 조신은 벌떡 일어났다. 조신은 미력의 손발을 모았다. 아직도 굳어지지 아니하여 나긋나긋하였다. 생명이 다시 돌아올 것만 같았다.

조신은 미력의 시체를 눈으로 파묻었다. 아무리 두 손으로 눈을 쳐 덮어도 미력의 검은 머리가 덮이지 아니하였다. 미력이가 몸을 흔들어서 눈이 흘러내리는 것 같았다.

마침내 검은 머리도 감추었다. 인제는 달빛에 비추인 눈더미뿐이었다.

조신은 오래간만에 합장을 하였다. 뜨거운 눈물이 쏟아짐을 걷잡을 수가 없었다. 어디서 캥캥하고 여우 우는 소리가 들렸다.

조신은 돌아서서 처자들이 있는 곳으로 내려왔다.

달례와 세 아이들은 한데 뭉쳐서 올올 떨고 있었다. 속은 비고 몸은 얼어들어왔다. 어제 사냥하느라고 산으로 달리고 밤을 걱정과 슬픔으로 새운 조신은 사내면서도 정신이 반은 나간 것 같았다.

"자, 다들 일어나서 가자. 산 사람은 살아야지. 걸음을 걸으면 몸도 더워진다."

하고 조신은 칼보고를 업고 나섰다. 달례도 젖먹이를 업고 따랐다. 달보고도 기운 없이 따랐다.

"고개만 넘어가면 인가가 있어."

하고 조신은 가끔가끔 뒤를 돌아보면서 걸었다.

'가족에게 알리지 말고 저 한 몸만 빠져나왔다면 이런 일은 없는걸.'

하고 조신은 후회하였다. 아무리 살인한 놈의 식구라도 당장 내쫓지는 아니할 것이다.

'나 한 몸만 같으면야 무슨 걱정이 있으랴, 어디를 가면 못 얻

어먹고 어디를 가면 못 숨으랴. 이 식구들을 끌고야 어떻게 밥인들 얻어먹으며 몸을 숨기긴들 하랴.'
하고 조신은 얼음길에 힘들게 다리를 옮겨놓으면서 혼자 생각하였다.

조신의 일행이 천신만고로 두텁고개 마루터기에 올라설 때에는 벌써 해가 떴다. 태백산맥의 여러 봉우리들이 볕을 받아서 금빛으로 빛났다. 마루터기 찬 바람은 에는 듯하였다. 골짜기에는 아직 밤이 남아 있고 그 위에는 안개가 있었다. 조신은 저 어두움 속에는 따뜻한 인가들이 있고 김이 나는 국과 밥이 있을 것을 생각하였다. 배고프고 떨고 있는 처자를 다만 한참 동안이라도 그런 따뜻한 맛을 보여주고 싶었다.

"아버지, 추워."

"어머니, 배고파."

아이들은 이런 소리를 하기 시작하였다.

"잠깐만 참아. 이 고개를 다 내려가면 말죽거리야. 거기 가면 따뜻한 방에 들어앉아서 뜨뜻한 국에 밥을 말아 먹을걸."

조신은 이런 말로 보채는 어린것들을 위로하였다.

조신의 일행은 마침내 말죽거리를 바라보게 되었다. 이곳은 그리 큰 주막거리는 아니나 삼태골, 울도, 멍에목이로 가는 길들이 갈리는 목이었다. 그래서 보행객이나 짐실이 마소들이 여기 들어서 묵어서 가는 참이었다. 조신의 계획은 밤 동안에 우선 여기까지 와가지고 어디로나 달아날 방향을 정하자는 것이었다. 길이 사방으로 갈리기 때문에 종적을 숨기기 쉽다고 생각한 것이었다.

"저기 집 보인다."

"연기가 나네."

하고 아이들은 얼어붙은 입으로 좋아라고 재깔였다.

"떠들지 마라."

달례가 걱정하였다.

연기 나는 집들을 본 아이들은 매우 흥분한 모양이었다. 그들은 산길을 걷는 동안은 거의 입을 벌리지 아니하였다.

냇물은 굵은 돌로 놓은 징검다리에 부딪쳐 소리를 내며 흘렀다. 물결이 없는 곳에는 얼음이 얼어 있었다. 꿩도 날고 까마귀와 까치도 날았다.

주막거리에서는 벌써 짐 진 사람과 마소바리들이 떠나고 있었다. 웬 보행객 한 사람이 마주 오는 것을 조신은 보았다. 조신은 어쩌나 하고 가슴이 뭉클하였으나, 어찌할 도리가 없었다.

"어디서 떠났길래 이렇게 일찍 오시오?"

하고 그 행객이 조신의 일행을 보고 물었다. 그는 조신네 일행을 훑어보았다.

"애 외할아버지가 병환이 위독하다고 전인이 와서 밤 도와 오는 길이오."

하고 조신은 그럴 듯이 꾸며대었다.

그 행객은 달례와 달보고를 힐끗힐끗 보면서 지나갔다.

조신은 아무쪼록 태연한 태도를 지으려 하였으나 인가가 가까워올수록 가슴이 울렁거렸다. 아직 방아골 살인 소식이 여기까지 올 리는 만무하다고 믿기는 믿건마는, 죄 지은 마음에는 밝은 빛이 무섭고 사람의 눈이 무서웠다.

'태연해야 돼.'

하고 조신은 저를 책망하면서 말죽거리에 들어섰다. 부엌들에서는 김이 오르고, 죽을 배불리 먹고 짐을 싣고 나선 마소와 길에 서성거리는 사람들의 입과 코에서도 김이 나왔다. 거리에 나선 사람들의 눈은 조신의 일행에 모이는 것 같아서 낯이 간지러웠다. 조신은 아내 달례와 딸 달보고의 얼굴이 아름다운 것이 원망스러웠다. 비록 수건을 눈썹까지 내려썼건마는, 수건 밑으로 드러난 코와 입과 뺨만 해도 그들이 세상에도 드문 미인인 것을 알 수가 있었다.

'금시에 곰보라도 되어버렸으면……'

하고 조신은 아내와 딸을 돌아보고 길바닥에 침을 탁 뱉었다.

조신은 될 수 있는 대로 거리 저편 끝 으슥한 집을 골라서 들려 하였으나, 사람들이 쳐다보고 따라오는 것이 짜증이 나서 '아무 집이나' 하고 주막에 들었다.

주막쟁이는 조신네 일행이 차림차림 남루하지 아니한 것을 보고 '안손님'이라 하여 안으로 끌어들였다.

"무얼 잡수시려오? 묵어가시려오? 애기들이 어여쁘기도 하오."

하고 주막집 마누라는 수다를 떨었다.

"에그, 추우시겠네. 어서 이리 들어들 오시오."

하고 방에 늘어놓은 요때기 옷가지를 주섬주섬 치우면서 조신네 식구를 힐끗힐끗 보았다. 조신은 그 여편네가 싫었으나 어찌할 수 없었다.

방은 따뜻하였다. 밥도 곧 들어왔다. 상을 물리는 듯 마는 듯 아이들은 고꾸라져 잠이 들었다. 달례는 아이들이 자는 양을 물끄러미 들여다보고 앉아 있었으나 역시 꼬박꼬박 졸고 있었다.
　조신은 자서는 안 될 텐데 하면서도 자꾸만 눈가죽이 무거웠다. 죽은 미력이를 생각하기로니 자서 될 수 있나 하고 저를 꼬집건마는 아니 잘 수가 없었다. 결국 조신도 달례도 다 잠이 들고 말았다. 마치 이 세상에서 마지막으로 한 번 편히 쉬자 하는 것 같았다.
　행객과 마소가 다 떠나고 난 주막거리는 조용하여서 낮잠 자기에 마침이었다. 조신네 식구들은 뜨뜻한 방에서 마음 놓고 자고 있었다.
　이때에 조신의 귀에,
　"여보시오, 손님, 여보시오, 애기 어머니, 일어나시오. 누구 손님이 찾아오셨소."
하는 소리가 들렸다.
　조신은 그것이 주막쟁이 마누라의 음성이다 하면서 얼낌덜낌[5]에,
　"없다고 그러시오. 여기는 아무도 오지 않았다고."
하고 돌아누웠다. 돌아눕고 생각하니 아니 할 소리를 하였다 하고 벌떡 일어나 앉았다. 주막쟁이 마누라는 문을 열어 잡고 밖에 서서 모가지만 방 안에 디밀고 있었다.
　"누가 왔어요?"
하고 조신은 아까 한 말을 잊어버린 듯이 주막쟁이 마누라를 물

끄러미 바라본다.

"누구신지 내가 어떻게 알아요. 말 타고 오신 손님이에요. 말 탄 시종 하나 데리고. 아주 점잖은 양반이에요."

마누라가 이렇게 말할 때에 달례도 일어나서 벽을 향하여 머리를 만진다.

조신은 울렁거리는 가슴과 떨리는 몸을 억지로 진정하려고 한 선하품을 하고 기지개를 켜고 나서 가장 태연하게,

"말 탄 사람이라, 나 찾아올 사람이 있나. 그래 무어라고 나를 찾아요?"

하고 천연덕스럽게 물었다. 자기 운명의 마지막이 다다랐음을 느끼면서, 그는 잠시라도 속이지 아니할 수 없었다.

"손님 행색이 유표하지 않소? 선녀 같은 아씨, 작은아씨만 해도 눈에 띄지 않소? 게다가 서방님이 또 특별하게 잘나셨거든. 벌써 말죽거리에 소문이 자아한데 뭐 숨기려 숨길 수 없고 감추려 감출 수 없는 달 아니면 꽃인 걸 뭐, 안 그래요, 아씨? 그래 그 손님이 말죽거리 들어서는 길로 이러이러한 사람 못 보았느냐고 물었을 것 아냐요? 그러면 말죽거리 사람은 남녀노소 할 것 없이 그런 손님이 우리 집에 들었느니라고 말할 것 아냐요? 원체 유표하거든. 아이, 어쩌면 아씨는 저렇게도 어여쁘실까. 누가 애기를 셋씩이나 낳은 분이라 해? 할미는 말죽거리서 육십 평생을 살아도 저러신 분네는 처음이야. 이 작은아씨도 활짝 피면 어머니 같을 거야!"

하고 할미의 수다는 끝날 바를 모른다.

"그 손님은 어디 계슈."

이것은 달례가 묻는 말이었다.

"아, 참, 일어나셨다고 가서 알려야겠군. 손님네 곤히 주무신다고 했더니, 그러면 가만두라고, 깨거든 알리라고 그러시던데."
하고 마누라는 신발을 찔찔 끌면서 가버린다.

"여보, 주인마님."
하고 조신은 문으로 고개를 내밀고 불렀으나 귀가 먹었는지 그냥 부엌으로 가서 스러지고 말았다.

달보고가 일어나서 놀란 새 모양으로 아비와 어미의 낯빛을 번갈아 보고 있다.

조신은 가만히 앉아 있었다. 인제 도망하려야 도망할 재주도 없었다.

"우리를 잡으러 온 사람은 아닌가 보오. 아마, 모례 아손인가 보아."

조신은 달례를 보고 이런 소리를 하였다. 달례는 말없이 매무새를 고치고 있었다.

'인제는 앉아서 되는 대로 되기를 기다릴 수밖에 없다.'
하니 조신은 마음이 편하여졌다.

'죽기밖에 더 하랴.'
하고 조신은 더욱 마음을 든든히 먹었다.

밖에서 마누라의 신 끄는 소리가 들리고 그 뒤에 뚜벅뚜벅 점잖은 가죽신 소리가 들렸다.

문이 열렸다. 마누라의 싱글벙글하는 얼굴이 나타나며,

"손님 오시오."
하고 물러선다.

그래도 잠시는 손님의 모양이 보이지 아니하였다. 조신과 달례와 달보고는 굳어진 등신 모양으로 숨소리도 없이 가만히 앉아 있었다.

달례는 문득 생각난 듯이 아랫목에 뉘었던 두 아이를 발치로 밀어 손님이 들어오면 앉을 자리를 만들고 있었다. 조신은 그것이 밉고 질투가 났으나, 지금은 그런 생각을 할 경황이 있을 수 없다고 입맛을 다셨다.

"에헴."
하고 기침을 하고 가래를 고스르는 소리가 들렸다.

그러자 자주 긴 옷에 붉은 갓을 쓴 모례가 허리에 가느스름한 환도를 넌지시 달고 두 손을 읍하여 소매 속에 넣고 문 앞에 와서 그림을 그린 듯이 선다.

"조신대사, 나 모례요."

조신은 예기한 바이지마는 흠칫하였다. '모례'라는 이름보다도 조신대사라는 말이 더욱 무서웠다.

조신은 벌떡 일어났다. 무서워서 일어난 것인가, 인사로 일어난 것인가 조신 저도 몰랐다. 그의 눈은 휘둥굴하여 깜박거릴 힘도 없었다.

달례도 일어나서 벽을 향하고 돌아섰다. 달보고는 모례를 한 번 힐끗 눈을 치떠서 보고는 고개를 소곳하고 엄마의 곁에 섰다.

"마누라는 저리 가오."

하고 모례는 주막쟁이 할미를 보내었다. 모례는 할미가 부엌으로 스러지는 것을 보고 나서,

"놀라지 마오. 나는 대사를 해하러 온 사람은 아니요, 조용히 할 말이 있어서 찾으니 내가 방에 좀 들어가야 하겠소."
하고 신발을 벗고 올라선다.

조신은 저도 모르는 겨를에,

"아손 마마 황송하오."
하고 방바닥에 꿇어 엎드렸다.

모례는 문을 닫고 달례가 치워놓은 자리에 벽을 등지고 섰다.

조신은 꿇어 엎드린 채로 두 손으로 방바닥을 짚고 고개만 쳐들고 눈을 치떠서 모례를 우러러보며,

"황송하오, 누추한 자리오나 좌정하시오."
하였다. 조신에게는 모례가 자기 일가족을 죽이고 싶으면 죽이고 살리고 싶으면 살릴 수 있는 신명같이 보였다. 모례의 그 맑은 얼굴, 가느스름하고도 빛나는 눈, 어디선지 모르게 발하는 위엄에도 조신은 반항할 수 없이 눌려버렸다. 달례가 저런 좋은 남편을 버리고 어찌하여 나 같은 찌그러지고 못난 남자를 따라왔을까 하면 꿈 같고 정말 같지 아니하였다.

모례는 조신이 권하는 대로 앉았다. 깃옷으로 두 무릎을 가리고 단정히 앉은 양은 더욱 그림 같고 신선 같았다. 그 까만 윗수염 밑에 주홍칠을 한 듯한 입술하며 옥으로 깎고 흰 깁으로 싼 듯한 손하며, 어디를 뜯어보아도 나와 같이 업보로 태어난 사바세계 중생 같지는 아니하였다. 조신은 새삼스럽게 제 몸이 추악하게

생기고 마음이 오예⁶로 찬 것을 깨달았다. 더구나 눈앞에 놓인 제 두 손을 보라. 그것은 사람을 죽인 손이 아닌가. 평목대사의 목을 조르고 코와 입을 누르던 손이 아닌가. 제 집 벽장에 구멍을 뚫고 평목의 행구를 훔쳐내려던 손이 아닌가. 그나 그뿐인가, 몇 번이나 이 손으로 모례를 만나면 죽이려고 별렀는가.

'그리고 내 입, 내 혀!'
하고 조신은 이를 갈았다. 이 입, 이 혀로 얼마나 거짓말을 하였는가. 아내까지도 속이지 아니하였는가. '장인이 병환이 위중해서 밤 도와 오는 길이라'고 오늘 아침 말죽거리 어구에서 행객에게 한 거짓말까지도 모두 물 붓는 채찍이 되어서 조신의 몸을 후려갈겼다.

"아손 마마, 살려주오. 모두 죽을죄로 잘못하였소. 저 어린것들을 불쌍히 여겨서 제발 살려주오."
하고 조신은 우는소리로 중얼거리면서 무수히 이마를 조아렸다.
"조신대사."
하고 모례가 무거운 어조로 부른다.
"예이, 황송하오. 이 몸과 같이 극흉 극악한 죄인을 대사라시니 더욱 황송하오."
하고 조신은 전신이 땅에 잦아듦을 느꼈다.
"조신대사, 극흉 극악한 죄인이라 하니 무슨 죄 무슨 죄를 지었노?"

모례의 소리에는 죄를 낱우는 법관과 같이 엄한 중에도 제자의 참회를 받는 스승과 같은 자비로운 울림이 있었다.

조신은 더욱 마음이 비창해지고 부끄러움이 복받쳐 올랐다.

"비구로서 탐음심을 발하였으니 죄옵고, 그 밖에도 죄가 수수만만이오나 달례 아가씨를 후려낸 것과 평목대사를 죽인 것이 죄 중에도 가장 큰 죄라고 깨닫소."

이렇게 참회를 하고 나니, 도리어 마음이 가벼워지는 듯해서 눈물에 젖은 낯을 들어 모례를 쳐다보았다.

"그러한 죄를 짓고도 살고 싶은가?"

조신은 잠깐 동안 말이 막혔다. 진정을 말하면 그래도 살고 싶었다. 그러나 또 한 번 거짓말을 하였다.

"이 몸은 만 번 죽어 마땅하오나 이 몸이 죽으면 저것들을 뉘가 먹여 살리오. 아손 마마, 저것들을 불쌍히 보셔서 그저 이번 한 번 살려주소서."

하고 조신은 소리를 내어서 느껴 울었다. 그러나 조신은 제가 마치 저 죽는 것은 둘째요, 처자가 가여워서 슬퍼하는 모양을 꾸미는 것이 저를 속임인 줄 알면서도 아무쪼록 모례가(또 달례나 달보고도) 거기 속아주기를 바라는 범부의 심사가 부끄럽고도 슬펐다.

모례가 대답이 없는 것을 보고 조신은 더욱 사정하고 조르고 싶었다. 처음에는 아주 뉘우치는 깨끗한 마음으로 말을 꺼내었으나 살고 싶은 생각, 요행을 바라는 탐심의 구름이 점점 조신의 마음을 흐리게 하였다. 조신은 아무리 하여서라도 모례를 눈물로 이기고 싶었다.

"제발 이번만. 아손 마마, 활인 공덕으로 제발 이번 한 번만 살려줍소사. 이번만 살려주시면 다시는 죄를 안 짓고 착한 사람이 되겠사옵고, 또 세세생생에 아손 마마 복혜쌍전 하소서 하고 축원하겠사오니 아손 마마, 제발 이번만 살려줍소사."
하고 조신은 꺼이꺼이 목을 놓아 울었다.
"조신대사!"
하고 모례는 아까보다도 높은 어조로 불렀다. 조신이 듣기에 그것은 무서운 어조요, 제 눈물에 속은 어조는 아니었다. 조신은 한 줄기 살아날 희망도 끊어지는가 하고 낙심하면서 고개를 쳐들어 모례를 우러러보았다. 속으로는 모례의 마음을 돌려줍소서 하고 무수히 관세음보살을 염하였다.
"조신대사, 나는 대사를 죽일 마음도 없고 살릴 힘도 없소. 대사가 내 아내 달례를 유혹하여가지고 달아난 뒤로 나는 여태껏 대사의 거처를 탐문하였었소. 대사를 찾기만 하면 이 칼로 죽여서 원수를 갚을 양으로. 그러다가 평목대사가 대사의 숨은 곳을 알아내었다 하기로 진가를 알아볼 양으로 내가 평목대사를 보냈던 것이오. 평목대사를 먼저 보낼 때에는 내게 두 가지 생각이 있었소. 만일 조신대사가 죄를 뉘우치고 내게 와서 빌고 다시 중이 되어서 수도를 한다면 나는 영영 모른 체하고 말리라 하는 마음하고, 또 한 생각은 만일 조신대사가 참회하는 마음이 없다면 이 칼로."
하고 허리에 찬 칼날을 쭉 빼어서 조신을 겨누며,
"만일 아직도 뉘우침이 없다면 내가 이 칼로 조신대사의 목을 베려 하는 것이었소. 그랬더니 평목대사가 떠난 뒤에 열흘이 되어도 스무 날이 되어도 한 달이 되어도 소식이 없으므로 내가 그 고을 원께 청하여 사냥을 나왔던 것이오. 내가 대사의 집을 찾다가 우물가에서 저 아기를 만나서는 모든 의심이 다 풀리고 저 아기가 달례의 딸인 줄을 안 것이오. 내가 저 아기에게 옥고리를 준 것은 그것을 보면 혹시나 달례가 가까이 온 줄을 알아보고 지난 잘못을 뉘우치는 눈물을 흘리고 내게 용서함을 청할까 한 것이오. 나는 살생을 원치는 아니하오. 더구나 한번 몸에 가사를 걸었던 비구의 몸에 피를 내기를 원치 아니하였소. 그래서 조신대사에게 살 기회를 넉넉히 줄 겸, 또 정말 그 집이 조신대사와 달례가 사는 집인가를 확실히 알 겸 대사의 집에 사처를 정하였던 것이오. 그러나 내가 바라던 것은 다 틀려버렸소. 조신대사는 평목대사를 죽였다는 것이 발각되었소구려. 복도 죄도 지은 데로 가는 것이야. 조신대사는 불제자이면서도 죄를 짓고 복을 누리려 하였소. 꾀를 가지고 천하를 속이고 인과응보의 법을 속이려 하였지마는, 그게 될 일인가. 조신대사는 굴에서 평목대사의 시신이 나왔을 때에도 시치미를 떼었소. 대사는 그러하므로 천지의 법을 속여보려 하였고 또 벽장에 둔 바랑을 꺼내려고 구멍을 뚫었지마는, 그것이 도로 그 바랑을 세상에 내어놓게 재촉하였소. 그것이 안 되니까, 대사는 도망하였소. 도망하여 세상과 천지를 속이려 하였지마는, 그 사슴이가 자취를 남기던 것과 같이 조신대사도 자취를 남겼소. 그림자와 같이 따르는 업보를 어떻게 피한단 말요? 그런데 조신대사는 제 죄의 자취를 지워버리고 제 업보의 그림자를 떼어버리려고 하였소. 그게 어리석다는 것이야.

탐욕이 중생의 눈을 가리운 거야. 그런데 조신대사는 아직도 깨닫지 못하고 이제는 눈물과 말과 보챔으로 또 한번 하늘과 땅을 속여보자는 거야. 부끄러운 일 아뇨? 황송한 일 아뇨? 이 자리에서는 조신대사의 목숨은 내게 달렸소. 내 한번 손을 들면 대사의 목이 이 칼에 떨어지는 거야. 내가 십유여 년 두고 벼르던 원수를 쾌히 갚을 수 있는 이때요."
하고 모례는 벌떡 일어나 칼을 높이 들어 조신의 목을 겨눈다.

조신은 황황하여 몸을 일으켜 합장하고,

"아손 마마, 살려줍시오. 잠깐만 참아줍시오."

하고 애원하는 눈으로 모례를 우러러본다. 모례의 눈에서는 불길이 뿜었다.

모례는 소리를 높였다. 타오르는 분노를 더 참을 수 없는 것 같았다. 당장에 그 손에 들린 칼이 조신의 목에 떨어질 것같이 흔들리고 번쩍거렸다.

"이놈! 네 조신아, 듣거라. 불도를 닦는다는 중으로서 남의 아내를 빼어내고도 잘못한 줄을 모르고, 네 법려인 사람을 죽이고도 아직도 좀꾀를 부려서 나를 속이고 천지신명을 속이려 하니, 너 같은 놈을 살려두면 우리나라가 더러워질 것이다. 내가 당장에 이 칼로 네 목을 자를 것이로되, 아니 하는 뜻은 너는 이미 나라의 죄인이라, 나라의 죄인을 내 손으로 죽이기 황송하여 참거니와, 만일 네가 도망하여 나라에서 너를 잡지 못하면 내가 하늘 끝까지 가서라도 이 칼로 네 목을 베이고야 말 터이니 그리 알아라."

하고 칼을 도로 집에 꽂고 자리에 앉는다.

조신은 고만 방바닥에 엎더지고 말았다. 머리를 부딪는 소리가 땅 하였다. 조신은 마치 벼락 맞은 사람과 같았다. 힘줄에도 힘이 없고 뼈에서도 힘이 빠진 것 같았다. 오직 부끄러움과 절망의 답답함만이 가슴에 꽉 차서 숨이 막힐 듯하였다.

칼보고가 깨어서 울었다. 그 소리에 젖먹이도 깨어서 기겁을 할 듯이 울었다. 조신은 고개를 들어서 달례와 달보고를 바라보았다. 달례는 벽을 향한 대로 느껴 울고 달보고는 두 손으로 낯을 가리고 울고 있었다.

조신은 모례를 바라보았다. 모례는 깎아놓은 등신 모양으로 가만히 방바닥만 내려다보고 있었다. 까마귀가 가까운 어디서 까옥까옥하고 자꾸 짖고 있었다.

조신은 마침내 결심을 하였다. 인제는 별수 없다. 자기는 자현하여서 받을 죄를 받기로 하고 처자의 목숨을 모례에게 부탁하자는 것이었다. 그렇다, 사내답게 이렇게 하리라 하고 작정을 하니 마음이 가뿐하였다.

"아손 마마!" 하고 조신은 모례를 불렀다.

모례는 말없이 조신에게로 고개를 돌렸다. 그 눈에는 몹시 멸시하는 빛이 있었다. 입을 한일자로 꽉 다물고 입귀가 좌우로 처진 양이 참을 수 없이 못마땅하다는 뜻을 표함이었다. 이것은 지위 높은 귀인이 아니면 볼 수 없는 표정이었다.

조신은 모례의 표정을 보고 더욱 가슴이 섬뜨레하였으나 큰 결심을 한 조신에게는 아무것도 두려울 것도 없고 꺼릴 것도 없었다. 만일 이제 또 모례가 칼을 빼어 목을 겨누더라도, 그 날이 목덜미에 스치더라도 눈도 깜짝 아니 할 것 같다. 아까운 것이 있을 때에는 바싹만 해도 겁이 많을러니 모든 것을 다 버리고 나니, 하늘과 땅에 두려울 것이 없었다. 조신은 처자도 이제는 제 것이 아니요, 제 몸도 목숨도 그러함을 느꼈다. 조신은 마치 무서운 꿈을 깨어난 가벼움으로 입을 열었다.

"모례 아손, 이제 내 마음은 작정되었소. 나는 이 길로 가서 자현하려오. 나는 남의 아내를 유인하고 남의 목숨을 끊었으니, 내가 나라에서 받을 벌이 무엇인지를 아오. 나는 앙탈 아니 하고 내게 오는 업보를 달게 받겠소. 내게 이런 마음이 나도록—나를 오래 떠났던 본심에 돌아가도록 이끌어준 아손의 자비 방편을 못내 고맙게 생각하오."

하고 조신은 잠깐 말을 끊고 모례의 얼굴을 바라보았다. 모례의 눈과 입에는 어느덧 경멸의 빛이 줄어졌다. 그것을 볼 때에 조신은 만족하고 또 새로운 힘을 얻었다.

조신은 그러고는 달례와 아이들을 돌아보았다. 약간 그들에게 마음이 끌렸으나 이제는 도저히 내 것이 아니라고 제 마음을 꽉 누르고 다시 입을 열었다.

"모례 아손, 이 몸이 간 뒤에는 의지할 곳 없는 이것들을 부디 건져주소사. 굶어 죽지 않도록, 죄인의 자식이라고 천대받지 않도록 부디 돌아보아주소사. 그 은혜는 세세생생에 갚사오리다."

할 때에 조신은 얼음같이 식었던 몸이 훈훈하게 온기가 돎을 느꼈다. 그리고 두 눈에서는 따뜻한 눈물이 막을 수 없이 흘러내렸다.

 달례도 달보고도 모두 더욱 느껴서 울었다. 그러나 그것은 슬프지마는, 따뜻하고 부드러운 슬픔이었다.

 모례의 눈도 젖었다. 그가 가만히 눈을 감을 때에 두 줄 눈물이 옥같이 흰 뺨에 흘러내리는 것을 그는 씻으려고도 아니 하였다.

 방 안은 고요하였다. 천지도 고요하였다. 한 중생이 바로 깨달아 보리심을 발할 때에는 삼천 대천세계가 여섯 가지로 흔들리고 지옥의 불길도 일시는 쉰다고 한다.

 이렇게 고요한 동안에 세월이 얼마나 흘렀는지 모른다.

 모례는 이윽고 손을 들어 낯에 눈물을 씻고,

 "조신대사, 잘 알았소. 그렇게 보살의 본심에 돌아오시니 고맙소. 길 잃으면 중생이요 깨달으면 보살이라, 과연 대사는 보살이시오. 나는 지금 대사의 말씀에서 눈물에서 부처님을 뵈왔소. 이 방 안에 시방 삼세제불 보살이 뫼와 겨오심을 뵈왔소. 대사의 가족은 염려 마시오. 내가 다 생각한 바가 있소. 대강 말씀하리다. 아이들은 내가 내 집에 데려다가 내 아들딸로 기르오리다. 그러고 아이들의 어머닐랑은 내 집에를 오든지, 친정으로 가든지, 또는 달리 원하는 데로 가든지 마음대로 하기로 하는 것이 어떠하오?"

 모례의 관대함을 조신은 찬탄하여 일어나 절하고,

 "은혜 망극하오. 더 무슨 말씀을 이 몸이 하오리까?"

하고 달보고를 돌아보며,

 "달보고야, 이제부터는 이 어른이 네 참 아버지시다. 칼보고도

다 이제부터는 모례 아손을 아버지로 모시고 섬겨라. 나는 두텁고개 눈 속에 묻힌 미력이를 따라 저세상으로 가련다."

할 때에는 그래도 목이 메었다. 조신의 눈앞에는 제 몸이 미력의 뒤를 따라 죽음의 어두운 길로 걸어가는 양이 보이고, 평목이가 혀를 빼물고 어둠 속에서 불쑥 나오는 양이 보여서 머리가 쭈뼛하였다. 무서워서 어떻게 죽나 하는 생각이 나자 전신에 소름이 끼쳤다.

이때에 달례가 벽을 향하고 그린 듯이 섰던 몸을 돌려서 오른 무릎을 꿇고 왼편 무릎을 세우고 그 위에 두 손을 단정히 놓고 앉아 잠깐 모례를 치떠보고 고부슴하게 고개를 숙이며 옥을 굴리는 듯한 목소리로,

"모례 아손 마마, 죄 많은 이 몸이 무슨 면목으로 마마를 대하며 무슨 염의로 말씀을 여쭈오리까. 다만 목을 늘여서 죽이시기를 바라는 일밖에 없사오나 당초에 이 몸이 조신대사를 유혹한 것이옵고 조신대사가 이 몸에 먼저 손을 대인 것은 아니오니 그것만은 알아줍소서. 우리나라 법에 남편 있는 계집이 딴 남진을 하는 것은 죽일 죄라 하옵고, 또 불의라 하여도 십유여 년 남편이라고 부르던 조신대사가 이제 이 몸 때문에 죽게 되었사온데, 이 몸 혼자 세상에 살아 있을 염치도 없사옵고 또 아손 마마께서 자비심을 베푸시와, 저 어린것들을 거두어주신다 하오시니 더욱이 황감하올뿐더러, 죽더라도 마음에 걸리는 일 하나도 없사오며, 또 평생에 남편으로 섬기기를 언약하고도 배반한 이 죄인이 마지막 길을 떠날 때에 아손 마마의 칼에 이 죄 많은 몸을 벗어나면

저생에서 받는 죄도 가벼울 것 같사오니, 제발 아손의 허리에 차신 칼로 이 목을 베어줍소사."

하고 두 손으로 방바닥을 짚고 가만히 몸을 앞으로 굽히며 옥과 같이 흰 목을 모례의 앞에 늘인다.

조신은 달례의 그 말, 그 태도에 감복하였다. '달례는 도저히 나 같은 범부의 짝은 아니다. 저 사람이 나와 같이 십여 년을 동거한 것은 무슨 이상한 인연이거나 그렇지 아니하면 무슨 장난이다.' 이렇게 생각하고 한끝으로는 아깝고 한끝으로는 부끄럽고 또 한끝으로는 대견도 하였다. 그러나 이제 와서는 이 인연도 장난도 꿈도 다 끝이라고 생각하면 한없이 아쉽고 슬펐다. 도저히 이 대견한 인연을 일각이라도 더 늘일 수가 없다고 생각하면 하염없음을 금할 수 없었다.

'아아, 그립고도 귀여운 내 달례.'

하고 조신은 달례의 검은 머리쪽[7]을 애틋하게 바라보았다.

말없이 달례의 하소연을 듣고 있던 모례는 눈을 번쩍 뜨며,

"달례, 잘 생각하셨소. 바로 생각하였소. 진실로 내 칼에 죽는 것이 소원이오? 마음에 아무 거리낌도 없고 말에 아무 거짓도 없소?"

하고 달례를 향하여 물었다.

"천만에 말씀이셔라. 본래 믿지 못할 달례오나 세상을 떠나는 이 몸의 마지막 하소연이오니 터럭 끝만 한 거짓도 없는 것을 고대로 믿어줍소사."

하는 달례의 음성에는 조금 떨림이 있었으나 분명하고도 힘이 있

었다.

　모례는 벌떡 일어나 한 걸음 달례의 앞으로 다가서며,

　"진정 소원이 그러하거든, 일찍 세세생생에 부부 되기를 언약한 옛정을 생각하여, 이 몸이 지옥에 떨어지는 일이 있더라도 달례의 소원을 이루어드리리다."

하고 왼편 손으로 금으로 아로새긴 칼집을 잡고 오른손으로 칼자루를 쥐기 잠시 주저하는 듯하더니, 번개가 번쩍하며 시퍼런 칼날이 공중에 걸려 있었다.

　"달례, 눈을 들어 이 칼을 보오."

하고 모례는 칼을 한 번 춤을 추이니 스르릉하고 칼이 울었다.

　달례는 고개를 들어서 칼을 치어다보았다.

　"칼을 보았소."

하고 달례는 다시 고개를 늘인다.

　"칼이 무섭지 아니한가?"

하는 모례의 말에 달례는,

　"무서울 줄이 있사오리까. 그 칼날이 한 찰나라도 빨리 내 살을 버히는 맛을 보고 싶어이다."

하고 그린 듯하였다.

　"모례는 마지막으로 달례에게 수유를 주오. 이 세상에 대한 애착과 모든 인연을 다 끊고 마음이 가장 깨끗하고 고요해진 때에, 인제 죽어도 아무 부족함이 전연 없고 물과 같이 마음이 된 때에 손을 드시오. 그때에 내 칼이 떨어지리다."

　조신이나 달보고나 다 눈이 둥그레지고 칼보고, 거울보고는 달보고의 손을 부여잡고 죽은 듯이 있었다.

세 번이나 숨을 쉬었을까 하는 동안이 지나간 뒤에 달례는 가볍게 자기 바른손을 들었다.

번쩍하고 칼날이 빛날 때에는 조신도 달보고도 손으로 눈을 가리고 땅에 엎드려서 한참 아무 소리도 없었다.

조신은 무서운 광경을 예상하면서 고개를 들었다. 그러나 놀랐다. 달례의 머리쪽이 썽둥 잘라지고 뒷덜미에 한 치 길이만큼 실오라기만 한 피가 흐르고 있었다.

모례의 칼은 벌써 칼집에 있었다.

조신은 이것이 무슨 뜻인지를 알았다. 머리쪽을 자른 것은 승이 되란 말이요, 목에 살을 잠깐 베어서 피를 낸 것은 이것으로 죽이는 것을 대신한다는 뜻이었다. 그는 어떻게 그렇게 모례의 검술이 용할까 하고 탄복하였다.

조신은 유쾌하다 하리만치 가벼운 마음으로 포승을 지고 잡혀가서 옥에 매인 사람이 되었다.

중생이 사는 곳에 죄가 있어서 나라가 있는 곳에 옥이 있었다. 왕궁을 지을 때에는 옥도 아니 짓지 못하였다. 극락이 있으면 지옥이 있었다. 이것은 모두 중생의 탐욕이 그리는 그림이었다.

옥은 어느 나라나 어느 고을이나 마찬가지로 어둡고 괴로운 곳이었다. 문은 검고 두껍고 담은 흙 없고 높고 창은 작고 겨울이면 춥고 여름이면 더워서 서늘하거나 따뜻함이 있을 수 없었다. 더할 수 없이 더러운 마음들이 이루는 세계이매, 그같이 더러웠다. 흙바닥은 오줌과 똥과 피와 고름이 반죽이 되고 그 위에 때 묻은 죄인들이 목에는 칼, 손에는 수갑, 발에는 고랑을 차고 미움과 원망과 슬픔과 절망의 숨을 쉬고 있다. 어둠침침한 속에 허여멀끔한 여윈 얼굴과 멀뚱멀뚱한 눈들이 번쩍거렸다. 쿨룩쿨룩 짖음 소리와 끙끙 앓는 소리가 들렸다. 이 속에서 개벽 이래로 몇천 몇만의 사람이 죽어 나간 것이었다. 조신은 이러한 옥 속에 들어온 것이었다.

 옥에서 주는 밥이 맛있고 배부를 리가 없어서 배는 늘 고팠다. 사람이 살 수 있는 곳 중에 가장 더럽고 괴로운 데가 옥인 모양으로, 사람이 먹는 것 중에 가장 맛없는 밥이 옥밥이었다. 배는 늘 고팠다. 목은 늘 말랐다. 늘 추웠다. 늘 아팠다. 늘 침침하고 늘 답답하였다.

 그러나 조신은 이 속에서 기쁨을 찾기로 결심하였다. 이 생활을 수도하는 고행을 삼으려는 갸륵한 결심을 하였다. 조신은 오래 잊어버렸던 중의 생활을 다시 시작하였다. 그는 일심으로 진언을 외우고 염불을 하였다. 얻어들은 경 구절도 생각하고 참선도 하였다. 이런 것은 과연 큰 효과가 있어서 조신은 날마다 제 법력이 늘어감을 느꼈다. 그 증거로는 마음이 편안하였다. 다른 죄수들이 다 짜증을 내고 악담을 하고 한숨을 쉬어도 조신은 점점 더 태연할 수가 있었다.

 날마다 죄수는 들고 났다. 어떤 죄수는 끌려 나갔다가 몹시 얻어맞고 늘어져서 다시 피에 젖은 옷에서 비린내를 뿜으면서 들어오기도 하나, 어떤 죄수는 나갔다가 다시 들어오지 아니하여서 그 자리가 하루 이틀 비어 있는 일도 있었다. 이런 것은 무죄 백방이 되었거나, 죽은 것이라고 다른 죄수들이 생각하고는 그 자리를 다시금 돌아보는 것이다.

새로 들어오는 죄수는 살도 있고 기운도 있었다. 그는 먼저부터 있는 죄수들에게 여러 가지 세상 소식을 전하였다. 이것은 옥중에서는 가장 큰 낙이었다.

이 속에 들어오는 사람은 예나 이제나 다름이 없었다. 도적질하고 온 놈, 사람 때리고 온 놈, 또는 조신 모양으로 사람을 죽이고 온 놈, 남의 집에 불 싸놓고 온 놈, 계집 때문에 잡힌 놈, 양반 욕보인 죄로 걸린 놈. 이 모양으로 가지각색 죄명으로 온 놈들이었으나, 한 가지 모든 놈에 공통한 것은 저는 애매하다는 것이었다. 이를테면 사람을 죽였지마는, 그런 경우에는 아니 죽일 수 없었다든가, 불을 놓은 것은 사실이나 불 놓인 놈의 소행이 더 나쁘다든가, 이 모양이어서 아무도 제가 잘못한 것이라고는 생각지 않는 모양이었다. 조신은 그런 핑계를 들을 때마다 제 죄도 생각해 보았다.

'달례 같은 어여쁜 계집이 와서 매달리니 어떻게 뿌리쳐? 누구는 그런 경우에 가만둘까. 평목이 놈이 무리한 소리로 위협을 하니 어떻게 가만두어? 누구는 그놈을 안 죽여버릴 테야?'

이 모양으로 생각하면 조신은 아무 죄도 없는 것 같았다.

"아뿔싸!"

하고 조신은 흠칫하였다.

'평목이 놈이 나 없는 틈에 내 딸에게 아니 내 아내에게 무례한 짓을 하려 했기 때문에 그놈을 죽였다고 했다면 그만 아냐? 분해,

분해!'

조신은 제가 대답 잘못한 것을 후회하였다.

'괜히 모두 불었다. 모례 놈한테 속았다.'

이렇게 생각한 조신에게는 다시 마음의 평화는 없었다.

조신은 아직 판결은 아니 받고 있었다. 사실을 활활 다 자복하였건마는, 법의 판정에는 여러 가지 까다로운 절차가 많았다. 죄인이 자복을 하였더라도 그것을 그대로 다 믿는 것은 법이 아니다. 평목의 시체를 관원이 검시도 하여야 하고 동네 사람들의 증언도 들어야 한다. 이러한 사정으로 이 사건은 해가 넘어서 조신은 옥에서 한 설을 쉬었다.

섣달 그믐날 밤 부중 여러 절에서는 딩딩 묵은해를 보내는 인경이 울었다. 장방에 조신과 같이 갇힌 수십 명 죄수들이 잠을 못 이루고 눈을 감았다 떴다 하는 것이 등잔 불빛에 번쩍번쩍하였다. 그들은 모두 집을 생각하고 처자를 생각하고 있었다. 벽 틈으로는 찬 바람이 휘휘 들어오고 바깥에서는 아마 눈보라가 벽에 부딪치는 소리가 쓰윽쓰윽 하고 바다의 물결 소리 모양으로 들렸다.

조신은 한 소리도 아니 놓치려는 듯이 인경 소리를 세고 있었다. 마침내 잉잉하는 울림을 남기고 인경 소리도 그쳤다. 방 어느 구석에선가 훌쩍훌쩍 느껴 우는 소리가 들렸다.

인경 소리에 가라앉았던 조신의 마음에는 다시 번뇌의 물결이 출렁거리기를 시작하였다.

'어, 추워!'

하고 조신은 이를 악물고 주먹을 한 번 불끈 쥐었다.
 '죽기 싫어. 살고 싶어.'
 조신은 길게 한숨을 내쉬었다. 그러나 살아날 가망은 없었다. 조신의 눈앞에는 평목의 시신과 바랑이 나뜨고 원과 모례의 얼굴이 나왔다. 증거는 확실하다. 그리고 조신은 세 번 문초에 다 똑바로 자백하였다.
 '왜 모른다고 뻗대지 못했어? 그렇지 않으면 평목에게 죄를 뒤집어씌우지를 아니했어? 에익, 고지식한 것!'
 스스로 저를 책망하고 원망하였다.
 한 번뇌에게 문을 열어주면 뭇 번뇌가 뒤따라 들어온다.
 '달례가 보고 싶다.'
 조신은 달례와 같이 살 때에 재미있고 즐겁던 여러 장면을 생각한다. 그 어여쁜 얼굴, 부드러운 살, 따뜻한 애정 이런 것이 모두 견딜 수 없는 그리움을 가지고 또렷또렷이 나타난다. 그때에는 뜨뜻한 방에 금침이 있고 곁에는 달례의 부드럽고 향기로운 몸이 있었었다.
 "으응."
하고 조신은 저도 모르는 결에 안간힘 쓰는 소리를 내었다.
 '어느 놈이 내게서 달례를 빼앗았니?'
하고 조신은 소리소리 치고 싶었다.
 조신에게서 달례를 빼앗은 것은 모례인 것만 같았다.
 '이놈아!'
하고 조신은 모례를 자빠뜨리고 가슴을 타고 앉아서 멱살을 꽉 내리누르고 싶었다.

 이렇게 생각하면 달례는 지금 모례의 품속에 안겨 있는 것 같았다. 모례의 칼에 머리쪽을 잘렸으니 필시 달례는 어느 절에 숨어서 제 복을 빌어주려니 하고 생각하던 것이 어리석은 것 같았다.

 '그렇다. 달례는 지금 모례의 집에 있다. 분명 모례의 집 안방에 있다. 달례는 곱게 단장을 하고 모례에게 아양을 떨고 있다.'

 조신의 눈에는 겹겹으로 수병풍을 두른 모례 집 안방이 나오고 그 속에 모례와 달례가 주고받는 사랑의 광경이 환히 보였다.

 조신의 코에서는 불길같이 뜨거운 숨이 소리를 내고 내뿜었다. 조신의 혼은 시퍼런 칼을 들고 모례의 집으로 달렸다. 쾅쾅 모례 집 대문을 부서져라 하고 두드렸다. 개가 콩콩 짖었다. 대문은 아니 열리매, 훌쩍 담을 뛰어넘었다. 모례 집 안방 문을 와지끈하고 발길로 차서 깨뜨렸다. 모례는 칼을 빼어 들고 마주 나오고 달례는 몸을 움츠리고 울었다. ──조신은 꿈인지 생시인지 몰랐다.

 '아아, 무서운 질투의 불길. 천하의 무서운 것 중에 가장 무서운 것!'

 조신은 무서운 꿈을 깬 듯이 치를 떨었다. 못 한다, 이것이 옥중이 아니냐. 두 발은 고랑에 끼여 있고 두 손은 수갑에 잠겨 있다. 꿈은 나갈지언정 몸은 못 나간다.

 조신은 옥을 깨뜨리고라도 한 번 더 세상에 나가보고 싶었다. 다른 것을 보는 것이 아니라, 달례가 모례의 집에 있나 없나 그것이 알고 싶었다. 그러나 여러 날을 두고 백방으로 생각하여도 그것은 되지 않을 일이었다. 한방에 혼자 있더라도 해볼 만하고 또 죽을 죄인들끼리만 한방에 모여 있더라도 무슨 도리가 있을 것이다. 그러나 죄 무거운 사람, 가벼운 사람 뒤섞여서 둘씩 셋씩 한 고랑을 채워놓고 그런 사람을 열 칸통 장방에 수십 명이나 몰아넣었으니 꼼짝할 수가 없었다.

조신은 모든 것을 단념하고 처음 옥에 들어왔을 때 모양으로 주력과 참선으로 우선 마음을 편안하게 하고 내생 인연이나 지어보려 하였으나 탐애와 질투의 폭풍이 불어 일으키는 마음의 검은 물결을 어찌할 수가 없었다.

대보름도 지나고 지독한 입춘 추위도 다 지난 어떤 날 조신은 장방에서 끌려 나갔다. 왁살스러운 옥사장이 한 손으로 조신의 상투를 잡고 한 손으로 덜미를 짚어서 발이 땅에 닿기가 어렵게 몰아쳤다. 조신은 오늘 또 무슨 문초를 하는가 보다, 이번에는 한 번 버티어보자 하고 기운을 내었다.

그러나 조신은 관정(官庭)으로 가는 것이 아님을 알고 발을 멈추며 "관정으로 안 들어가고 어디로 가는 거요?"
하고 물었다.

옥사장은 조신의 꽁무니를 무릎으로 퍽 차며,
"어디는 어디야 수급대 터로 품삯 타러 가지. 잔말 말고 어서 가."
하고 더 사정없이 덜미를 누르고 머리채를 낚아챈다.

"품삯이 무에요?"
조신은 그래도 묻는다.
"아따 한세상 수구한 품삯 몰라, 잘했다는 상금 말야."

하고 옥사장은 또 한 번 아까보다 더 세게 항문께를 무릎으로 치받으니 눈에 불이 번쩍 나고 조신의 몸뚱이가 한 번 공중에 떴다가 떨어진다.

"아이쿠, 좀 인정을 두어주우."
하고 조신은 끌려간다.

다른 옥사장 하나가,

"이놈아, 그렇게도 가는 데가 알고 싶어? 이놈아, 양반 댁 유부녀 후려내고 사람 죽였으면 마지막 가는 데가 어딘지 알 것 아냐. 그래도 모르겠거든 바로 일러줄까! 닭 채다가 붙들린 족제비 모양으로, 부엌 모퉁이 응달에 시래기 타래 모양으로 매어다는 데 말야, 여기를 이렇게."
하고 손길을 쫙 펴서 조신의 모가지를 엄지가락과 손길 새에 꽉 끼고 힘껏 툭 턱을 치받치니 조신은 고개가 잦혀지며 아래윗니가 떡 하고 마주친다. 그것이 우스워서 조신을 잡아가는 옥졸들이 하하하고 앙천대소한다.

조신은 이제야 분명히 제가 가는 곳을 알았다. 그러고는 아이들에게 끌리기 싫다는 송아지 모양으로 두 발을 버티고 허릿심을 쑥 빼어버리니 조신의 몸뚱이가 옥사장의 손에 잡힌 머리채에 디룽디룽 달렸다가 옥사장의 팔에 힘이 빠지니 땅바닥에 엉치가 퍽 떨어진다.

"안 갈 테야? 이럴 테야? 난장을 맞고야 일어날 테야?"
하고 옥사장들은 허리에 찼던 철편을 끌러 조신의 등덜미를 후려갈기며 끊어져라 하고 끄대기를 낚아챈다.

"아이구구."

하고 조신은 일어선다.

　벌써 형장이 가까운 모양이어서 조신의 두리번거리는 눈에는 사람들이 보였다. 옥사장이 덜미를 덮어 눌러서 몸이 기역자로 굽었기 때문에 사람들의 얼굴은 잘 안 보이고 아랫도리만 보였다. 그래도 혹시나 달례가 보이지나 아니하나 하고 연해 눈을 좌우로 굴렸다. 조신의 눈에는 거기 있는 사람들이 모두 달례인 것 같기도 하였으나 정말 달례는 보지 못하였다.

　조신은 마침내 보고 싶은 달례도 보지 못하고, 하고 싶은 말도 못 하고, 눈을 싸매고, 뒷짐을 지고, 목에 올가미를 쓰고 매달려서 다리를 버둥버둥하였다.

　"살려주오, 살려주오" 하고 소리를 질렀으나 제 귀에도 그 소리가 들리지 아니하였다.

　숨이 꼭 막혀서 답답하였다. 차차 정신이 흐려졌다.

　'무서워서 어떻게 죽나. 죽은 뒤에 무엇이 있나?'

하고 조신은 관세음보살을 염하면서 팔다리를 버둥거렸다.

　'아이고, 나는 죽네, 관세음보살.'

　그러고는 조신은 정신이 아뜩하였다.

　얼마를 지났는지,

　"조신아, 이놈아, 조신아."

하고 꽁무니를 누가 차는 것을 조신은 감각하였다.

　조신은 눈을 번쩍 떴다.

　선잠을 깬 눈앞에는 낙산사 관음상이 빙그레 웃으시고, 고개를 돌리니 용선 노장이 턱춤을 추면서 웃고 있었다.

 (조신은 이때부터 일심으로 수도하여서 낙산사성이라는 네 명승 중에 한 분인 조신조사가 되었다.)

| 주 |

무정
* 『대한흥학보』 제11~12호, 1910년 3월~4월.
1 문군(蚊群) 모기의 무리.
2 생저(生苧) 생모시.
3 허한(虛汗) 몸이 허약하여 나는 땀.
4 엄준(嚴峻)하다 매우 엄하고 세차다.
5 용자(容姿) 얼굴과 맵시.
6 숙덕(淑德) 맑고 깊은 덕.
7 여비남복(女婢男僕) 계집종과 사내종.
8 위황(煒煌) 붉게 빛나는 모양.
9 구고(舅姑) 시아버지와 시어머니. 즉, 시부모.
10 기갈(飢渴) 배고픔과 목마름을 아울러 이르는 말.
11 만안(滿顔)하다 얼굴에 가득하다.
12 냉회(冷灰) 차게 식어버린 재.

소년의 비애

*『청춘』 제8호, 1917년 6월.

1 연치(年齒) '나이'의 높임말.

2 주의(周衣) 두루마기.

3 자친(慈親) 남에게 자기 어머니를 높여 이르는 말.

4 부(裒) 모으다. 모이다.

5 추장(推奬) 추천하고 칭찬함.

6 찬탄(讚歎) 칭찬하며 감탄함.

7 미상불 아닌 게 아니라 과연.

8 유취소아(乳臭小兒) 젖내 나는 어린아이.

어린 벗에게

*『청춘』 제9~11호, 1917년 7월~9월.

1 조로(朝露) 아침 이슬. 인생의 덧없음을 비유적으로 이르는 말.

2 관섭(管攝) 어떤 일에 참견하고 간섭함.

3 야소(耶蘇) '예수'의 음역어.

4 수토 물과 토양.

5 조갈(燥渴) 입술이나 입 안, 목 따위가 타는 듯이 몹시 마름.

6 근고(勤苦) 마음과 몸을 다하며 애씀. 또는 그런 일.

7 해관(海關) 개항지(開港地)에 마련된 세관(稅關). 항구에 마련해놓은 관문.

8 사린(四隣) 사방의 이웃.

9 순미(醇美) 두텁고 진한 아름다움. 변하지 않는 아름다움.

10 완구(玩具) 장난감.

11 수욕(獸慾) 짐승과 같은 음란한 성적 욕망.

12 구경(究竟) 가장 지극한 깨달음.

13 품부(稟賦) 선천적으로 타고남.

14 금위(禁衛) 금지하여 지키다. 금하여 막다.

15 형우제공(兄友弟恭) 형은 아우를 사랑하고 동생은 형을 공경한다는 뜻으로, 형

제간에 서로 우애 깊게 지냄을 이르는 말.

16 기망(欺罔) 기만. 속임.
17 정부(貞婦) 슬기롭고 절개가 굳은 아내 또는 여자.
18 음풍(淫風) 음란하고 더러운 풍습.
19 도야(陶冶) 도기를 만드는 일과 쇠를 주조하는 일. 또는 그런 일을 하는 사람. 훌륭한 사람이 되도록 몸과 마음을 닦아 기름을 비유적으로 이르는 말.
20 위권(威權) 위세와 권력.
21 기망(期望) 어떠한 일이 이루어지기를 바람.
22 역지사지(易地思之) 처지를 바꾸어서 생각하여봄.
23 융체(隆替) 성쇠(盛衰). 성함과 쇠함.
24 용전(用箋) 편지 쓸 때 사용하는 일정한 규격의 종이.
25 흉저(胸底) 흉중. 가슴 밑바닥.
26 조도전(早稻田)대학 '와세다 대학'을 우리 한자음으로 읽은 이름.
27 홍훈(紅暈) 해나 달 주위를 두른 둥근 테 모양의 붉은빛.
28 일국수(一掬水) 두 손으로 한 번에 움켜 뜰 만큼의 물.
29 투함(投函) 편지, 투서, 투표용지 따위를 우체통, 투서함, 투표함 따위에 넣음.
30 안두(案頭) 책상머리.
31 일봉서(一封書) 한 통의 편지.
32 심서(心緒) 마음속에 품고 있는 생각이나 느낌.
33 등책(藤柵) 등나무로 된 목책.
34 율려(律呂) 국악에서 음악이나 음성의 가락을 이르는 말. 율(律)의 음과 여(呂)의 음이라는 뜻에서 나온 말이다.
35 와사등 가스등.
36 유울(幽鬱) 아득하고 막막함.
37 삭발위승(削髮爲僧) 중이 되기 위해 머리를 깎음.
38 나타(懶惰) 게으름.
39 장약허 당나라의 시인.
40 표박(漂迫) 풍랑을 만난 배가 물 위에 정처 없이 떠돎.
41 굉연(轟然)하다 소리가 몹시 크게 울려 요란스럽다.

42 폭향(爆響) 폭발하는 울림.

43 치구(馳驅) 말이나 수레를 타고 달리는 것처럼 몹시 바삐 돌아다님.

44 공성명수(功成名遂) 공을 이루어 이름을 크게 떨침.

45 상인(霜刃) 서리 같은 칼날.

46 장(檣) 돛대.

47 알력(軋轢) 수레바퀴가 삐걱거린다는 뜻으로, 서로 의견이 맞지 아니하여 사이가 안 좋거나 충돌하는 것을 이르는 말.

48 의접(依接) 몸이나 마음을 의탁함.

49 익조(翌朝) 다음 날 아침.

50 현수(懸殊) 현격하게 다름. 거리가 멀어서 동떨어져 있음.

51 용왕매진(勇往邁進) 거리낌 없이 용감하고 씩씩하게 나아감.

52 잉(仍)하여 인하여. 거듭하여.

53 호접(蝴蝶) 나비.

54 서색(曙色) 새벽빛.

방황

*『청춘』제12호, 1918년 3월.

1 이양トㅊウノハ貴方デスカ '이양(李樣)이 당신이죠?'의 일본말. 樣(さま)은 '님, 씨'를 뜻한다.

2 캄홀 주사(注射) 캄프르camphre 주사. 장뇌액으로 된 주사약. 중증 환자의 피를 빨리 돌리고 심장마비를 막기 위하여 씀.

3 저어(齟齬)하다 염려하거나 두려워하다.

4 초리(草履) 짚신.

가실

* 동아일보, 1923년 2월 12일~23일.

1 발괄 지난날 관아에 억울한 사정을 말이나 글로 하소연하던 일.

2 점고 일일이 점을 찍어가며 사람의 수효를 헤아림.

3 흔단 틈이 생기는 실마리. 서로 달라지는 시초.

4 들레다 야단스럽게 떠들다.

거룩한 죽음

* 『개벽』 제33호, 1923년 3월.

1 바디집 바디를 끼우는 테. 홈이 있는 두 짝의 나무에 바디를 끼우고 양편 마구리에 바디집비녀를 꽂는다.

2 도투마리 베를 짤 때 날실을 감는 틀. 베틀 앞다리 너머의 채머리 위에 얹어둔다.

3 말코 베틀에 딸린 기구의 하나. 길쌈을 할 때에 베가 짜여져 나오면 피륙을 감는 대이다.

4 무극대도 천도교에서, 우주 본체인 무극의 영적인 능력을 이르는 말.

5 두멍 물을 많이 담아두고 쓰는 큰 가마나 독.

6 부검지 짚의 잔부스러기.

7 동서불변 동쪽과 서쪽을 가리지 못한다는 뜻으로, 사물이나 사물의 현상을 분별할 수 없을 정도로 어리석음을 이르는 말.

8 벽제 지위가 높은 사람이 행차할 때, 구종(驅從) 별배(別陪)가 잡인의 통행을 금하던 일.

무명

* 『문장』 창간호, 1939년 1월.

1 병감 교도소에서 병든 죄수를 따로 두는 감방.

2 송국(送局) 송청. 수사 기관에서 피의자를 사건 서류와 함께 검찰청으로 넘겨 보내는 일.

3 어리치다 독한 냄새나 밝은 빛 따위의 심한 자극으로 정신이 흐릿해지다.

4 지리가미(ちりがみ) '휴지'의 일본말.

5 치마분 가루로 되어 있는 치약.

6 영각 소가 길게 우는 소리.

7 홀게 매듭·사개·고동·사북 따위의 단단히 쥔 정도나, 무엇을 맞추어서 짠 자리. 또는 옭아맨 매듭.

8 비리발괄 비대발괄. 억울한 사정을 하소연하면서 간절히 청하여 빎.

9 고뿌(コップ) '컵'의 일본식 표현.
10 아리가도오 고자이마쓰(ありがとうございます) '감사합니다'란 뜻의 일본말.
11 춘치자명(春雉自鳴) 봄철의 꿩이 스스로 운다는 뜻으로, 시키거나 요구하지 아니하여도 자기 스스로 함을 이르는 말.
12 사루마다(さるまた) '남자용 팬티'의 일본말.

꿈

* 면학서포, 1947년 6월 5일.
1 가지(加持) 부처의 가호를 받아 병, 재난, 부정 따위를 없애기 위해 기도하는 일.
2 정병(淨瓶) 목이 긴 형태의 물병. 물을 담는 병으로 물 가운데서도 가장 깨끗한 물을 넣는 병을 이른다.
3 벌역 잘못에 대한 벌을 받는 일.
4 우틔 '옷' 또는 '윗도리'의 방언.
5 얼낌덜낌 얼떨결에 덩달아서.
6 오예(汚穢) 지저분하고 더러움. 또는 그런 것.
7 머리쪽 결혼한 여자가 땋아서 목 뒤에 틀어 올린 머리.

작품 해설

이광수의 문학 세계

김영민

1

이광수는 한국 근대문학을 대표하는 작가이다. 이광수의 문학사적 위치와 그가 남긴 업적에 대한 평가는 엇갈린다. 그러나 이광수를 거치지 않고는 그 누구도 한국 근대문학 이해의 길로 들어설 수 없다는 점만은 분명하다. 이광수는 시, 소설, 수필, 평론 등 여러 분야에 걸쳐 수많은 작품들을 남겼다. 그의 전집이 20권에 이른다는 사실은 그가 얼마나 왕성한 집필 활동을 해왔는가 하는 점을 잘 보여준다. 이광수가 이룬 중요한 문학사적 업적 가운데 하나는 독자 계층의 통합에 기여한 것이라 할 수 있다. 이광수 이전에는 한국 소설의 독자층은 크게 둘로 분리되어 있었다. 이른바 대중 독자들이 선호하는 소설과 지식층이 선호하는 소설이 나뉘어 있었던 것이다. 그러나 이광수의 소설이 나타나면서 이러한 독자층 분리의 시대는 막을 내리게 된다.

이광수의 소설 세계는 흔히 계몽주의라는 용어로 표현된다. 낡은 사회적 관습이나 불합리한 제도 등에서 오는 문제를 지적하고 새로운 문화를 도입하려는 시도가 이광수 작품의 중요한 줄기를 이루는 것이다. 문학에 대한 이광수의 생각, 즉 그의 문학관의 핵심은 효용론적 문학관이라 할 수 있다. 작품 활동 초기 이광수는 문학의 역할에 대해 고민하지만, 시간이 지나면서 효용론을 받아들인다. 이광수는 문학이 신문화 운동의 선구적 역할을 할 수 있고, 인생 문제 해결에 도움을 줄 수 있다고 생각했다. 그는 문학이 새로운 사상과 이상의 선전자가 될 수 있다고 보았고 인생을 위한 예술이야말로 우리가 나아갈 길이라고 강조했다. 그는 문학가의 역할은 민족과 인류를 인도하는 성직자와 같은 것이라 했으며, 이를 위해 덕성의 수양 등 건전한 인격 형성을 위해 힘써야 한다고 주장했다. 이광수는 좋은 작품이란 많은 사람들이 읽고 공감할 수 있는 작품이라는 생각을 지니고 있었다. 예술은 소수의 선택받은 사람들을 위해 존재하는 것이 아니라, 우리 민족 전체가 향락할 만한 것이어야 한다고 생각한 것이다. 이광수의 이러한 생각들은 그의 계몽주의 소설에 상당 부분 반영된다. 이광수의 소설들이 비교적 쉽게 읽히는 것도 이러한 문학관과 연관되는 것으로 볼 수 있다. 이광수는 민족에 대한 관심 역시 적지 않게 표현했지만, 이 부분은 많은 한계를 지녔던 것으로 비판받는다. 그는 식민지 체제에서 오는 민족 불행의 근본적 원인은 덮어둔 채, 생활 풍속의 개화 등 지엽적 현상에 대해서만 관심을 갖게

했다는 지적을 받는다. 지엽적 문제의 해결에서 사소한 기쁨을 느끼게 유도함으로써 식민지 민족 문제의 근본적 해결을 멀어지게 했다는 것이다.

2

단편소설 「무정」은 이광수가 우리말로 쓴 최초의 창작 소설이다. 이 작품에는 아직 개화기 '신소설'의 분위기가 남아 있다. 구성의 측면만을 보더라도, 근대적 단편소설의 특징을 잘 살린 작품으로 보기는 어렵다. 작품의 줄거리는 다음과 같다. '그녀가 한 좌수의 며느리이자 한명준의 아내가 된 것은 지금으로부터 8년 전의 일이다. 당시 그녀는 16세, 그리고 한명준은 12세였다. 아버지를 일찍 여읜 그녀는 어머니의 선택에 따라서 한명준과 결혼한다. 혼인날 한명준을 처음 본 그녀는 남편에게 크게 실망한다. 세월이 흐를수록 남편은 그녀를 멀리했고, 그녀가 느끼는 고독과 적막감은 아름답던 얼굴 모습과 총명하던 정신을 모두 사라지게 했다. 부인은 처음에는 애정의 기갈에만 슬퍼하였으나 점차 자손 걱정까지 생겨 비탄에 비탄을 거듭하게 되었다. 그러는 사이 남편은 외박이 잦아지고 인근에서 소문난 오입쟁이가 되어갔다. 하지만 여인은 자신의 배 속에서 어린아이가 자라고 있다는 사실에 모든 기대를 걸고 어려움을 참아나간다. 어느 날 생부의 제사를 위해 본가에 다녀오던 여인은 무녀에게 들러 점을 본 후, 자신의 배 속에 든 아이가 사내가 아닌 여자라는 말을 듣고 크게 실망한다. 시집에 돌아와 보니 자신의 방에 있던 가구가 모두 치워지고 다른 여자가 하나 들어와 앉아 있었다. 자신의 신세를 한탄하던 여인은 병에 든 약을 마시고 목숨을 끊는다.'

이광수는 이 작품의 후기에서, "이는 마땅히 장편으로 써야 할 것이나 학보에 싣기 위해 그 줄거리만 써서 단편 형식으로 만들었다"는 요지의 말을 했다. 이는 이광수가 아직 장편소설과 단편소설의 속성 및 그 차이 등을 제대로 이해하지 못한 상태에 있었음을 드러내는 것이다. 하지만 단편 「무정」은 여러 가지 미흡한 요소를 지니고 있음에도 불구하고 문학사에서 무시할 수 없는 작품이다. 우선 이 작품은 통속적 재미만을 추구하던 종래의 '신소설'이 어떻게 지식인 독자를 끌어들이며 변해가는가 하는 과도기의 모습을 보인다는 점에서 중요하다. 단편 「무정」은 전근대적인 혼인 제도와 비정상적 가족 관계가 가져오는 비극적 상황을 작품화한 것이다. 주인공이 직면해야 했던 비정상적 가족 관계와 그로 인한 고통은 주인공의 어머니가 지녔던 낡은 가치관의 결과이다. 당사자들의 의사를 무시한 채, 문벌이나 재산 등을 중심으로 이루어지는 혼인은 결국 주인공의 자살이라는 비극적 결말을 가져오게 된다. 그런 점에서 이 작품은 당시의 혼인 풍습에 대한 계몽적 요소를 적지 않게 지니고 있다. 비극적 결말을 통한 교훈의 제시가 작가의 창작 의도였던 것이다.

「소년의 비애」는 한국 근대소설사에서나, 이광수 개인의 문학 세계에서나 매우 중요한 위치를 차지하는 작품이다. 이 작품을 외형적으로만 보면, 사춘기 소년이 느끼는 연애 감정을 다룬 가벼운 작품으로 평가할 수도 있다. 그러나 이 작품을 정독하게 되면 그것이 계몽주의 문학가 이광수의 정신사적 궤적의 출발을 보이는 무게 있는 작품임을 알게 된다. 이 작품의 줄거리는 다음과 같다. '난수는 사랑스럽고 얌전하고 재주 있는 처녀였다. 그 사촌 되는 문호는 여러 종매(從妹)들을 다 사랑하는 중에도 특별히 난수를 더 사랑하였다. 문호는 십팔 세 되는 중등학교 청년이다. 문호의 사촌 동생 문해도 활달한 청년으로 문호나 난수처럼 문학에 관심이 있었다. 문호가 난수와 이야기가 잘 통하듯, 문해는 문호의 여동생 지수와 서로 생각이 비슷했다. 문호는 자신이 중학교를 마치고 서울로 갈 때에는 지수와 난수를 모두 데리고 가서 공부시킬 수 있기를 바랐다. 하지만 난수가 열여섯 살 되던 해 가을, 난수는 열다섯 살 난 어느 부호의 아들과 약혼이 되었다. 그런데 그 신랑 되는 자가 천치라는 말이 들려온다. 이 말을 들은 문호는 난수의 아버지께 간하여 파혼할 것을 제안한다. 그러자 난수의 아버지는 양반의 집에서 한번 허락한 것을 다시 어찌할 수 없다고 거절한다. 혼인날 신랑을 맞은 사람들은 모두 낙담하였다. 신랑은 소문보다 더했다. 머리는 아주 크고, 커다란 눈은 소와 같고 커다란 입은 헤벌어져 걸쭉한 침을 흘리고 있었다. 밤이 오자 문호는 난수를 찾아가 서울로 도망갈 것을 권유한다. 서울로 가서 공부를 하라는 것이었다. 하지만 난수는 못 할 일이라 거절하고, 결국 천치 신랑에게로 가버린다. 이듬해 봄 문호는 동경으로 유학을 떠나 그다음 해에 돌아온다. 그는 세 살 난 자신의

아들을 안고, 영원히 지나가버린 소년 시절을 회상하며 눈물을 흘린다.'

이 작품은 춘원 이광수 자신이 겪었던 실제 체험을 바탕으로 쓴 소설로 알려져 있다. 이 작품의 줄거리와 유사한 이야기가 그의 자전적 형식의 글 「나」에 들어 있는 것이다. 「나」에 등장하는 인물 '실단'의 성품이나 외모 및 새신랑의 모습은, 작품 「소년의 비애」에 등장하는 '난수' 등의 모습과 일치한다. 혼인에 얽힌 전후 사정도 거의 비슷하다. 얼굴도 보지 못하고 부모의 결정에 따라 혼인을 결정한 신랑감이 돈 많은 부잣집 아들이며 바보 천치라는 점도 일치한다. 실단의 새신랑이 '침을 질질 흘리고 거기다 반병어리'로 표현된다면, 난수의 새신랑은 '코와 침을 흘리고 지랄을 하는 천치'로 표현된다. 두 사람의 신랑이 열다섯 살이 되었음을 지적하는 것도 일치한다. 「나」 속에 표현된 춘원의 충격은 매우 큰 것이었다. 그는 당시에 느낀 자신의 감정을 다음과 같이 기록해두었다. "뜻대로 안 되는 세상이라고 원망도 해보았다. 세상과 운명에 대하여 반항하리라 하는 생각도 해보았다. 그러나 그때의 나에게는 그만한 용기가 없었다. 나는 한을 품고 참을 수밖에 없었다." 이러한 회한이 어떤 형태로든 춘원의 문학 활동 속에서 표현되는 것은 자명한 일이었다.

결국 열다섯 살 소년 시절에 품었던 낡은 습속에 대한 저항심은, 그가 나이 들어 사회적 지위를 확보하면서 겉으로 표현되기 시작했고, 그 결과 탄생한 작품이 「소년의 비애」였던 것이다. 「소년의 비애」에는 몇 가지 사회적 관습에 대한 비판, 즉 당사자의 의사를 무시하고 치러지는 혼인의 풍습과, 한 인간의 삶보다 중요하게 취급되는 양반의 체면치레, 그리고 모든 것을 운명이나 팔자소관으로 받아들이는 태도 등에 대한 비판이 나타난다. 이러한 비판들은 앞에서 살펴본 단편「무정」의 창작 의도와도 이어지는 것이다. 사회적 관습에 대한 비판은 당시 춘원이 쓴「조혼의 악습」등 일련의 논설들의 중요한 주제가 된다. 이 작품은 춘원으로 볼 때는, 혼인 제도 등 당시 사회의 인습과 제도에 대한 과감한 비판의 시작을 알리는 글이었고, 장편『무정』과 더불어 계몽주의로 대표되는 춘원의 본격적 문학 세계를 여는 출사표이기도 하다. 이 작품은 이광수 문학 활동의 근간이 되는 초기 문학론의 본질을 파악하는 데도 큰 도움이 된다.「소년의 비애」에는 이러한 춘원의 초기 문학관이 그대로 드러나 있다. 사촌 형제간인 문호와 문해가 문학관의 차이를 놓고 토론하는 부분들이 이를 잘 보여준다.

이광수의 작품 활동기에서 1917년은 매우 중요한 의미를 갖는 해이다. 그것은 우리나라 최초의 근대적 장편소설로 평가받고 있는 작품『무정』이 발표된 해라는 점에서 우선 그러하다. 아울러 이광수의 초기 대표작들이 대부분 이 시기에 씌어졌다는 점도 주목할 필요가 있다. 장편『무정』이 1917년 1월 1일부터 같은 해 6월 14일까지 매일신보에 연재되었으며, 이어서「소년의 비애」가 6월에 발표되었고, 최초의 서간체 형식을 택해 쓴 소설인「어린 벗에게」가 7월부터 11월까지 연재 발표되었다.「방황」은 작품의 발표 시기가 1918년 3월로 되어 있다. 그러나 이 작품의 원고 뒤에 표기된 날짜를 살펴보면 「방황」의 탈고일은 1917년 1월 17일이다. 이 작품 역시 「소년의 비애」와 거의 같은 시기에 씌어진 작품인 것이다. 결국 이광수는 1917년에 들면서 장편소설 『무정』을 연재하기 시작했고 「소년의 비애」와 「어린 벗에게」 그리고 「방황」이라는 3편의 '단편소설'을 완성한 셈이다.

「어린 벗에게」는 우리나라 최초로 서간문의 형태를 취한 소설이다. 서간문은 상대에게 자신을 드러내는 데 매우 적합한 글쓰기 양식 가운데 하나이다. 그런 점에서 이광수가 서간체 소설이라는 새로운 형식을 통해 자신의 내면을 드러낸 것은 적절한 선택이었다고 말할 수 있다. 「어린 벗에게」는 제1신에서 제4신에 이르는 네 편의 편지로 구성된 작품이다. 편지를 쓰는 서술자 '나'의 이름은 '임보형'이지만, 수신자인 '어린 벗'이 누구인지는 밝혀져 있지 않다. 이 편지의 수신자는 '나'의 절친한 벗이 될 수도 있고, 이광수의 작품을 읽는 가상의 독자일 수도 있다. 이 작품의 바탕에 깔려 있는 가장 중요한 요소는 '임보형'이 품고 있는 '김일련'에 대한 연모의 감정이다.

네 편의 서간문에 나타난 이야기 줄거리를 요약하면 다음과 같다. '나는 일본 동경 유학 시절, 학교 친구의 여동생인 김일련을 만나게 된다. 그녀를 만난 후 나는 곧 연모의 감정을 느끼게 되고, 그녀에게 사랑의 감정을 담은 편지를 보내지만 기혼자라는 이유로 거절을 당한다. 실망감과 모욕감을 느낀 나는 이후 불면증에 시달리기도 하고, 학교를 쉬려고도 하며, 자살을 기도하기도 하는 등 비관적 생활을 지속한다. 그러던 중 동족을 위하는 삶을 살아야 한다는 깨달음을 얻어 그 위기를 벗어난다. 그로부터 6년이 지난 후 상해에서 앓아누워 있던 나는 한 여인의 간호를 받게 되는데, 그 여인이 떠난 후에야 그녀가 김일련이었음을 알게 된다. 나는 김일련을 찾아 나서지만 결국 만나지 못한다. 나는 미국으로 향하는 길에 러시아에 들렀다 갈 생각을 하고, 해삼위로 가는 배에 오른다. 도중에 배가 수뢰에 파손되어 죽을 위기에 처하고, 그 순간 같은 배에 타고 있던 김일련을 발견한다. 나는 김일련의 목숨을 구하기 위해 혼신의 힘을 다하다 정신을 잃는다. 지나는 배에 의해 구조된 나는 김일련이 함께 살아 있음을 알고 안도한다. 나와 김일련은 이후 눈 덮인 삼림을 기차로 횡단하며 과거사를 이야기한다. 김일련은 그사이 고등여학교를 졸업한 후 여자대학교 영문학과에 입학하였고, 조선 유학생계의 수재이던 모씨를 만나 사귀었다. 그러나 그가 병으로 세상을 떠나자 일생을 독신으로 지내며 문학과 음악을 할 것을 결심한다. 그녀는 독일 선교사의 소개로 백림으로 향하던 중 사고를 당했던 것이다. 나는 인생의 의미에 대해 다시 생각하게 되고, 김일련과의 관계가 장차 어찌 될지 알 수 없다고 생각한다.'

이 작품에는 작가의 내면세계에 대한 고백이 짙게 깔려 있다. 한 여학생을 사모하다 방황하게 되고, 다시 가치 있는 삶을 찾아 자신을 추스르는 청년의 심리 상태가 솔직한 고백록의 형태로 제시되는 것이다. 하지만 이 작품 역시 앞에서 다룬 작품들 못지않게 분명한 계몽의 의도가 반영된 작품이다. 이 작품에서 비판과 계몽의 대상으로 떠오르는 조선의 문화와 풍습 역시 연애와 혼인에 관한 것이다. 이 작품에서는 조선의 문화와 풍습에 대한 비판이 매우 직설적이다. 다음과 같은 내용이 그 예가 된다. "조선인의 애정은 두 잎도 피기 전에 사회의 습관과 도덕이라는 바위에 눌리어 그만 말라 죽고 말았나이다. 조선인은 과연 사랑이라는 것을 모르는 국민이로소이다. 그네가 부부가 될 때에 얼굴도 못 보고 이름도 못 듣던 남남끼리 다만 계약이라는 형식으로 혼인을 맺어 일생을 이 형식에만 속박되어 지내는 것이로소이다. 대체 이따위 계약 혼인은 짐승의 자웅을 사람의 맘대로 마주 붙임과 다름이 없을 것이로소이다." 그 밖에도 이 작품에는 사람 사이의 만남과 인연이라는 문제, 그리고 삶의 의미에 대한 질문이 함께 표현되고 있다.

「어린 벗에게」가 계몽의 의도와 내면세계에 대한 고백을 함께 표출한 작품이라면, 「방황」은 주인공의 내면 심리를 드러내는 데만 주로 치중한 작품이다. 1910년대 소설사에서는 계몽의 의지 표현과 함께 지식인의 내면적 갈등과 자아 탐구의 과정이 중요한 범주를 이룬다. 특히 1910년대 후반은 작가들에게 인간의 내면세계에 대한 탐구가 매우 중요한 명제로 부각되던 시기였다. 「방황」은 주인공의 내면적 고뇌를 드러내는 일 자체가 작품의 골격을 이루며, 특별한 줄거리를 지니고 있지 않다. 삼 일 전부터 앓아누웠던 주인공인 '나'가 비관적 자세를 드러내면서, 병이 더 심해져 세상을 뜨게 되거나, 혹은 속세를 등지고 승려가 되고 싶다는 생각을 드러내는 것이 서사적 요소의 전부이다. "내 생명은 물론 추웠다. 마치 지금이 대한(大寒) 철인 것과 같이 내 생명은 추웠다"

는 구절에서는 주인공이 이국 땅 일본에 유학하며 기숙사 생활에서 겪어야 했던 외로움의 깊이가 느껴진다. "아무리 하여도 이 세상이 아까울 것 같지도 아니하고 이 생명이 아까운 것 같지도 아니하다"는 구절에서는 염세적 태도를 확인하게 된다.「방황」의 주인공 '나'는, 일본의 기숙사에 기거하며 조선의 신문이나 잡지에 글을 투고하고, 조선인 계도에 나름대로 사명감을 가졌던 인물이다. 이 작품에도「소년의 비애」의 경우처럼, 작가 이광수의 자전적 요소가 들어 있음이 틀림없다. 그런 점에서 보면「방황」은, 계몽주의 작가 이광수가 대중들 앞에 나서는 과정에서 감당해야 했던 인간적 고뇌와 자기 정체성에 대한 물음을 드러낸 작품이었다고 할 수 있다. 참고로「방황」은 이광수의 감상주의적 자기 독백을 드러내는 고백문 수준에 머물고 만 작품이라는 비판도 받고 있다.

1920년대 이후 이광수의 단편 세계는 적지 않은 변화를 보인다. 이렇게 된 이유는 크게 두 가지 측면에서 생각해볼 수 있다. 하나는 한국 근대소설사에서 개화기 이후의 중요한 흐름이었던 '계몽의 도구로서의 소설'에 대한 생각이 1920년대에는 이미 적지 않게 바뀌었다는 사실을 지적할 수 있다. 소설을 계몽의 수단으로 생각하기보다는, 작품 자체의 독립성과 완결성을 중시하는 생각이 퍼져가던 문단 분위기에서 이광수 역시 앞 시기와 동일한 성격의 소설들을 이어가기는 쉽지 않았을 것이다. 다른 하나는 1922년 그가 발표한 논설「민족개조론」이 불러온 풍파와 그로 인한 영향을 들 수 있다. 이광수는「민족개조론」에서 우리 민족의 황폐화 문제를 지적하면서, 그 원인을 우리 민족이 지닌 열악한 성질에 있다고 본 후 그 성품의 개조를 역설한다. 하지만 이광수의 이러한 주장은, 우리 민족이 처한 곤경의 본질을 일제 식민 통치에서 찾으려는 상당수의 사람들로부터 비판받았다. 그 결과 사회 활동이나 문필 활동에서 이광수의 입지는 매우 위태로워졌고 운신의 폭 또한 좁아지게 되었다. 그런 상황에서 이광수가 현실의 문제를 계몽적 논조로 다루는 작품을 쓰기는 어려웠을 것이다. 이광수가 「가실」을 동아일보에 발표하면서 본명을 사용하지 않고 'Y生'이라는 가명을 사용한 것도 이러한 사회적·문단적 분위기와 연관이 있었던 것으로 생각된다.

「가실」이나 「거룩한 죽음」은 당시 이광수가 처한 상황에서 쓸 수 있는 적합한 소재의 작품이었다. 「가실」은 『삼국사기』에 실려 있는 신라 진평왕 때의 설화 '설씨녀'를 작품화한 것이다. 이 작품의 줄거리는 다음과 같다. '때는 김유신 장군이 한창 활약하던 신라 말이다. 젊은 농군 가실은, 고구려와의 싸움을 위해 징발된 설노인 대신 전쟁터로 향한다. 설노인은 자신의 딸을 가실에게 맡길 것을 이미 약속한 뒤였고, 가실은 1년 후면 돌아올 수 있다는 생각에 대신 전쟁터로 가기로 한 것이었다. 그러나 1년 만에 돌아간다고 떠나온 길은 3년을 지나도 돌아갈 기약이 없다. 3년째 되던 해 봄, 설노인의 딸이 어느 양반과 혼인을 하게 되어 가을에 성례를 한다는 소식이 들려온다. 그해 가을, 군사들은 모두 지쳐 싸울 마음이 없었으나 이번만 싸우고는 집으로 돌려보낸다는 말에 다시 진격을 시작한다. 하지만 가실은 고구려의 포로가 되고,

이어 종이 되어 한 노인에게 팔려간다. 가실이 그곳에서 성심껏 일을 하자, 노인은 가실을 가족처럼 대접한다. 그렇게 3년이 지나게 되고, 가실은 노인에게 고국으로 보내달라고 간청한다. 노인은 거절한 후 자신의 딸과 혼인하여 고구려 땅에서 살 것을 제안한다. 가실은 자신이 설노인 대신 전장에 나왔다는 말과 1년 후에 그 딸과 혼인하기로 약속했다는 사실을 털어놓게 되고 결국 고향으로 돌아가라는 허락을 받는다. 노인과 고구려 사람들의 아쉬운 전송을 받으며 가실은 고국을 향하여 힘찬 발걸음을 옮긴다.'

작품에 대한 이해를 위해『삼국사기』권 48, 열전 제8에 수록된 '설씨녀'를 살펴보기로 한다. 설화의 줄거리는 이러하다. '설씨녀는 민가의 여자로서 가난하였으나 얼굴이 미색이요 행실이 단정하였다. 진평왕 때 그의 아버지는 늙은 몸으로 변방에 부역을 나가게 되었다. 그녀는 늙고 병들어 쇠약한 아버지와 헤어지기 힘들었으나 도리가 없었다. 사량부에 사는 소년 가실은 설씨녀의 미색을 좋아하였으나 감히 말을 붙이지 못하고 있었다. 설씨녀의 집안 사정을 알게 된 가실은 설씨 노인을 찾아가 자기가 대신 부역에 나가겠다고 했다. 그러자 노인은 가실에게 자신의 딸을 아내로 삼을 것을 권유하였다. 가실이 혼인 날짜를 잡으려 하자, 설씨녀는 가실에게 부역에 나갔다 돌아온 후로 할 것을 제안하고 그 믿음표로 거울을 반으로 깨뜨려 나누어 가졌다. 그런데 마침 나라에 사고가 있어 사람을 교체하지 못하여 가실은 6년이 지나도 돌아오지 않았다. 이에 노인은 딸에게, 당초 가실은 3년을 기약했으나 아직도 돌아오지 않으니 다른 곳에 시집을 가라고 했다. 설씨녀는 이를 거절하고 몰래 도망하려 했으나 들켜 탄식하고 눈물을 흘렸다. 이때 가실이 왔으나 그의 형상이 해골처럼 되어 사람들이 알아보지 못하고 그를 딴 사람이라고 했다. 가실이 거울 조각을 꺼내자 설씨녀가 나머지 조각을 꺼내 맞추어 그가 가실임을 확인해주었다. 그들은 기쁜 마음으로 성례한 후 백년해로를 하였다.'

「가실」은 설화 '설씨녀 이야기'를 소재로 취했으면서도, 이야기의 초점은 원설화와는 많이 다르다. 원설화에서는 설노인의 딸 즉 설씨녀가 주인공이지만, 「가실」에서는 그와 약혼한 남자 가실이 주인공이다. 원설화에서는 설노인이 설씨녀를 다른 곳에 시집보내려 하지만 딸이 그를 거절하고 가실을 기다린다. 따라서 원설화에서는 설씨녀의 절개가 주제를 이루는 셈이다. 하지만 「가실」에서는 가실의 의리, 그리고 고국에 돌아가야 한다는 집념 등이 주제를 이룬다고 볼 수 있다. 원설화의 마무리는 가실과 설씨녀의 결혼이다. 그러나 「가실」에서는 가실과 설노인의 딸이 이후 결혼했는지 안 했는지 알 수 없다. 설노인의 딸이 어느 양반과 가을에 혼례를 치를 것이라는 소문이 나돈 것으로 보면, 그녀는 이미 다른 사람과 결혼을 했을 수도 있다. 「가실」을 읽는 독자들은 당연히 가실과 설씨녀의 혼인 여부가 궁금하다. 그러나 작가 이광수는 끝까지 이에 대해서는 아무런 언급도 하지 않는다. 이 작품의 결말은 가실이 고국으로 돌아가며 "간다 간다 나는 간다. 우리나라로 나는 돌아간다"고 외치는 것이다. 독자들은 가실과 설씨녀의 혼인 성사 여부에 관심이 있지만, 작가는 그보다 가실이

타국을 떠돌다 꿈에 그리던 고국으로 간다고 하는 사실을 말하는데 관심이 있다. 원설화의 틀이 이렇게 바뀐 데에는 「가실」이, 그동안 작가 이광수가 상해 등지를 떠돌다 고국으로 돌아와 발표한 첫번째 소설이라는 데 그 이유가 있을 것이다.

「거룩한 죽음」은 동학의 창시자였던 수운 최제우의 마지막 모습을 그린 작품이다. 이 작품의 줄거리는 다음과 같다. '어느 날 새벽 동학교도 박대여는 선생이 오신다는 소식을 듣고 기다린다. 몇 명의 접주와 함께 나타난 선생은 밤낮으로 기도하며 백성 구제의 소망을 드러낸다. 며칠이 지난 후 해월이 찾아와 선생에게 피신할 것을 권유한다. 대구에서 곧 삼십 명의 나졸이 선생을 잡으러 온다는 것이다. 선생은 다른 사람들만 피하게 한 후 자신은 잡혀간다. 선생을 대구 영문으로 잡아온 감사는 조정의 독촉을 받아 거칠게 심문한다. 감사는 처음에 선생을 가볍게 알았으나, 심문을 하면 할수록 선생이 범상한 인물이 아님을 알고 두려움을 느끼게 된다. 감사는 선생에게 '이제라도 도당을 다 흩어 양민이 되게 하고, 다시 혹세무민하는 언행을 아니 하기로 맹세하면 목숨을 살려줄 것'이라고 제안한다. 선생은 뜻을 굽히지 않고 의연한 자세로 최후를 맞이한다.'

이광수는 어릴 적 부모를 잃고, 천도교에 입도하여 서기 일을 보며 성장한 것으로 알려져 있다. 그럼에도 불구하고 이광수는 천도교 관련 수필이나 논설 등을 쓴 바가 없다. 「거룩한 죽음」은 이광수의 글 가운데 유일하게 천도교 체험과 연관된 작품이다. "창생이 도탄 속에 든 것을 볼 때에는 통곡하지 아니할 수 없소.

이 창생을 보고 통곡할 줄 모르는 이는 천성을 잃어버린 이요"라는 선생의 가르침은 이 작품의 주제를 이룬다. 이 작품에는 동학 선생 최제우의 인품과 그에 대한 공경심이 주변 인물들의 대화 등을 통해 잘 드러나 있다. 선생이 모진 고문을 당하면서도 의연한 자세를 흩뜨리지 않는 결연한 모습을 보이는 것이나, 선생의 죽음을 안타까워하는 백성들의 마음을 잘 표현한 것도 이 작품에서 주목해 보아야 할 부분이다. 이 작품을 수록한 『개벽』이 천도교에서 발행하는 잡지였다는 사실도 참고할 필요가 있다.

「무명」은 이광수의 감옥 생활 체험을 바탕으로 한 작품이다. 이광수는 수양동우회 사건으로 1937년 6월에 종로경찰서에 유치된 후, 8월에 서대문형무소에 수감된 바 있다. 수감 직후 신병으로 인해 병감으로 옮겨간 이광수는 그해 12월 병보석으로 출감해 병원에 입원한다. 「무명」은 그가 이렇게 병중에 탈고한 작품이다. 「무명」의 내용은 다음과 같다. '입감한 지 사흘째 되던 날 나는 병감으로 가게 된다. 거기서 나는 윤씨, 민씨, 정씨, 강씨 등 여러 유형의 잡범들과 섞여 지내게 된다. 윤씨와 민씨는 만나기만 하면 서로 다툰다. 특히 윤은 민을 공격하고 그의 심기를 불편하게 만드는 재미로 사는 것 같다. 나는 이들 때문에 사식조차 제대로 차입하기가 어려워진다. 정씨는 조밥으로 떡을 만들어 간병부의 호감을 사려 하지만, 윤씨가 중간에 들어 방해를 하는 바람에 오히려 간병부에게 의심을 받는다. 그 과정에서 정씨가 거짓 맹세를 하는 것을 지켜본 나는 '사람의 마음이란 헤아릴 수 없이 무서운 것'이라고 깊이 느끼게 된다. 이들과 함께 지내는 동안 나는 계속 불면증에 시달리며 병이 깊어져간다. 새벽 종소리에 잠을 깬 나는 '인생이 괴로움의 바다요, 불붙는 집이라면 감옥은 그중에도 가장 괴로운 데다. 게다가 옥중에서 병까지 들어서 병감에 한정 없이 갇혀 있는 것은 괴로움의 세 겹 괴로움이다'라고 생각한다. 거기서 나는 '중생의 업보는 헤아 알기 어렵다'는 말씀을 떠올린다. 윤씨는 기침이 심해져 독방으로 옮겨가게 되자, 나에게 염불 모시는 법을 가르쳐달라고 한다. 어느 날 그는 나에게 '나무아미타불을 부르면 죽어서 지옥으로 안 가고 극락세계로 갈 수 있는지' 묻는다. 나는 확실히 대답할 자신이 없었지만 그래도 큰 소리로 그렇다고 말해준다. 민씨와 윤씨는 모두 병이 깊어져 보석으로 출감한다. 정씨는 재판에서 자신의 죄를 인정하지 않고 상소를 한다. 강씨는 상소권을 포기하고 자신의 죄를 받아들인다. 정씨의 태도는 강씨의 그것과 대조되어 간수들이나 간병수들에게 멸시의 대상이 된다. 나는 출옥하게 되고, 얼마 후 가출옥으로 나온 키 작은 간병부를 만나, 민씨도 죽고 윤씨도 죽었다는 말을 듣는다. 정씨는 병이 깊어져 중병 환자로 본감 병감에 있는데 도저히 공판정에 나가볼 가망이 없다고 한다.'

이광수가 「무명」을 통해 보여주고자 한 것은, 다양한 인간 군상의 모습이다. 그런데 「무명」의 배경이 형무소였던 만큼 거기에 등장하는 인간 군상의 모습은 참으로 황폐하다. 그들은 정신적으로 황폐한 범죄자들일 뿐만 아니라, 육체적으로도 병들어 병감에 갇혀 지내는 인물들이다. 사기와 방화, 그리고 공갈범인 그들의 삶에서는 타인에 대한 배려를 찾아보기 힘들다. "나는 윤 때문에 도

무지 맘이 편안하기가 어려웠다. 윤의 말은 마디마디 이상하게 사람의 신경을 자극하였다. 민에게 하는 악담이라든지, 밥을 대할 때에 나오는 형무소에 대한 악담, 의사, 간병부, 간수, 자기 공범, 무릇 그의 입에 오르는 사람은 모조리 악담을 받는데 말들이 칼끝같이 바늘끝같이 나의 약한 신경을 찔렀다"는 표현에는 윤씨라는 인물의 됨됨이가 잘 드러나 있다. 나는 마음에 아무 생각도 없이, 가만히 누워 있기를 원하지만 주변 인물들의 언행은 그조차 허락하지를 않는다. 그런가 하면 이들은 지나치게 탐욕스럽다. 그 탐욕이 자신들의 육체적 병을 더욱 덧나게 하고, 점차 목숨을 위협해오는데도 이들은 탐욕을 멈추지 않는다. 윤씨는 소화불량이 있음에도 불구하고, 내가 먹다 남긴 사식을 항상 다 먹어치운다. 그로 인해 그의 병은 더 악화되지만, 그는 식탐을 멈추지 않는다. 정씨 역시 마찬가지이다. 정씨는 다섯 사람이 나누어 먹으라고 점심 때 들어온 자반 멸치 한 그릇을 혼자서 다 먹은 후 갈증에 시달린다. 정씨는 기회주의자이기도 하고, 증인을 옆에 두고 거짓 맹세를 하는 사기꾼이기도 하다. 그는 "인천 사는 간병부와 인사할 때에는 자기도 고향이 인천이라 하였고, 다음에 강원도 철원 사는 간병부와 인사를 할 때에는 자기 고향이 철원이라 하였고, 또 그다음에 평양 사람 죄수가 들어와서 인사하게 된 때에는 자기 고향은 평양이라고" 바꾸어 말한다. 일반 죄수들은 죄수들끼리 서로 싸우고, 간병부들은 간병부들끼리 서로 싸운다. 키 작은 간병부는 자신이 키 큰 간병부보다 며칠 일찍 들어온 것을 내세우고, 키 큰 간병부는 자신이 나이 많은 것을 내세우며 상대를 이기려 한다. 「무명」은 이광수가 특별한 의도를 갖고 썼다기보다는, 자신이 보고 겪은 일을 담담한 시선으로 그려나간 작품으로 평가받는다. 감옥이라는 특정한 공간, 그것도 병감이라는 절망의 공간에서 확인한 인간성에 대한 관찰자적 시선의 탐구인 셈이다.

「꿈」은 이광수가 해방 직후에 쓴 중편소설로, 『삼국유사』에 나오는 '조신설화'를 바탕으로 한 것이다. 「꿈」의 줄거리는 다음과 같다. '조신은 원래 세달사 중이었다. 철쭉꽃 활짝 핀 어느 날 그는 고을 뒤 거북재라는 산에 올랐다가 태수 김흔공의 딸 달례를 보고 마음을 빼앗긴다. 마음을 다스릴 수 없게 된 조신은 낙산사의 용선대사를 찾아 모든 것을 이야기한 후 달례의 마음을 차지할 방도를 묻는다. 조신은 매우 못생긴 사내였다. 같은 절에 있는 평목이 미남이었던 것과 달리 그는 낯빛은 검푸르고 눈과 코가 찌그러졌으며 고개도 비뚜름했다. 태수가 딸을 데리고 낙산사에 찾아왔을 때, 조신은 달례가 곧 모례의 집에 시집가기로 한 사실을 알게 된다. 조신은 용선대사에게 달례를 향한 자신의 소망을 이룰 수 있도록 도와달라고 간청한다. 용선대사는 조신에게 법당에 들어가 관음 기도를 시작하라고 이른다. 조신이 쏟아지는 졸음을 참으며 기도를 계속하는데, 갑자기 잠긴 문이 열리며 달례가 들어온다. 조신은 가사와 장삼을 벗어 던진 후 달례와 도망을 친다. 조신은 태백산 깊숙한 곳에 들어가 터를 잡고, 아들 둘과 딸 둘을 두었다. 조신이 오십 가까이 되었을 때, 평목이 조신을 찾아와 모례가 아직도 달례를 찾아다니고 있음을 알렸다. 모례는 칼 잘 쓰고 말 잘 타기로 소문난 화랑이었다. 조신은 평목이 자신들의 숨은 곳을 알릴까 두려웠고, 또 평목이 자신의 딸을 달라는 말에 분개해 잠자는 평목을 죽인다. 평목을 죽인 조신은 두려움에 떨고, 조신의 집에서 이제 평화는 사라지게 된다. 하루는 모례가 서울서 사냥을 내려와 사슴을 화살로 쏘는데, 그 화살을 맞은 사슴이 평목의 시체가 있는 동굴로 피신한다. 조신은 평목을 죽인 것이 자신이라는 사실이 드러나기 직전 가족과 함께 도망 길에 오른다. 도망가던 중 큰아들 미력이 고열로 죽게 되자, 아들을 눈 속에 묻고 돌아선 조신은 정신이 반은 나간 모습이 된다. 밤새 도망을 쳐 산 너머 마을 주막에 이르러 휴식을 청할 때, 말을 타고 나타난 모례가 조신을 크게 꾸짖는다. 조신은 목숨을 구걸하다가 정신을 가다듬고, 자신은 곧 자현할 것이니 아내와 자식들을 거두어달라고 요청한다. 달례는 모례에게 모든 잘못이 자신에게 있으므로 자신의 목을 베어줄 것을 요청한다. 모례는 달례의 머리카락을 자르고, 목에 가벼운 상처만을 낸 후 칼을 거둔다. 조신은 포승을 지고 잡혀가 감옥 생활을 하게 되는데, 그는 거기서 오래 잊었던 중으로서의 생활을 다시 시작하게 된다. 그는 일심으로 진언을 외우고 염불을 지속한다. 하지만 다시 떠오르는 탐애와 질투가 마음속을 떠나지 않아 괴로워한다. 드디어 옥사장을 따라 형장에 다다른 조신은 죽음을 눈앞에 둔 채 팔다리를 버둥거리며 관세음보살을 외치기 시작한다. 그때 누군가 조신의 꽁무니를 걷어차고 조신은 눈을 번쩍 뜬다. 선잠을 깬 눈앞에 낙산사 관음상의 모습이 들어온다. 고개를 돌리니 용선대사가 웃고 서

있다.'

 이광수는 이 작품의 후기에 "조신은 이때부터 일심으로 수도하여서 낙산사성이라는 네 명승 중에 한 분인 조신조사가 되었다"는 사실을 기록하고 있다. 애욕의 허무함과 부질없음을 깨달은 조신이 수도에 정진하여 불자로서의 뜻을 이루었다는 것이다. 이 작품은 큰 틀에서 '조신설화'와 별다른 차이가 없다. 세부는 비록 다를지언정 작품의 구조나 그 전하고자 하는 바가 다르지 않은 것이다. 세부가 달라진 것은 소설의 길이가 원설화와는 크게 다르므로 당연한 것이라 할 수 있다. 「꿈」에는, 나이 들면서 점차 불교에 대한 관심이 깊어졌던 이광수의 사상이 반영되어 있다. 달례와 함께 도망을 치던 중 조신은 문득 부끄러움을 느낀다. "모든 욕심―이른바, 오욕을 다 버리고 무상도(無上道)만을 구하여야 할 중으로서 여자를 탐내고 또 보물을 탐내고―이렇게 생각하면 앞날과 내생이 무서웠다"는 문장은 이 작품의 결말에 대한 복선이 된다. 작품의 결말 부분에서 모례는 조신에게 칼을 겨누며 다음과 같이 말한다. "복도 죄도 지은 데로 가는 것이야. 조신대사는 불제자이면서도 죄를 짓고 복을 누리려 하였소. 꾀를 가지고 천하를 속이고 인과응보의 법을 속이려 하였지마는, 그게 될 일인가." 여기에 중편소설 「꿈」의 주제가 있고, 「꿈」을 쓴 이광수의 창작 의도가 집약되어 드러난다.

 일제하 유학생 신분으로 작품 활동을 시작하면서 많은 사람들의 주목과 찬사를 받았던 이광수. 일제 말기 일신의 평안함을 누리면서 친일 문학인의 선봉이 되어 조선 청년들에게 황국신민이 될 것을 독려했던 이광수. 해방 후 그가 자신에게 쏟아지는 비난을 피해 칩거하며 몰입할 수 있었던 종교는 불교였고, 그가 떠올려야 했던 화두는 인과응보였다. 모례는 궁지에 몰린 조신에게 묻는다. "그림자와 같이 따르는 업보를 어떻게 피한단 말요?" 아마도 이는 이광수가 해방 직후 스스로에게 건네야 했던 물음이었을 것이다.

작가 연보

1892년(1세) 음력 2월 초하루, 평안북도 정주군 갈산면 익성리 940번지에서 아버지 이종원과 어머니 충주 김씨 사이에서 장손으로 태어나다.

1896년(5세) 국문을 비롯하여 천자문 등을 깨치다. 외조모에『덜걱전』『소대성전』『장풍운전』등을 읽어주고 상급을 받다.

1899년(8세) 동리의 글방에서 한학을 수학하다.

1902년(11세) 아버지 이종원이 콜레라로 사망하고, 어머니 김씨가 같은 괴질로 사망하여 일시에 고아가 되다. 외가와 재당숙 집을 전전하며 방랑 생활을 시작하다.

1903년(12세) 동학에 입도하여 박찬명 대령 집에 기숙하며, 동경과 서울로부터 오는 문서를 베껴 배포하는 심부름을 하다.

1905년(14세) 일진회가 만든 학교에 들어가 일어와 산술을 배우다. 8월 일진회의 유학생으로 선발되어 도일하다.

1906년(15세) 3월 다이세이(大城) 중학교에 입학하다. 12월 일진회의 내분으로 학비가 중단되어 귀국하다.

1907년(16세) 2월 유학비를 학부에서 해결해주어 다시 도일, 예비학교인 백산학사에 들어간 후, 9월에 메이지(明治) 학원 보통부 3학년에 편입하다.

1910년(19세) 3월 메이지 학원 보통부 중학 5년을 졸업한 후, 향리의 오산학교 교주 남강 이승훈의 초청으로 동교의 교원이 되다. 조부 이건규 별세. 7월 백혜순과 결혼하다.

1911년(20세) 1월 105인 사건으로 오산학교 교주 남강이 구속되자 학감으로 취임, 오산학교의 실질적 책임자가 되다.

1913년(22세) 오산교회의 로버트 목사에 의하여 배척을 받다. 11월 세계 여행을 목적으로 4년 동안 정든 오산학교를 등지고 한·만 국경을 넘다. 안동현에서 위당 정인보를 만나 상해행을 결심하다.

1914년(23세) 제1차 세계대전의 발발로 귀국. 9월 잠시 오산학교에서 다시 교편을 잡다. 소년 잡지 『새별』 편집에 참여하다. 10월 최남선의 주재로 창간된 『청춘』에 참여하다.

1915년(24세) 9월 인촌 김성수의 후원으로 재차 도일, 와세다(早稻田) 대학 고등예과에 편입하다.

1916년(25세) 7월 와세다 대학 고등예과 수료. 9월 와세다 대학 대학부 문학과 철학과에 입학하다.

1917년(26세) 4월 와세다 대학 철학과에서 특대생으로 진급하다. 유학생회에서 허영숙과 알게 되다. 9월 재동경조선유학생학우회의 임원 개선에서 최승만, 전영택 등과 함께 편집부원으로 뽑혀 『학지광』 편집위원이 되다.

1918년(27세) 10월 동경으로부터 귀국하다. 허영숙과 북경으로 간 후, 12월 재차 도일하여 조선청년독립단 조직에 가담하다.

1919년(28세) 1월 「조선청년독립단선언서」를 기초하고 이를 송계백으로 하여금 본국에 전하게 하다.

1920년(29세) 1월 흥사단의 입단 문답을 마치다. 4월 흥사단우가 되다.

1921년(30세) 3월 단신으로 상해를 떠나 압록강을 건넜으나 선천 부근에서 일경에 체포, 불기소 석방되다. 5월 허영숙과 정식으로 결혼하다.

1922년(31세) 2월 수양동맹회를 발기하다. 9월 경성학교, 경신학교 등에 영어 강사로 출강하다.

1924년(33세) 1월 동아일보 연재 사설 「민족적 경륜」(2~6일)이 물의를 일으켜 일시 퇴사하다.

1926년(35세) 11월 동아일보사 편집국장에 취임하다.

1927년(36세) 1월 숙환의 재발로 병석의 몸이 되어 향후 반년 이상을 사경에서 헤매다. 9월 신병으로 동아일보사 편집국장직을 사임하고 편집고문으로 자리를 옮기다.

1929년(38세) 2월 『단종애사』 집필 중 신장결핵이라는 진단을 받다. 5월 병원에 입원하여 좌편 신장을 절제하는 대수술을 받다.

1932년(41세) 6월 안도산이 인천을 거쳐 서울로 호송됨을 보고 크게 낙심하다. 8월 서대문형무소에 수감 중인 안도산을 자주 면회하여 의복 등을 차입하다.

1937년(46세) 6월 동우회 사건으로 김윤경·박현환·신윤국 등과 함께 종로서에 유치되다. 8월 서대문형무소에 수감되다. 신병이 재발하여 병감으로 옮겨진 후, 12월 병보석 되어 경성의전병원에 입원하다.

1939년(48세) 6월 김동인·박영희·임학수 등과 함께 '북지황군위문'에 협력함으로써 친일의 제일보를 내딛다. 12월 동우회 사건 1심에서 7년 구형을 받았으나 무죄로 선고되다. 친일 문학 단체 조선문인협회 회장이 되다.

1940년(49세) 3월 가야마 미쓰로(香山光郞)으로 창씨개명을 하다. 8월 동우회 사건 2심에서 최고형 5년의 징역 판결을 받다. 모던 일본사 주최 제1회 조선예술상(문학 부문)을 수상하다.

1941년(50세) 11월 4년 5개월을 끌어오던 동우회 사건이 경성고등법원 상고심에서 전원 무죄로 확정되다. 12월 일본군의 진주만 폭격으로 태평양전쟁이 일어나다. 각지를 순회하며 친일 연설을 하다.

1942년(51세) 11월 제1회 대동아문학자대회(동경)에 유진오·박영희와 함께 참가하다.

1943년(52세) 12월 조선인 학생의 학병 권유차 동경을 다녀오다.

1944년(53세) 3월 양주군 진건면 사릉리 520번지에 농가를 짓고 만주에서 귀국한 박정호와 농사를 시작하다.

1945년(54세) 8월 일본의 패망으로 조국의 해방을 보았으나, 친일파로 지목을 받아 사회의 비난을 받다.

1946년(55세) 안면신경 마비와 고혈압으로 고생하다. 9월 수도 생활을 목적으로 종제 이학수를 찾아 양주 봉선사로 들어가다.

1947년(56세) 1월 흥사단의 요청을 받고 사릉으로 돌아와 전기『도산 안창호』의 집필에 착수하다.

1948년(57세) 친지와 가족의 권고로 사릉을 떠나 효자동 집으로 돌아오다.

1949년(58세) 1월 국회에서 제정된 반민법에 걸려 육당과 함께 서대문형무소에 수감되다. 2월 병보석 출감되다. 8월 반민특위의 불기소로 자유로워지다.

1950년(59세) 7월 6·25 한국전쟁 중 납북되다.

주요 작품 목록

1. 중·단편소설

작품명	발표지	발표 연월일
사랑인가(일문)	백금학보 19호	1909. 12
어린 희생	소년	1910. 2
무정	대한흥학보 11호	1910. 3
헌신자	소년	1910. 8
소년의 비애	청춘 8호	1917. 6
어린 벗에게	청춘 9호	1917. 7
방황	청춘 12호	1918. 3
윤광호	청춘 13호	1918. 4
가실	동아일보	1923. 2. 12~23
거룩한 죽음	개벽 33호	1923. 3
선도자(중편)	동아일보	1923. 3. 27~7. 17
혈서	조선문단	1924. 10
H군을 생각하고	〃	1924. 11
어떤 아침	〃	1924. 12

작품명	발표지	발표 연월일
사랑에 주렸던 이들	조선문단	1925. 1
혁명가의 아내(중편)	동아일보	1930. 1. 1~2. 4
사랑의 다각형(중편)	〃	1930. 3. 27~11. 2
삼봉이네 집(중편)	〃	1930. 11. 29~1931. 4. 24
무명씨전	동광	1931. 3~6
수암(壽岩)의 일기(日記)	삼천리	1932. 4
모르는 여인	사해공론	1936. 5
황해의 미인	〃	1936. 6
드문 사람들	〃	1936. 6
만영감의 죽음(일문)	개조	1936. 8
무명	문장	1939. 1
상근령(箱根嶺)의 소녀	신세기	1939. 1
꿈	문장	1939. 7
길놀이	학우구락부	1939. 7
난제오	문장	1940. 2
옥수수	삼천리	1940. 3
김씨부인전	문장	1940. 7

2. 장편소설

작품명	발표지	발표 연월일
무정	매일신보	1917. 1. 1~6. 14
개척자	〃	1917. 11. 10~1918. 3. 15
허생전	동아일보	1923. 12. 1~1924. 3. 21
금십자가(미완)	〃	1924. 3. 22~5. 11
재생	〃	1924. 11. 9~1925. 9. 28
춘향	〃	1925. 9. 30~1926. 1. 3
천안기(千眼記)	〃	1926. 1. 5~3. 6
마의태자	〃	1926. 5. 10~1927. 1. 9

작품명	발표지	발표 연월일
유랑(미완)	동아일보	1927. 1. 6~31
단종애사	〃	1928. 11. 30~1929. 12. 11
이순신	〃	1931. 6. 26~1932. 4. 3
흙	〃	1932. 4. 12~1933. 7. 10
유정	조선일보	1933. 10. 1~12. 31
그 여자의 일생	〃	1934. 2. 18~1935. 9. 26
이차돈의 사	〃	1935. 9. 30~1936. 4. 12
애욕의 피안	〃	1936. 5. 1~12. 21
그의 자서전	〃	1936. 12. 22~1937. 5. 1
공민왕(미완)	〃	1937. 5. 28~6. 10
늙은 절도범	신세기	1939. 2~1940. 4
봄의 노래(미완)	신시대	1941. 10~1942. 8
원효대사	매일신보	1942. 3. 1~10. 31
사십 년(미완)	국민문학	1944. 1~3
꿈	면학서포	1947. 6
나·소년편	생활사	1947. 12
나·스무 살 고개	박문서관	1948. 10
서울(미완)	태양신문	1950. 1~
사랑의 동명왕	한성도서	1950. 5

3. 소설집

책명	발행처	발행년도
무정	광익서관	1918
개척자	홍문당서점	1922
춘원단편소설집	〃	1924
허생전	시문사	1924
일설(一說) 춘향전	한성도서	1929
재생	회동서관	1926

책명	발행처	발행년도
젊은 꿈	박문서관	1926
마의태자	〃	1928
단종애사	〃	1930
혁명가의 아내	한성도서	1930
이순신	대성서림	1932
재생	박문서관	1934
이차돈의 사	한성도서	1937
애욕의 피안	조광사	1937
그의 자서전	한성도서	1937
사랑	박문서관	1938
군상	한성도서	1939
이광수단편선	박문서관	1939
춘원단편소설		1940
세조대왕	박문서관	1940
삼봉이네 집	영창서관	1941
유랑(流浪)	홍문서관	1945
혁명가의 아내	숭문사	1946
도산 안창호	대성문화사	1947
꿈	면학서포	1947
나·소년편	생활사	1947
나의 고백	춘추사	1948
원효대사	생활사	1948
이순신	영창서관	1948
스무 살 고개: 나, 청춘편	생활사	1948
애욕의 피안	국문사	1949
선도자	태극서관	1948
방랑자	중앙출판사	1949
사랑	박문출판사	1950

책명	발행처	발행년도
사랑의 죄	문연사	1950
유정	한성도서	1950
무정	박문서관	1951
방랑자	대지사	1952
마의태자	박문출판사	1952
나·스무 살 고개	박문서관	1948
그 여자의 일생	영창서관	1953
그의 자서전	고려출판사	1953
흙	한성도서	1953

4. 시

작품명	발표지	발표 연월일
옥중호걸	대한흥학보 9호	1910. 1
우리 영웅	소년	1910. 3
곰	〃	1910. 6
새 아이	청춘	1914. 12
님 나신 날	〃	1915. 1
침묵의 미	〃	1915. 3
한 그믐	〃	1915. 3
내 소원	〃	1915. 3
생활난(生活難)	〃	1915. 3
빗	〃	1917. 5
궁(窮)한 선비	〃	1917. 6
청춘	〃	1917. 6
극웅행(極熊行)	학지광	1917. 11
어머니의 무릎	여자계	1918. 9
미쁨	창조	1920. 5
강남(江南)의 봄	〃	1921. 1

작품명	발표지	발표 연월일
너는 청춘이다	창조	1921. 1
평범	〃	1921. 1
기운을 내어라	〃	1921. 1
동지(同志)	개벽	1924. 2
조선(朝鮮)아!	〃	1924. 2
밤차	조선문단	1924. 11
반딧불	〃	1924. 11
사감	〃	1924. 11
통학	〃	1924. 11
낙담하는 자여	〃	1924. 11
선물	〃	1924. 12
입산하는 벗을 보내고서	〃	1924. 12
벗	〃	1924. 12
흉년	〃	1924. 12
팔십 전	〃	1924. 12
노래	〃	1925. 1
벗님	〃	1925. 1
불꽃	〃	1925. 1
비	〃	1925. 1
우송(牛頌)	개벽	1925. 1
붓 한 자루	조선문단	1925. 2
한 그믐	〃	1925. 2
약	〃	1925. 2
세 가지 맹세	〃	1925. 2
의(義)의 인(人)	〃	1925. 2
가시관	〃	1925. 2
님네가 그리워	〃	1925. 3
마관(馬關)	〃	1925. 3

작품명	발표지	발표 연월일
살려는 노력	조선문단	1925. 3
군함	〃	1925. 3
별장	〃	1925. 3
생신(生新)	〃	1925. 3
동경	〃	1925. 3
조선 열차	〃	1925. 3
강	〃	1925. 3
양의 우리	〃	1925. 3
산	〃	1925. 3
기차	〃	1925. 3
조선을 버리자	〃	1925. 3
곡백암 선생(哭白巖先生)	동아일보	1925. 11
입원 중에	동광	1926. 10
경원선 차중에서	〃	1926. 10
산 냇소리	〃	1926. 10
궁예왕릉	〃	1926. 10
서울로 간다는 소	〃	1926. 10
산월(山月)	〃	1926. 10.
새 나라로	삼천리	1929. 6
복조리	동아일보	1930. 2
아비의 소원	〃	1931. 5
색의(色衣)의 노래	동광	1931. 5
힘의 찬미	〃	1931. 11
사비수(泗沘水)	삼천리	1932. 3
여성의 노래	신가정	1933. 4
미아리	삼천리	1934. 7
불꽃	조선문단	1935. 2
향로	신인문학	1936. 1

작품명	발표지	발표 연월일
빛	조광	1936. 2
송춘(頌春)	〃	1936. 4
비둘기	〃	1936. 5
또 하루	여성	1937. 1
나팔꽃	〃	1937. 1.
귀뚜라미	〃	1937. 1
나는	백광	1937. 2
사랑해주신 이	〃	1937. 2
럼비니송(頌)	럼비니	1937. 5
애인	조선문학	1937. 6
무소구(無所求)	〃	1937. 8
배	삼천리문학	1938. 1
들물에	〃	1938. 1
조(弔) 박용철군	박문	1939. 1
술회	조선문학	1939. 1
봄과 님	신세기	1939. 3
어버이	신시대	1941. 1
부여행	〃	1941. 1
구더기와 개미	희망	1950. 2
사랑	문예	1950. 5
지구(地球)	〃	1950. 6

5. 평론

작품명	발표지	발표 연월일
금일아한청년(今日我韓青年)과 정육(情育)	대한흥학보	1910. 2
문학의 가치	〃	1910. 3
동정	청춘	1914. 12
문학이란 하오	매일신보	1916. 11. 10~23

작품명	발표지	발표 연월일
교육가 제씨에게	매일신보	1916. 11. 26~12. 13
농촌계발	〃	1916. 11. 26~1917. 2. 18
위선(爲先) 수(獸)가 되고 연후에 인(人)이 되라	학지광	1917. 1
천재(天才)야! 천재(天才)야!	〃	1917. 4
혼인에 대한 관견(管見)	〃	1917. 4
야소교의 조선에 준 은혜	청춘	1917. 7
금일 조선야소교회의 결점	〃	1917. 11
우리의 이상	학지광	1917. 12
현상소설(懸賞小說) 고선(考選) 여언(餘言)	청춘	1918. 3
부활의 서광	〃	1918. 3
숙명론적(宿命論的) 인생관에서 자력론적(自力論的) 인생관에	학지광	1918. 8
자녀중심론	청춘	1918. 9
문사(文士)와 수양(修養)	창조	1921. 1
중추 계급과 사회	개벽	1921. 7
팔자설을 기초로 한 조선인의 인생관	〃	1921. 8
소년에게	〃	1921. 11~1922. 3
예술과 인생	〃	1922. 1
문학에 뜻을 두는 이에게	〃	1922. 3
국민 생활에 대한 사상의 세력	〃	1922. 4
민족개조론	〃	1922. 5
민족적 경륜	동아일보	1924. 1. 2~6
문학강화(文學講話)	조선문단	1924. 10~1925. 2
의기론	〃	1924. 12
민요소고	〃	1924. 12
조선 문단의 현상과 장래	동아일보	1925. 1. 1

작품명	발표지	발표 연월일
영문단(英文壇) 최근의 경향	여명	1925. 9
문예쇄담(文藝瑣談)	동아일보	1925. 11. 2~12. 5
우리 문예의 방향	조선문단	1925. 11
중용과 철저	동아일보	1926. 1. 2~3
양주동씨의 '철저와 중용'을 읽고	〃	1926. 1. 27~31
문학과 '부르'와 '푸로'	조선문단	1926. 3
문예유용무용	문예시대	1926. 11
상등인과 하등인	계명	1927. 1
젊은 조선인의 소원	동아일보	1928. 9
시조	〃	1928. 11
조선 문학의 개념	신생	1929. 1
문학에 대한 소견	동아일보	1929. 7. 23~8. 1
선구자를 바라는 조선	삼천리	1929. 12
그리스도의 혁명 사상	청년	1931. 1
섬기는 생활	동광	1931. 2
여(余)의 작가적 태도	〃	1931. 4
지도자론	〃	1931. 7
조선민족운동의 삼(三)기초사업	〃	1932. 1
청년에게 아뢰노라	신동아	1932. 2
옛 조선인의 근본 도덕	동광	1932. 6
비상시의 비상인	〃	1932. 11
조선의 문학	삼천리	1933. 3
조선민족론	동광총서	1933. 6~7
조선 문학의 발전	삼천리	1934. 7
조선소설사	사해공론	1935. 5
문학과 문사와 문장	한글	1935. 6~10
글과 글짓는 기초 요건	학등	1935. 7
민족에 관한 몇 가지 생각	삼천리	1935. 10

작품명	발표지	발표 연월일
문학과 문장	삼천리	1935. 11
장편소설을 쓰려는 사람에게	신인문학	1935. 11
전쟁기의 작가적 태도	조선일보	1936. 1. 7
조선 문학의 세계적 수준관	삼천리	1936. 4
문학쇄언	매일신보	1940. 2
문학과 인격 문제— 작품의 향기와 체취	〃	1940. 2. 14
예술의 금일 명일—예술의 사치품	〃	1940. 8. 3~8
심적 신체제와 조선 문화의 진로	〃	1940. 9. 4~12

참고 문헌

 이광수의 소설 세계에 대한 본격적 언급은 1920년대 김동인에 의해 이루어졌다. 김동인은 「조선근대소설고」에서, 이광수의 작품 세계는 당시 사회에 대한 반역적 선언에서 출발하고 있다고 지적한다. 도덕이나 법칙, 제도와 예의에 대한 반역이 이광수 문학의 출발점이었고, 그것이 당시 수많은 청년들에게 영향을 미쳤다는 것이다. 그러나 김동인은 이광수의 문학 세계를 긍정적으로만 바라보지는 않았다. 그는 이광수가 지향하는 계몽주의가 과거 소설들의 권선징악과 큰 차이가 없다고 비판했다.

 이광수의 문학 활동은 1950년대 조연현의 『한국현대문학사』를 통해 매우 긍정적인 평가를 받게 된다. 조연현은 여기서 이광수를 한국 근대문학사의 가장 중요한 작가라고 정리하는데, 그 이유는 다음과 같다. "이광수는 구어체 문장의 개척자이며 근대시와 근대소설의 첫 작가인 동시에 근대사상을 펼쳐 보인 작가이다. 그는 시·소설·평론·

수필 등 모든 분야에서 뛰어난 문호적 특질을 보였다. 그는 휴머니즘이라는 사상적 배경을 가진 작가였다." 그러나 1970년대에 들어오면 이광수에 대한 부정적 평가 역시 강하게 나타난다. 예를 들면 김윤식 · 김현의 『한국문학사』에서는 이광수의 문학 세계를 다음과 같이 비판한다. "이광수에게는 역사의식이 없었다. 그의 역사의식의 결여는 자기기만의 결과이다. 역사의식의 결여는 이광수를 친체제적인 사고방식으로 몰고 간다. 그는 역사의식의 결여를 은폐하기 위하여 사회적 윤리와 개인적 윤리를 혼동시켰다."

이광수에 대한 평가는 이렇게 긍정과 부정이 엇갈린다. 지금까지 이루어진 이광수에 대한 긍정적 평가를 종합해 보면 대체로 다음과 같다. 첫째, 신문학의 개척자 역할을 했다. 둘째, 문장에서 산문성을 많이 드러냈다. 셋째, 작품 내용에서 자아의 각성이 많이 드러난다. 넷째, 등장인물의 심리 추구와 새로운 성격 창조에 기여했다. 다섯째, 언문일치 운동에 기여했고, 새로운 한글 문체 완성에도 기여했다. 여섯째, 봉건성을 탈피하고 계몽주의적 열정을 드러냈다. 반면에 이광수에 대한 부정적 평가를 종합해 보면 다음과 같다. 첫째, 역사의식이 결여되었고 그 결과 친일 행위를 서슴지 않았다. 둘째, 지나치게 계몽을 의식했고 따라서 설교의 과잉이 나타났다. 셋째, 주제가 상식을 벗어나지 않고 반복되어 지루하다. 넷째, 구성이 공식적이라서 새로운 느낌이 덜하다. 다섯째, 풍속에 관한 이야기꾼 수준에 머물고 말았다.

이광수에 대한 주요 연구 업적은 다음과 같다.

구인환, 『이광수 소설 연구』, 삼영사, 1983.

권영민, 「춘원의 문학과 김동인의 비판」, 『한국 근대문학과 시대정신』, 문예출판사, 1983.

김우종, 「민족의식과 훼절」, 『식민지시대의 문학연구』, 깊은샘, 1980.

———, 「이광수의 계몽의식」, 『최남선과 이광수의 문학』, 새문사, 1981.

김우창, 「한국 현대소설의 형성」, 『궁핍한 시대의 시인』, 민음사, 1997.

김윤식, 「이광수 문학의 문제점」, 『한국 문학의 근대성 비판』, 문예출판사, 1993.

———, 『이광수와 그의 시대』, 솔출판사, 1999.

김춘섭, 「이광수의 초기 소설」, 『어문논집』 21집, 고대국어문학연구회, 1980.

김현 편, 『이광수』, 문학과지성사, 1977.

김현, 「『무정』의 담화론적 연구」, 『현대 소설의 담화론적 연구』, 계명문화사, 1995.

김현주, 「이광수의 문화적 파시즘」, 『문학 속의 파시즘』, 삼인, 2001.

———, 『이광수와 문화의 기획』, 태학사, 2005.

동국대학교 부설 한국문학연구소, 『이광수 연구』 상·하, 태학사, 1984.

박계주·곽학송, 『춘원 이광수』, 삼중당, 1962.

사에구사 도시카쓰, 심원섭 옮김, 『한국 문학 연구』, 베틀북, 2000.

성현경, 「『무정』과 그 이전 소설」, 『어문학』 32호, 1975.

송건호, 「춘원 이광수론」, 『한국근대문학사론』, 한길사, 1982.

송민호,「춘원의 초기 작품고」,『현대문학』81호, 1961. 9.
송백헌,『한국 근대 역사소설 연구』, 삼지원, 1985.
신헌재,『이광수 소설의 분석적 연구』, 삼지원, 1986.
연세대학교 국학연구원 편,『춘원 이광수 문학 연구』, 국학자료원, 1994.
윤홍로,『이광수 문학과 삶』, 한국 연구원, 1992.
이경훈,『이광수의 친일문학 연구』, 태학사, 1998.
이동하,『이광수: 무정의 빛, 친일의 어둠』, 동아일보사, 1992.
이보영,『식민지 시대 문학론』, 필그림, 1984.
이선영,「이광수론: 개화 식민지 시대의 문학가」,『문학과지성』22호, 1975.
이주형,「『흙』의 시대 인식과 미의식」,『최남선과 이광수의 문학』, 새문사, 1981.
장백일,「춘원의 역사소설론」,『한국문학연구』5집, 동국대 한국문학연구소, 1982.
최주한,「이광수 역사소설의 자전적 공간 연구」,『공간의 시학』, 예림기획, 2002.
———,『제국 권력에의 야망과 반감 사이에서』, 소명출판, 2005.
한승옥,『이광수 연구』, 선일문화사, 1984.
한용환,『이광수 소설의 비판과 옹호』, 새미, 1994.

▌기획의 말

한국문학전집을 펴내며

　오늘의 한국 문학은 다양한 경험과 자산에서 비롯된 것이지만, 그중에서도 우리 앞선 세대의 문학 작품에서 가장 큰 유산을 물려받고 있다. 그럼에도 우리는 가끔 우리의 문학 유산을 잊거나 도외시한다. 마치 그것 없이는 살아갈 수 없는 소중한 물을 쉽게 잊고 사는 것처럼 그동안 우리는 우리가 이루어놓은 자산들을 너무 쉽게 잊어버리고 있었는지도 모르겠다. 인기 있는 외국 작품들이 거의 동시에 번역 출판되고, 새로운 기획과 번역으로 전 세계의 문학 작품들이 짜임새 있게 출판되고 있는 요즈음, 정작 한국 문학 작품들을 체계적으로 정리하지 못하고 있었다는 점을 최근에 우리는 깊이 반성하게 되었다. 그리고 이러한 때늦은 반성을 곧바로 '한국문학전집'을 기획하는 힘으로 전환하였다.

　오늘의 시점에서 '한국문학전집'을 기획한다는 것은, 우선 그동안 양적으로나 질적으로 괄목할 만한 수준에 이른 한국 문학 연구 수준을 반영하는 새로운 시각이 전제되어야 할 것이다. 그리고 '우리 것을 지키자'는 순진한 의도에서가 아니라, 한국 문학이 바로 세계 문학이 되는 질적 확장을 위해, 세계 문학 속에서의 한국 문학의 정체성을 찾는 일을 간과해서는 안 될 것이다.

　이번 기획에서 우리가 가장 크게 신경 썼던 점은 크게 두 가지이다. 하나는, 그동안 거의 관습적으로 굳어져왔던 작품에 대한 천편일률적인 평가를 피하고 그동안의 평가에 대한 비판적 평가와 더불어 새로운 평가로 인한 숨은 작품의 발굴이었다. 그리하여 한국 문학사를 시기별로 구분하여 축적된 연구 성과들 위에서 나름대로 중요한 작품들을 선별하는 목록 작업에 가장 큰 공을 들였다. 나머지 하나는, 그동안 여러 상이한 판본의 난립으로 인해 원전 텍스트가 침해되고 있는 심각한 상황을 고려하여 각각의 작가에게 가장 뛰어난 연구자들을 초빙하여 혼신을 다해 원전 텍스트를 확정하였다는 점이다.

　장구한 우리 문학사의 주옥같은 작품들을 한자리에 모아, 세대를 넘고 시대를 넘어 그 이름과 위상에 값할 수 있는 대표적인 한국문학전집을 내놓는다. 이번에 출간되는 한국문학전집은 변화된 상황과 가치를 반영하는 내실 있고 권위를 갖춘 내용으로 꾸며질 것이며, 우리 문학의 정본 전집으로서 자리매김해 한국 문학의 전통을 계승하고 발전시키는 데 기여하고자 한다. 이 기획이 한국 문학의 자산들을 온전하게 되살려, 끊임없이 현재성을 가지는 살아 있는 작품들로, 항상 독자들의 옆에 있게 되기를 기대한다.

(주)문학과지성사

01 감자 김동인 단편선

최시한(숙명여대) 책임 편집

수록 작품 약한 자의 슬픔 / 배따라기 / 태형 / 눈을 겨우 뜰 때 / 감자 / 광염 소나타 / 배회 / 발가락이 닮았다 / 붉은 산 / 광화사 / 김연실전 / 곰네

극단적인 상황과 비극적 운명에 빠진 인물 군상들을 냉정하게 서술해낸 한국 근대 단편 문학의 선구자 김동인의 대표 단편 12편 수록. 인간과 환경에 대한 근대적 인식을 빼어난 문체와 서술로 형상화한 김동인의 주옥같은 작품들을 만날 수 있다.

02 탈출기 최서해 단편선

곽근(동국대) 책임 편집

수록 작품 고국 / 탈출기 / 박돌의 죽음 / 기아와 살육 / 큰물 진 뒤 / 백금 / 해돋이 / 그믐밤 / 전아사 / 홍염 / 갈등 / 먼동이 틀 때 / 무명초

식민 치하 빈궁 문학을 대표하는 최서해의 단편 13편 수록. 식민 치하의 참담한 사회적 현실을 사실적으로 전해주는 작품들. 우리 민족의 궁핍한 현실에 맞선 인물들의 저항 정신과 민족 감정의 감동과 울림을 전한다.

03 삼대 염상섭 장편소설

정호웅(홍익대) 책임 편집

우리 소설 가운데 서울말을 가장 풍부하게 살려 쓴 작품이자, 복합성·중층성의 세계를 구축하여 한국 근대 장편소설의 대표작으로 꼽히는 염상섭의 『삼대』. 1930년대 서울의 중산층 가족사를 통해 들여다본 우리 근대의 자화상이다.

04 레디메이드 인생 채만식 단편선

한형구(서울시립대) 책임 편집

수록 작품 논 이야기 / 레디메이드 인생 / 미스터 방 / 민족의 죄인 / 치숙 / 낙조 / 쑥국새 / 당랑의 전설

역설과 반어의 작가 채만식의 대표 단편 8편 수록. 1920~30년대의 자본주의적 현실 원리와 민중의 삶을 풍자적으로 포착하는 데 탁월했던 채만식. 사실주의와 풍자의 절묘한 조합으로 완성한 단편 문학의 묘미를 즐길 수 있다.

05 비 오는 길 최명익 단편선

신형기(연세대) 책임 편집

수록 작품 폐어인 / 비 오는 길 / 무성격자 / 역설 / 봄과 신작로 / 심문 / 장삼이사 / 맥령

시대를 앞섰던 모더니스트 최명익의 대표 단편 8편 수록. 병과 죽음으로 고통받는 인물 군상들을 통해 자신이 예감한 황폐한 현대의 징후를 소설화한 작가 최명익. 너무나 현대적이어서, 당시에는 제대로 평가받을 수 없었던 탁월한 단편소설들을 만난다.

06 사하촌 김정한 단편선

강진호(성신여대) 책임 편집

수록 작품 그물 / 사하촌 / 항진기 / 추산당과 곁사람들 / 모래톱 이야기 / 제3병동 / 수라도 / 인간단지 / 위치 / 오끼나와에서 온 편지 / 슬픈 해후

리얼리즘 문학과 민족 문학을 대표하는 김정한의 대표 단편 11편 수록. 민중들의 삶을 통해 누구보다 먼저 '근대화의 문제'를 문학적으로 제기하고 예리하게 포착한 작가 김정한의 진면목을 본다.

07 무녀도 김동리 단편선

이동하(서울시립대) 책임 편집

수록 작품 화랑의 후예 / 산화 / 바위 / 무녀도 / 황토기 / 찔레꽃 / 동구 앞길 / 혼구 / 혈거부족 / 달 / 역마 / 광풍 속에서

한국적이고 토착적인 전통 세계의 소설화에 앞장선 김동리의 초기 대표작 12편 수록. 민족의 삶 속에 뿌리 내린 토착적 전통의 세계를 정확한 묘사와 풍부한 서정으로 형상화했던 김동리 문학 세계를 엿본다.

08 독 짓는 늙은이 황순원 단편선

박혜경(인하대) 책임 편집

수록 작품 소나기 / 별 / 겨울 개나리 / 산골 아이 / 목넘이마을의 개 / 황소들 / 집 / 사마귀 / 소리 / 닭제 / 학 / 필묵장수 / 뿌리 / 내 고향 사람들 / 원색오똑이 / 곡예사 / 독 짓는 늙은이 / 황노인 / 늪 / 허수아비

한국 산문 문체의 모범으로 평가되는 황순원의 대표 단편 20편 수록. 엄격한 지적 절제와 미학적 균형으로 함축적인 소설 미학을 완성시킨 작가 황순원. 극적인 사건 전개 대신 정적이고 서정적인 울림의 미학으로 깊은 감동을 전한다.

09 만세전 염상섭 중편선

김경수(서강대) 책임 편집

수록 작품 만세전 / 해바라기 / 미해결 / 두 출발

한국 근대 소설의 기념비적 작품인 「만세전」, 조선 최초의 여류화가인 나혜석의 삶을 소설화한 「해바라기」, 그리고 식민지 조선의 현실을 담아내고 나름의 저항의식을 형상화하기 위한 소설적 수련의 과정을 단적으로 보여주는 「미해결」과 「두 출발」 수록. 장편소설의 작가로만 알려진 염상섭의 독특한 소설 미학의 세계를 감상한다.

10 천변풍경 박태원 장편소설

장수익(한남대) 책임 편집

모더니스트 박태원이 펼쳐 보이는 1930년대 서울의 파노라마식 풍경화. 근대 자본주의 사회의 이데올로기와 일상성에 대한 비판에 몰두하던 박태원 초기 작품의 모더니즘 경향과 리얼리즘 미학의 경계를 넘나드는 역작. 식민지라는 파행적 상황에서 기형적으로 실현되던 근대화의 양상을 기층 민중의 생활에 초점을 맞춰 본격화한 작품이다.

11 태평천하 채만식 장편소설

이주형(경북대) 책임 편집

부정적인 상황들이 난무하는 시대 현실을 독자적인 문학적 기법과 비판의식으로 그려냄으로써 '문학적 미'를 추구했던 채만식의 대표작. 판소리 사설의 반어, 자기 폭로, 비유, 과장, 희화화 등의 표현법에 사투리까지 섞은 요설로, 창을 듣는 듯한 느낌과 재미를 선사하는 작품. 세태풍자소설의 장을 열었던 채만식이 쓴 가족사소설의 전형에 해당한다.

12 비 오는 날 손창섭 단편선

조현일(홍익대) 책임 편집

수록 작품 공휴일 / 사연기 / 비 오는 날 / 생활적 / 혈서 / 피해자 / 미해결의 장 / 인간동물원초 / 유실몽 / 설중행 / 광야 / 희생 / 잉여인간 / 신의 희작

가장 문제적인 전후 소설가 손창섭의 대표 단편 14작품 수록. 병적이고 불구적인 인간 군상들을 통해 전후 사회 현실에서의 '절망'의 표현에 주력했던 손창섭. 전쟁 그리고 전쟁 이후의 비일상적 사태를 가장 근원적인 차원에서 표현한 빼어난 작품들을 선별했다.

13 등신불 김동리 단편선

이동하(서울시립대) 책임 편집

수록 작품 인간동의 / 흥남철수 / 밀다원시대 / 용 / 목공 요셉 / 등신불 / 송추에서 / 까치 소리 / 저승새

「무녀도」의 작가 김동리가 1950년대 이후에 내놓은 단편 9편 수록. 전기 작품에 이어서 탁월한 문체의 매력, 빈틈없는 구성의 묘미, 인상적인 인물상의 창조, 인간에 대한 깊이 있는 통찰이라는 김동리 단편의 미학을 다시 한 번 경험할 수 있는 기회이다.

14 동백꽃 김유정 단편선

유인순(강원대) 책임 편집

수록 작품 심청 / 산골 나그네 / 총각과 맹꽁이 / 소낙비 / 솥 / 만무방 / 노다지 / 금 / 금 따는 콩밭 / 떡 / 산골 / 봄·봄 / 안해 / 봄과 따라지 / 따라지 / 가을 / 두꺼비 / 동백꽃 / 야앵 / 옥토끼 / 정조 / 땡볕 / 형

고단한 삶을 살아가는 순박한 촌부에서 사기꾼에 이르기까지 다양한 삶의 모습을 문학 속에 그대로 재현한 김유정의 주옥같은 단편 23편 수록. 인물의 토속성과 해학성, 생생한 삶의 언어와 우리 소리, 그 속에 충만한 생명감을 불어넣은 김유정 문학의 정수를 맛본다.

15 소설가 구보씨의 일일 박태원 단편선

천정환(성균관대) 책임 편집

수록 작품 수염 / 낙조 / 소설가 구보씨의 일일 / 애욕 / 길은 어둡고 / 거리 / 방란장 주인 / 비량 / 진통 / 성탄제 / 골목 안 / 음우 / 재운

한국 소설사상 가장 두드러진 모더니즘 작품으로 인정받는 「소설가 구보씨의 일일」을 비롯한 박태원의 대표 단편 13편 수록. 한글로 씌어진 가장 파격적이고 실험적인 작품으로 주목 받은 박태원. 서울 주변부 중산층의 삶이라는 자기만의 튼실한 현실 공간을 구축하여 새로운 소설 기법과 예술가소설로서의 보편성을 획득한 작품들이다.

16 날개 이상 단편선
김주현(경북대) 책임 편집

수록 작품 12월 12일 / 지도의 암실 / 지팡이 역사 / 황소와 도깨비 / 공포의 기록 / 지주회시 / 동해 / 날개 / 봉별기 / 실화 / 종생기

근대와 맞닥뜨린 당대 식민지 조선의 기념비요 자화상 역할을 하는 이상의 대표 단편 11편 수록. '천재'와 '광인'이라는 꼬리표와 함께 전위적이고 해체적인 글쓰기로 한국의 모더니즘 문학사를 개척한 작가 이상. 자유연상, 내적 독백 등의 실험적 구성과 문체로 식민지 근대와 그것에 촉발된 당대인의 내면을 예리하게 포착해낸 이상의 문제작들을 한데 모았다.

17 흙 이광수 장편소설
이경훈(연세대) 책임 편집

한국 최초의 근대 장편소설 『무정』을 발표하면서 한국 소설 문학의 역사를 새롭게 쓴 이광수. 『흙』은 이광수의 계몽 사상이 가장 짙게 깔린 작품으로 심훈의 『상록수』와 함께 한국 농촌계몽소설의 전위에 속한다. 한국 근대 문학사상 가장 많이 연구되고 있는 작가의 대표작답게 『흙』은 민족주의, 계몽주의, 농민문학, 친일문학, 등장인물론, 작가론, 문학사 등의 학문적·비평적 논의의 중심에 있는 작품이다.

18 상록수 심훈 장편소설
박헌호(성균관대) 책임 편집

이광수의 장편 『흙』과 더불어 한국 농촌계몽소설의 쌍벽을 이루는 『상록수』. 심훈의 문명(文名)을 크게 떨치게 한 대표작이다. 1930년대 당시 지식인의 관념적 농촌 운동과 일제의 경제 침탈사를 고발·비판함으로써, 문학이 취할 수 있는 현실 정세에 대한 직접적인 대응 그리고 극복의 상상력이란 두 가지 요소를 나름의 한계 속에서 실천해냈고, 대중적으로도 큰 호응을 불러일으킨 작품이다.

19 무정 이광수 장편소설
김철(연세대) 책임 편집

20세기 이래 한국인이 가장 많이 읽고 가장 자주 출간돼온 작품, 그리고 근현대 문학 가운데 가장 많이 연구의 대상이 된 작가 이광수의 대표작 『무정』. 씌어진 지 한 세기가 가까워지도록 여전히 읽히고 있고 또 학문적 논쟁의 중심에 서 있는 『무정』을 책임 편집자의 교정을 충실하게 반영한 최고의 선본(善本)으로 만난다.

20 고향 이기영 장편소설
이상경(KAIST) 책임 편집

'프로문학의 정점'이자 우리 근대 문학사의 리얼리즘의 확립을 결정적으로 보여주는 이기영의 『고향』. 이기영은 1920년대 중반 원터라는 충청도의 한 농촌 마을을 배경으로 봉건 사회의 잔재를 지닌 채 식민지 자본주의화가 진행되어가는 우리 근대 초기를 뛰어난 관찰로 묘파한다. 일제 식민 치하 근대화에 대한 문학적·비판적 성찰과 지식인의 고뇌를 반영한 수작이다.

21 까마귀 이태준 단편선
김윤식(명지대) 책임 편집

수록 작품 불우 선생 / 달밤 / 까마귀 / 장마 / 복덕방 / 패강랭 / 농군 / 밤길 / 토끼 이야기 / 해방 전후

'한국 근대소설의 완성자' '단편문학'의 명수. 이태준은 우리 근대 문학의 전개 과정에서 결코 간과할 수 없는 역할을 담당했던 작가 가운데 한 사람이다. 문학의 자율성과 예술성을 상실하지 않으면서도 현실 문제에 각별한 관심을 보여주었던 그의 단편은 한국소설사에서 1930년대를 대표하는 것으로 인정받고 있다.

22 두 파산 염상섭 단편선
김경수(서강대) 책임 편집

수록 작품 표본실의 청개구리 / 암야 / 제야 / E선생 / 윤전기 / 숙박기 / 해방의 아들 / 양과자갑 / 두 파산 / 절곡 / 얼룩진 시대 풍경

한국 근대사를 증언하고 있는 횡보 염상섭의 단편소설 11편 수록. 지식인 망국민으로서의 허무적인 자기 진단, 구체적인 사회 인식, 해방 후와 전후 시기에 대한 사실적 증언과 문제 제기를 포함한 대표작들을 통해 횡보의 단편 미학을 감상한다.

23 카인의 후예 황순원 소설선
김종회(경희대) 책임 편집

수록 작품 카인의 후예 / 너와 나만의 시간 / 나무들 비탈에 서다

인간의 정신적 순수성과 고귀한 존엄성을 문학의 제일 원칙으로 삼았던 작가 황순원. 그의 대표작 가운데 독자들의 가장 많은 사랑을 받은 장편소설들을 모았다. 한국전쟁을 온몸으로 체득하면서 특유의 절제되고 간결한 문장으로 예술적 서사성을 완성한 황순원은 단편에서와 마찬가지로 변함없는 감동의 세계를 열어놓는다.

24 소년의 비애 이광수 단편선
김영민(연세대) 책임 편집

수록 작품 무정 / 소년의 비애 / 어린 벗에게 / 방황 / 가실 / 거룩한 죽음 / 무명 / 꿈

한국 근대소설사와 이광수 개인의 문학 세계에서 중요한 의미를 갖는 단편 8편 수록. 이광수가 우리말로 쓴 최초의 창작 단편 「무정」, 당시 사회의 인습과 제도를 비판한 「소년의 비애」, 우리나라 최초의 서간체 소설인 「어린 벗에게」, 지식인의 내면적 갈등과 자아 탐구의 과정을 담은 「방황」, 춘원의 옥중 체험을 바탕으로 쓰여진 「무명」 등 한국 근대문학의 장르와 소재, 주제 탐구 면에서 꼼꼼히 고찰해야 할 작품들이다.

25 불꽃 선우휘 단편선
이익성(충북대) 책임 편집

수록 작품 테러리스트 / 불꽃 / 거울 / 오리와 계급장 / 단독강화 / 깃발 없는 기수 / 망향

8·15 해방과 분단, 6·25전쟁으로 이어지는 한국 근현대사의 열병을 깊이 있게 고찰한 선우휘의 대표작 7편 수록. 평판작 「불꽃」과 「깃발 없는 기수」를 비롯해 한국 근현대사의 역동성과 이를 바라보는 냉철한 작가의식이 빚어낸 수작들을 한데 모았다.

26 맥 김남천 단편선
채호석(한국외대) 책임 편집

수록 작품 공장 신문 / 공우회 / 남편 그의 동지 / 물 / 남매 / 소년행 / 처를 때리고 / 무자리 / 녹성당 / 길 위에서 / 경영 / 맥 / 등불 / 꿀

카프와 명맥을 같이하며 창작과 비평에서 두드러진 족적을 남긴 작가 김남천. 1930년대 초, 예술운동의 볼세비키화론 주장과 궤를 같이하는 「공장 신문」, 「공우회」, 카프 해산 직후 그의 고발문학론을 담은 「처를 때리고」, 「소년행」, 「남매」, 전향문학의 백미로 꼽히는 「경영」, 「맥」 등 그의 치열했던 문학 세계의 변화를 일별할 수 있는 대표작 14편 수록.

27 인간 문제 강경애 장편소설
최원식(인하대) 책임 편집

한국 근대 여성문학의 제일선에 위치하는 강경애의 대표작. 일제 치하의 1930년대 조선, 자본가와 농민·노동자의 대립 구조 속에서 농민과 도시노동자가 현실의 문제를 해결하고자 하는 주체로 성장하는 과정과 그들의 조직적 투쟁을 현실성 있게 그려낸 작품. 이기영의 『고향』과 더불어 우리 근대 소설사에서 리얼리즘 소설의 수작으로 꼽힌다.

28 민촌 이기영 단편선
조남현(서울대) 책임 편집

수록 작품 농부 정도룡 / 민촌 / 아사 / 호외 / 해후 / 종이 뜨는 사람들 / 부역 / 김군과 나와 그의 아내 / 변절자의 아내 / 서화 / 맥추 / 수석 / 봉황산

카프와 프로문학의 대표 작가 이기영. 그가 발표한 수십 편의 단편소설들 가운데 사회사나 사상운동사로서의 자료적 가치가 높으면서 또 소설 양식으로서의 구조미를 제대로 보여주는 14편을 선별했다.

29 혈의 누 이인직 소설선
권영민(서울대) 책임 편집

수록 작품 혈의 누 / 귀의 성 / 은세계

급진적이고 충동적인 한국 근대의 풍경 속에 신소설이라는 새로운 서사 양식을 창조해낸 이인직. 책임 편집자의 꼼꼼한 텍스트 확정과 자세한 비평적 해설을 통해, 신소설의 서사 구조와 그 담론적 특성을 밝히고 당시 개화·계몽 시대를 대표하는 서사 양식에 내재화된 일본적 식민주의 담론을 꼬집는다.

30 추월색 이해조 안국선 최찬식 소설선
권영민(서울대) 책임 편집

수록 작품 금수회의록 / 자유종 / 구마검 / 추월색

개화·계몽시대의 대표적인 신소설 작가 3인의 대표작. 여성과 신교육으로 집약되는 토론의 모습을 서사 방식으로 활용한 「자유종」, 구시대적 인습을 신랄하게 비판한 「구마검」, 가장 대중적인 신소설 가운데 하나로 꼽히는 「추월색」, 그리고 '꿈'이라는 우화적 공간을 설정하여 현실 비판의 풍자적 색채가 강한 「금수회의록」까지 당대의 사회적 풍속과 세태의 변화를 민감하게 반영한 작품들을 수록했다.

31 젊은 느티나무 강신재 소설선
김미현(이화여대) 책임 편집

수록 작품 안개 / 해방촌 가는 길 / 절벽 / 젊은 느티나무 / 양관 / 황량한 날의 동화 / 파도 / 이브 변신 / 강물이 있는 풍경 / 점액질

1950, 60년대를 대표하는 여성 작가 강신재의 중단편 10편을 엄선했다. 특유의 서정적인 문체와 관조적 시선, 지적인 분석력으로 '비누 냄새' 나는 풋풋한 사랑 이야기에서 끈끈한 '점액질'의 어두운 욕망에 이르기까지, 운명의 폭력성과 존재론적 한계를 줄기차게 탐문한 강신재 소설의 여정을 한눈에 볼 수 있는 기회다.

32 오발탄 이범선 단편선
김외곤(서원대) 책임 편집

수록 작품 일요일 / 학마을 사람들 / 사망 보류 / 몸 전체로 / 갈매기 / 오발탄 / 자살당한 개 / 살모사 / 천당 간 사나이 / 청대문집 개 / 표구된 휴지 / 고장난 문 / 두메의 어벙이 / 미친 녀석

손창섭·장용학 등과 함께 대표적인 전후 작가로 꼽히는 이범선의 대표작 14편 수록. 한국 현대사의 비극에 대한 묘사를 바탕으로 하면서도 잃어버린 고향, 동양적 이상향에 대한 동경을 담았던 초기작들과 전후의 물질적 궁핍상을 전통적 사실주의에 기초해 그리면서 현실 비판적 성격을 강하게 드러낸 문제작들을 고루 수록했다.

33 메밀꽃 필 무렵 이효석 단편선
서준섭(강원대) 책임 편집

수록 작품 도시와 유령 / 깨뜨려지는 홍등 / 마작철학 / 프레류드 / 돈 / 계절 / 산 / 들 / 석류 / 메밀꽃 필 무렵 / 삽화 / 개살구 / 장미 병들다 / 공상구락부 / 해바라기 / 여수 / 하얼빈산협 / 풀잎 / 낙엽을 태우면서

근대 작가의 문화적 정체성이 끊임없이 흔들렸던 식민지 시대, 경성제대 출신의 지식인 작가로서 그 문화적 혼란기를 소설 언어를 통해 구성하고 지속적으로 모색했던 이효석의 대표작 20편 수록.

34 운수 좋은 날 현진건 중단편선
김동식(인하대) 책임 편집

수록 작품 희생화 / 빈처 / 술 권하는 사회 / 유린 / 피아노 / 할머니의 죽음 / 우편국에서 / 까막잡기 / 그립은 흘긴 눈 / 운수 좋은 날 / 발 / 불 / B사감과 러브 레터 / 사립정신병원장 / 고향 / 동정 / 정조와 약가 / 신문지와 철창 / 서투른 도적 / 연애의 청산 / 타락자

한국 근대 단편소설의 형식적 미학을 구축하고 근대적 사실주의 문학의 머릿돌을 놓은 작가 현진건의 대표작 21편 수록. 서구 중심의 근대성과 조선 사회의 식민성 사이에서 방황하는 지식인의 내면 풍경뿐만 아니라, 식민지 조선의 일상을 예리하게 관찰함으로써 '조선의 얼굴'을 담아낸 작가 현진건의 면모를 두루 살폈다.

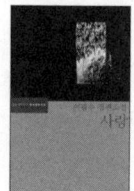
35 사랑 이광수 장편소설
한승옥(숭실대) 책임 편집

춘원의 첫 전작 장편소설. 신문 연재물의 제약에서 벗어나 좀더 자유롭고 솔직한 그의 인생관이 담겨 있다. 이른바 그의 어떤 장편소설보다도 나아간 자유 연애, 사랑에 관한 작가의 생각을 엿볼 수 있는 작품. 작가의 나이 지천명에 이르러 불교와 『주역』 등 동양고전에 심취하여 우주의 철리와 종교적 깨달음에 가닿은 시점에서 집필된, 춘원의 모든 것.

36 화수분 전영택 중단편선

김만수(인하대) 책임 편집

수록 작품 천치? 천재?/운명/생명의 봄/독약을 마시는 여인/화수분/후회/여자도 사람인가/하늘을 바라보는 여인/소/김탄실과 그 아들/금붕어/차돌멩이/크리스마스 전야의 풍경/말 없는 사람

1920년대 초반 자연주의, 사실주의적 색채가 강한 작품 세계로 주목받았던 작가 전영택의 대표작선. 이들 작품에서 작가는, 일제 초기의 만세운동, 일제 강점기하의 극심한 궁핍, 해방 직후의 사회적 혼돈, 산업화 초창기의 사회적 퇴폐상에 대한 자신의 경험을 소박한 형식 속에 담고 있다.

37 유예 오상원 중단편선

한수영(동아대) 책임 편집

수록 작품 황선지대/유예/균열/죽어살이/모반/부동기/보수/현실/훈장/실기

한국 전후 세대 문학의 대표 작가 오상원의 주요작 10편을 묶었다. '실존'과 '행동'에 초점을 맞춘 그의 작품은, 한결같이 극한 상황에 처한 인간 존재의 의미를 묻는 데 천착하면서 효과적인 주제 전달을 위해 낯설고 다양한 소설적 실험을 보여준다.

38 제1과 제1장 이무영 단편선

전영태(중앙대) 책임 편집

수록 작품 제1과 제1장/흙의 노예/문 서방/농부전 초/청개구리/모우지도/유모/용자소전/이단자/B녀의 소묘/O형의 인간/들메/며느리

한국 농민문학의 선구자로 평가받는 이무영의 주요 단편 13편 수록. 이들 작품에서 작가는, 농민을 계몽의 대상이 아닌, 흙을 일구는 그들의 삶을 통해서 진실한 깨달음을 얻는 자족적 대상으로 바라본다. 이무영의 농민소설은 인간을 향한 긍정적 시선과 삶의 부조리한 면을 파헤치는 지식인의 냉엄한 비판 의식이 공존하고 있다.

39 꺼삐딴 리 전광용 단편선

김종욱(세종대) 책임 편집

수록 작품 흑산도/진개권/지층/해도초/GMC/사수/크라운장/충매화/초혼곡/면허장/꺼삐딴 리/곽 서방/남궁 박사/죽음의 자세/세끼미

1950년대 전후 사회와 60년대의 척박한 삶의 리얼리티를 '구도의 치밀성'과 '묘사의 정확성'을 통해 형상화한 작가 전광용의 대표 단편 15편 모음집. 휴머니즘적 주제 의식, 전통적인 서사 형식, 객관적이고 냉철한 묘사 태도, 짧고 건조한 문체 등으로 집약되는 전광용의 작품 세계를 한눈에 살필 수 있는 계기.

40 과도기 한설야 단편선

서경석(한양대) 책임 편집

수록 작품 동경/그릇된 동경/합숙소의 밤/과도기/씨름/사방공사/교차선/추수 후/태양/임금/딸/철로 교차점/부역/신촌/이녕/모자/혈로

식민지 시대 신경향파·카프 계열 작가로서 사회주의 리얼리즘 문학을 추구한 작가 한설야의 문학적 특징을 잘 드러내는 단편 17편을 수록했다. 시대적 대세에 편승하며 작품의 경향을 바꾸었던 다른 카프 작가들과는 달리 한설야는, 주체적인 노동자로서의 삶을 택한 「과도기」의 '창선'이 그러하듯, 이 주제를 자신의 평생 과제로 삼아 창작에 몰두했다.

41 사랑손님과 어머니 주요섭 중단편선

장영우(동국대) 책임 편집

수록 작품 추운 밤/인력거꾼/살인/첫사랑 값/개밥/사랑손님과 어머니/아네모네의 마담/북소리 두둥둥/봉천역 식당/낙랑고분의 비밀

주요섭이 남녀 간의 애정 문제를 주로 다룬 통속 작가로 인식되어온 것은 교정되어야 마땅하다. 그는 빈민 계층의 고단하고 무망(無望)한 삶을 사실적으로 재현하는 데 탁월한 기량을 보였으며, 날카로운 현실인식과 객관적 묘사의 한 전범을 보여주었고 환상성을 수용함으로써 보다 탄력적인 소설미학을 실험하기도 하였다.

42 탁류 채만식 장편소설

우찬제(서강대) 책임 편집

채만식은 시대의 어둠을 문학의 빛으로 밝히며 일제 강점기와 해방기의 우리 소설사를 빛낸 작가다. 그는 작품활동 전반에 걸쳐 열정적인 창작열과 리얼리즘 정신으로 당대의 현실상을 매우 예리하게 형상화했다. 특히 『탁류』는 여주인공 봉의 기구한 운명의 족적을 금강 물이 점점 탁해지는 현상에 비유하면서 타락한 당대의 세계상을 여실하게 드러내주고 있다.

43 벙어리 삼룡이 나도향 중단편선

우찬제(서강대) 책임 편집

수록 작품 젊은이의 시절/별을 안거든 우지나 말걸/옛날 꿈은 창백하더이다/여이발사/행랑자식/벙어리 삼룡이/물레방아/꿈/뽕/지형근/청춘

위험한 시대에 매우 불안하게 살았던 작가. 그러나 나도향은 불안에 강박되기보다 불안한 자유의 상태를 즐기는 방식으로 소설을 택한 작가였다. 낭만적 환멸의 풍경이나 낭만적 동경의 형식 등은 불안에 대한 나도향 식 문학적 향유의 풍경으로 다가온다.

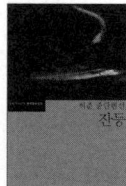

44 잔등 허준 중단편선

권성우(숙명여대) 책임 편집

수록 작품 탁류/습작실에서/잔등/속습작실에서/평대저울

한국 근대소설사에서 허준만큼 진보적 지식인의 진지한 자기 성찰을 깊이 형상화한 작가는 없었다. 혁명의 연성을 기꺼이 인정하면서도 혁명과 해방으로 인해 궁지와 비참에 몰린 사람들에 대해 깊은 연민과 따뜻한 공감의 눈길을 던진 그의 대표작 다섯 편을 한데 모았다.

45 한국 현대희곡선

김우진 김명순 유치진 함세덕 오영진 차범석 최인훈 이현화 이강백

이상우(고려대) 책임 편집

수록 작품 산돼지/두 애인/토막/산허구리/살아 있는 이중생 각하/불모지/옛날 옛적에 훠어이 훠이/카덴자/봄날

한국 현대희곡 100년사를 대표하는 작품 아홉 편. 1920년대부터 1980년대까지 각 시기의 시대 정신과 연극 경향을 대표할 만한 희곡들을 골고루 선별하였고, 사실주의 희곡과 비사실주의희곡의 균형을 맞추어 안배하였다.

46 혼명에서 백신애 중단편선

서영인 책임 편집

수록 작품 나의 어머니/꺼래이/복선이/채색교/적빈/낙오/악부자/정현수/학사/호도/어느 전원의 풍경―일명·법률/광인수기/소독부/일여인/혼명에서/아름다운 노을

일제강점기 한국문학을 대표하는 여성 작가이자 사회운동가인 백신애의 주요 작품 16편을 묶었다. 극심한 가난과 봉건적 인습의 굴레에 갇힌 여성들의 비극, 또는 그로부터 벗어나고자 하는 의지를 섬세한 필치와 치열한 문제의식으로 그려냈다. 그의 소설을 통해 '봉건적 가족제도와 여성의 욕망'이라는 해묵은 주제가 오늘날에도 여전히 풀리지 않는 과제로 존재하고 있음을 알게 된다.

47 근대여성작가선

김명순 나혜석 김일엽 이선희 임순득

이상경(KAIST) 책임 편집

수록 작품 의심의 소녀/선례/돌아다볼 때/탄실이와 주영이/경희/현숙/어머니와 딸/청상의 생활―희생된 일생/자각/계산서/매소부/탕자/일요일/이름 짓기/딸과 어머니와

일제강점기 한국문학을 대표하는 여성 작가들의 주요 작품 15편을 한 권에 묶었다. 근대 여성의 목소리로서 여성문학은 봉건적 가부장제에서 벗어나고자 개인으로서 여성의 자유로운 선택을 가로막는 온갖 질곡에 저항해왔다. 여성이 봉건적 공동체를 벗어나 개성을 찾아 나서는 길은 많은 경우 가출, 자살, 일탈 등으로 귀결되었지만, 그럼에도 여성 자신의 힘을 믿으면서 공동체의 인습에 저항하고 새로운 공동체를 지향하는 노력이 있었다. 여기에 식민지라는 조건 속에서 민족의 해방은 더 큰 과제이기도 했다. 이 책에 실린 여성 작가의 작품들은 신여성의 이러한 꿈과 현실, 한계를 여실히 드러내 보여준다.

48 불신시대 박경리 중단편선

강지희(한신대) 책임 편집

수록 작품 계산/흑흑백백/암흑시대/불신시대/벽지/환상의 시기/약으로도 못 고치는 병

여성의 전쟁 수난사를 가장 탁월하게 그려낸 작가 박경리의 대표 중단편 7편 수록. 고독과 절망의 시대를 살아내면서도 현실과 타협하지 못하는 결벽성으로 인간의 존엄을 고민했던 작가의 흔적이 역력한 수작들이 담겼다.